The
Revelation

2019 한반도 묵시록

21세기북스
www.book21.com

차례
———

프란시스 고야의 흥겨운 기타소리가 모래알을 굴리는 파도처럼 귓가를 훑고 지나갔다. 무릎을 간질이며 리듬을 타던 남자의 손이 모래 속을 헤집는 조개처럼 치마 안으로 미끄러져 들어온다. 그의 손이 치마 속에서 볼록 솟아나온 남자의 손을 눌렀다. 남자가 애원하듯 열망에 가득 찬 눈으로 그를 바라본다.

"바다가 보고 싶어요."

화장을 한 얼굴이 가려웠다. 게이를 좋아하는 고위공무원인 이 남자를 유혹하기 위해 그는 여장을 했다. 다리 가운데가 볼록해져 비틀거리며 차에 올라탄 남자가 외쳤다.

"인천공항."

음성인식장치는 술 취한 남자의 목소리를 알아들었다. 스스로 시동을 걸더니 살아 있는 짐승처럼 나아갔다. 흔들리는 손으로 '자동 운전' 버튼을 찾아 누른 남자가 두 손으로 그의 얼굴을 감쌌다. 온갖 것이 뒤섞인 오물 냄새를 풍기며 변색된 닭똥집 같은 남자의 입술이 다가왔다. 그는 피하지 않고 입술을 붙였다. 목적을 이룰 때까지는 아이 다루듯 남자의 욕망을 달래야 한다.

"달리는 차에서 해봤어?"

남자의 손이 그의 얼굴을 아랫도리로 잡아끌었다. 고개를 들려 하자 우악스런 힘으로 내리눌렀다. 굴욕감을 참으며 그는 남자의 바지지퍼를 내렸다. 분칠한 얼굴이 지퍼자락에 쓸리며 바지에 허옇게 자국을 남겼다. 그는 남자의 물건을 혀로 쓰다듬으며 생각을 정리했다. 혀가 하던 일을 손으로 하면서 얼굴을 들어 창밖을 살피니 불빛이 보이지 않는다. 가도 가도 끝없는 어둠, 하늘과 바다뿐이다. 차는 인천대교를 타고 바다 깊숙이 들어갔다. 여기저기 은밀하게 설치돼 있을 톨게이트와 검색대는 한 번도 차를 세우지 않았다. 턱밑에 이식된 RFID(Radio-Frequency IDentification)칩이 달리는 차 안에서도 사방에 남자의 신분을 흩뿌리고 있었다. 남자는 고위 직급자였고 대부분의 권력자가 그러하듯 목구멍 깊숙한 곳에 더러운 욕망을 숨기고 있었다. 치밀어 오르는 욕지기를 참으며 그는 시간을 끌었다. 다리 한가운데서 그가 흥분한 목소리로 말했다.

"저기 차를 세워요."

욕정에 취해 신음하던 남자가 순순히 갓길에 차를 세웠다. 차가 멈추자마자 그는 펜 형태의 주사기로 준비했던 독을 남자의 사타구니에 주입했다. 헐떡거리던 남자가 입을 벌린 채 동작을 멈췄다. 죽지는 않는다. 그는 희생자를 마비시켜 놓고 산 채로 즙을 빨아먹는 거미에서 추출한 독을 사용했다. 맥박이 끊기면 RFID칩이 바로 남자의 죽음을 정보국에 전송한다. 일처리가 끝날 때까지 남자는 살아 있는 상태를 유지해야 했다. 달빛에 차갑게 번뜩이는 메스를 본 남자의 눈에서 욕망이 가라앉으며 공포가 차올랐다. 수술용 장갑을 낀 손으로 턱밑을 더듬어 위치를 확인한 그는 마취도 하지 않고 남자의 턱 아래를 개봉했다. 남자의 벌어진 입에서 방울져 떨어진 침이 피와 섞여 흘렀다. 시간을 단축하려 그는 남자의 얼굴에 자신의 얼굴을 다정한 연인처럼 갖다 댔다. 손대중으로 자신의 턱을 가르고 남자의 칩을 꺼내 개봉한 자리에 밀어 넣었다. 칩의 정상 신호를 확인한 그는 벌어진 부분에 상처 봉합용 본드를 발랐다. 남자의 놀란 눈이 이 모든 과정을 지켜보고 있었다. 벌어진 입과 개봉된 턱에서 침과 피가 흘러내리는 동안 남자의 욕망이 죽은 나무에 매달려 썩어가는 가지처럼 쪼그라들었다.

"미안하다. 마지막 선물로 해주고도 싶었지만 시간이 없었다."

남자의 오른쪽 두 번째 손가락을 자르고 발가벗겨 차에서 끌어냈다. 등대빛, 달빛, 바다 가운데 닻을 내리고 잠들어 있는 어선에서 흘러나온 불빛을 반사하며 일렁이는 바다는 그림 속 풍경처럼 아름다웠다. 그는 남자를 메고 다리 끝으로 갔다. 바람이 세차게 치고 지나가자 그는 벌거벗은 몸뚱이를 안고 춤을 추듯 빙그르 한 바퀴 돌았다. 바람 때문인지 죽기 싫어 마지막 힘을 쥐어짜내고 있는지 남자의 몸뚱이가 푸들거렸다. 사타구니와 맞닿은 등에 따뜻한 물 기운이 느껴졌다. 두려움을 이기지 못한 남자가 오줌을 지렸다. 다리 끝에 다다른 그는 망설임 없이 파도 속에 살아 있는 남자를 던졌다. 엉터리로 다이빙을 한 사람처럼 남자는 공중제비를 돌며 떨어졌다. 살아 있는 제물을 삼킨 바다가 포효하며 사나운 짐승처럼 울부짖었다.

"예언을 이루기 위해."

예언을 이루기 위해서는 산 제물이 필요하다. 내일은 더 많은 제물을 바쳐야 하고 그 중 하나는 자신이었다.

"다른 세상에서 만나자."

파도를 타고 몇 번 떠오르다 검은 물속으로 사라지는 남자의 하얀 몸을 바라보며 그는 다정하게 인사했다.

또 하나의 예언 ²

비제의 '귀에 익은 그대 음성'이 들렸지만 루나는 눈을 뜨지 않았다. 조금만 더 꿈과 현실 사이의 몽롱한 세상에 머물고 싶었다. '일어나란 말이야. 이 잠꾸러기야!' 음악이 끊기며 머리에 쓴 수면모자가 소리를 질러 댔다. '기계는 이게 문제야. 융통성이 없다니까.' 투덜거리며 눈을 뜬 루나는 수면모자를 벗어 스위치를 끄고 그물망에 구겨 넣었다. 잠이 부족했다. 인도 보안국과 중국 공안의 협조를 받아가며 5일 동안 뜬눈으로 예언자를 추적했지만 소득이 없었다. 예언이 올라온 노트북은 연변에 있는 조선족 학교에서 발견됐다. 루나와 정지상이 총을 겨누고 들어가자 노트북으로 게임을 하던 아이들이 놀라 울음을 터뜨렸다. 어이없게도 아이들은 대한민국을 멸망시키는 시나리오 게임을 하고 있었다. 조롱을 당한 듯해 돌아오는 내내 기분이 좋지 않았다.

"일어났어?"

기지개를 켜는 모습을 본 지상이 웃으며 물었다. 루나와 정지상은 국가 방호원 소속 기동타격팀 수사관이다. 군사독재시절의 낡은 냄새가 풀풀 풍기는 명칭이지만 국가방호원은 경찰 전체 조직에서 최우수 요원을 선발해 엄격한 훈련과정을 거쳐 만든 엘리트조직이다. 포보스연합을 와해시키는 것이 국가방호원의 제1목표다.

"새로 올라온 예언은 없어?"

"다행히……."

일주일 전 대통령을 저격하겠다는 예언이 올라왔다. 부활한 정보통신부가 주축이 돼 예언이 퍼지지 않도록 막았지만 역부족이었다. 예언은 미국, 러시아, 인도, 프랑스, 중국, 뉴질랜드 등 지구의 모든 대륙에서 두더지 게임하듯 인터넷을 뚫고 올라왔다. 나라 전체가 화산이라도 폭발할 것처럼 들끓었다. 그도 그럴 것이 지금껏 발표된 후 이루어지지 않은 예언이 없었다. 예언은 다가올, 곧 실현될 미래였다. 아우성 속에서 국민들과 정부 각 부처의 따가운 눈총이 국가방호원을 향했다. 포보스연합이 창이라면 국가방호원은 그 창을 막아야 할 방패였다. 싸움은 축구장의 공처럼 최고통치권자를 사이에 두고 포보스연합과 국가방호원이 대결하는 양상을 띠었다. 말 그대로 혈안이 된 국방원장이 예언이 올라온 장소로 수사관을 급파하는 등 온갖 조치를 취했지만 소득이 없었다.

"복귀해서 대통령 경호를 측면 지원해."

휴대전화 속으로 힘없이 꺼지는 팀장의 목소리를 들으니 우울했다. '나와 지상이 가장 늦게 복귀하는 조였으니 일말의 기대를 하고 있었을 텐데…….' 착륙한다는 안내 방송이 들리며 비행기가 방향을 틀었다. 기술이 발달하면서 비행기 속도는 빨라졌지만 착륙에는 여전히 시간이 걸렸다. 구름 사이로 언뜻언뜻 대한민국 영토가 보였다. 하늘에서 보기에도 부자동네와 가난한 동네는 뚜렷한 차이를 보였다. 부자동네가 산뜻한 파스텔 톤이라면 달동네는 황사가 덮여 우중충한 똥색으로 가라앉아 있었다. 수풀이 우거진 부자동네마다 주위를 둘러싼 하얀 띠가 보였다. 부자들은 발달한 보안기술을 이용해 자신들만의 견고한 성을 쌓았고 그들이 만들어 배부한 표식이 없으면 누구도 그 안으로 들이지 않았다. 범죄율이 현격히 줄었지만 부자동네에서는 포장마차도 떡볶이 장사도 트럭에 야채나 달걀을 싣고 이동하며 팔던 행상도 자취를 감추었다. 역설적이게도 기술이 발달하면서 역사가 거꾸로 돌아가기 시작했다.

인공지능이 발달하자 사람이 하던 일이 손쉽게 기계로 대체됐다. 유휴인력이 남아돌아 먼지처럼 떠돌아다녔지만 그들을 채용하려는 기업이 없었다. 치열한 경쟁을 뚫고 입사하려는 사람들로 인해 학력 인플레가 본격화됐다. 이제 대졸자가 회사에 들어가기란 낙타가 바늘구멍 통과하기보다 어려웠다. 박사 자격증을 가진 사람이 나무 밑을 굴러다니는 낙엽만큼 많았다. 실업률을 낮춘다는 명분으로 정부가 수도 등 기간시설을 민영화했지만 이 또한 화근이 됐다. 물, 석유 등 생존에 필요한 생필품 가격이 하늘 높은 줄 모르고 치솟았다. 비싼 물값 때문에 수세식 변기가 빠르게 미생물 분해식 변기로 대체됐고 한국전쟁 직후처럼 여러 가구가 모여 공동펌프시설을 만들어 사용했다. 가솔린 등 화석연료를 사용하는 재래식 차는 비싼 유류 가격을 감당하지 못해 먼지를 덮어쓰고 고철이 되어갔다. 대체 개발된 전기차나 수소차도 비싸기는 마찬가지였다. 빈곤층을 중심으로 여러 차례 격렬한 데모가 있었지만 세상은 바뀌지 않았다. 지구의 화석연료가 고갈되고 있었다. 원자재 값이 상승해 자신들도 어쩔 수 없다는 기업의 주장에는 타당성이 있었고 무엇보다 정부가 그들 편을 들었다. 그러는 동안에도 부자는 더 부자가 됐고 가난뱅이는 더 가난해졌다. 이제 세상은 몇 명의 영주가 수만 명의 농노를 지배하는 중세처럼 변해갔다. 포보스연합은 그 빈부 격차 속에서 음지식물처럼 자라났다.

"어떻게 될 것 같아?"

지상이 루나에게 물었다.

"뭐가?"

"이번 예언."

"막아야지."

말은 그렇게 했지만 예언이 이루어지지 않으리라 자신할 수 없었다. 온갖 방법을 동원해 막아도 포보스연합은 늘 기상천외한 수단으로 예언을 실현시켰다. 굳이 전적을 따지자면 국방원이 17전 전패였다. 포보스연합은 자살특공대였다. 범인들은 체포되기 전에 몸에 두르고 있던 폭탄을 터뜨리고 세상을 떠났다. 지난 사건 때 범인을 덮쳤던 루나의 동료는 한쪽 팔과 두 다리를 잃었다. 다리 하나가 반원을 그리며 날아와 루나의 얼굴을 때리고 가슴을 스치며 바닥에 떨어졌다. 흩뿌려진 피와 살점으로 온몸이 피범벅이 되었다. 아무리 씻어도 피비린내는 가시지 않고 코끝에 머물러 있었다.

파열음을 내며 바퀴가 활주로에 닿았다. 앉아 있으라는 승무원의 제지를 무시하고 출구로 나가 있던 루나와 지상은 문이 열리자마자 달려 나갔다.

유보된 죽음 ³

어둠이 가시지도 않았는데 강을 건너는 다리마다 검문검색이 치열했다. 이식한 칩 덕분에 입구는 무사통과했지만 다리 끝에서 중무장한 군인이 차를 세웠다. 탱크까지 배치한 특전사 병사들이 출구를 포위하고 있었다. 증강현실을 이용해 만든 안경을 쓴 군인이 렌즈에 비친 그의 얼굴과 컴퓨터가 전송한 사진을 비교했다. 만일의 사태에 대비해 그는 자폭단추에서 손을 떼지 않았다. 증강현실은 사용자가 보는 현실세계에 가상 정보를 겹쳐 보여주는 기술이다. 안경알 속에서 '일치율 99.8퍼센트'라는 숫자를 읽은 군인이 경례를 하며 통과신호를 보냈다. 포보스연합의 준비는 치밀했다. 죽은 남자가 눈썰미가 있었다면 짙은 화장 속에 가려져 있던 자신과 똑같은 얼굴을 알아볼 수 있었으리라. 연합은 발달된 캐드캠 시스템을 이용해 그의 얼굴을 국방원 간부와 똑같이—심지어 치아까지—바꿨다. 성형을 마친 순간부터 표적이 된 남자는 이미 죽은 목숨이었다.

오늘 8·15 광복행사에서 대통령이 10시에 경축사를 읽을 예정이다. 행사장은 지난 5월 완공된 건국기념관이다. 주위에서 만류했지만 대통령은 행사장에 나가겠다고 선언했다. 대통령을 저격하는 이번 예언의 실현자가 자신이라는 데 그는 감동을 느꼈다. 예언은 진리였고 실제였고 현실이었다. 그는 자신 또한 실수 없이 전통을 이으리라 다짐했다.

그는 인터넷 자살사이트에 글을 올렸다가 납치됐다. 마취에서 깨어나니 낯선 방 의자에 앉아 있었다. 정면에 대형거울이, 오른쪽에 붉은 문, 왼쪽에 파란 문이 보였다. 몸은 묶여 있지 않았다. 일어나 문을 밀어보았지만 열리지 않았다. '누구 없어요?' 소리를 지르자 천상의 소리처럼 위에서부터 소리가 내려왔다.

"당신은 죽고 싶습니까?"

막상 죽겠냐는 질문을 듣자 두려움이 몰려왔다. 자살을 도운 후 죽은 자의 장기를 판매하는 조직이 있다는 소문을 들었다.

"정말 죽고 싶으냐고 물었습니다."

자신이 겁을 먹고 있다는 사실에 화가 난 그는 충동적으로 대답했다.

"죽고 싶습니다."

"어떻게 죽고 싶습니까?"

"방법은 상관없습니다."

말이 끝나기도 전에 굉음과 함께 손도끼가 날아왔다. 그는 피하지 않았고 그를 비껴간 도끼가 반으로 가른 수박이 그려져 있는 벽에 날아가 꽂혔다.

"담력이 있군요. 그렇다면 가치 있게 죽고 싶지는 않습니까?"

"세상에 가치 있는 게 있습니까?"

"세상을 바꾸는 겁니다. 더 이상 당신처럼 자살하는 사람이 생기지 않도록."

그의 죽음은 유보됐다. 뒤에 안 사실이지만 그 방에 들어간 사람은 모두 죽었다. 포보스연합은 관대했다. 자살자가 죽음의 방법을 스스로 선택하게 했다. 꽃이 활짝 핀 꽃나무 아래서 죽기를 원하면 꽃이 흩날리는 숲속에서 꽃향기를 맡으며 죽을 수 있었고, 바다를 원하면 햇살이 은은하게 내리비치는 물속에서 고기떼가 헤엄치는 모습을 보며 죽을 수 있었다. 물고기 종류도 스스로 선택할 수 있었다. 실연 때문에 자살하는 사람은 보고 싶었던 애인의 얼굴에 입 맞추며 따뜻한 숨결과 부드러운 살의 촉감을 느끼며 죽었다. 뇌파와 호르몬 수치를 조절하는 자살모자를 쓰고 원하는 대로 행복하게 죽었다. 고통은 없었고 살아생전의 고통마저 말끔히 지워진 상태로 죽었다.

해뜨기 전까지 죽은 남자의 집에서 머물다 건국기념관으로 출발할 계획이었다. 건국기념관까지는 걸어서 이십 분 거리다. 죽은 남자는 국방원 차장으로 연단 아래서 대통령 경호를 지원하는 임무를 맡았다. 현실과 똑같은 상황의 시뮬레이션 게임 속에서 그는 몇 번이고 실수 없이 임무를 완수했다. 차가 부자동네로 들어서자 사설경비원이 나타나 문을 막아섰다.

"광복절인데 행사장에 안 가세요?"

안면이 있는 사이인 듯 반기며 묻는다. 그는 손을 들어 아는 체를 하고 바쁜 척 계속 차를 몰았다. 한때 그도 사설경비원이 되려고 특공무술을 배웠다. 학자금 융자를 받아 간신히 대학을 졸업했지만 학사 자격증을 가지고 취직하기가 너무 어려웠다. 수백 곳이 넘게 이력서를 내고 열댓 번 면접을 받지만 끝끝내 합격통지서는 날아오지 않았다. 취업희망자 대부분이 박사학위를 소지하고 있었다. 학력 외에도 출신지가 면접점수에 반영된다는 소문이 떠돌았다. 그는 달동네 출신이었다. 얼마 지나지 않아 융자금 회수가 목을 졸라왔다. 비슷한 처지에 있던 친구들이 하나 둘 살기보다 쉬운 죽기를 선택했다. 모든 희망이 완벽한 절망으로 변하기까지는 채 일 년이 걸리지 않았다.

차고에 차를 세우고 집으로 들어가려고 하니 문이 열리지 않았다. 정원을 손질하던 로봇이 동작을 멈추고 문 앞에 서 있는 그의 뒷모습을 지켜보았다.

그는 오른쪽 주머니에서 죽은 남자 손가락을 꺼내 자기 손처럼 검색기에 붙였다 뗐다. '어서 오세요, 아빠.' 아이들 목소리가 들리며 문이 열렸다. 그는 총을 꺼내 들고 문안으로 들어갔다. 조사한 대로 집에는 아무도 없었다. 죽은 남자는 기러기아빠였고 녹음한 아이들 인사말을 들으며 출퇴근했다. 현관을 지나자 울창한 숲이 보였다. 나무 사이로 보이는 폭포에서 시원한 물소리가 들렸다. 움직임을 감지한 에어컨이 작동을 시작하자 달콤한 피톤치드 향기가 실려 왔다. 입체영상을 조작하는 리모컨을 누르자 울창한 숲이 울긋불긋한 단풍으로 물들더니 한 번 더 누르자 눈 내리는 겨울로 바뀌었다. 영상 속 오두막 창고가 열리며 따뜻한 간식거리와 데운 보드카가 나왔다. 술 생각이 간절했지만 참았다. 혈중 알코올 농도는 곧바로 중앙정보센터에 보고된다. 2015년 이후 출고된 차는 운전자의 몸에서 알코올성분이 발견되면 엔진이 꺼지는 음주운전 예방장치까지 부착됐다. 죽은 남자는 국방원 간부치고는 빈틈이 많았다.

"어서 오세요, 주인님."

방문을 열다 사람 목소리를 들은 그는 깜짝 놀라 총을 발사할 뻔했다.

정교하게 만든 리얼돌(real doll)이었다. 벌거벗다시피 한 엷은 잠옷차림의 인형이 무릎을 꿇은 채 물었다.

"오늘은 무엇을 해드릴까요? 주인님."

일어난 인형이 그를 포옹하며 입을 맞췄다. 입 속에서 진짜 여자의 그 것과 구별이 되지 않는 부드럽고 붉은 혀가 날름거렸다.

"DNA가 주인님이 아니에요. 당신은 누구세요?"

인형이 뒤로 물러나며 물었다. 가슴을 가리며 눈을 치켜뜨고 놀라는 모습이 사람과 똑같았다. 그는 인형의 머리를 잡고 목을 뒤로 꺾었다. 비명인지 신음인지 구별되지 않는 소리와 함께 목을 감싼 인공피부조직을 뚫고 금속성의 뼈와 전선 서너 가닥이 불거져 나왔다. 아랫도리를 드러낸 채 자빠져 있는 모습이 민망해 그는 침대시트로 인형을 덮었다.

"더러운 세상."

욕망들 ⁴

해는 육지에서 솟아 서해바다를 비추며 넓게 퍼져나갔다. 떠오르는 태양빛을 반사하는 바다가 핏빛으로 부글부글 끓어오르는 듯했다. 노란 부리 흰 깃의 갈매기가 매서운 눈빛을 번뜩이며 먹이를 찾아 핏빛 바다 위를 날아다녔다. 그러거나 말거나 루나는 애가 탔다.

"수동모드로 바꾸고 속도를 더 내봐."

"이게 회사 차인 거 몰라? 안전구간에서는 규정 속도 이상으로 달리지 않아."

루나와 지상은 국가방호원을 회사라 불렀다. 보이지 않는 하늘에서 위성이 공무원 신분의 그들을 통제하고 있다. 이런 첨단기술 시대에 정감록 같은 예언이 판치고 있으니 알다가도 모를 일이었다.

"인간들은 참 바보 같아……."

"이 모습을 만드는 데 4백만 년이 걸렸는데 쉽게 바뀌겠니. 아버지가 늘 하던 이야기가 있어. 과학이 아무리 발달해도 먹고 싸는 몸의 문제는 어쩔 수 없다고. 마찬가지로 종교 같은 비합리적인 환상을 믿는 인간의 정신적 속성도 쉽게 변하지 않을 거야."

오랜 세월을 함께 산 부부인 양 루나의 속마음을 헤아린 지상이 앞질러 말했다. 내일이면 지상과 루나가 파트너가 돼 일한 지 일 년이 되는 날이다. 위험하고 어려운 일을 둘은 한 몸처럼 겪으며 해결해 왔다. 지상은 열아홉 살에 물리학 석사과정을 마친 수재다.

"너는 아버지가 환경부장관인데 공부나 더 하지 왜 위험한 회사에 들어왔어?"

루나가 묻자 지상이 빙그레 웃었다.

"왜 웃어?"

"그런 질문을 하는 걸 보니 너답지 않아서. 아무튼 대통령 저격은 실패할 테니 너무 불안해 하지 마."

'내가 불안해 하고 있나?' 루나는 '심리방어전' 교관에게 배운 내용을 떠올려 자기 마음속을 살펴보았다. 마음이 파도처럼 들쑥날쑥 부풀어 올랐다 가라앉았다 제멋대로 출렁이고 있었다. 파도가 사라진 자리에 생각의 거품만 남아 떠돌다 터졌다. 마음을 가라앉히려 창밖으로 시선을 돌리자 바다 여기저기에서 너울파도가 장막을 펄럭이며 붉은 빛을 산란시키는 광경이 펼쳐져 있었다. 마치 물로 만든 천을 염색하는 마을 같았다. 밖에는 강풍이 불고 있었다. 차 안에서도 차체를 흔드는 바람의 소리와 세기가 느껴졌다. 그런 루나의 얼굴을 물끄러미 바라보던 지상이 음악을 틀었다. '광막한 광야를 달리는 인생아 너는 무엇을 찾으려고 왔느냐. 이래도 한 세상 저래도 한 세상 돈도 명예도 사랑도 다 싫다…….' 노래가 청승맞고 구성졌다.

"무슨 노래야?"

"일제시대 때 윤심덕이란 가수가 부른 '사의 찬미'라는 노래야. 우리나라 최초의 히트가요였지. 루마니아 작곡가 요시프 이바노비치가 작곡한 '도나우강의 잔물결'에 염세적인 가사를 붙인 거야. 노래 가사처럼 윤심덕은 암울한 시대를 비관하며 조국으로 돌아오는 배 안에서 애인 김우진을 끌어안고 현해탄에 몸을 던져."

"왜 그런 노래를 들어?"

"너는 나더러 왜 위험한 회사에 들어왔느냐고 묻지만 나는 네가 이 위험한 회사에 다니지 말았으면 해. 깊이 생각하지 않고 너를 회사에 소개한 것이 실수였어⋯⋯."

묻는 말에 대답하지 않고 지상이 여느 때와 같은 말을 반복했다. 끊어질 듯 이어지는 서글픈 곡조를 타고 지상의 목소리가 모래밭에 스며드는 바닷물처럼 가슴을 적셨다.

"그만하자."

바다를 빠져나온 차가 연결도로를 지나 2015년 완공된 송도신도시로 들어섰다. 송도신도시는 바다를 매립해 만든 도시다. 딱딱한 아스팔트 바로 아래 발이 빠지는 갯벌과 물기를 머금은 모래가 있다.

"사람이 왜 불안해 하는지 알아?"

"그만하라니까."

"아냐, 정말로 네 생각을 듣고 싶어서 물어보는 거야."

"그야, 먹고사는 문제가 해결되지 않으니까 불안해 하겠지?"

"그럼 부자들은? 먹고사는 데 문제가 없어도 그들 또한 불안해 하잖아? 몇 겹의 보안장치 속에 살면서도."

"그 사람들은 가진 것을 빼앗길까봐 불안한 거고."

"내 생각은 달라. 예측할 수 없는 미래를 통제하려 드니까 불안한 거야."

그건 또 무슨 소리냐는 표정으로 루나가 갸웃거리며 지상의 얼굴을 바라봤다.

"지난번 휴가 때 티베트 라싸에서 김용현 교수님을 만났어."

"김용현 박사가 거기 계셨어?"

김용현 박사는 삼십대에 인간처럼 창조 능력이 있는 인공시능을 만들어 한국인 최초로 노벨물리학상을 수상한 인물이다. 수상 직후 한동안 정부기관에서 활동하다 잠적해 지금까지 언론의 추적을 받고 있다. 지상은 김 박사가 총애하는 학생이었다.

"거기서 뭐하고 계시는데?"

티베트는 인도와 중국이 팽팽하게 대립하는 곳이다. 세계 7대 경제대국으로 성장한 인도는 발달된 군사력으로 공산당 세력 하에 있던 네팔을 기습적으로 점령하고 티베트 국경에서 중국과 국지전을 벌였다. 핵전쟁을 막겠다는 명분을 내세운 미국과 러시아, 일본이 인도 편에 섰고 중국과 동남아시아 화교연합이 미국채권을 팔겠다며 경제적인 위협으로 맞섰다. 중국이 보유하고 있는 미국채권을 시장에 쏟아 부으면 미국은 물론 전 세계가 공황상태에 빠진다. 아슬아슬한 군사적, 경제적 세력 균형으로 전쟁이 전면전으로 확대되지는 않았지만 지금도 국지적인 분쟁이 끊이지 않아 '3차 세계대전의 서막'이라고 불리는 곳이다.

"출가해서 승려가 되겠다고 하셨어."

"뭐? 물리학자가 출가를 하겠다고?"

"박사님은 더 가지려 하거나 빼앗기지 않으려는 인간의 욕망이 미래예측능력에서 비롯된 거라고 하셨어. 뛰어난 축구선수는 운동장에 있는 다른 선수들과 공의 움직임을 예측해 달려가지. 축구선수가 공을 쫓듯 인간은 욕망을 쫓아 달려. 그래서 선수들의 어깨싸움처럼 불안하고 혼란스러운 상황이 계속된다고 하셨어."

"무슨 소리야?"

"룰을 가지고 정해진 사각형 안에서 하는 축구도 결과를 예측하기 어려운데 다양한 인간의 욕망이 들끓고 있는 세상은 더 예측하기 어렵겠지. 그렇기 때문에 결국 통제불능 상태에 빠져. 개인의 욕망이 자본주의 발전의 동력이 됐지만 자본주의는 통제할 수 없을 만큼 너무 빨리 달리고 있어. 저 앞에 선로, 즉 지구의 끝이 보이는데 많은 나라, 너무 많은 사람이 제각기 자기 욕망을 따라 움직이고 있어서 멈출 수가 없는 거야."

"포보스 예언은 예측대로 진행되잖아? 그래서 많은 사람들이 그 말을 믿는 거고."

"예측한 게 아니라 통제한 거지. 박사님은 예측할 수 없는 것을 예언하고 미래를 통제하려 할 때 폭력이 발생한다고 하셨어. 이건 역사를 반추해 보면 쉽게 알 수 있는 사실이야. 예언을 이용한 통제는 천년제국 게르마니아를 세우려 했던 히틀러를 비롯해 대부분의 독재자들이 사용한 방법이지. 결국 끝은 공멸로 마무리되지만."

"그럼, 혼란을 막는 방법에 대한 말씀은 없으셨어?"

"먼저 대중의 욕망을 가라앉혀야 한다고 하셨어. 그 방법을 찾으려 출가하겠다고 하셨고."

대답을 들은 루나는 실망했다.

"고전적인 해법이군. 근데 설마 너까지 교수님처럼 출가하겠다고 나서는 건 아니겠지?"

친부모가 누구인지도 모르는 루나에게 지상은 혈육이나 마찬가지다. 루나는 지상과 함께 하는 수사관 생활이 좋았다. '이런 마음도 욕망일까?' '내가 지상을 사랑하는 걸까?' 생각하는 사이 차가 서울시내로 들어섰다. 떼 지어 몰려가는 사람들 행렬이 눈에 띄었다. 겁도 없이 대통령을 저격하겠다는 포보스를 대통령으로 선출하자고 쓴 피켓을 들고 가는 사람이 보이는가 하면 거리 반대편에서는 나이 든 사람들이 '영원한 혈맹 미국을 지원하자'고 쓴 피켓을 흔들며 '중국 제품 사지 말자'를 외쳤다. 덕수궁 쪽에서 '양키 고 홈'을 외치며 언덕길을 내려오던 무리와 부딪히자 밀고 밀리며 몸싸움이 벌어졌다. 조금 더 내려가자 포장마차로 차도를 가로막고 빈 그릇을 덜그럭거리며 격렬하게 저항하는 사람들이 보였다. 포장마차 지붕마다 간판처럼 '못살겠다 갈아보자'라는 플래카드를 걸었다. '못살겠다 갈아보자'는 1956년에 이승만 정권에 대항하던 민주당이 내세운 표어다. 당시 표어는 민중의 호응을 얻었고 집권당의 제지를 뚫고 수십만 인파가 구름처럼 한강 백사장에 모였다. 지상은 그때를 찍은 흑백 사진을 보았다. 그 후 60년도 더 흐른 2019년, 막 선진국 대열에 들어선 지금 못살던 그 시절의 모습이 재현되고 있었다.

빈민들이 포장마차 뒤에서 투석기를 개량한 도구로 화염탄을 발사하자 경찰이 물대포로 대응했다. 발칸포를 개량해 만든 열감지식 물대포가 패트리엇미사일처럼 날아오는 화염탄을 요격했다. 불 꺼진 화염탄이 총 맞은 새처럼 우수수 차도로 떨어졌다. 물대포를 피하기 위해 빈민들은 포장마차 사이로 화염탄을 직격으로 발사했다. 이번 작전은 성공이었다. 길에 불 자국을 남기며 날아간 화염탄이 경찰들 발 사이에서 폭파됐다. 대오가 흩어지자 죽창과 쇠파이프를 든 빈민들이 포장마차 사이에서 뛰쳐나왔다. 저항이 격렬해지자 하늘에 있는 경찰헬기에서 최루탄을 터뜨렸다. 머리 위 5미터 상공에서 터진 최루탄이 불꽃놀이 폭죽처럼 연달아 퍼지며 빈민들 머리 위를 하얗게 덮었다. 혼전 중에 포장마차 하나에 불이 붙자 순식간에 전체로 퍼졌다. 옷에 불이 붙은 사람들 몇이 비명을 지르며 떼굴떼굴 길바닥을 굴렀다. 경찰이 소방호스로 시커멓게 하늘을 가리며 검은 물을 퍼부어댔다. 검정물은 일반 세제로는 지워지지 않고 옷과 피부에 검정물이 든 사람은 데모가 끝난 후에도 위치가 추적돼 체포된다.

"아무래도 안 되겠다."

루나와 지상은 길가에 차를 세우고 차에서 내려 달렸다. 행사장으로 가는 길목마다 전경을 배치해 통제했다. 여기서도 전경버스에 막힌 군중이 밀고 밀리며 숨바꼭질을 하고 있었다. 시청 뒤를 돌아 행사장으로 가는 골목길로 돌아나가는데 사복형사들이 지키고 있었다. 국방원 IC카드를 보이고 골목을 빠져나오자 수천 개 촛불무리가 물결처럼 넘실거리는 광경이 보였다. 촛불을 든 사람들을 보자 지상은 대낮에 등불을 들고 거리를 헤매 다녔다는 그리스의 냉소주의 철학자 디오게네스가 떠올랐다. '왜 저들은 햇빛 환한 낮에도 촛불을 켜는 걸까? 손안에 쥐고 있는 촛불이 비추는 만큼만이라도 통제된 미래를 갖고 싶어서일까?'

컨테이너를 쌓아 만든 바리케이드 앞에서 불의 물결은 더 나아가지 못하고 방파제에 부딪힌 파도처럼 출렁거렸다. 바리케이드 앞에 데모진압 로봇이 버티고 서서 인파를 막았다. 군중들이 쇠파이프로 후려치고 화염병을 던져도 로봇은 꿈쩍도 하지 않았다. 로봇은 군중 방어 외에도 사진

촬영, 화재 진압, 위험인물 제어 및 체포 임무가 프로그래밍돼 있었다. 권총을 소지하고 데모대에 섞여 있던 사람이 로봇에게 제압당한 채 속절 없이 끌려나와 형사에게 인계됐다. 허가증이나 신분인식 카드 없이 그곳 을 통과하는 것은 불가능했다. 루나와 지상은 검은 양복 차림으로 이어 폰을 끼고 현장을 통제하고 있는 국방원 소속 수사관에게 갔다. 로봇과 바리케이드를 통과하자 건국기념관 앞쪽에서 고적대의 흥겨운 음악소리 가 들려왔다.

임무 실현

국방원 간부의 집을 나선 그는 삼청동 쪽에서 걸어 내려갔다. 행사장으로 가는 길목마다 경계가 삼엄했지만 턱에 이식한 칩 때문에 아무도 그를 제지하지 않았다. 연합에서는 그에게 검색기에 걸리지 않는 특수재질로 만든 총과 폭탄을 지원했다. 죽은 남자에게는 행사 동안 특별한 임무가 주어지지 않았다. 행사장에서 움직임이 자유롭다는 점도 그를 대상으로 택한 이유였다.

최종 검문소를 통과하자 벚꽃이 하나 둘 내리는 거리에서 엄마 아빠 품에 안겨 솜사탕을 흔들며 웃고 있는 아이들 얼굴이 눈에 들어왔다. 영화 속 같은 풍경. 컨테이너와 로봇에 가로막힌 저편과 이편은 완전히 다른 세상이었다. 대형 방음기에 막혀 군중이 외치는 소리도 넘어오지 못했다. 빈부, 남북, 좌우, 내국인과 외국인, 선과 악…… 이분법은 컴퓨터뿐만 아니라 세상을 가르는 기준이었다. 여자고등학생들로 구성된 의장대, 고적대 행렬이 북을 치고 플루트를 불며 그가 서 있는 쪽으로 다채로운 발동작을 하며 걸어왔다. 티 하나 없이 미끈한 다리들을 보자 응옥 타잉이 떠올랐다. 타잉은 베트남인이다. 인신매매단에게 속아 고등학교도 졸업하지 못하고 한국에 팔려 왔다. 오피스텔에 갇혀 그녀를 사서 주인이 된 남자 하나만 바라보며 살았는데 일 년쯤 지나 임신하자 낙태수술을 시키려고 병원으로 끌고 갔다. 뱃속에 있는 아기를 지키려 타잉은 달아났다. 거리를 떠돌던 타잉은 같은 베트남인의 소개로 공사장에서 일하게 됐다. 그는 일용노무자로 일하다 불러오는 배를 가리고 짐승처럼 눈치를 살피며 일하는 타잉을 만났다. 어느 날 십장이 타잉을 불렀다.

"내일부터는 나오지 마. 씨발, 애를 뺐으면 애를 뺐다고 말했어야지. 여기가 아프리카 몬도가네도 아니고."

타잉의 눈에서 흘러내린 눈물이 공사장 바닥에 쌓인 마른 먼지에 푹푹 박혔다.

"이러는 나도 마음 아프다. 어차피 가난뱅이는 살기 힘든 나라인데 여기서 고생하지 말고 네 나라로 돌아가."

십장이 자기 지갑에서 만 원짜리 몇 장을 꺼내 건네자 타잉은 돈을 받지 않고 말없이 돌아섰다. 그는 고개를 떨어뜨리고 힘없이 걸어가는 타잉의 뒤를 따라갔다. 끅끅거리며 간헐적으로 흔들리는 어깨 위로 벚꽃 몇 잎이 위로하듯 내렸다. 그는 그 꽃잎 위에 자신의 손을 얹었다.

타잉은 그의 첫사랑이자 마지막 사랑이다. 상대적으로 낮은 학력에 인력시장을 떠도는 그와 결혼은커녕 연애하려고 하는 한국 여자도 드물었다. 어렵게 돈을 마련해 셋방을 구했다. 타잉의 아이를 낳아 키울 생각이었다. 공동취사, 공동수도, 공동변소를 사용하는 고시원을 개조해 만든 집이었다. 작은 방 하나뿐이었지만 타잉은 행복해 했다. 고향에서도 이런 데 살았다며 아이처럼 좋아했다. 어디서 구했는지 집 뒤쪽 산기슭에 그가 좋아하는 고추를 심어놓고 애지중지 키웠다. 길가에다 뿌려 놓으면 열매가 열려도 다른 사람이 다 가져간다고 말렸지만 아무라도 먹으면 좋은 것 아니냐며 바보처럼 웃었다. 그는 나무와 끈을 구해 고추밭에 울타리를 쳤다. 물이 문제였다. 식수가 부족해 공동수도는 주인집에서 철저히 통제했다. 그는 새벽마다 산 뒤쪽에 있는 약수터로 가서 물을 길어 날랐다. '이 물은 시겔라균이 검출돼 음용에 부적합합니다'라는 듣도 보도 못한 세균을 주의하라는 경고문이 붙어 있었다. 겁이 난 그는 고추를 키우지 말까 고민하다 고추가 나면 자신이 먼저 먹어 보고 하루가 지나도 탈이 없으면 타잉을 먹이겠다는 계획을 세웠다. 그는 약수를 막아 놓은 나무판대기를 들추고 물을 길었다.

　환경오염과 그로 인해 이어진 물 부족은 세계적인 문제였다. 물 부족은 식량 부족으로 이어졌고 빈민들은 오염된 물로 키운 유전자식품을 먹었다. 부자들은 위생적으로 처리된 유기농식품을 먹었다. 부자들의 한 끼 식사비용이 가난한 자들의 한 달 식사비용보다 많았다. 장마철에 신종 인플루엔자가 유행했다. 일자리가 끊기고 타잉이 감염 증세를 보였다. 보건소에 알리려는 그를 타잉이 막았다. 타잉은 불법체류자였다. 강제로 송환돼 그와 헤어질까봐 두려워했다. 없는 돈을 모아 약국이란 약국은 모두 뒤져 약을 구하려 했지만 약을 구할 수 없었다. 결혼을 준비하던 방에서 타잉은 그의 손을 잡고 죽었다. 누가 버린 커튼을 빨아 손수 만든 하얀 드레스가 수의가 됐다. 뒤늦게 안 사실이지만 치료약이 있었다. 뉴스에서 부자들이 제약회사와 직거래를 통해 약을 사재기하는 장면을 방송했다.

그는 보고 있던 티브이를 망치로 깨부쉈다. 소리와 모양을 잃고 지직거리던 화면이 펑 소리를 내며 터졌다. 고추밭으로 달려가 하얀 꽃이 피어난 고춧대를 다 뽑아 버렸다. 밤이 새도록 미친개처럼 빈터를 뒹굴며 울었다. 타잉이 애지중지 키운 고추는 결국 아무도 먹지 못했다. '내가 먹지 못했으니 너희도 못 먹게 하겠다.' 그는 떠오르는 태양을 노려보며 병균을 먹고 자란 고추보다 독한 기운을 온몸 가득 피어 올렸다.

"이번 포보스 예언은 실현되지 않을 거야. 미국 CIA에서 최첨단무기를 지원했다는군."

"어떤 무기인데요?"

부부가 이야기하는 소리가 들렸다. 남자가 쉿 하는 시늉을 하며 손가락으로 입을 가렸다. 주위를 살피니 꽃도 없는 아스팔트 위를 오르락내리락 나비가 날고 있었다. 사람이 다가가도 나비는 피하지 않았다. 로봇나비였다. 더듬이처럼 튀어나온 안테나로 나비가 거리 장면을 찍어 보안센터로 송출하고 있었다. 안테나와 이어진 눈에는 스마일 스캔(Smile Scan)이 달려 있다. 스마일 스캔은 처음에는 상점에서 손님을 응대하는 직원 교육용으로 개발됐다. 웃음을 지을 때 변하는 얼굴 모양과 눈과 입의 움직임을 찍고 분석해서 숫자로 변환해 그 웃음이 진실한지, 충분한지 알려준다. 이후 스마일 스캔은 고객의 화난 표정과 위험도를 측정하는 용도로 발전했고 최근에는 표정뿐만 아니라 발걸음 등 몸동작까지 분석해 테리리스트 등 불순분자를 적발하는 데도 이용되고 있다. 스마일 스캔에 적발되지 않으려고 그는 온순한 표정으로만 보이도록 얼굴 근육을 성형했지만 날카로운 눈빛은 바꾸지 못했다. 교관이 눈알을 교체하자고 제의했지만 그는 거절했다. 바뀐 눈알에 적응할 시간이 없었고 부작용이라도 생기면 거사에 지장이 있었다. 그는 로봇나비를 피해 인파 속에 섞였다. 음악소리가 끊기며 광복절 경축행사가 시작됐다.

"차장님."

어디선가 부르는 소리가 들렸다. 여자와 함께 급하게 걷던 남자가 멈춰서서 그를 향해 손을 흔들었다. 그는 얼굴을 외면하고 연단을 향해 사람들을 헤치며 나갔다. 손을 흔들다 멈칫하던 남자가 여자와 함께 그를 쫓아왔다.

루나와 함께 허겁지겁 환영식장에 도착한 지상은 인파 속에서 신 차장을 봤다. 반가움에 손을 흔들었지만 신 차장은 지상을 외면하고 연단을 향해 바쁘게 걸어갔다. 신 차장은 신입수사관 시절 지상의 상관이었다.

"루나야, 저기."

"신 차장님이잖아."

"겉모습은 그런데 왠지 신 차장님이 아닌 것 같아."

"그럼?"

총을 꺼내려는 루나를 지상이 제지했다. 둘은 인파를 헤치며 남자를 쫓아갔다.

"다음은 대통령님께서 경축사를 발표하시겠습니다."

안내방송이 들렸다. 사람들이 가로막아 남자와의 거리가 쉽게 좁혀지지 않았다.

"포보스를 대통령으로!"

군중 속에 있던 사람 하나가 헝겊에 피로 쓴 글자를 치켜들고 외쳤다. 우르르 몰려든 사복경찰들이 그를 제압했다. 혼란 중에 루나는 지상을 놓쳤다. 사람들 어깨 너머로 보니 지상 혼자 남자를 열심히 쫓아가고 있었다. 루나는 무전기로 연단 옆에 서 있는 수사관에게 긴급 통신했다.

"가운데 줄로 신 차장님 모습을 하고 연단을 향해 급히 나가고 있는 남자가 있어. 그를 저지해."

루나와 통화한 수사관이 주위를 살피는 순간 어디선가 날아온 총알이 그의 이마를 관통했다. 머리가 터지며 사방으로 피가 튀었다. 비명소리와 함께 행사장이 아수라장이 됐다. 사람들이 좌우로 대나무 쪼개지듯 갈라서며 대통령과 저격범 사이를 터놓았다. 두 번째, 세 번째 총알이 발사됐다. 대통령을 감싸고 엄호하려던 수사관 두 명이 쓰러졌다. 더 이상 그와 대통령 사이에 장애물은 없었다. 그는 대통령의 양미간을 향해 총을 겨눴다.

"탕."

네 번째 총알은 발사되지 않았다. 남자는 손과 함께 떨어져 바닥에 뒹구는 총을 바라봤다. 손을 잃은 팔목에서 분수처럼 피가 뿜어져 나왔다. 남자는 남은 손으로 벨트에 달린 기폭장치를 누르고 대통령을 향해 달려갔다.

"탕."

다시 날아온 총알이 그의 왼쪽 다리를 무릎 아래서 날려 버렸다. 남자는 달리던 관성으로 굴러가 연단 아래서 멈췄다. 티 하나 없이 푸른 하늘이 보였다.

그가 죽기 전 보고 싶던 풍경이었다. 영상이 아니라 진짜 하늘이라는 사실이 그를 기쁘게 했다. '응옥 타잉, 곧 네게 갈 거야.' 푸른 하늘을 가리며 검은 물체가 날아와 그를 덮쳤다.

"안 돼, 지상. 안 돼."

루나는 몸을 날려 저격범을 덮치는 지상을 보았다. 루나의 외침과 동시에 폭탄이 터졌다. 먼지 속에서 루나는 보았다. 형체를 잃은 채 사방으로 날아가 조각조각 떨어지는 살덩어리들을.

"대통령께선 무사하다."

폭탄 연기가 사라지자 연단 뒤에서 천천히 일어서는 대통령의 모습이 보였다. 지상의 희생과 방탄 장치를 한 연단 덕분에 대통령은 살았다. 경호원들이 엄호하려 다가서는 순간 다시 총성이 울렸다. 충격을 받은 대통령이 뒤로 밀리다 천천히 쓰러지는 모습을 사람들이 놀란 눈으로 지켜보았다.

예언은 실현됐다.

포보스게임 ⁶

테러범의 팔과 다리를 날려 버린 것은 스마트총알이었다. 스마트총알은 목표물을 정하면 끝까지 쫓아가 타격하는 최신 무기다. 미국에서 비밀리에 스마트건을 입수한 국방원은 최고의 저격수를 선발해 배치했다. 문제는 대통령을 총격한 총알이 스마트총알이라는 데 있었다. 저격수가 살해된 채 발견됐고 세 발의 총알이 그의 총에서 발사됐다.

"결국, 테러범도 대통령도 포보스에서 준비한 또 다른 저격범이 쐈다는 거 아냐. 저격범이 테러범을 연단 밑으로 굴려 터뜨린 거고. 폭발 후 안심한 대통령이 연단 밖으로 나오기를 기다렸다……."

국립과학수사연구소의 조사 결과를 읽은 국방원장의 얼굴이 벌겋게 달아올랐다. 포보스연합에 철저하게 농락당한 셈이었다. 대통령이 죽지 않은 것이 그나마 다행이었다. 그 또한 포보스연합의 다른 의도가 있을지 모르지만 아무도 그 말을 꺼내지 않았다. 수술을 받은 대통령은 혼수상태에서 깨어나지 못했다.

"테러범을 조사한 결과는 나왔어?"

정보 수집을 총괄하는 제1팀장이 앞으로 나갔다. 대통령이 쓰러진 후 소집된 비상대책회의는 지옥의 아가리 앞에 모여선 사람들의 모임 같았다. 온갖 방법을 다 동원했지만 예언의 실현을 막지 못했다. 대통령 저격에 사용한 총을 국방원에서 준비한 꼴이 됐고 게다가 암살자는 국방원 차장의 모습으로 행사장에 침투했다. 여당과 야당, 모든 방송매체가 입을 모아 국방원 폐쇄를 들먹였다. 끔찍한 형벌을 선고받고 무저갱에 밀쳐진 죄인처럼 간부들은 바닥이 보이지 않는 자괴감에 빠졌다.

"테러범 이름은 박영웅. 부는 박부식, 모는 김현순으로 2남 중 장남입니다. 부는 농사를 짓고 있고 농업고등학교를 졸업한 동생이 농사를 돕고 있습니다. 박영웅은 재작년 지방 K대학을 졸업하고 작년에 상경했습니다. 반 백수생활을 하며 이것저것 닥치는 대로 아르바이트를 해 생계를 이어 나갔습니다."

화면에 암살자의 아르바이트 이력이 나타났다. 얼마 되지 않는 기간 동안 그는 열네 가지 직업을 전전했다.

"공사장을 떠돌며 일용노동자로 일하다 응옥 타잉이라는 베트남 여자를 만나 같이 살았습니다. 여자는 임신한 상태로 신종 인플루엔자에 감염돼 사망했고 그 때문에 사회에 적개심을 키운 것 같습니다."

"누가 이력서 보고 싶대? 핵심을 말하란 말이야. 포보스에 대한 단서를 찾았어? 못 찾았어?"

국방원장이 앉은 채 발로 책상을 차며 소리를 질렀다. 책상 위에 놓아 두었던 물컵이 떨어지며 박살이 났다. 호통에 놀란 1팀장이 새된 목소리로 빠르게 말을 이어 나갔다.

"응옥 타잉이 죽고 인터넷에 있는 자살자클럽에 가입했습니다. 그때가 6월 25일이었는데 그 후의 행적이 밝혀지지 않고 있습니다."

"자살자클럽에 가입한 다른 사람들은 조사해 봤습니까?"

신 차장의 동기이자 절친한 친구인 기동타격팀장 김근식 차장이 물었다. 신 차장의 사체는 발견되지 않았고 빈집에는 목이 꺾인 리얼돌이 아랫도리를 가린 채 누워 있었다. 정보라도 있을까 해서 끊어진 회로를 이어 보았지만 비음 섞인 목소리로 '무엇을 해드릴까요'만 되풀이했다. 입속에서 정액이 발견됐는데 검사 결과 신 차장 것으로 밝혀졌다. 사고 소식을 듣고 외국에서 급히 귀국한 신 차장 부인이 보기 전에 김 차장은 리얼돌과 그 밖의 다양한 섹스도구를 치웠다.

"모두 행적이 묘연합니다. 대부분 살해됐으리라 추정하고 있습니다."

"무슨 근거로?"

국방원장이 불신이 가득 담긴 목소리로 물었다.

"심장병이 있어 심장 상태를 알리는 센서모트(sensor mote)를 이식한 자가 있었습니다. 현재 센서모트는 꺼져 있는 상태지만 마지막 신호를 보낸 곳이 쓰레기 소각장입니다. 타다 남은 뼛조각이 발견됐고 DNA가 일치합니다."

"꺼지기 전의 이동 위치를 추적해 봤어?"

"한동안 끊겨 있었습니다. 방해 전파가 흐르는 곳에 있었으리라 추정됩니다."

"추정, 추정, 추정, 그놈의 추정 말고 확실한 건 없어? 기동타격팀장!"

화를 이기지 못해 주먹으로 책상을 내려친 국방원장이 벌떡 일어서며 기동타격팀장을 불렀다.

"지금 즉시 신호가 끊겼다 다시 시작된 곳 사이에 있는 모든 건물, 모든 사람을 철저히 수색해. 단서를 찾을 때까지 돌아오지 마."

명령을 받은 기동타격팀장이 바쁘게 회의실을 나갔다.

"잠적했던 테러범 박영웅이 다시 나타난 곳은 시내에 있는 칵테일 바였습니다. 거기서 신 차장을 만났습니다. 조사 결과 게이들이 많이 다니는 곳이었습니다."

"그런 곳에 드나드니까 그런 일을 당하지. 리얼돌? 게이바? 힘이 남아 돌았나보군. 잡으라는 포보스에게 오히려 살해당하는 주제에……."

억장이 무너지는 듯 한동안 말을 잇지 못하던 국방원장이 날카로운 시선으로 간부들을 노려봤다. 간부들은 모두 자기가 그런 짓이라도 저지른 양 안절부절 못하다 원장의 눈이 자신을 향하면 고개를 숙였다.

"계속해."

"칵테일 바에 있던 신 차장은 박영웅과 함께 자신의 차를 몰고 인천대교로 갔습니다. 비틀거리며 함께 나가는 모습을 종업원이 목격했습니다. 다리 중간에서 2.5초 동안 RFID 칩의 신호가 끊겼습니다. 아마 그때……."

'살해됐으리라 추정됩니다'란 말을 입 밖에 내지 못하고 어물거리던 1팀장이 다시 말을 이어 나갔다.

"칩을 이식한 박영웅은 동이 틀 때까지 신 차장 집에 머물다 9시 30분 행사장에 도착했습니다. 군중 속에 숨어 있던 그를 때마침 경호업무를 지원하기 위해 도착한 정지상 수사관이 발견했습니다. 함께 있던 장루나 수사관이 긴급 신호를 보냈지만 테러범이 먼저 총알을 발사했고 대통령 옆에서 경호하던 수사관이 즉사했습니다. 이후는 앞서 보고 드린 바와 같습니다."

기억하기도 끔찍한 일이라는 듯 보고가 진행되는 동안 여기저기서 한숨이 새어 나왔다. 연단 뒤에 앉아 있던 국방원장은 멀겋게 두 눈을 뜨고 대통령이 쓰러지는 모습을 지켜봤다. 폭발 때 날아온 파편이 원장의 왼쪽 뺨에 박혔다. 원장은 뺨에서 뽑은 파편 조각을 주머니에 넣고 만지작거리며 보고를 들었다. 치욕과 분노가 그의 머릿속에서 연쇄 폭발을 일으키고 있었다.

"박영웅 집에서 입수한 노트북에 남아 있던 동영상입니다. 예언을 올린 자를 추적하던 장루나 수사관이 연변에서 입수한 노트북에도 같은 영상이 있었습니다."

1팀장이 포인터를 누르자 인공위성에서 찍은 한반도가 나타났다. 휴전선을 중심으로 위아래를 빨강과 파랑으로 색칠하고 사방에 건곤감이 기호를 그려놓아 태극기처럼 보였다. 화면 전체가 흔들리며 부글부글 끓다 섬광과 함께 폭발하더니 한반도가 사라진 자리에 녹색 섬 하나만 남아 바닷물에 출렁였다. 섬은 살아 있는 생물처럼 움직이며 동해와 서해를 떠돌아다녔다. 국방원장은 전에도 이 영상을 봤다. 아이들에게 인기를 끌고 있는 포보스게임도 똑같은 시나리오로 시작된다. 게임은 섬에 살아남은 사람들이 '자본주의'라는 성을 지키는 괴물을 물리치는 방식으로 진행된다. 국방원은 배포된 과정을 역추적해 게임이 유포된 경위를 조사했지만 게임을 만든 자를 찾지 못했다. 정부에서 불법 소프트웨어로 규정했지만 게임은 무서운 속도로 퍼져 나갔다. 어느 날 집에 들어가 보니 원장의 딸도 포보스게임을 하고 있었다.

"도대체, 저 영상이 의미하는 게 뭐야?"

아무도 대답하지 않았다. 상징이라기에는 사실 같고 사실이라기에는 끔찍한 시나리오였다.

"현장에서 '포보스를 대통령으로'라고 외치다 잡힌 자에게서는 뭐가 나왔어?"

국방원장이 수사를 맡고 있는 제2팀장에게 물었다. 2팀장이 앞으로 나가자 1팀장이 진땀을 닦으며 돌아와 앉았다.

"현장에서 체포된 자 이름은 이영철입니다. 31세 무직자로 2회 정신병 치료를 받은 전력이 있습니다. 포보스연합의 중간 간부라고 주장했지만 자신이 인류를 구원할 메시아라고 횡설수설하고 있기 때문에 신뢰하기 어렵습니다. 가택 수색에서 필로폰 성분의 마약이 발견됐습니다. 마약 구입처를 물으니 인천 앞바다라고 했다 부산항이라고 하는 등 증언을 번복하고 있습니다. 일명 '사이버마약'이라고 불리는 음악 파일도 발견됐습니다. 혈서처럼 보였던 글자는 피가 아니라 케첩으로 쓴 것입니다. 취조해 보니 겁이 많았습니다."

엄숙했던 회의장에 스멀스멀 웃음이 새어 나왔다.

"정신병자에 겁쟁이라고 단정 짓기에는 석연치 않은 점이 있습니다."

뒷자리에 앉아 있던 남자가 일어서며 말했다.

"만약 그가 혼란을 일으키지 않았다면 박영웅은 정지상 수사관에게 제지됐거나 적어도 사건 당시처럼 연단 가까이 가지 못했을 것입니다."

남자가 책상 위에 우르르 소리를 내며 케첩통을 쏟아 놓았다.

"행사장 근처에 있는 휴지통에서 수거한 케첩통입니다. 글자를 쓴 케첩과 같은 성분입니다. 이영철 외에도 다른 자들이 군중 속에 숨어 대기하고 있었을 가능성이 높습니다. 가택 수색 시 이영철 집에서는 케첩이 발견되지 않았습니다. 더구나 평소 이영철은 케첩을 싫어했습니다."

"누구지?"

국방원장이 옆에 앉은 부원장에게 물었다.

"박건이라고 B그룹에서 파견 나온 자입니다. 일전에 파견을 승인하신 바 있습니다."

부원장의 말을 들으니 이름이 생각났다. B그룹은 한국을 대표하는 글로벌기업으로 러시아 천연가스 개발에 참여하고 있다. 남북한을 관통하는 파이프라인을 설치해 천연가스를 수송할 계획으로 단기적으로는 경제 협력, 장기적으로는 통일 이후를 대비한 프로젝트다. 러시아 마피아와 북한 군부, 포보스연합이 결탁해 파이프라인 건설을 방해할 것이라는 정보가 입수된 직후 B그룹에서 파견 요청이 왔다. 세계화가 진행되면서 글로벌기업의 힘은 날이 갈수록 커져만 갔고 정부가 재계의 눈치를 살피는 힘의 역전 현상이 발생하고 있었다. 차기 대권 도전을 꿈꾸고 있는 국방원장은 B그룹의 힘을 의식해 파견을 허락했지만 별 기대를 하지 않았다. 얼굴도 오늘 처음 봤다.

"이영철이 케첩을 싫어한다는 것을 어떻게 알았나?"

"이영철의 어머니에게서 들었습니다."

원장의 날카로운 눈빛을 마주하며 박건이 침착하게 대답했다. 눈빛과 목소리에서 총기와 담력이 느껴졌다. 원장은 박건이 마음에 들었다. 스물아홉 살의 젊은 나이로 직함이 상무였다. 팀장을 압도하는 논리 정연한 설명을 들으며 국방원장은 어떤 능력을 가진 인재이기에 B그룹이 그를 추천했을까 새삼 궁금해졌다.

"회의가 끝나면 내 방으로 데려오게."

국방원장이 부원장에게 지시했다.

새로운 이념

국방원장은 박건의 이력을 살펴보았다. 박건은 한국인으로 러시아 가정에 입양돼 자랐다. 러시아 이름은 이반 표도로비치 까라마조프, 양부모는 모두 모스크바대학 교수다. 한국인 부모와 성장과정은 알려지지 않았다. 모스크바대학에서 생물학 박사학위를 받았다. '생물학박사'라는 기재사항에 눈을 멈춘 원장이 잠시 고개를 갸웃거렸다. 순수 학문 전공자답지 않게 그 뒤의 이력이 화려했다. 미국으로 건너가 하버드 로스쿨을 나와 변호사자격증을 취득한 후 B그룹에 입사했다. 러시아 천연가스를 수송할 한반도 파이프라인 건설 사업에 초기부터 참여했고 프로젝트가 난항에 부딪힐 때마다 뛰어난 협상가로 활약했다.

태연한 모습을 보이려 애쓰고 있지만 국방원장은 초조했다. 열여덟 번이나 포보스 예언을 막지 못했고 대통령까지 저격당했다. 대권 도전은 차치하고 당장 앉아 있는 자리가 위태로운 상황이었다. 국민 모두가 국방원의 무능함을 비웃었고 청사 밖에서는 연일 '물러나라'는 시위가 계속됐다. 지푸라기라도 잡고 싶은 심정이었다. 부원장이 박건을 데리고 원장실로 들어왔다.

"거기 앉게. 단도직입으로 묻겠네. 국내에서 활동하고 있는 포보스연합 인원이 몇 명이라고 생각하나?"

일을 맡기기 전에 원장은 박건의 능력을 시험해 보고 싶었다.

"먼저 질문을 드려도 되겠습니까?"

원장이 고개를 끄덕였다.

"국방원에서는 몇 명으로 추정하고 있습니까?"

포보스연합은 철저하게 점조직으로 활동했다. 테러범들은 자살로 자신의 입을 닫았고 체포된 자들은 대부분 정보가 없는 말단 수족에 불과했다. 인력과 시스템을 총동원해 인터넷과 휴대전화, CCTV 녹화내용 등 각종 데이터를 분석하고 조사해 봤지만 예상 수치는 1만에서 10만 사이로 큰 편차를 보이며 매번 달랐다. 최근의 보고는 3만이었다.

"3만 명 정도로 추정하고 있네."

"출신성분을 조사해 봤습니까?"

박건이 북한에서 사용하는 단어를 구사해 물었다.

"출신성분? 자유민주주의 대한민국에 그런 용어는 없네."

"포보스 활동으로 체포됐거나 사망한 자는 대부분 빈곤계층입니다. 청년실업자, 탈북자, 외국인노동자……. 그런 용어가 없을지 모르지만 통계를 분석해 보면 테러리스트는 특정 신분, 계층에서 집중적으로 나타나고 있습니다."

조선시대 동인과 서인이 남인과 북인, 노론과 소론으로 나뉘고 노론이

다시 시파와 벽파로 갈린 것처럼 국론 분열은 끝이 없었다. 냉전이 종식돼 미국과 러시아가 화해한 지금까지 북한을 둘러싼 좌우대립이 여전했고 여기에 국민들은 빈부, 노소, 노사, 지역, 종교, 학연, 단체를 들먹이며 핵분열하듯 싸웠다. 인터넷이 대립을 부추겼다. 손가락 달린 자는 다 한마디씩 했다.

"페르미추정 방식으로 계산해 보겠습니다."

페르미는 이탈리아 물리학자로 1938년 노벨물리학상을 받았다. 페르미추정은 데이터가 부족할 때 논리적인 추론으로 근사치를 계산하는 방법이다. 페르미는 자신이 제안한 방법을 이용해 시카고에 살고 있는 피아노 조율사가 몇 명인지 근사치까지 계산해 냈다. 핵폭발 실험에서 종이를 찢어 허공에 뿌려 종이가 날리는 모양만 보고 폭발력을 추정했는데 실제와 일치하는 숫자가 나왔다. 칠판으로 다가간 박건이 전자펜으로 자신이 말한 출신성분별 계층을 적었다.

"2019년 남한 인구수는 4,800만입니다. 출산율이 0.9명으로 떨어져 십년 전과 비슷한 수준입니다. 실업률은 계속 상승해 현재 12퍼센트입니다. 지역을 가로축, 연령대를 세로축으로 실업자 전체를 나눠서 배열하고 인터넷, 시위 등을 통해 포보스연합을 지지한 자 비율을 곱하면 연령, 지역별 예상 지지율이 나옵니다. 여기에 월별 포보스 지지가담자 성장률을 곱하면 현재 인원을 추정할 수 있습니다."

박건이 말을 하면서 표를 그렸고 빈 칸마다 빠르게 계산한 숫자를 채워 넣었다. 모든 행동이 말과 동시에 이루어졌다.

"탈북자, 외국인 등 계층별 가담자를 같은 방법으로 계산해 더하고 중복된 부분을 빼면 국내에서 포보스연합을 적극 지지하는 자는 모두 81만

명입니다. 이 중 테러에 가담하거나 적극 동조할 가능성이 있는 자는 9만 정도로 예상됩니다."

"81만 명……."

원장이 신음을 토했다.

"너무 많지 않은가?"

"논리나 계산식에 잘못된 점이 있으면 지적하십시오."

"좋아. 자네는 왜 포보스연합 지지자들이 늘어난다고 생각하나?"

원장의 질문을 들은 박건이 의아한 표정을 지으며 대답했다.

"이미 말씀드렸습니다."

"무엇을?"

"빈부 격차에 의한 출신성분별 대립이라고."

"그럼 포보스연합이 계급투쟁을 부추겨 공산주의를 추구한다는 말인가?"

"두 가지 질문을 하셨습니다. 나눠서 대답하겠습니다. 첫째 계급투쟁은 맞지만 여기에는 경제적 요인뿐만 아니라 문화적 요인이 함께 작용합니다. 예를 들면 현재 한국사회의 부는 장년층에 몰려 있습니다. 이들은 유교적 가부장제를 옹호하고 군 복무 경험이 있어 회사나 사회를 군사 조직처럼 수직적, 계급적 지휘체계, 즉 상명하복의 질서를 통해 유지하려 합니다. 인터넷, 유학생활 등으로 개방된 서구문화에 익숙한 청년층은 구질서를 인정하지 않고 새로운 질서를 추구합니다. 물론 장년층에서도 돈은 상위 10퍼센트 정도가 쥐고 있고 청년실업률도 12퍼센트 수준이지만 둘의 경제적 격차가 크고 무엇보다 가치관이 다르기 때문에 상황이 극단으로 치닫고 있습니다. 나머지는 회색으로 시류에 따라 이리저리 쏠려 다니는 기회주의자들입니다."

"그러니까 자네 말은 포보스연합이 실업자, 빈곤계층을 주축으로 공산주의를 추구한다는 것인가?"

"두 번째 질문에 대해 말씀드리겠습니다. 아닙니다. 그들은 계급투쟁을 하지만 공산주의를 추구하지는 않습니다. 그들은 소련을 비롯해 공산주의가 실패한 역사를 알고 있고 북한 사회의 실상이 어떤지도 잘 알고 있습니다. 그들은 새로운 이념을 추구하고 있습니다."

"새로운 이념? 어떤 이념?"

박건이 칠판에 한반도 지도를 그리고 위에는 붉은색 아래는 파란색을 칠했다. 위쪽 붉은색에 X표를 그은 후 지우고 아래쪽도 X표를 그은 후 지웠다. 이제 칠판에는 아무것도 남지 않았다. 빈 칠판 위에 박건이 동그라미를 그리고 녹색을 칠했다. 포보스게임 영상에서 보았던 녹색 섬이 칠판에 남았다.

"홍길동의 율도국처럼 그들은 새로운 유토피아 국가를 건설하려 합니다."

사래가 들렸는지 국방원장이 갑자기 기침을 터뜨리며 손에 들고 있던 커피를 왈칵 양탄자에 쏟았다.

"새로운 유토피아 국가? 그런 것이 가능하다고 생각하나?"

"가능, 불가능을 따지는 것은 의미가 없습니다. 그들이 그것을 추구하고 있다는 것이 중요합니다. 모든 문제가 거기에서 발생하고 있습니다."

기침이 가라앉고 나서도 원장은 한동안 말을 잇지 못했다. 벽에 부착된 LED 화면에서 백로가 날아오르며 청아한 울음소리로 점심시간을 알렸다.

"개인적인 의견을 덧붙이면 불가능하다고 생각하지 않습니다. 포보스 예언은 국내뿐만 아니라 세계 각국에서 올라옵니다. 인터넷을 비롯한 교통과 통신의 발달은 세상을 하나로 엮었고 이제 세상은 좋은 쪽으로든 나쁜 쪽으로든 함께 움직입니다. 보고를 들으셨겠지만 새로운 세상을 꿈꾸는 세계 각국의 불만세력, 테러리스트들이 포보스를 지원하고 있습니다. 공산주의가 발호한 19세기 유럽처럼 한반도는 새로운 이념의 실험무대가 되고 있습니다."

"자네가 사태를 지나치게 과장하고 있다는 생각이 드는군."

"그들은 물 샐 틈 없는 경비 속에서 대통령을 저격했고 열여덟 번이나 예언을 실현시켰습니다. 불만을 품은 몇몇 개인의 힘으로 그런 일이 가능하다고 생각하십니까?"

박건이 제시한 사실과 근거 앞에서 원장은 할 말을 잃었다. 침울한 표정으로 생각에 몰두해 있던 원장이 박건에게 물었다.

"그럼, 어떻게 하면 포보스연합을 와해시킬 수 있겠나?"

"이념을 통해 기하급수로 확산되는 조직이 문제입니다. 경제가 중요하다고 하지만 돈 때문에 목숨을 버리지는 않습니다. 돈보다 강하고 무서운게 이념입니다. 이념은 종교와 같습니다. 목숨까지도 주저 없이 내놓게 합니다. 공산주의 역사를 보면 싸움이 거듭될수록 추종세력이 늘어났습니다. 몇 명을 죽인다고, 몇 번의 싸움에서 이긴다고 이념은 사라지지 않습니다. 네로황제에게 박해를 당하던 기독교도들처럼, 러시아 니콜라스 2세 치하의 노동자, 농노들처럼 이념은 패배의 피를 마시며 자라는 속성이 있습니다."

"그래서 어떻게 해야 하느냐고?"

듣고 있던 원장이 원성을 높였지만 박건은 동요하지 않았다.

"뫼비우스 띠처럼 끝없이 되풀이되는 악순환을 없애려면 이념을 만드는 자를 제거해야 합니다. 뱀의 머리를 자르면 몸통은 저절로 풀립니다. 즉 예언을 만들어 이념을 전파하는 자를 잡아 죽여야 싸움이 끝납니다. 공산주의로 치면 마르크스나 엥겔스 같은 자들이지요."

"예언자를 잡을 수 있겠나?"

"제가 입수한 정보에 따르면 포보스연합은 B그룹을 다음 공격목표로 삼고 있습니다. 저는 뱀의 머리를 자르려고 국방원 파견을 자청했습니다."

꽃이 내뿜는 이슬

박건은 러시아 모스크바 아르바트에 있는 그라노브스키 가에서 자랐다. 아파트가 즐비하게 늘어선 플로트니코프 가나 베스닌 가와 달리 그라노브스키 가에는 구소련 시절 공산당 간부들이 살던 연립주택이 많았다. 하늘을 찌를 듯 솟아오른 자작나무와 소나무, 넝쿨장미가 울타리 역할을 하는 회색 화강암 벽돌집 삼층 다락방에서 박건은 책에 둘러싸여 살았다. 아버지 표도르는 박건을 데스끼사뜨(유치원)에 보내지 않고 책만 읽게 했다. 네 살 때부터 러시아어, 영어, 프랑스어, 독일어, 조선어 등 세계 각국의 책을 원서로 읽었다. 박건에게는 다양한 언어가 하나의 언어나 마찬가지였다.

"레고 조각을 쌓아서 성을 만드는 것과 똑같은 거야. 각각의 레고 조각을 기억하고 성을 쌓는 규칙만 이해하면 모든 책을 읽을 수 있어."

언어학교수인 어머니 안나는 쉽게 각 나라 언어를 가르쳤다. 일곱 살

무렵 박건은 십여 개 나라 책을 원서로 읽을 수 있었다. 중국어는 레고 조각이 많았지만 암기에 어려움은 없었다. 어려서부터 한 번 본 단어, 한 번 읽은 책은 뇌에 문신을 새긴 듯 지워지지 않았다. 박건은 같은 책을 두 번 읽지 않았다. 매해 봄이면 수천 권의 책이 나가고 그만큼의 새로운 책이 박건의 다락방으로 쏟아져 들어왔다.

"이반이 사방(savant)일지도 몰라요."

우연히 박건은 어머니 안나가 아버지에게 자신에 대해 이야기하는 것을 들었다. 안나의 말을 듣자 자동적으로 박건의 뇌 속에 저장된 책이 펼쳐졌다. 사방은 프랑스어고 영어로는 서번트라고 한다. 서번트신드롬은 자폐증 등 뇌기능 장애를 가진 사람 중에서 천재성이 나타나는 현상을 말한다.

"이반에게 장애는 없어."

"능력이 너무 뛰어나 두려워요."

아버지 표도르는 장애가 없다고 박건을 감쌌지만 사실은 장애가 있었다. 박건은 생물과 무생물의 차이를 알지 못했다. 사전에서 생물을 '생명을 가지고 스스로 생활 현상을 이어 나가는 물체'라고 정의했고 이어 생명을 '생물로서 살아 있게 하는 힘'이라고 정의했다. 순환논리, 동어반복의 이런 정의는 박건을 혼란스럽게 했다. 무생물도 스스로 생활 현상을 이어간다. 바위도 나무나 개처럼 스스로의 몸을 지니고 환경과 작용하면서 생물처럼 변화하고 노쇠하고 사멸한다. 박건은 사람과 동물, 심지어 사람과 물건의 차이도 알 수 없었고 표정의 변화를 읽지 못했다. 사람이 눈물을 흘리는 것을 아침 바위에 이슬이 맺히는 것과 같은 현상으로 이해했다. 박건이 자신의 장애를 인식한 것은 일곱 살 때 영재들만 모아 가르치는 쉬꼴라에 입학하고 나서부터였다.

"같이 할까?"

찰흙을 주물러 바다에 있는 바위를 만드는데 누군가 말을 걸어 왔다. 잿빛 머리카락에 턱이 뾰족해 러시안블루처럼 생긴 여자아이였다. 박건이 대답하지 않자 옆에 앉아 찰흙을 주물러 꽃 모양을 만들었다. 박건의 뇌 속에 있는 식물도감이 펼쳐졌다. 처음 보는 꽃이었다.

"무슨 꽃이야?"

"장미야. 예쁘지?"

호기심이 실망으로 변했다.

"그렇게 생긴 장미는 없어. 튤립과 장미를 혼동하고 있군."

박건이 고개를 돌려 자기 암초를 만들고 있을 때 얼굴을 씰룩거리던 러시안블루가 눈물을 터뜨렸다.

"왜 울어?"

박건보다 머리통 하나가 더 큰 남자아이가 달려와 여자아이에게 물었다.

"제가 나를 모욕했어."

얼굴을 일그러뜨린 남자아이가 박건의 멱살을 잡고 얼굴에 거친 숨을 내뿜으며 말했다.

"내 동생에게 사과해."

"왜?"

"너는 내 동생을 모욕했어."

"모욕하지 않았어. 사실을 말했을 뿐이야."

남자아이가 박건을 들어 올려 내동댕이치려 했다. 박건은 그 아이 머리카락을 잡고 왼쪽 눈에 손가락을 집어넣어 눈알을 뽑았다. 얼굴 구멍에서 나온 눈알을 감싸 쥐고 남자아이가 소리치며 바닥을 굴렀다. 시신경에 매달려 흔들리는 눈알은 크리스마스트리에 달려 있는 붉은 방울처럼 보였다. 그날 박건은 쉬꼴라에서 쫓겨났다.

"눈물을 흘리는 것은 슬프다는 거야. 얼굴이 일그러지면 화가 난 거야."

이야기를 들은 안나가 한숨을 쉬며 설명했다.

"웃을 때도 얼굴이 일그러지잖아요?"

"얼굴 근육의 움직임이 다르지. 내 얼굴을 보렴. 웃을 때는 이렇게 변하고, 화가 나면……."

박건은 귀머거리가 입모양을 보고 단어를 맞추듯 표정을 보고 사람의 감정을 추측하는 훈련을 받았다. 표정과 관련된 레고조각은 많지 않았다. 얼굴에 있는 근육을 조합하면 훨씬 많은 숫자가 나오지만 표정을 만드는 근육은 한정돼 있고 그나마 쓰지 않는 근육도 많았다. 눈물이 변수였다.

"왜 슬플 때도, 기쁠 때도 눈에서 물이 나와요?"

"그건…… 확률로 결정하자. 눈물을 흘리면 대부분 슬퍼하거나 괴로워하는 거다."

안나의 설명은 생물과 무생물처럼 구별이 애매했다. 쉬꼴라 사건 이후 어쨌든 박건은 눈물을 흘리는 사람을 보면 일단 자리를 피했다. 확률적으로 여자가 많이 흘린다는 사실을 안 박건은 점점 여자를 멀리했다. 박건은 한 번 원칙을 정하면 원칙대로만 움직였다. 어머니 안나도 예외가 되지 못했다. 안나 또한 박건을 걱정하며 자주 눈물을 흘렸다.

"아무리 생각해도 저 아이는 사람 같지 않아요."

볼에 입 맞추는 입술을 피하는 박건을 보며 안나의 애정도 식어 갔다. 잠자리에 들 때면 볼을 부비며 여전히 '사랑한다'고 말했지만 박건은 안나의 표정에서 그 말이 거짓임을 알았다. 지층에 남은 화석을 연구하는 고고학자처럼 박건은 표정이 새기는 주름을 보고 인간을 읽었다. 쉬꼴라에 나가지 않는 동안 박건은 다락방에 처박혀 책만 읽으며 살았다. 박건이 관심을 가진 주제는 '사람이라는 물건을 움직이는 힘'이었다. 역사는 그런 힘을 가진 자가 주도했고 박건은 쉽게 그 힘을 간파했다. 사람을 움직이는 힘의 정체는 '공포'였다. '공포'에 휩싸인 자는 스스로의 판단능력과 의지를 상실하고 가축처럼 다른 사람에게 의지했다. 그리고 그를 '주인'이나 '영웅'이라고 불렀다. 거름이 깔려야 풍성한 밭이 되듯 공포가 깔린 사회라야 영웅이 탄생하지만 영리한 자들은 스스로 공포를 뿌린 후 권력을 추수했다. 1차 세계대전 이후 러시아에서는 스탈린이, 독일에서는 히틀러가 그런 짓을 했다. 둘을 연구하며 박건은 피식 헛웃음을 웃었다.

"저는 이런 인간들이 국가를 지배했다는 것을 믿을 수가 없어요. 어떻게 수천만 명을 죽인 이런 자들을 사람들이 순한 양처럼 따를 수 있었지요?"

스탈린 치하에서 어린 시절을 보낸 표도르는 명확한 대답을 하지 못했다. 떨리는 표도르의 입가에서 박건은 아직도 남아 있는 공포의 잔재를 느낄 수 있었다. 그만큼 공포는 강력했다. 반면에 공포를 일으키는 방법은 간단했다. 거의 수학공식처럼 들어맞았다. 첫째, 사람을 죽여야 한다. 많이 죽일수록 공포가 커진다. 둘째, 가상의 적을 상정해야 한다. 가상의 적이 사람을 죽였느냐는 사실은 크게 중요하지 않다. 사람의 뇌는 상상과 실재를 구별하지 못한다. 가상의 적이 죽였다고 세뇌시키면 된다. 셋째, 알지 못하게 해야 한다. 사람은 모르는 것에 공포를 느낀다. 그런 특성 때문에 인종 불문, 종교를 만들어 숭배한다. 스탈린 치하에서 러시아 사람들은 자신이 왜 수용소에 끌려가는지, 고문을 당하다 죽임을 당하는지 끝내 알 수 없었지만 죽을 때까지 그를 숭배했다. 이런 점에서 스탈린이 히틀러보다 한 수 위다. 히틀러는 유대인처럼 지나치게 구체적이고 너무 약한 적을 상정했다. 약점을 보완하기 위해 괴벨스는 프로파간다, 선동정치를 통해 히틀러를 지원했고 기독교 대 유대교의 대립 구조를 상정했다. 자본주의라는 가상의 적을 상정하고 침묵으로 대중을 지배한 스탈린과 대조되는 부분이다. 공포의 핵심은 '죽을지도 모른다는 생각을 갖게 한 후 그 이유를 모르게 하는 것'이고 권력의 핵심은 '원인을 알 수 없는 공포에서 지켜준다는 생각을 갖게 하는 것'이다. 독재자들은 이런 공포와 권력의 속성을 이용해 자신의 정권을 연장했다. 유럽은 물론 아시아, 아프리카, 아메리카 어디서나 이런 일은 수시로 일어났다. 대표적인 게 조선의 남북한 정권이다. 그들은 서로를 가상의 적으로 상정해 권력을 유지했다. 가상의 적이 공포를 지속시킬 만큼 충분히 강해야 하기 때문에 그들은 상대가 약하다고 생각하면 주변 강대국인 미국과 중국, 소련과 중국을 들먹여 공포를 지속시켰다. 그 결과 백년이 가까워질 때까지 분단이 계속되고 있다.

"나는 이런 유치한 장난에 속지 않겠어."

박건이 창문 밖에서 가지를 흔드는 자작나무에게 속삭이자 나무가 말 없이 고개를 끄덕여 동의했다.

장미가 핏빛으로 물들 무렵 낯선 남자가 박건의 다락방 문을 열고 들어왔다.

"인사 드리렴. 이동하 박사다."

표도르가 남자를 소개했다.

"안녕하세요. 반갑습니다."

조선 사람임을 알아차린 박건이 조선어로 인사했다.

"이분은……."

"내가 직접 말하겠네. 나는 네 친아버지다. 친아버지가 어떤 뜻인지 알지?"

박건의 머릿속에서 조선어 사전이 펼쳐졌다. '친아버지'는 '자기를 낳은 아버지'라는 뜻이다. 수컷이니 자신을 낳았을 리는 없고 자신을 낳은 암컷과 교미한 남자다. 이 남자가 친아버지면 표도르는 양아버지가 된다.

"아버지?"

"그래, 앞으로는 나를 그렇게 부르려무나."

호탕하게 웃으며 남자가 박건을 안아 올렸다. 다른 사람이 그랬다면 위협해 뿌리쳤겠지만 왠지 이 남자는 싫지 않았다.

"너를 괴롭히는 놈 눈알을 뽑았다며? 잘했다. 앞으로도 그렇게 하면 된다."

"아이에게 그렇게 가르치면 어떻게 하나?"

지켜보던 표도르가 꾸짖어도 남자는 아랑곳하지 않았다.

"이반 표도로비치 까라마조프라는 이름은 이제 네 머릿속에서 지워라. 네 조선 성은 박이고 이름은 건이다. 박건. 앞으로 너는 그 이름으로 한반도에 살면서 한반도를 세계 최고의 강대국으로 만들어야 한다."

남자가 박건과 자신의 얼굴을 거울에 비춰 보이며 말했다. 박건은 마트료시카 인형에서 나온 작은 마트료시카 인형처럼 남자를 닮았다. 불쾌한 표정으로 바라보던 표도르가 쿵 소리를 내며 문을 닫고 나갔다. 그러거나 말거나 남자는 신경도 쓰지 않았다. 박건은 생김새뿐만 아니라 성격도 자신과 비슷한 친아버지란 사람이 점점 마음에 들었다.

저녁식사 후에 거실에 모여 앉았다. 평소 같으면 식사가 끝나자마자 다락방으로 올라갔을 박건도 자리에 남았다. 표도르와 남자가 세계정세를 이야기했다. 경제력에서는 중국이 미국을 추월했지만 군사력, 외교력에서는 열세였다. 미국은 전통적 우방인 일본, 신흥 강국으로 부상 중인 인도, 오랜 잠에서 깨어나 다시 세계무대로 나서는 러시아와 손을 잡고 중국을 견제했다. 고립된 중국은 아프리카와 동아시아와 각국의 화교세력을 모아 미국에 대항했다. 화교는 유대인보다 결집력이 강했고 이제는 세계 경제를 좌지우지했다. 무엇보다 미국은 중국에 막대한 빚을 지고 있어 행동에 제약이 많았다.

팽팽한 두 강국의 이해가 첨예하게 대립하는 곳이 한반도. 열강에 둘러싸여 세계의 이목을 끌고 있는 한반도의 두 정치세력, 북한과 한국의 태도는 애매했다. 북한은 전통적으로 중국의 맹방이었지만 미국과 교류했고 남한은 미국과 가까웠지만 중국과도 협력했다. 개성공단에 이어 나진선봉지역을 남한에 개방한 북한은 동족과 함께 대륙 진출을 꾀하고 있지만 지금도 휴전선에서는 크고 작은 국지전이 발생하고 있다. 남한과 북한은 애증이 뒤섞인 부부처럼 행동했다. 어젯밤까지 한 이불 속에서 잘 자다가도 아침이면 음식그릇을 집어던지며 싸움을 했다. 남자는 그 모든 게 자국의 이익을 위해 한반도를 분열 상태에 두려는 주변 강국들의 위선적 외교정책 탓이라고 성토했다. 어쨌거나 세계를 움직이는 동력은 아시아로 넘어왔고 시간이 흐를수록 무게 추는 중국으로 기울고 있다. 표도르와 아버지라는 남자의 이야기를 뒷집에서 들려오는 개소리처럼 흘려들으며 박건은 초에 불을 켜고 가운데 심지를 들여다봤다.

"너는 어느 나라가 세계를 제패하리라고 생각하니?"

이야기를 멈춘 남자가 박건에게 물었다.

"蝸牛角上之爭."

박건이 중국어로 대답하자 남자가 호쾌하게 웃었다. '와우각상지쟁'은 장자에 나오는 말이다. 달팽이 뿔 위에 있는 두 나라의 싸움같이 하잘것 없다는 뜻이다. 자리에서 일어나 성큼 다가온 남자가 박건의 한쪽 다리를 잡아 거꾸로 들어 올렸다. 갑작스러운 행동에 놀란 안나가 신음소리를 냈다. 들고 있던 촛불이 흔들리며 카펫에 촛농이 떨어졌다. 소리를 지르며 발버둥질 쳐도 남자는 박건을 내려놓지 않았다. 손톱을 세워 남자를 공격하는 박건의 팔이 파닥거리는 닭 날개처럼 무기력하게 허공을 스치고 지나갔다.

"네가 생물과 무생물의 차이를 구별하지 못한다고 들었다. 이게 생물과 무생물의 차이다. 생물은, 특히 사람은 너와 생각이 다르면 너를 제압하고 심하면 물어뜯을 수도, 죽일 수도 있다. 이제 어떻게 하겠니?"

남자가 박건의 머리를 들어 올려 물어뜯는 시늉을 했다. 표도르와 안나가 팔을 붙잡고 만류해도 내려놓지 않았다. 피가 머리로 쏠리며 얼굴이 핏빛으로 변했다. 박건은 축 늘어진 시늉을 하다 마지막 힘을 모아 허리를 튕겨 사타구니 사이 급소를 공격했지만 남자는 예상했다는 듯 한손으로 발을 잡은 채 박건을 허리 옆으로 돌렸다. 허공을 친 주먹이 제풀에 지쳐 아래로 떨어졌다.

"미국과 중국이 이렇게 네 발과 머리채를 잡고 자기 마음대로 휘둘러도 가만히 있겠니?"

검게 변해 가는 얼굴빛을 본 남자가 박건을 내려놓았다. 그 순간 박건이 남자의 사타구니 사이를 머리로 박았다.

"어이쿠."

소리를 내며 뒤로 쓰러진 남자가 누운 채 박건을 올려다보며 웃음을 터뜨렸다.

"좋아, 좋아, 아주 좋아. 남자라면 당한 만큼 되갚을 줄 알아야지."

분이 풀리지 않은 박건이 탁자 위에 있는 꽃병을 들었다. 얼굴을 내려치려는 순간 다리가 잡혀 쓰러졌다. 물과 함께 쏟아진 꽃이 바닥을 뒹굴었다. 어느 틈에 박건 위에 올라탄 남자가 빙글빙글 웃으며 물었다.

"이제 어떻게 하겠니?"

빠져나오려 버둥거리던 박건이 침을 뱉었다. 남자의 얼굴에 닿지 못한 침이 도로 박건의 얼굴에 떨어졌다.

"일 년, 이 년, 삼 년…… 외세에 국토가 분단된 지 벌써 칠십오 년이 흘렀다."

하늘을 보며 혼자서 수를 헤아리던 남자가 눈물을 터뜨렸다. 남자의 얼굴을 타고 흘러내린 눈물이 박건의 얼굴에 뚝뚝 떨어졌다. 등에 깔린 꽃이 으깨지며 차가운 기운이 느껴졌다. 그 순간 박건은 눈물이 무엇인지 깨달았다. 눈물은 아침마다 꽃이 내뿜는 이슬 같은 것이었다.

"남한 정권도 북한 정권도 인민의 고혈만 빨아들일 줄 알지 진정한 독립 국가를 세우려는 의지가 없다. 그러니……."

이야기를 하던 남자가 갑자기 박건의 얼굴에 자신의 얼굴을 부비며 고막을 찢을 듯 크게 웃었다. 울다가 웃는 남자는 처음에는 자신을 구해준 사람의 소원을 이뤄 주려 하다 기다림에 지쳐 오히려 죽이려고 드는 옛날 이야기 속의 거인 같았다. 귓속이 아프도록 울렸지만 두 팔이 제압돼 귀를 가릴 수 없었다.

루나의 수련 ⁹

레프트훅이 날아왔다. 주먹을 피해 뒤로 돌아간 루나는 남자의 팔을 꺾어 밀쳐냈다. 비틀거리며 밀려나던 남자가 사나운 표정으로 돌아섰다. 살기를 띤 시선을 마주한 루나가 빙긋이 미소 지었다. 이제는 두려워하지 않고 어떤 눈도 마주할 수 있다. 가볍게 풋워크를 밟으며 주위를 돌던 남자가 로우킥으로 정강이를 때렸다. 루나도 피하지 않고 맞받아쳤다. 한 대, 두 대, 세 대…… 다리를 타고 올라오는 고통을 즐겼다. 놀란 눈으로 뒤로 물러나 호흡을 가다듬은 남자가 양쪽 훅을 날리며 밀고 들어왔다. 주먹을 피해 옆구리 사이로 빠져나간 루나가 회전하며 뒷발차기로 명치를 질렀다. 정통으로 급소를 맞은 상대가 쓰러지지도 못하고 링 줄에 기댄 채 헛구역질을 했다.

"또 덤빌 사람 없어?"

루나가 오만한 표정으로 링 주위에 서 있는 사람들을 둘러보며 자극했다. 동료의 등을 두드리며 돌보던 남자가 벌떡 일어섰다. 2미터 정도 돼 보이는 장신이다.

"나도 괜찮겠어?"

"오케이, 좋지."

글러브를 낀 남자가 가드도 올리지 않고 돌진해 왔다. 루나는 가벼운 발놀림으로 소나기처럼 퍼붓는 주먹을 피했다.

장례식은 햇빛 환한 대낮에 끝났다. 루나는 따뜻한 지상의 얼굴과 몸이 말 한마디 없이 손 한번 흔들지 않고 세상에서 사라지는 것을 두 눈을 부릅뜨고 지켜봤다. 불길이 사그라지자 살이 사라지고 뼈만 남았다. 오롯이 형체를 유지하고 있는 뼈는 과학 실습실에서 본 모형처럼 낯설었다. 컨베이어 벨트를 따라 분쇄장치로 들어간 뼈들이 우두둑 우두둑 갈리는 소리가 들렸다. 제분기에서 나오는 밀가루처럼 쏟아진 뼛가루가 유골함에 쌓였다. 진공 장치를 했는지 먼지도 일지 않았다. 자동 컨테이너 화살표를 쫓아가니 완제품이 나오듯 뼛가루가 담긴 유골함이 튀어나왔다. P23이라는 번호가 붙은 유골함을 어루만지며 유족들이 울부짖었다. 사람이 사라지는 데, 사랑이 사라지는 데 한 시간도 걸리지 않았다. 고개를 돌려 하늘을 보니 구름 한 점 없이 청명한 하늘에 누런 송진가루가 날리고 있었다. 장례식장을 나와 정처 없이 걷는 루나의 눈에 'K1 격투기 도장'이라고 먼지를 뒤집어쓴 채 버티고 선 간판이 보였다. 루나는 도장으로 들어가 외쳤다.

"누구 나랑 한판 붙을 사람 없어?"

루나가 바닥을 미끄러지며 거구의 사타구니 사이로 들어가 양쪽 허벅지를 위로 올려 찼다. 달려오던 힘을 이기지 못하고 비틀대던 거구가 쿵

소리를 내며 쓰러졌다.

벌써 두 번째였다. 이번에도 눈 뜬 채 사랑하는 사람을 보냈다. 부모님이 돌아가실 때와 마찬가지로 손 한번 제대로 써보지 못했다. 루나는 뉴욕 그랜드센트럴역에서 기차로 한 시간 반 정도 걸리는 콜드스프링이라는 마을에서 자랐다. 양부모는 음식점을 하며 루나를 키웠다. 어릴 적 루나는 내성적이고 소심한 아이였다. 아이들이 양부모를 쭈그렁 할아버지 할머니라고 놀려도 대들지 못했다. 미술을 좋아했던 루나는 뉴욕에 있는 파슨스디자인스쿨에서 패션디자인을 전공했다.

일어선 거구가 피 묻은 마우스피스를 뱉으며 말했다.

"여자라고 더 이상 봐주지 않겠다."

"내가 언제 봐달라고 했었나?"

거구가 양손을 벌려 피할 틈을 막은 채 한 걸음씩 밀고 들어왔다. 옆구리를 차도 피하지 않고 몸으로 밀어붙였다. 코너에 몰려 발을 잡힌 루나는 바닥에 쓰러졌다. 루나 위에 엎어진 거구가 자신의 몸 위로 루나를 들어 올려 등 뒤에서 팔뚝으로 목을 조여 왔다.

대학교 2학년 여름방학에 그 일이 발생했다. 떠돌이 남자 둘이 역에서부터 쫓아왔다. 집으로 달아난 게 실수였다. 떠돌이들은 문을 박차고 총을 앞세워 그냥 밀고 들어왔다. 양부모가 보는 앞에서 루나의 옷을 찢었다. 직접 디자인해 만든 원피스가 종잇장처럼 벗겨졌다. 달려드는 아버지를 떠돌이 하나가 칼로 찌르고 다른 놈이 총으로 어머니 머리를 후려쳤다. 아버지 피 위에서 루나는 발가벗겨진 채 강간당했다. 죽어가던 어머니가 신고하지 않으면 루나도 목숨을 잃었을 것이다.

"그만, 항복하지?"

거구가 루나의 볼에 자신의 얼굴을 붙이고 구린 냄새를 풍기며 물었다. 눈을 비추는 형광불빛이 흐릿해져 갔다. 루나는 필사적으로 양손을 뻗어 거구의 두 귀를 잡아당겼다. 깜짝 놀란 거구가 얼굴을 빼는 순간 뒤통수로 얼굴을 받았다. 빠직, 코뼈 부러지는 소리가 들렸다.

그날 이후 세상에서 유일하게 사랑했던 두 사람의 모습을 더 이상 볼 수 없었다. 백번도 넘게 루나는 그날 집으로 달아난 자신을 원망했다. 늙은 아버지와 어머니가 죽어갈 동안 힘 한번 써보지 못하고 무기력하게 당한 제 모습이 한심했다. 학교도 가지 않고 하루 종일 격투기도장에서 샌드백을 치며 살았다. 루나를 찾아온 지도교수가 한국에 교환학생으로 가지 않겠느냐는 제안을 했다. 더 이상 패션 따위는 배우고 싶지 않았지만 양부모가 살해된 미국을 떠나고 싶었다. 루나는 한국으로 왔다. 지금도 콜드스프링에는 세 개의 자물쇠로 닫혀 있는 집이 있다.

"또 덤빌 사람 없어?"

기절한 거구를 돌보던 사람들이 우르르 일어나 루나를 둘러쌌다. 한국에 와서도 격투기도장만 찾아다녔다. 학교에서 사귄 친구들과 나이트클럽을 돌아다니며 여자를 괴롭히는 남자들을 때려 주는 재미로 살았다. 유혹해 오는 남자에게는 술 시합을 제안했다. 남자가 의식을 잃고 쓰러지면 이마에 립스틱으로 '敗' 자를 써놓고 거리로 나왔다. 어느 날 흑인 군인 하나를 때려눕히고 클럽을 나오는데 백발에 한복을 입은 노인이 길을 막고 한번 겨뤄 보자는 제안을 했다.

"만약, 당신이 지면 십억을 줄래요?"

장난삼아 대꾸하고 지나가려는데 노인이 앞을 가로막았다.

"주겠소. 대신 당신이 지면 일 년 동안 제자가 돼 내 시중을 들며 살아야 합니다."

"그런데 당신이 지면 십억을 준다는 것을 어떻게 믿죠?"

노인이 길가에 있는 현금인출기로 루나를 데려가 통장에 있는 잔액을 보여줬다. 얼핏 보아도 돈은 십억 원이 훨씬 넘어 보였다. 노인의 돈을 뺏을 생각은 없었지만 싸움을 피할 생각도 없었다. 루나와 노인은 사람 눈을 피해 초등학교 운동장에서 맞붙었다. 루나의 공격은 노인의 옷깃도 스치지 못했고 도리어 소나기 퍼붓듯 매를 맞았다. 노인은 상대가 여자라고 봐주지 않았다. 주먹질, 발길질 하나 하나가 뼈를 부술 듯 매서웠다. 저항하다 기력을 잃고 쓰러진 루나를 일으켜 앉힌 남자가 말했다.

"이제, 우리 집으로 가자."

"한 번 더 내기를 해요."

매에 장사 없다고 많은 매를 맞고 나니 루나는 노인이 무서워졌다. 노인의 눈빛은 사냥감을 노리는 짐승처럼 집중돼 있었고 어떤 도발에도 동요하지 않았다.

"어떤 내기?"

"술 시합이요. 내가 이기면 아까 내기는 없던 걸로 해요."

싸움으로는 남자를 이길 수 없다는 것을 안 루나가 술 시합을 제안했다. 술을 마시는 척하다 달아날 생각이었다.

"대신 내가 이기면 이 년 동안 나와 함께 살아야 한다. 하겠나?"

루나가 지면 일 년이 이 년으로 늘어나는 조건을 걸었다. 루나는 마지못해 동의했다. 소주에 위스키를 섞은 폭탄주 스무 잔씩을 다 마시도록 남자는 얼굴빛 하나 변하지 않았다. 다시 채워진 스무 잔이 비워질 무렵 루나는 정신을 잃었다. 눈을 뜨니 사방이 산으로 둘러싸인 첩첩산중 너와

집이었다. 거기서 루나는 새벽부터 밤늦게까지 무술을 배웠다. 혹독한 훈련을 견디지 못하고 몇 번 탈출을 시도했지만 번번이 노인에게 잡혀 끌려왔다. 그때마다 저절로 비명소리가 터져 나올 정도로 두들겨 맞았다.

"왜 내게 무술을 가르치려 하죠?"

"은인이 부탁했다."

"도대체, 그 은인이라는 사람이 누구예요?"

"때가 되면 저절로 알게 된다."

"훈련을 빨리 끝낼 수는 없어요?"

"훈련이 아니라 수련이다."

"갓 뎀. 그 수련을 빨리 끝낼 방법이 없냐고요?"

"언제든 네가 나를 이기면 수련은 끝난다."

노인의 제안을 들은 루나는 희망을 가졌다. 비겁한 방법이라는 생각이 들었지만 노인이 잘 때를 노려 공격했다. 몽둥이로 머리를 내려쳤는데 어느 틈에 서까래 위에 올라가 웃고 있었다. 날래기가 날짐승 같았다. 다음 날 루나는 자다가 머리에 벼락을 맞았다. 밥 먹다가도 배를 걷어차여 마루 밑으로 굴러 떨어지고 계곡에서 목욕하다가도 공격을 받았다. 여자라고 봐주지 않았다. 24시간 루나와 노인은 전투태세에 있었다. 수십 번의 공격이 실패로 돌아간 후 루나는 전술을 바꿨다.

"스승님으로 모시겠습니다. 제게 정식으로 무술을 가르쳐 주세요."

스스로 무릎 꿇고 제자 되기를 청했다. 이날부터 스승에게서 한자를 배웠다. 한번 읽어준 한자를 다음에 따라 읽지 못하면 몽둥이가 날아들었다. 떠듬떠듬 한자를 짚어가며 《무예도보통지》 같은 고서를 읽었다. 무예서를 읽은 다음에는 정약용의 글을 읽었다. 스승은 틈틈이 한국 역사를 가르쳤다.

"근본을 알지 못하면 클 수 없다."

"한국은 저를 버린 나라입니다."

루나가 반박하자 스승이 마당 가득 날아다니는 씨앗들을 가리켰다.

"네 눈에는 나무가 저 씨앗들을 버린 것으로 보이느냐?"

"인간은 아기가 자라 스스로 살아갈 수 있을 때까지 키웁니다."

"지금 스스로 살아 나갈 수 없다는 말이냐?"

"저를 키운 사람은 한국인 부모가 아니라 미국인 부모입니다."

"생각이 옹졸하다. 한국인 부모가 미국인 부모를 통해 너를 키웠다. 불가에서는 그것을 인연이라 한다."

"제 친부모가 누구인지 아십니까?"

노인이 침묵했다.

"가르쳐 주십시오……."

"말할 수 없다."

"저를 스승님께 맡긴 은인이라는 사람이 제 친부모입니까?"

노인은 끝내 대답하지 않고 자리를 피했다. 루나는 노인의 말을 따르는 시늉을 하며 겨울이 오기를 기다렸다. 여름에 끌려왔으니 두 번째 맞는 겨울이다. 노인 몰래 설피와 스키를 만들어 두고 눈이 오기를 기다렸다. 어느 새벽 노인이 잠에서 깨지 않은 것을 확인한 루나는 설피를 신고 계곡을 걸어 내려갔다. 앞이 트인 곳에서는 스키로 갈아 신고 달아나는 속도를 높였다. 산이 끝나는 곳에 얼어붙은 호수가 있었다. 발을 디뎌 보니 쩡쩡 얼음이 갈라지는 소리가 들렸다. 등 뒤에서 마른 나뭇가지 부러지는 소리와 다급하게 낙엽을 밟는 소리가 들렸다.

"안 된다. 얼음이 완전히 얼지 않았다."

노인이 외치는 소리를 들은 루나는 얼어붙은 호수를 가로지르며 저편 기슭을 향해 뛰었다.

"안 된다. 돌아와라."

뛰어가는 발밑에서 유리창 쪼개지듯 얼음이 갈라지며 다급하게 우는 소리를 냈다. 마지막 디딘 자리에서 왈칵 솟구쳐 오르는 물을 보는 순간 물속으로 떨어졌다. 한기와 어둠이 루나를 덮쳤다. 물 아래는 물 위와 다른 세상이었다. 탁한 물속 위쪽에서 희미하게 빛이 내려왔다. 루나는 발버둥 쳐 빛을 향해 올라갔다. 간신히 구멍을 찾아 밖으로 나가려고 손을 뻗는 순간 얇은 얼음장이 체중을 감당하지 못하고 무너졌다. 더 이상은 얼어붙은 근육이 말을 듣지 않았다. 물속에서 몇 번 손발을 버르적거리다 체념했다. 삶을 포기하니 마음이 편해졌다. 찰나의 순간에 일생의 기억이 어제 일처럼 선명하게 머릿속을 스치고 지나갔다. 한 번도 본 적이 없는 친부모님의 얼굴도 보이는 듯했다. 친부모를 만나지 못하고 죽는 게 아쉬웠지만 죽음도 나쁘지 않았다. 루나의 코에서 마지막으로 빠져나온 공기가 물방울을 만들며 축제날 풍선처럼 하늘로 올라갔다.

눈을 뜨니 낯익은 천장이 보였다. 이불 아래 온돌에서 올라오는 온기가 따뜻했다. 죽을 끓여 가지고 들어오는 스승을 본 루나는 눈을 감았다.

"그렇게 무술 배우기가 싫으냐?"

루나가 대답하지 않자 스승이 말했다.

"일어나 이거 먹고 몸이 회복되는 대로 떠나라."

스승이 문을 닫고 나가는 소리가 들렸다. 감은 눈가로 눈물이 주르륵 흘러내렸다.

하루, 이틀, 사흘이 지나도록 루나는 너와집을 떠나지 않았다. 자신도 이해하지 못할 마음이었다. 스승이 떠나라고 허락하자 청개구리처럼 오히려 떠나고 싶지 않았다. 그렇다고 무술 수련을 하지도 않았다. 눈을 뜨면 뒷산으로 올라가 눈 덮인 산을 바라봤다. 자신을 버린 친부모를 생각했다. 자신과 관계가 없던 한국이라는 나라를 생각했다. 산 뒤에 또 산, 끝없이 펼쳐져 있는 산들을 바라보며 루나는 자신이 갈 길을 생각하려 애썼지만 길은 보이지 않았다.

"왜 떠나지 않느냐?"

하루는 루나가 앉아 있는 절벽 끝까지 따라 올라온 스승이 물었다.

"제 친부모가 누구입니까?"

"말할 수 없다. 너를 위해서이기도 하니 더 이상 묻지 마라."

"왜 저를 미국인에게 맡겼습니까?"

"너를 지키려고 그랬다."

"부모가 자식을 지킬 수 없어 남에게 맡깁니까?"

"이 땅에서 아이를 낳은 수많은 부모가 그리 했다. 사람이나 국가나 약하면 자식은 물론 자신도 지킬 수 없다."

스승은 끝내 친부모를 가르쳐 주지 않았다.

"수련은 언제 끝납니까?"

"너 하기에 달렸다."

겨울이 지나 새싹이 돋고 무성해진 나뭇잎이 울긋불긋 물들 무렵 루나는 산을 내려왔다. 스승이 책 한 권을 건넸다. 겉면에 '노자도덕경'이라는 제목이 한자로 적혀 있었다.

"어떤 책입니까?"

"세상살이에 싫증이 나거든 읽어 보거라. 위로가 될 거다."

떠나려는 루나에게 스승이 명함 한 장을 건넸다. 명함에는 '○○대학 교수 정국인'이라는 이름이 적혀 있었다.

"누구입니까?"

"찾아가 봐라."

언제나처럼 짤막하고 애매한 대답으로 말을 맺었다. 스승의 성격을 아는 루나는 더 이상 묻지 않고 돌아서서 길을 떠났다. 정국인은 지상의 아버지다. 그때는 환경부장관이 아니어서 루나는 그가 근무하는 대학으로 찾아갔다. 적지 않은 돈과 오피스텔 열쇠를 탁자 위에 올려놓은 정국인이 루나에게 하고 싶은 일을 물었다.

"왜 저를 도와주려 하십니까?"

"은인의 부탁 때문입니다."

"그 은인이라는 사람이 누구입니까? 제 친부모입니까?"

스승과 마찬가지로 정국인도 침묵했다. 루나는 돈과 열쇠를 탁자 위에 그대로 놓아두고 자리에서 일어섰다.

"도움은 필요 없습니다. 혼자 살 수 있습니다. 저를 낳은 사람들이 살아 있다면 그들에게도 그렇게 전해주십시오."

밖으로 나가는 루나를 정국인이 불렀다.

"일자리가 필요하거나 공부를 더 하고 싶으면 연락하십시오."

"그럴 일은 없을 겁니다."

비 온 뒤 운동장을 가로질러 대학문을 나서니 세상이 휑뎅그렁하게 보였다. 사람과 자동차와 건물이 끝없이 이어져 있는 도시에서도 산속처럼 갈 곳이 없었다.

길가에 서서 망연히 하늘을 올려다보았다. 한 곳에 붙박여 가야 할 길을 고민하지 않고 살아가는 가로수가 부러웠다. 물벼락이 루나의 상념을 깼다. 급정거를 한 차에서 남자가 내려 사과했다. 그냥 가라고 해도 남자가 세탁을 해주겠다며 고집을 부렸다. 얼굴을 붉히며 사과하는 모습이 밉지 않았다. 루나는 남자의 집에서 남자의 옷으로 갈아입고 남자가 차려주는 요리를 먹었다. 남자의 소개로 루나는 값싼 사글세방을 구했다. 그 뒤에도 남자는 계속 루나를 찾아왔다. 몇 번의 만남 뒤에 남자가 국가방호원에 입사하라고 권유했다. 국가방호원 정보망을 이용해 친부모를 찾을 수도 있지 않겠느냐는 설득에 마음이 움직였다. 그 남자가 지상이었고 뒤늦게 루나는 지상이 정국인의 아들이란 것을 알았다.

"왜 나를 속였어?"

"속인 적 없어. 말하지 않았을 뿐이야."

루나의 주먹에 맞은 지상이 뒤로 벌렁 쓰러졌다.

"아버지가 부탁해서 내게 접근한 거야?"

"아버지 부탁도 있었지만 그 때문만은 아니야. 가로수 아래 나무처럼 서 있는 너를 보자 어떻게든 다가가고 싶어졌어."

지상은 강간과 살인이 난무하고 친부모가 아이를 버리는 이 짐승 같은 세상에서 연꽃처럼 깨끗하게 자란 사람이었다. 험한 일을 하면서도 따뜻한 마음을 잃지 않았고 시간이 나면 가난한 사람을 도우러 다녔다. 루나는 그런 지상을 좋아했다. 연인인지 친구인지 동료인지 어떤 관계인지도 모르고 사랑했다. 지상과 함께 있으면 즐거웠고 지상으로 인해 어두운 과거를 딛고 세상으로 나갈 용기를 얻었다. 양아버지와 어머니 그리고 이번에는 지상…… 사랑하던 사람이 모두 사라진 낮은 밤처럼 어두웠다.

"또 덤빌 놈 없냐고?"

링 아래서 루나를 노려보던 근육질의 남자 하나가 링으로 들어왔다. 가드를 올리기도 전에 소나기 퍼붓듯 상대의 주먹이 날아왔다. 이번 상대는 펀치가 강해서 기뻤다. 아픔을 느끼는 동안은 지상을 잃은 슬픔이 조금 가시는 듯했다.

"제법인데."

마우스피스를 뱉은 루나가 맹렬하게 반격해 들어갔다.

10

복잡계

벨소리가 들렸지만 전화를 받지 않았다. 손가락 하나 까닥할 힘도 남아 있지 않았다. 욱신거리는 통증만이 주파수처럼 살아 있다는 신호를 보내고 있었다. 눈을 감았지만 잠이 오지 않았다. 장례식장에서도 흐르지 않던 눈물이 침대에 쓰러지자 쏟아져 나왔다. 눈을 뜨면 또 눈물이 흐를 것 같아 감은 채 누워 있었다. 전화기가 제풀에 지쳐 울음을 그쳤다. 감은 눈 위로 햇빛이 쏟아져 들어왔다. 지상이 죽었어도 밤이 지나자 다시 해가 뜬다는 게 믿기지 않았다. 눈꺼풀에 부딪힌 햇빛이 그 아래 끔찍한 영상을 만들었다. 피 흘리는 아버지가 잠자듯 눈을 감고 있었다. 떠돌이 둘에게 강간당하면서 애타게 불러도 감은 눈을 뜨지 않았다. 어머니 머리에서 방울져 맺히던 피가 물방울처럼 똑똑 떨어졌다. 루나는 사라지지 않는 기억에 치를 떨며 눈을 떴다. 해를 등지고 돌아누워도 끔찍한 장면들은 계속됐다. 해처럼 기억은 사라지지 않았다. 피와 살이 뒤범벅돼 하늘로 솟구치다 떨어지는 그 짧은 순간 몸통과 분리된 지상의 얼굴이 보였고 바닥에 떨어진 머리가 속절없이 굴러가다 멈췄다. 어깨부터 잘린 팔 하나가 루나의 발 앞에 떨어졌다. 몸을 잃은 팔은 체온을 잃었고 얼굴에서는 다정한 웃음이 사라졌다. 다시 다급하게 벨이 울렸다. 루나는 전화기를 집어 벽에 던졌다. 바닥에 떨어져서도 전화기는 발정 난 고양이처럼 울어댔다. 손에 집히는 대로 아무거나 집어 전화기를 짓이겼다. 벨소리가 멎자 문 두드리는 소리가 들렸다.

"어떤 놈이야?"

사납게 문을 열어젖히는 루나를 본 상대가 흠칫 뒤로 물러섰다.

"장 수사관, 왜 칼을 들고?"

팀장이었다. 식칼 끝에 전화 부속품이 찍혀 매달려 있었다. 루나는 칼을 던져 벽에 꽂았다.

"그 피는 다 뭐야? 얼굴은 왜 그래?"

격투장에서 묻은 피가 온몸 여기저기 말라붙어 붉은 문신처럼 보였다.

"빨리 씻고 옷 갈아입어라. 원장님이 찾으신다."

안쓰러운 표정으로 루나를 바라보던 팀장이 말했다.

"저 회사 그만둘래요."

"왜?"

루나가 대답하지 않자 집으로 들어와 냉장고 문을 열고 벌컥벌컥 냉수를 들이켠 팀장이 천천히 돌아서며 말했다.

"그만둬도 정 수사관 복수는 하고 그만둬야지. 네 파트너였는데."

"복수를……할 수 있어요?"

"응, 단서를 찾았다."

"정말요? 나 출근시키려고 거짓말하는 것 아니죠?"

고개를 끄덕이는 팀장의 모습을 찬찬히 훑으며 진위를 확인한 루나가 샤워실로 들어갔다. 차가운 물줄기가 얼굴을 때리자 또 눈물이 흘렀다. 울음을 참으려 어금니를 깨물었다. 주먹으로 타일을 때려도 눈물이 멈추지 않아 이마로 벽을 쿵쿵 들이박았다.

"만약 출근시키려고 거짓말한 거면 나한테 죽을 줄 알아요."

옷을 갈아입고 나온 루나가 팀장에게 다시 한 번 사실을 확인했다.

"무섭게 왜 이러냐? 내가 언제 거짓말하는 것 봤냐? 그리고 나 네 팀장이다. 팀장을 협박하는 놈이 어디 있냐?"

"알았어요. 빨리 가요."

루나가 앞서 문을 밀고 나갔다.

깨지고 찢어지고 부푼 루나의 얼굴을 본 원장이 놀란 표정을 지었다.

"얼굴이 왜 그래?"

루나가 대답하지 않자 혀를 차며 고개를 돌린 원장이 옆에 서 있는 남자를 소개했다.

"B그룹에서 파견 나온 박건 상무다. 앞으로 장 수사관 파트너로 함께 활동할 거다. 아 참, 정식 수사관 자격을 부여했으니 오늘부터 박 수사관이라고 불러라."

남자가 손을 내밀자 고개를 돌려 외면한 루나가 원장에게 말했다.

"파트너 필요 없습니다. 혼자 활동하겠습니다."

외부인 앞에서 부하사원에게 거절당한 원장의 얼굴이 붉으락푸르락 변했다.

"명령이야. 시키면 시키는 대로 해."

"혼자 활동하겠습니다."

지켜보고 있던 팀장이 앞으로 나서며 험악한 분위기를 바꾸려 했다.

"죄송합니다. 절친했던 정 수사관 죽음 때문에……. 장 수사관, 여기 있는 박 수사관이 단서를 찾은 사람이야."

"정말이야? 당신이 정말 단서를 찾았어?"

팀장의 말을 들은 루나가 박건을 노려보며 확인했다.

"장 수사관, 너 왜 그래? 누가 처음 본 사람에게 반말하래?"

지켜보던 원장이 화를 내며 루나를 꾸짖었다.

"괜찮습니다."

박건이 원장을 달랬다.

"현장에서 '포보스를 대통령'이라고 외치며 장 수사관을 방해한 자를 기억합니까? 그자뿐 아니라 그런 역할을 맡은 자가 여러 명 현장에 있었습니다. CCTV 녹화와 DNA 검사를 통해 용의자 리스트를 만들어 하나하나 조사할 계획입니다. 할 일이 많습니다. 저와 파트너로 활동하시겠습니까?"

박건의 말이 끝나기도 전에 루나의 주먹이 박건의 얼굴을 향했다. 박건은 주먹을 피하지 않았다. 주먹은 눈앞에서 멈췄다.

"내 파트너는 정지상 수사관뿐이다. 너는 어떤 놈이 포보스인지 내게 정보를 주기만 하면 된다."

"그렇게 하고 싶다면 그렇게 합시다."

어깨를 한번 으쓱한 박건이 웃으며 말했다.

"저, 저 말본새 하고는."

지켜보고 있던 국장이 통을 놓아도 그러거나 말거나 루나는 조금도 괘의치 않았다.

"일단 나갑시다. 할 일이 많습니다."

국장의 일장훈시가 떨어지려는 순간 박건이 루나를 밖으로 이끌었다. 루나는 밖으로 나가 박건의 차에 탔다.

"어디 가는 거야?"

"국과수……. 계속 반말할 겁니까? 나이도 적은 듯한데."

"나이 많다고 후배를 선배 대우하지 않아. 그리고 나이 많아 맞으면 상처도 오래 남으니까 함부로 까불지 마."

루나가 담배를 피워 물었다. 먹구름이 뭉클뭉클 몰려오고 있었다. 담배 연기가 퍼지자 박건이 창문을 열었다.

"회사원이 펜대나 굴리지 이런 험한 곳에는 왜 왔어?"

"포보스연합 와해시키러."

대답을 들은 루나가 코웃음 쳤다.

"국방원이 일 년 동안 못한 걸 네가 한다고?"

"못하니까 도와주러 왔다."

박건이 반말로 응수했다.

"너, 정말 맞을래?"

"그렇게 싸움에 자신 있어?"

박건이 웃으며 되물었다. 으름장을 놓아도 겁먹지 않았다. 여간내기는 아니었다.

"어떻게 부술 건지 방법이나 말해 봐."

"조금 복잡한데 설명하면 이해할 수 있겠어?"

"경고하는데, 나 주먹부터 나가는 성격이다."

"10년 전 인터넷에 예언자가 한 사람 등장했어. 환율이나 주가 등 경제를 예언했는데 사람들이 열광하며 많은 추종자가 생겼지. 그 뒤 신분이 밝혀지고 예언이 맞지 않자 열광의 분위기가 식고 사람들 기억에서 사라졌어. 그런데 만약 그의 신분이 밝혀지지 않았고 그 뒤에도 계속 예언이 적중했다면 어떻게 됐을까?"

상처 난 자리가 욱신욱신 쑤셔왔다. 통증은 몸이 살고 싶어 하는 증거다. 루나는 통증을 오랜 친구처럼 반겼다.

"한 번 더 경고하겠는데 앞으로는 질문하지 말고 그냥 네 생각을 말해."

"그런 사회현상을 실험한 미래학자가 있어. '신정감록'이라는 아이디로 인터넷에 예언을 유포했는데 7할 정도 비율로 예언이 맞았어. 이번에도 사람들은 열광했지. 정부에서 체포하려 하자 홀연히 사라졌지만 지금도 그를 추종하는 세력은 여전히 남아 있어."

'신정감록' 이야기는 뉴스위크에 실렸고 인터넷을 통제하거나 활용하고 싶어 하는 각국 정부와 기업에서 '신정감록' 연구 사례를 가르쳤다. 루나도 국방원 교육과정에서 들은 내용이었다.

"예수, 마호메트를 비롯해 예언자는 어느 시대에나 있어. 정치인, 기자 심지어 과학자들까지도 예측이란 단어를 사용해 예언을 하지. 사실상 일반 사람들도 어느 정도는 예언을 하며 살아. 어떻게 보면 인간은 예언을 하고 예언을 믿고 예언에 속으며 사는 존재야. 문제는 현대가 예언을 퍼뜨리기 쉬운 소셜미디어 세상이라는 데 있어. 트위터의 리트윗 기능을 이용하면 순식간에 정보를 퍼뜨릴 수 있어. 한마디로 예언을 퍼뜨리는 자가 예언을 통해 예언을 믿는 자들을 끌어 모아 조직화하기 쉬운 세상이 된 거지. 게다가 경제가 정치를 압도하는, 즉 정치와 경제의 균형이 파괴된

2019년 지금의 한국은 히틀러나 마르크스가 등장한 독일처럼 예언자가 권력을 잡기 쉬운 바탕이 조성돼 있어."

"사람들이 그 정도 분별은 할 수 있지 않나?"

"질문은 안하기로 하지 않았나?"

박건이 웃으며 루나의 말투를 따라했다.

"나는 할 수 있어."

"그런 불공평한 규칙은 따를 수 없는데."

"그래, 너도 질문해라. 이제 됐냐?"

"신정감록은 한 가지 실험을 더 했어. 인터넷을 통해 명령을 내린 거야. 추종자 300명을 선발해 2014년 3월 9일 12시부터 15분 동안 명동역에서 동작을 멈추고 있으라고 지시했는데 287명이 자발적으로 지시에 따랐지. 개중에는 회사에 휴가를 내고 온 사람도 있었어. 무작위로 추출한 군중이 이런 행동을 하는 것을 플래시 모빙(Flash Mobbing)이라고 하는데 실험 후 그는 몇 개의 법칙을 정리해 발표했어. '모습을 감춘 상태에서 7할 이상 적중하는 예언을 하면 추종하는 사람들을 조종할 수 있다.' 이게 신정감록 제1법칙이야. '추종자는 1년 단위로 기하급수로 늘어난다.' 이게 신정감록 제2법칙이고. '제1, 2법칙을 이용해서 예언자는 권력을 잡을 수 있다.' 이게 제3법칙이야. 여기서 어려운 점은 예언이 계속 적중해야 하는 건데 포보스 예언은 전부 맞았고 제2법칙에 따라 추종자들이 기하급수로 늘어가고 있어. 애초부터 포보스연합이 반국가단체는 아니었어. 정부가 반국가단체로 규정하고 인터넷에 예언을 유포하는 자들을 체포하기 시작하면서 시위가 발생한 거지. 그 뒤 정치적 이슈와 결합하면서 테러리스트가 나타났고. 어쨌든 싸움의 명분도 정부보다 포보스연합 쪽에 있어."

"그래서 어떻게 하겠다는 거야?"

"지금부터 말하는 내용은 어려우니까 이해되지 않아도 질문하지 마. 말해서 알아듣지 못하면 어차피 설명해도 못 알아들으니까."

"이 자식이 정말."

화를 내면서도 루나는 왠지 박건이 밉지 않았다.

"복잡계라는 과학이론이 있어. 과거의 과학이론은 'A라는 원인이 있어 B라는 결과가 나타난다'는 인과적 결정론에 바탕을 두고 있고 과학법칙을 수학공식으로 단순화시킬 수 있다고 생각했어. 이런 것을 환원주의적 사고라고 하는데 환원주의적 사고로 설명할 수 없는 현상이 많이 나타나고 있어. 대표적인 예가 미래 예측이야. 정부에서는 환율이나 주가를 안정시키기 위해 과거에 효과가 입증된 방법으로 조정을 하지만 예측한 대로 결과가 나타나지 않아. A라는 원인을 투입하면 B가 나타나야 하는데 C나 D가 나타나는 거야. A라는 요인 외에도 다른 요인이 영향을 미치기 때문이지. 세상은 실험실보다 복잡해. 숫자와 공식으로 단순화시키기에는 너무나 많은 요인들이 살아 있는 생명체처럼 요동치며 작동하고 있지. 이렇게 여러 요인이 상호작용해 나타나는 현상을 연구하는 이론이 복잡계야."

"나 원 무슨 대단한 소리를 한다고. 세상이 머리에 먹물만 가득 찬 인간들이 하는 말과 다르게 흘러간다는 것을 모르는 사람이 어디 있어. 복잡계? 도대체 그런 과학이론이 포보스연합과 어떤 관계가 있다는 거야?"

루나가 버럭 소리를 질렀다.

"포보스연합이 복잡계 이론대로 움직이니까."

"꽤나 복잡하군."

"복잡계니까."

"좋아. 꾹 참고 들어줄 테니 계속 말해 봐."

창밖에 꽃 만발한 거리가 나타났다. 교복을 입고 웃고 장난치며 뛰어가는 아이들이 보였다. 꽃은 그 자리에서 피었다 지지만 자라 어른이 된 아이들은 어디로 갈지 모른다. 사람은 어떻게 될지 모른다. 한순간 눈앞에서 사라져버린 지상처럼……

"그리스신화나 노장사상에서는 혼돈에서 질서가 나온다고 했어. 거꾸로 말하면 질서는 늘 혼돈으로 되돌아갈 준비를 하고 있는 거야. 엔트로피를 증가시켜 무질서 상태로 가려는 경향이 있어. 한마디로 인간은 질서를 바라지만 질서 속에는 늘 무질서가 잠재돼 있어. 우리 가슴 속에 있는 심장 또한 늘 규칙적으로 뛰지 않아. 불규칙하게 뛰기도 하고 멎었다 다시 뛰기도 해. 결국 영원히 멎게 되지만……"

죽음에 관한 이야기가 나오자 박건이 말을 멈추고 잠시 루나의 눈치를 살폈다. 박건도 루나와 지상의 관계를 팀장에게 들었다. 박건의 말을 들으며 루나는 스승이 준 노자의 《도덕경》을 떠올렸다. 스승은 세상살이에 싫증이 나거든 읽어 보라고 했지만 루나는 아직 책을 펼쳐 보지 않았다. 아직은, 아직은…… 싫증 나지 않았다. 복수가 남아 있다.

"죽음이 무질서 상태란 말이야?"

"신이나 자연에게는 아닐지 모르지만 적어도 인간에게는 무질서 상태나 마찬가지지. 천국과 사후세계에 대한 여러 이론이 있지만 어느 것도 확실하지 않으니까."

"점점 더 따분한 소리만 하는군."

루나가 하품하는 시늉을 하며 눈가에 맺힌 눈물을 닦아 냈다. 눈물은 시도 때도 없이 흘러나왔다.

"혼돈 상태에서 새로운 움직임이 생기면 이 움직임은 초기 조건에 민감하게 반응해. '나비효과'라는 게 발생해서 포보스연합처럼 작은 파도가 금방 해일로 변하지. 여기에는 자기유사성이라는 개념이 작용하고 있어. 창에 낀 성에나 고사리 잎을 보면 작은 잎 하나하나가 전체와 비슷한 모습을 가지고 있지. 또 하나하나의 작은 잎 속에 더 작은 잎이 숨어 있기도 하고. 이렇게 계속 반복하면서 증식하기 때문에 정확한 크기를 알기 어려운 거야. 포보스연합의 정확한 규모를 예측하기 어려운 것처럼……."

계속 하품하는 루나를 못 본 척하며 박건이 이야기를 이어 나갔다.

"헤겔이라는 독일철학자가 '양질전화의 법칙'을 이야기한 건 알지? 가느다란 실이 모여 천으로 변하고 천이 옷으로 바뀌듯 양이 많아지면 어느 순간 새로운 물체가 나타난다는 이론인데 복잡계도 이와 비슷하게 진행돼. 생물체의 경우 하나하나의 존재가 모여 요동치듯 꿈틀거리다 뭉쳐서 새로운 조직을 이루는데 이것을 자기조직화라고 해. 아프리카에서 있었던 일이야. 각각 따로 흩어져 살던 메뚜기가 개체 수가 증가해 먹을 게 부족해지자 사막메뚜기로 변해 집단으로 몰려다니며 초원을 황폐화시켰어. 메뚜기 자체도 생김새가 변해서 색이 황색으로 바뀌고 몸통도 짧아졌지. 인간사회에서도 이런 일이 발생해. 처음에 소수의 평범한 사람들이 작은 불만을 이야기하다 군중으로 뭉쳐 데모가 확산되고 국가를 전복시켜 새로운 체제를 세우지. 프랑스의 앙시앵레짐, 러시아의 절대왕정은 이런 과정을 통해 붕괴됐어."

"결국 포보스연합이 추구하는 게 국가전복이라는 말이야?"

박건이 고개를 끄덕였다.

"좋아, 이해했어. 이제 포보스연합을 막을 방법을 말해 봐."

"두 가지 방법이 있어. 하나는 초기에 발생하는 작은 불만을 질서 잡힌 길로 지나게 해서 소통시키는 거야. 소통된 불만은 소멸하고 새로 생기는 불만보다 소멸하는 불만이 더 많아지면 새로운 움직임으로까지 확대되지 않아. 간단히 말해서 초기에 의사소통을 시키면 문제가 해결돼. 인간을 비롯한 모든 개방계는 외부로부터 에너지, 물질, 정보를 받아들이고 또 그만큼 소모하거나 버림으로써 균형을 유지해. 들어오는 것이 나가는 것보다 많으면 균형이 무너지고 새로운 움직임이 생겨나는 거지. 그리고 일단 새로운 움직임이 생기면 이 움직임은 임계점, 극단을 향해 진행돼. 소통을 통해 소멸시키는 방법은 발생 초기에는 효과가 있지만 지금은 균형이 무너져 임계점으로 치닫고 있는 상태야. 의사소통 시기를 놓쳤어. 지금과 같은 상태에서는 흐름을 지류로 나누는 방법을 사용해야 해. 지류로 분산시키면 힘이 약해지기 때문에 쉽게 임계점에 이르지 못하거든. 국방원장에게 그 방법을 제안했어."

"너는 정말 쉬운 이야기를 어렵게 말하는 데 소질이 있는 것 같다. 그러니까 쉽게 말해서, 한마디로 어떻게 하겠다는 거야?"

"사이버 맞불을 놓기로 했어. 포보스 예언과 비슷한 예언을 퍼뜨려 진위를 가리지 못하게 해서 자기들끼리 싸우게 만드는 거야."

"그게 다야?"

루나가 실망스럽다는 표정을 지었다.

"아니."

박건이 대답하지 않고 하늘을 올려다봤다. 몰려든 구름이 반쯤 하늘을 가렸다. 금방이라도 비가 쏟아져 내릴 것 같았다.

"지류는 맴돌다 결국 다시 합류할 거야. 결국 두 번째 방법도 근본적으로 문제를 해결하지는 못해. 시간을 벌기 위해 사용할 뿐이지. 뱀을 죽이려면 머리를 잘라야 해. 맨 앞에서 흐름을 이끄는 예언자를 죽여야 싸움이 끝난다고. 포보스연합은 신흥종교집단의 특징을 갖고 있어. 사람들이 포보스연합을 추종하는 이유는 그가 이 더러운 세상의 무질서를 없애고 이 땅에 새로운 천국을 건설하리라는 희망을 주기 때문이야. 예언은 새로운 종교를 퍼뜨리기 위한 수단에 불과해. 지금부터 우리가 해야 할 일은 신흥종교집단의 교주를 잡는 거야. 그를 못 잡으면 흐름이 임계점을 넘어가고 그다음 단계는 내란이 될 거야."

"좋아. 복잡계가 뭔지 나는 잘 모르겠지만 네가 똑똑한 것 같으니까 네 말대로 할게. 대신 일주일에 한 명씩 잡아야 할 놈을 알려줘야 해. 그렇게 하지 못하면 교주란 놈보다 네가 먼저 죽을 줄 알아."

운전하는 박건의 코앞까지 주먹을 내밀어 보이며 루나가 험상궂은 표정으로 말했다.

'사납기는 해도 똑똑한 여자'라고 생각하며 박건은 국과수 주차장에 차를 세웠다. 차에서 내리자 툭툭 빗방울이 떨어졌다. 비 내리는 하늘을 올려다보며 루나는 마음속에 남아 있는 마지막 눈물을 흘려보냈다.

11

달나라 PC방

우산을 들고 문 앞에 나와 있던 기술서기관이 박건과 루나를 맞았다.

"국방원장님의 특별 지시가 있어 법의학과, 유전자분석과, 약물독과, 마약분석과에서 최우수 요원들을 선발해 검사했지만 대상이 오염돼 있어 개별특성을 추출하기가 쉽지 않았습니다."

대상은 박건이 쓰레기통에서 꺼낸 케첩통이었다. 개별특성은 지문, DNA, 총기 발사흔, 필적 등 세상에 하나밖에 없는 특성을 말한다. 서기관이 리스트를 내밀었다.

"지금까지 밝혀진 내용입니다. CCTV에 찍힌 인물과 대조해 가며 어렵게 정리했습니다. 초등학생 이하 어린아이는 명단에서 제외했습니다."

"특이사항은 없습니까?"

"필로폰 계열의 마약성분이 검출된 통이 많았습니다. 그 자들을 집중적으로 수사하면 범인을 찾을 수도 있을 것 같습니다."

서기관이 눈을 빛내며 말했다. 리스트에 '마약'을 별도 항목으로 구분해 표시했다. 현장에서 체포된 이영철의 집에서도 필로폰 계열의 마약이 발견됐다. 박건과 루나는 리스트에 올라와 있는 명단을 읽어 내려갔다. 쓰레기통에서 건져낸 증거물이어서인지 여러 계층의 사람들이 모여 있어 두드러진 특징을 포착하기 어려웠다.

"더 밝혀낸 사실은 없습니까?"

고개를 든 박건이 서기관의 눈을 찬찬히 응시하며 물었다. 움찔하며 눈을 감고 생각에 골몰하던 서기관이 말했다.

"DNA 분석 결과 일본인이 있었습니다."

서기관이 이름, 주소 등 대부분의 항목이 공란으로 비어 있는 사람을 지목했다. 비고란에 '일본인'이라고만 적혀 있었다.

"외국인등록 데이터는 조사해 봤습니까?"

"외국인등록 시 DNA 조사는 하지 않습니다. 저희가 가지고 있는 데이터에 일치하는 DNA는 없었습니다."

국과수를 나온 박건이 팀장에게 전화했고 팀장이 긴급회의를 소집했다. 리스트를 본 기동타격팀은 활기를 되찾았다. 즉각 전원 체포해 포보스연합과 관련성을 캐자는 쪽과 연합과 접촉할 때까지 비밀리에 미행 수사하자는 쪽으로 의견이 나뉘었다.

"이영철을 체포해 수사했지만 지금까지 별 소득이 없었다. 단서를 찾을 때까지 미행 수사하는 게 효과적이라고 생각한다."

팀장이 결정을 내렸다.

"하지만 전원을 미행 수사하기에는 인력이 부족하다. 케첩통에서 마약 성분이 검출된 자들만 미행 수사하고 나머지는 다른 팀의 지원을 받아 일괄 체포해서 조사하겠다."

팀장이 수사관들에게 미행 대상을 배정했다.

"장 수사관과 박 수사관은…… 어, 박 수사관 어디 갔지?"

박건이 보이지 않았다. 루나가 휴대전화로 박건에게 전화를 걸었다.

"정보분석실에 있어. 회의 끝났으면 팀장님 모시고 이리로 와."

차 속에서 티격태격한 후 둘은 서로 반말하는 사이가 됐다. 회의가 끝나자 루나는 팀장과 함께 정보분석실로 갔다. 박건이 컴퓨터 앞에 앉아 무엇인가를 계산하고 있었다. 숫자와 공식이 어지럽게 적혀 있는 종이에 P값이라는 글자가 눈에 띄었다.

"뭐하고 있어?"

"확률로 귀무가설 유의성을 검증하고 있어."

"뭘 검증한다고?"

생전 들어보지 못한 단어가 나오자 가뜩이나 회의에 참석하지 않고 독자적으로 행동하는 박건에게 불만이 있던 팀장이 볼멘소리로 물었다.

"확률적인 방법으로 리스트 명단에 있는 사람들의 공통점을 찾고 있습니다."

"그래? 공통점이 있어?"

"있습니다."

"어떤?"

낯빛이 밝게 변한 팀장이 박건이 계산하던 종이를 집어 들었다.

"대통령 저격 사건 전날 일곱 명이 동시에 같은 블로그에 접속했습니다."

"어떤 블로그야?"

팀장이 박건이 가리키는 모니터를 바라봤다.

"현재는 폐쇄되고 없습니다. 복원시켜 확인하니 평양냉면 요리법을 안내하는 평범한 블로그였습니다."

"평양? 블로그 만든 사람은 확인했어?"

"가짜 주민등록번호를 생성해 만들었습니다. IP주소를 추적해 요리법을 올린 곳을 찾아냈습니다. 주인은 김영춘, 68세로 부인과 살고 있고 건물은 PC방으로 등록돼 있습니다. 여기입니다."

모니터 화면을 바꾼 박건이 인터넷지도를 열어 서울 근교의 한 지점을 가리켰다.

"뭐하고 있어. 당장 가지 않고."

팀장이 채근했다.

전형적인 달동네였다. 구불구불 재래시장 길을 돌아 동네로 올라가는 길 아래 차를 세웠다. 화염병과 방망이를 든 철거민이 올라가는 길을 막고 전기진압봉으로 무장한 용역과 대치하고 있었다. 시대가 변해도 가난한 자들은 여전히 원시적인 방법으로 싸웠다. 가진 게 몸뿐인 그들은 맨몸으로 싸웠지만 그 몸이 살기를 원하는 바로 그 몸이었다. 차에서 내린 루나와 박건이 올라가려 하자 지켜보던 경찰이 제지했다. 루나가 신분증명카드를 제시했다.

"조금 있으면 폭도들과 싸움이 시작될 겁니다. 위험한데 올라가시겠습니까?"

말이 끝나기도 전에 핑 소리와 함께 검은 물체가 날아와 몰려 있는 용역 사이에서 터졌다. 투석기로 쏘는 화염탄이었다. 불길이 번지자 대열이 흩어지며 우왕좌왕했다. 화염탄은 금방이라도 쓰러질 듯 비스듬히 서 있는 산꼭대기 낡은 아파트에서 날아왔다. 아파트 위로 날아간 소방용 헬기가 물대포를 퍼붓자 옥상에 있던 철거민들이 화염탄을 쏘며 대항했다. 앞 유리에 정통으로 화염탄을 맞은 헬기가 불길에 놀라 잠자리처럼 푸다닥거리며 달아났다.

"재래식 무기가 의외로 효과가 크군."

박건이 강 건너 불구경하듯 혼잣말을 했다.

"비켜, 비켜!"

고함소리와 함께 불붙은 낡은 자동차가 떠밀려 내려왔다. 혼비백산한 용역들이 도랑으로 몸을 굴려 피했다. 루나와 박건은 싸움이 벌어진 길을 피해 산을 돌아 마을로 들어갔다. 시끄러운 입구와는 달리 동네는 조용했다. 부식돼 곧 꺾어질 것 같은 쇠 난간에 기대 아래를 내려다보고 있는 할머니가 보였다.

"할머니, 이 동네 PC방이 어디 있어요?"

"PC방은 왜?"

"주인이 김영춘씨 맞죠? 친척이라 만나러 왔어요."

"김영춘씨를 보러 왔다고?"

수상쩍다는 눈으로 루나와 박건을 살피던 할머니가 제방 위쪽을 손짓했다.

산등성이를 깎아 만든 동네는 산사태가 발생하지 않게 산을 돌아 올라가며 둑을 쌓았다. 둑 옆에 생긴 조그만 평지에 송충이 눈썹처럼 가는 길을 만들고 다닥다닥 집을 붙여 지었다. 산꼭대기를 향해 돌아 올라가는 둑 때문에 멀리서 보면 마을은 커다란 달팽이껍질을 엎어놓은 것처럼 보였다. 둑을 돌아 계속 위로 올라가도 PC방은 보이지 않았다. 변변한 그늘

하나 없어 폭염에 달구어진 시멘트길이 뜨거운 지열을 푹푹 뱉어냈다. 움직이는 사람 그림자 위로 땀방울이 뚝뚝 떨어졌다.

"한 칸 더 올라가 보자."

둑 하나를 더 돌아서자 벽에 페인트로 '달나라 PC방'이라고 쓴 집이 나타났다. 햇빛에 마른 글자가 거북이 등껍질처럼 부서져 가고 있었고 켜켜이 먼지가 쌓인 유리문은 잠겨 있었다. 유리문을 두드렸지만 인기척이 들리지 않았다.

"총 꺼내. 총 쏠 줄은 알지?"

루나가 속삭이자 박건이 고개를 끄덕였다.

"여기 숨어서 지키고 있어. 내가 뒤로 들어갈게."

뒤쪽 손바닥만한 공터에 꽃이 만발했다. 제철을 맞은 부용꽃이 커다란 꽃송이를 꼿꼿이 들고 화려한 자태를 뽐내며 서 있었다. 루나는 창문으로 방안을 살폈다. 사람이 누워 있었다. 잠을 자고 있는지 움직임이 없었다. 살며시 뒷문을 밀고 들어가자 뭉클 악취가 몰려왔다. 박물관에나 있을 법한 구형모니터가 흐린 빛을 반사하며 안으로 들어오는 루나를 지켜봤다. 루나는 무릎걸음으로 줄지어 있는 책상 사이를 살피며 돌아다녔다. 고약한 악취가 끈질기게 쫓아왔다. 방안에 누워 있는 사람뿐 다른 사람은 없었다. 앞문을 연 루나가 손짓으로 박건을 불러들였다.

"방으로 들어갈 테니 뒤에서 엄호해."

루나가 방문을 열고 뛰어 들어갔다. 숨을 막을 듯한 끔찍한 악취가 코를 쏘았다. 악취의 진원지는 방이었다. 안으로 들어와 보니 두 사람이 누워 있었고 둘 모두 죽어 있었다. 여자는 이불에 덮이고 남자의 포용한 팔에 가려 창문 쪽에서는 보이지 않았다. 팔베개를 해주고 있는 남자의 손

끝에 조그만 약통이 보였다. 이불을 젖히던 루나가 비명을 지르며 뒤로 물러섰다. 썩어가는 여자의 배에서 구더기가 바글바글 꿈틀대고 있었다. 내장이 쏟아져 나온 여자는 몸 중간이 거의 끊어졌다. 그런 여자의 윗몸을 죽은 남자가 두 팔로 부둥켜안고 있었다.

"청산가리야. 여자가 먼저 죽었고 남자가 여자를 따라서 자살한 거야."

남자의 손에서 약통을 빼내 냄새를 맡은 박건이 말했지만 루나에게는 그 소리가 들리지 않았다. 밖으로 뛰쳐나간 루나는 부용꽃 아래서 꽃대를 잡고 토했다. 토하는 자신의 소리에 겹쳐 멀리서 사람들이 아우성치는 소리가 들려왔다. 죽은 사람이 썩어가는 것도 모른 채 사람들은 살기 위해 발버둥치고 있었다.

"주인이 죽은 후에도 여기 와서 PC를 사용했어. 범인은 남자야."

루나를 따라 밖으로 나온 박건이 심드렁하게 말했다.

"그걸 어떻게 알아?"

입술을 훔쳐낸 루나가 따지듯 물었다.

"부패 상태를 보니 여자는 죽은 지 1주일이 넘었고 남자는 5일 정도 됐어. 블로그가 폐쇄된 것은 3일 전이야. 그리고……."

박건이 추리한 내용을 이야기하며 집안으로 들어갔다. 루나도 박건을 따라 들어갔다. 수사관 훈련도 받지 않은 신입사원 앞에서 호들갑을 떤 자신이 부끄러웠다. PC를 켜고 무엇인가를 조사하던 박건이 다가오는 루나를 제지했다.

"이게 제일 마지막으로 사용한 PC야. 남자는 구두를 신었고."

먼지 위에 흐릿하게 남아 있는 남자 발자국이 보였다. 왼쪽 발자국 위에 작은 발자국이 겹쳐 찍혀 있었다.

"발자국이 하나 더 있는데."

"그건 장 수사관 발자국이야."

처음 집에 들어와 책상 사이를 수색할 때 남긴 발자국이었다. 달아오른 얼굴을 감추려 루나는 PC에 '증거물' 스티커를 붙이고 밖으로 나가 사체를 처리하라고 감식반에 전화했다. 포크레인을 앞세운 용역이 조금씩 밀고 올라왔다. 방패처럼 치켜든 버킷에 화염탄이 날아와 하릴없이 터졌다. 싸우는 모습을 지켜보던 루나가 한숨을 쉬었다. 구두를 신은 남자는 천만 명도 넘을 테고 그나마 용의자 얼굴을 확인해 줄 주인도 죽었다. 지지부진한 싸움처럼 단서가 더 이상 뻗어나가지 못했다. 멍하니 서 있는 루나에게 박건이 사진 한 장을 내밀었다.

"누구야?"

"리스트에 있던 일본인. DNA 분석 자료를 일본 내각 정보조사실에 보내 자료를 받았어."

"일본 정보조사실이 네 말을 들어?"

"국가 간 협력보다는 국가와 기업 간 협력이 더 공고하지. 지금은 국가가 기업의 눈치를 보는 시대야. 그리고 내가 속한 B그룹은 일본에서 각별한 대우를 받고 있어……. 이시하라 신타로. 27세 남자. 백군파 소속 테러리스트야. 오키나와에서 미국 항공모함 레인저호에 경비행기로 가미가제식 폭탄테러를 사주한 혐의를 받고 있어."

백군파는 일본 극우테러리스트 조직이다. 일본 핵무장을 목표로 활동하고 있고 일본은 물론 이에 반대하는 미국, 중국을 테러 대상으로 삼고 있다.

"CCTV 확인 결과 대통령 저격 현장에도 있었어."

"이놈은 또 어디서 찾지?"

"한국에 등잔 밑이 어둡다는 속담이 있어."

무엇인가를 암시하듯 박건이 루나의 얼굴을 물끄러미 들여다봤다.

"그래서?"

다급한 마음에 루나가 재촉했다.

"여기는 숨어 있기에 좋은 장소야."

주위를 둘러보는 박건을 따라 루나도 사방을 살펴보았다. 그 흔한 CCTV, 위성수신기 하나 보이지 않았다. 여기는 문명이 비껴간 장소였다.

"탐문해 보자."

철거민이 점점 위로 쫓겨 올라왔다. 뭉클뭉클 피어나는 검은 연기에 섞여 진한 석유냄새가 풍겼다. 싸움이 동네까지 확산되기 전에 탐문을 끝내야 했다.

"저기로 가자."

박건이 화염탄을 쏘아대는 낡은 아파트를 손짓했다. 루나와 박건은 산꼭대기 아파트를 향해 뛰었다. 어슬렁거리며 눈치를 살피던 개들이 사람을 피해 달아났다. 아파트 정문을 들어서자 죽창을 든 사람이 막아섰다. 철거민들이 아파트를 보루로 최후의 싸움을 준비하고 있었다. 기름을 부은 폐타이어 수십 개가 쌓여 있었다.

"웬 놈들이야?"

"사람 찾으러 왔습니다."

"이 난리통에 누굴 찾아?"

박건이 사진을 보이자 남자는 보지도 않고 고개를 흔들었다. 옆에 선 사람에게 사진을 보이며 묻는데 하늘에 있는 헬기에서 최루탄을 쏘았다. 매캐한 노란연기가 꽃가루처럼 허공을 뒤덮자 모여 있던 사람들이 욕을 하며 뿔뿔이 흩어졌다. 헬기에서 특공대 복장을 한 경찰들이 줄을 타고 내려오며 사람을 가리지 않고 마취총을 쏘았다. 박건과 루나는 도망치는 사람들을 따라 아파트 안으로 들어갔다. 일층 입구 양옆에도 빽빽이 쌓아 놓은 가스통이 보였다. 이층으로 올라가 집집마다 문을 두드렸지만 한 곳도 문을 열지 않았다. 계단을 따라 옥상까지 올라갔다. 옥상으로 향하는 문을 열자 고등학생 정도로 보이는 아이가 둘을 향해 엽총을 겨눴다. 그 뒤에서 또래 아이들이 산 아래를 향해 화염탄을 쏘고 있었다.

"누구야? 왜 올라왔어?"

"나쁜 사람 아니다. 사람 찾으러 왔어."

루나가 다급하게 사진을 내보이며 물었다. 사진을 본 아이가 친구에게 물었다.

"영민아, 이 사람 PC방에서 본 그 사람 맞지?"

"응. 201호 살아."

아이의 말이 끝나기도 전에 박건과 루나는 2층으로 뛰어 내려갔다. 살며시 손잡이를 돌려 보았지만 문이 잠겨 있었다. 손짓으로 박건을 뒤로 물러서게 하고 루나는 손잡이를 폭파했다. 총을 겨누고 들어갔지만 안은 비어 있었다. 열린 창문 사이로 매운 최루연기가 밀려들어와 시야를 가렸다. 가스레인지 주위가 불길에 휩싸여 있었다. 박건이 침대 위에 있는 이불을 끌어와 불을 끄는 사이 루나는 창밖을 살폈다. 아래는 밀고 밀리며 싸우는 자들로 한 편의 지옥도 같은 풍경이 펼쳐지고 있었다. 멀리 사람들 뒤로 뛰어가는 남자의 등이 보였고 루나는 그가 박건이 말한 일본인이라고 직감했다. 루나는 남자를 쫓아 창문을 넘어 이층에서 뛰어내렸다. 발이 땅에 닿는 순간 굉음과 함께 쌓아놓은 가스통이 폭발했고 먼지바람에 휩쓸려 나뒹굴었다. 허겁지겁 일어나 발을 절룩이며 언덕 아래가 내려다보이는 정문까지 따라가 살폈지만 이미 남자는 사라지고 없었다.

폭발에 놀란 사람들이 콩 튀듯 했다. 총을 든 루나를 본 주민이 겁먹은 표정으로 뒤돌아 달아났다. 아파트가 화염에 휩싸였다. 일층부터 타오르기 시작한 불이 벽을 타고 위를 향해 올라갔다. 루나가 불길에 휩싸인 창문을 보며 박건을 불렀다. 목이 터져라 이름을 부르자 창문에서 검은 물체 하나가 튕겨 나와 바닥을 굴렀다. 경찰특공대 둘이 달려가 일어서는 박건에게 수갑을 채웠다.

"풀어. 국방원 수사관이다."

루나가 신분카드를 보이며 말했다.

"다친 데 없어?"

수갑을 푼 박건이 웃으며 고개를 끄덕였다. 애타게 부르는 소리에 돌아보니 옥상에서 화염탄을 쏘던 아이들이 불길을 피해 가장자리로 몰려 있었다.

"아이고 어떻게 해, 동철아!"

"영민아!"

"길수야!"

아이들 어머니인 듯 여자 몇이 하늘을 향해 두 팔을 벌리고 발만 동동 굴렀다. 옥상 위로 날아간 소방헬기가 줄사다리를 내렸다. 줄사다리를 타고 하늘로 오르는 아이들을 바라보던 루나가 소리쳤다.

"댐! 코앞에서 놓쳤네."

분통을 터뜨리는 루나에게 박건이 타다 남은 종이를 내밀었다.

"뭐야?"

"떠도는 섬."

12

거짓예언

박건이 제안한 대로 국방원은 비밀리에 거짓 예언을 퍼뜨렸다. 예언은 살아 있는 생명체처럼 또 다른 예언을 낳았다. 온갖 예언이 쏟아져 나오자 나라가 달아오른 용광로처럼 들끓었다. 사상과 예언의 멜팅폿(melting pot)에서 흘러나온 쇳물이 뜨겁게 사회를 달궜다. 다소 혼란스런 과정이 있었지만 국방원에서 의도했던 효과가 나타나기 시작했다. 정부를 겨누던 큰 흐름이 지류로 나뉘더니 지류가 더 작은 가닥으로 갈라지며 서로 치고 박고 싸웠다. 온라인에서 시작된 싸움이 오프라인으로 이어져 일곱 건의 살인 사건이 발생했다. 신흥종교단체와 점집이 창궐했고 온갖 음모론과 예언이 떠돌았다. 프리메이슨, 일루미나티, 활빈당, 임꺽정, 노스트라다무스 심지어 포보스연합의 상위단체라고 주장하는 데이모스연합까지 등장했다. 원래 포보스와 데이모스는 그리스신화에 나오는 아프로디테와 아레스가 낳은 쌍둥이 형제의 이름이다. 데이모스는 공황과 걱정의

신이고 포보스는 공포의 신으로 전쟁의 신인 아버지를 닮아 둘 모두 잔인하고 포악한 성격을 지녔다. 화성의 두 위성 이름이기도 하다.

혼란을 틈 타 한동안 잠잠하던 신정감록이 다시 등장했다. 신정감록은 정감록 감결의 예언이 금년 내 실현될 것이라고 주장했다. '인천(仁川)과 부평(富平) 사이에 밤중에 배 일천 척이 정박하고, 안성(安城)과 죽산(竹山) 사이에 시체가 산처럼 쌓이고, 여주(驪州)와 광주(廣州) 사이에 인적이 영영 끊어지고, 수성(隨城)과 당성(唐城) 사이에 피가 흘러 내를 이루고, 한강 남쪽 백리에 닭과 개의 소리가 들리지 않고, 인적이 영영 끊어질 것이다.'

예언을 믿은 서울과 경기도 사람들의 탈출이 가속화됐다. 공포에 질린 사람들은 해외로 이민을 가거나 십승지로 달아났다. 십승지는 흉년, 전염병, 전쟁이 들어올 수 없는 삼재불입지지(三災不入之地)라 하여 정감록에서 난리 때 피신장소로 제시한 곳이다. 태백산, 소백산, 덕유산, 가야산, 지리산, 계룡산 등 산세가 험한 십승지로 들어간 사람들은 외부와 연락을 끊고 살았다. 떠나지 못한 사람들도 사재기 열풍에 휩싸였다. 쌀, 라면 등 비상식량이 동이 났고 랜턴과 방독면을 만드는 회사가 호황을 누렸다. 돈이 있는 사람들은 정원에 비상대피소를 만들었다. 아이들이 일제 때 만들어진 윤극영의 '반달'을 개사해 불렀다. '푸른 바다 한반도 하얀 쪽배에 계수나무 한 나무 토끼 백 마리. 한 마리는 총알 맞아 뚫려서 죽고 두 마리는 폭탄 맞아 찢어져 죽고……' 뜻도 모르고 백 마리가 다 죽을 때까지 끈질기게 불렀다. 참요였다.

인터넷, 휴대전화 등 첨단 전자장비로 무장한 스마트몹(Smart Mobs)이 대통령 직접선거를 요구했다. 요구가 받아들여지지 않자 곳곳에서 기습 시위를 벌였다. 나라가 뿌리까지 흔들려도 여전히 대통령은 혼수상태에서 깨어나지 않았다. 대통령 역할을 대행하고 있는 국무총리가 비상국무회의를 소집했다. 정지상 수사관의 사망 소식을 듣고 귀국한 김용현 박사가 회의에 참석했다. 김 박사는 전 정부 때 과학부장관을 지냈다. 회의가 시작되자마자 대통령 저격을 막지 못한 국방원에 날선 비판이 쏟아졌다.

"현재 포보스를 와해시키기 위한 작전이 진행 중입니다. 조금만 시간을 주십시오."

국방원을 변호하며 국방원장이 비판하는 사람을 달랬다.

"기왕 엎질러진 물입니다. 앞으로 해야 할 일을 의논합시다. 김 박사께서는 현재 시국을 어떻게 보십니까?"

화제를 돌리려 국무총리가 침묵하고 있는 김용현 박사에게 질문했다.

"날이 갈수록 틈새가 커지는 빈부격차가 이 모든 소동의 원인이자 동인이라는 점은 여기 계신 분 모두가 잘 알고 있으리라 생각합니다. 최근에 부각되고 있는 문제점을 한 가지만 더 말씀드리면 부자와 빈자 간에 정보와 인식의 괴리도 심각합니다. 부자는 부자끼리 모여 살고 가난한 사람은 가난한 사람끼리 모여 삽니다. 그렇다 보니 사는 곳뿐만 아니라 수용하는 지식과 정보, 심지어 정서까지 달라졌습니다. 부자들은 가난한 사람들을 말이 통하지 않는 짐승처럼 취급하고 가난한 사람들은 부자를 철천지원수나 쳐 죽여야 할 괴물처럼 생각합니다. 이렇게 괴리가 크다 보니 같은 땅에 사는 한 국민으로 최소한 가져야 할 가치나 공감대가 형성되지 않습니다. 어떻게 해서든 정부에서 공통의 가치를 개발해 국민을 한 방향으로 이끌어 가야 합니다. 그런데……."

김 박사가 국방원장을 바라봤다.

"결속을 다져야 할 정부 부처에서 오히려 거짓 예언을 유포해 사회를 더 혼란스럽게 만들고 있다는 소문을 들었습니다. 목적이 무엇이든 심히 우려되는 일입니다."

사람들의 시선이 국방원장에게 쏠렸다. 국방원장이 김 박사의 시선을 비끼며 대답했다.

"인식의 괴리에 대해 말씀하셨으니 인식에 대한 실험 결과부터 말씀드리겠습니다. 김 박사께서도 과학자이시니 이 실험에 대해 알고 있으리라 생각합니다. 낯선 사람이 길을 묻는 사이로 간판이 지나가며 대답하던 사람의 시선을 가리고 길을 묻는 사람을 바꿔치기합니다. 그런데 길을 알려주던 사람의 80퍼센트가 사람이 바뀐 것을 눈치 채지 못했습니다. 병원 실험에서도 마찬가지 결과가 나왔습니다. 진료 결과를 알려주던 의사가 볼펜을 떨어뜨리고 줍는 체하며 숨고 다른 의사가 계속 말을 해도 대부분의 환자가 알아차리지 못했습니다. 심지어 남자를 여자로 바꿔치기해서 실험을 해도 마찬가지 결과가 나왔습니다."

국방원장이 물을 마시며 잠시 뜸을 들였다.

"사람에게는 1분에 1천만 개의 정보가 들어오지만 그 중 40개밖에 수용하지 못합니다. 수용능력이 안 되기 때문에 이전에 수용하던 방식으로 습관적으로 정보를 처리합니다. 생각하지 않고서도 빨간불이 보이면 멈추고 녹색불이 켜지면 횡단보도를 지나갑니다. 이런 것을 고정관념이라고도 하고 스키마(schema)라고도 합니다만 뭐라 부르든 상관없습니다. 인간은 어차피 자기가 생각해온 방식대로, 보고 싶은 대로 세상을 봅니다. 김 박사께서는 빈부격차를 주요 원인으로 들었지만 그 외에도 인식의 괴리가 발생하는 원인은 무수히 많습니다."

"그래서 거짓 예언을 퍼뜨렸습니까? 인간이 어차피 자기가 생각하는 방식대로 착각하며 사는 동물이기 때문에?"

"우리가 만들어 퍼뜨린 것은 일부에 지나지 않습니다. 포보스 예언이 올라오지 않자 국민들 스스로 예언을 만들어 퍼뜨리고 있습니다. 예언을 믿는 사람은 예언의 공백을 참지 못합니다. 잘 아시겠지만 거짓에 의지해서라도 불확실한 미래를 알려고 하는 게 인간의 본성입니다. 그래서 예나 지금, 동양과 서양을 가리지 않고 인간이 있는 곳 어디서나 종교가 탄생했지요."

국방원장은 심리학 교수 출신이었다.

"분명하게 말씀하십시오. 그래서 사회 혼란을 유발하는 빈부격차나 그로 인해 발생하는 인식의 괴리를 이대로 방치해 두자는 겁니까? 그 또한 인간의 무수한 착각 중 하나니까?"

"김 박사께서는 정말 정부가 원하는 가치를 만들면 그것을 국민들에게 심어줄 수 있다고 생각합니까? 인터넷을 통해 온갖 정보가 범람하는 이 시대에 그런 일이 가능하다고 생각합니까? 그게 가능하다면 나는 포보스 연합 등 반정부단체들부터 정부 편으로 세뇌시키겠습니다."

"제가 지적한 문제가 그것이 아니지 않습니까? 왜 자꾸 엉뚱한 이야기로 초점을 흐리십니까?"

"잘 생각해 보십시오. 결국, 같은 이야기입니다."

헛기침으로 말을 중단시킨 국무총리가 국방원장에게 질문했다.

"좋습니다. 국방원장께서는 앞으로 어떻게 할 계획입니까?"

"인간을 연구한 학자로서 솔직히 말씀드리겠습니다. 불편한 진실이지만 자연계와 마찬가지로 인간사회도 약육강식, 즉 힘이 지배합니다. 빈부격차를 줄이기 위해 예전에는 힘이 센 정부가 세금 같은 방법으로 부자의 돈을 뺏어 가난한 사람에게 주었습니다만 불행하게도 이 시대는 기업의 힘이 정부의 힘을 압도하고 있습니다. 근본적으로 경제 문제가 해결되지 않으면 이 문제는 해결되지 않습니다. 어쨌든 그 문제야 경제부 소관이니 더 이상의 말을 삼가겠습니다. 포보스연합에 국한해서 말씀드리면 그들이 가진 힘의 원천은 예언입니다. 포보스연합은 예언을 통해서 번성했고 예언을 통해 성장하고 있습니다. 눈에는 눈 이에는 이라는 말이 있습니다. 예언에는 예언, 저는 예언으로 그들의 힘을 약화시키려 합니다. 자세한 내용은 기밀사항이기 때문에 회의가 끝난 후 국무총리께 별도 보고 드리겠습니다."

들고 있던 기획조정실장이 끼어들었다.

"국방원장께서는 사람은 각기 제 방식대로 보기 때문에 이 사회에 수많은 가치가 범람할 수밖에 없다고 하셨지만 실제 이 사회를 지배하는 가치는 그리 많지 않습니다. 돈과 권력, 이 둘뿐입니다. 없는 사람들은 없어서 가지려 하고 있는 사람은 빼앗기지 않으려 싸웁니다. 지금이라도 두 세력이 공유할 가치를 만들지 못하면 가뜩이나 남북으로 갈린 나라가 호남, 영남, 강원, 충청으로 사분오열 뿔뿔이 흩어질 수 있습니다. 로마 등 커다란 제국도 그런 과정을 거쳐 역사에서 사라졌습니다."

"사람들에게 돈과 권력이 가장 중요한 가치라면 다른 가치를 만들어 퍼뜨린들 무슨 소용이 있겠습니까?"

국방원장이 비웃음을 섞어 대답했다.

"전자투표를 통해 의사결정을 하자는 스마트몹의 주장을 받아들입시다. 중요 사안마다 국민 전체가 직접 결정을 하도록 하는 것입니다. 그렇게 하면 권력을 독점한다는 불만은 없어지겠지요. 직접투표를 할 수 있도록 빈민층에 컴퓨터를 제공하는 비용은 그렇게 많이 들지 않습니다."

정보통신부 장관이 의견을 말했다.

"그건 안 됩니다. 선동정치나 중우정치의 위험이 있습니다."

"꼭 반대만 할 일은 아니라고 봅니다."

여기저기서 국무위원들이 나서며 한마디씩 하는 바람에 회의는 온갖 주장과 온갖 가치가 난무하는 말의 격전장이 되었다. 어지러운 회의장을 둘러보며 국무총리는 대통령이 어서 깨어나기만을 바랐다. 소란스러운 틈을 타 국방원을 지탄하던 사람들의 이야기가 다른 방향으로 흘러가는 것을 보며 국방원장은 내심 가슴을 쓸어내렸다. 논점을 흐리는 작전은 언제나 주효했다.

떠도는 섬 ¹³

같은 시간 국가방호원 기동타격팀에서도 긴급회의가 열렸다. 남자 얼굴 하나가 화면을 가득 채우고 있었다.

"이시하라 신타로. 34세 남자. 일본 백군파 소속 테러리스트입니다. 기꾸무라 이타루라는 이름으로 국내에 잠입해 철거가 진행 중인 아파트에 살았습니다. DNA 검사 및 CCTV로 확인한 결과 이시하라는 대통령 저격 사건 때 현장에 있었고 테러를 지원한 혐의가 있습니다. 아파트를 빌려준 주인에게 확인하니 계약서도 쓰지 않고 단기임대 형식으로 현금을 내고 살았습니다. 그런 식으로 사는 떠돌이들이 많다는 변명뿐 집주인에게서는 더 이상 정보가 나오지 않았습니다."

루나는 앞자리에 앉아 발표를 들었다. 수사관들 앞에서 처음 하는 발표라 긴장할 만도 한데 박건은 능숙하게 이야기를 이어 나갔다. 공부만 한 먹물로 알았는데 제법 배짱이 있었다. 얼굴 생김새도 지상과 비슷하다는 생각을 하다 루나는 고개를 저었다.

"일본 극우테러조직인 백군파가 왜 포보스연합을 지원합니까? 포보스연합은 국내, 그것도 좌익테러조직 아닙니까?"

2반 최 수사관이 질문했다.

"정말 포보스연합을 좌익단체로 생각하십니까?"

박건이 의아하다는 표정을 지으며 반문했다.

"빈곤층을 기반으로 활동하고 있고 빈부격차 해소를 목표로 삼은 조직이 좌익이 아니면 그럼 뭐야?"

"포보스 강령에서 그들은 '좌도 우도 아닌 행동하는 인간애'를 위해 싸운다고 하지 않았습니까?"

"그거야 겉으로만 그러는 거고. 언제 빨갱이가 나 빨개요 하고 말하는 거 봤어? 가난한 사람이 어떻고 민족이 어떻고 통일이 어떻고 하며 그럴듯한 명분을 앞세우지."

이야기가 옆길로 빠지자 뒷줄에서 '진도 나갑시다.' 하며 재촉하는 소리가 들렸다.

"일본 극우테러조직인 백군파가 포보스연합을 지원하는 이유는 두 가지로 추정됩니다. 첫째는 테러 조직 간 협업입니다."

박건이 리모컨을 누르자 화면이 바뀌며 타다 만 소책자가 나타났다. 윗부분에 영어로 쓴 'Global Terror Network'라는 제목이 보였다.

"이시하라 아파트에서 나온 책입니다. 불을 지르고 달아났는데 다행히 소각되기 전에 꺼낼 수 있었습니다. 테러조직 네트워크는 이전에도 있었습니다. 알 카에다의 이라크 총책 알 자르카위가 폭격으로 사망했을 때도 그의 은신처에서 테러네트워크를 정리한 메모리스틱이 발견됐습니다. 그

때는 중동과 유럽의 테러네트워크뿐이었지만 이 책에는 아시아, 아프리카, 아메리카에서 활동하고 있는 전 세계의 테러조직이 총망라돼 있습니다. 가히 테러조직의 국제연합이 창설됐다고 할 수 있을 정도입니다. 아쉽게도 불탄 부분의 테러조직이 확인되지 않고 있습니다. 협약 내용을 보면 이들은 농부들이 품앗이하듯 서로를 지원합니다. 테러 협업에는 장점이 있습니다. 한국에서 발생한 테러를 엉뚱한 일본 또는 파키스탄 또는 티베트 테러조직이 지원을 하면 수사망이 한없이 넓어지고 외교문제 때문에 체포도 쉽지 않습니다. 이런 협업 시스템에 의해 이시하라가 포보스연합을 지원하고 있을 가능성이 있습니다."

이야기 도중 드문드문 들리던 한숨소리가 회의실 곳곳으로 퍼졌다. '테러조직에도 네트워크가 있어?' '세상 정말 말세로군.' 개탄하는 소리가 터져 나왔다. 발표 내용이 사실이라면 앞으로 국방원은 세계의 모든 테러조직을 상대해야 한다.

"또 다른 가능성은 공조입니다. 포보스연합을 지원하는 것이 백군파 또는 일본에 이익이 된다는 가정을 할 수 있습니다. 관련된 내용이 있으니 제가 B그룹에서 파견 나온 이유를 말씀드리겠습니다. 기밀사항이니 대외비로 해주시기 바랍니다. 석유 등 한정된 화석연료를 기반으로 하는 경제시스템이 붕괴되고 있습니다. 폭등하고 있는 원유가격은 앞으로도 떨어지지 않을 것이고 그나마 30년 이내에 고갈될 것으로 예상됩니다. 이제 에너지 확보는 각국의 생존을 건 싸움이 되고 있습니다. 최근 제가 소속해 있는 B그룹은 러시아정부와 사할린 천연가스 공급계약을 체결하고 북한을 경유해 남한에 가스를 공급할 파이프라인을 설치하고 있습니다. 이 사업을 일본정부가 반대하고 나섰습니다. 이유는 사할린 천연가스 공급계약을 먼저 추진한 나라가 일본이기 때문입니다. 계약 조건으로 일본은 러시아와 영토 분쟁 상태에 있는 쿠릴열도 4개 섬 반환을 옵션으로 제시했습니다. 유럽으로의 천연가스 판매가 여의치 않아 자금압박에 시달리던 러시아는 섬을 반환하고 일본과 계약을 체결하려 했지만 그때 저희가 이 사업에 뛰어들었습니다. 우여곡절 끝에 결국 러시아 정부는 저희 B그룹과 계약을 체결했습니다."

박수가 터져 나왔다. '잘했어.' 칭찬하는 소리도 들렸다.

"감사합니다. 그 후 한국정부와 B그룹은 일본의 온갖 압력에 시달려야 했습니다. 자세한 내용은 말씀드릴 수 없지만 그동안 B그룹 임원 두 명이 살해되고 해외사업장 세 곳에서 폭발사고가 발생했습니다. 우리와 마찬가지로 에너지 자원이 없는 일본으로서는 국운을 건 싸움이라 수단과 방법을 가리지 않고 있습니다. 강대국인 러시아를 들쑤시는 게 여의치 않자 야쿠자 조직을 앞세워 러시아 마피아 등 온갖 테러조직을 움직이고 있습니다. 심지어 북한 테러조직도 가담하고 있고 남한에서는 포보스연합이 관여하고 있다는 정보가 입수돼 그룹에서 저를 파견했습니다. 물론 일본 정부는 이러한 사실을 일절 부인하고 있습니다."

"북한에도 테러조직이 있습니까?"

"3년 전부터 북한에 '백의사'라는 테러조직이 나타나 활동하고 있습니다. 자본주의 체제로 전환을 요구하는 극우단체로 저희도 이번에 안 사실이지만 일본 백군파의 지원을 받고 있습니다. 2개월 전 이들이 나진시에서 청진시를 잇는 파이프라인 여섯 군데를 폭파했습니다."

백의사는 1945년 남한에 설립된 반공 테러 단체였다. 총사령관은 염응택으로 조선공산당 평남지구당 위원장인 현준혁을 암살한 뒤 월남해 백의사를 조직했다. 중국 장제스 정부의 반공특무지하공작단체인 남의사에서 이름을 땄으며 '남' 자를 백의민족을 상징하는 '백' 자로 바꿔 백의사라 이름 지었다. 북한에서 내려온 청년들이 주요 계층으로 김구, 여운형 암살에 개입한 혐의가 짙다. 수십 년이 흐른 지금까지도 그들은 세력을 이어 왔으며 북한으로 조직을 확대해 활동하고 있다.

"장 수사관과 제가 조사한 내용은 여기까지입니다. 질문 있으면 말씀하십시오."

"백의사는 극우단체인데 왜 좌익단체인 포보스연합을 지원하고 있지?"

미덥지 않다는 목소리로 다시 2반 최 수사관이 질문했다.

"세상에 좌파 아니면 우파밖에 없다고 생각하면 제 이야기가 이해되지 않을 겁니다."

박건이 더 대답할 가치가 없다는 듯 꾸벅 목례를 하고 단상을 내려왔다. B그룹의 정보수집 능력은 놀라웠다. 솔직히 국방원이나 정부 정보수집기관보다 한 수 위였다. 자리로 돌아온 박건이 루나 옆에 앉았다. 뒤를 이어 강단에 선 김 팀장이 최우선 과제로 이시하라 체포를 지시했다. 공항과 항구 및 전국 경찰서에 현상수배 사진이 배포됐고 수사관들에게는 이시하라가 은신처로 삼을 만한 달동네를 중심으로 수색 영역이 할당됐다.

"우리는 왜 없지?"

루나와 박건은 수색조에서 빠져 있었다.

"그리고 '떠도는 섬' 이야기는 왜 안했어?"

루나가 묻자 박건이 손가락을 입에 대며 더 이상 말하지 말라는 시늉을 했다. 타다 만 'Global Terror Network'에서 발견된 남한의 테러조직은 포보스연합이 아니었다. 포보스연합이 있으리라 예상한 자리에 '떠도는 섬'이라고 적혀 있었다. 이시하라는 포보스연합이 주도한 대통령 저격 사건을 지원했다. 떠도는 섬과 백군파, 또 포보스연합은 어떤 관계인가? 셋 사이를 잇는 연결고리가 발견되지 않았다. 책은 회사조직도처럼 상위 테러조직의 명령을 받는 하위조직을 나열했고 상하좌우를 화살표로 이어 관계를 표시했다. 한국에도 '떠도는 섬' 아래 화살표가 있었지만 하위조직의 이름이 적혀 있어야 할 자리가 불에 타 조직명이 확인되지 않았다. 책 속에 연필로 쓴 메모가 끼어 있었다. 아시아를 주요 거점으로 활동하고 있는 기업명단이었다. 명단에 있는 일본 가네모토그룹은 공공연히 극우단체를 지원하는 회사이기에 테러단체를 지원하는 회사들일 개연성이 있었다. 지시를 마치고 돌아온 팀장이 루나와 박건을 불렀다. 셋은 팀장실에 모였다.

"당분간 '떠도는 섬'에 대해서는 비밀을 유지해라. 박건 수사관이 가져온 자료를 가지고 생각해 봤는데 아무래도 떠도는 섬이 포보스연합을 움직이는 상위단체인 것 같다. 그렇게 추정하면 몇 가지 의문점이 풀린다. 하나는 인터넷 떠돌이들이 이합집산하며 활동하는 포보스연합이 일사불란하게 움직인다는 사실이다. 누군가 전체를 통제하는 자가 없으면 불가능한 일이다. 다른 하나는……."

팀장이 리모컨을 누르자 여러 번 보았던 게임화면이 나타났다. 한반도가 폭발하고 녹색 섬만 남아 바다를 떠다니는 장면에서 팀장이 화면을 정지시켰다.

"여기에 나오는 섬이 단순한 게임 영상이 아니라 테러조직인 '떠도는 섬'을 상징하는 것 같다."

'Global Terror Network'를 처음 본 루나와 박건도 그런 생각을 했다. 하위조직 명단이 불에 타 확인할 수는 없지만 포보스연합은 떠도는 섬의 지시를 받는 하위단체일 가능성이 컸다.

"내 추측이 옳다면 포보스연합을 와해시킬 방법 또한 쉬워진다. 한 마디로 말해 떠도는 섬을 와해시키면 포보스연합은 붕괴된다. 머리 잘린 뱀처럼."

팀장의 목소리에서 흥분이 느껴졌다.

"다방면으로 떠도는 섬에 관한 정보를 수집하고 있지만 아무것도 발견되지 않고 있다. 위치도 조직원도 활동내역도…… 실오라기 같은 단서 하나 남기지 않았다. 현재로서는 이시하라가 떠도는 섬과 연결된 유일한 단서다. 어떤 일이 있어도 이시하라를 생포해야 한다. 기동타격팀 전체가 그 일에 매달려 있지만 특히 두 사람이 잘 해내리라 기대하고 있다."

이시하라 추적사건 이후 박건과 루나에 대한 팀장의 신뢰가 도타워졌다. 팀장이 사진과 주소를 적은 쪽지를 건넸다.

"이름 남상식. 남한에서 활동하고 있는 백의사 소속 공작원이다. 활용가치가 있어 체포하지 않았다. 백군파와 백의사가 밀월관계에 있으니 혹시 이시하라가 그 자를 찾아갈지도 모른다. 감시조를 붙여 두었지만 두 사람이 밀착해서 관리해라."

여전히 북한과는 가깝고도 먼 사이였다. 팀장의 말투로 봐서는 백의사의 정체를 진작부터 알고 있었지만 모른 척한 듯했다. 아마도 남상식은 국방원에 북한 관련정보를 제공하는 이중 첩자일지도 모른다. 팀장이 루나에게 가운데 붉은 단추가 달린 GPS 송신기를 건넸다.

"단추를 누르면 자동으로 기동타격팀 전체에 출동명령이 하달되고 그곳이 어디든 10분 안에 경찰특공대 200명이 포위한다. 늑대가 왔다고 거짓말하는 양치기 소년이 되지 않도록 주의해서 사용해야 한다.”

루나에게 어설픈 윙크를 하고 미소 띤 눈으로 박건을 바라보던 팀장이 물었다.

“박건 수사관은 떠도는 섬이나 포보스연합이 앞으로 어떻게 움직이리라고 생각하나?”

“이 대나무가 마음에 걸립니다.”

박건이 타다 만 책 위에 이시하라가 연필로 그려 놓은 대나무를 가리켰다.

“대나무와 관련된 곳에서 문제가 발생할 가능성이 있습니다.”

“대나무? 그럼 담양이란 말이야?”

박건은 질문에 대답하지 않았다. 침묵 속에 더운 열기가 느껴졌다.

아버지

급하게 출동준비를 서두르고 있는데 휴대전화가 울렸다. 무시하고 나가려다 이름을 읽었다. 정국인, 지상의 아버지…… 루나는 전화를 받았다.

"아버님, 저 루나입니다."

아버지라 부르는 목소리가 떨려 나왔다. 루나는 정국인을 아버지라 불렀다. 지상이 저녁을 같이 먹자고 해서 따라가니 집으로 데려갔다. 그 자리에서 지상이 종용해서 아버지라 부르게 됐다.

"오늘 시간 괜찮습니까? 지상이를 만나러 가려고 하는데……."

화장하던 날 마지막까지 곁에 있지 못하고 도망치듯 빠져나온 게 늘 마음에 걸렸었다.

"어디에……?"

"포천에 가족장지가 있습니다. 유골만 그곳에 보관했습니다."

여러 생각이 한꺼번에 머릿속으로 밀려 들어왔다. 떠도는 섬 추적이 급하고 무엇보다 아직 지상을 만날 마음의 준비가 되어 있지 않았다.

"죄송합니다만 지금 급한 일이 있어서…… 한국에 49재라는 풍습이 있다고 들었습니다. 그때 찾아뵈면 어떻겠습니까?"

"오늘 꼭 같이 갔으면 합니다. 이미 차를 사무실로 보냈습니다. 곧 기사가 전화를 할 겁니다."

대답을 듣지도 않고 전화를 끊었다. 이상한 생각이 들었다. 정국인은 상대를 배려하는 자세가 철저히 몸에 밴 사람이다. 이런 식으로 일방적으로 몰아붙이는 모습을 본 적이 없다. 의아해 하고 있는데 곧바로 휴대전화가 울렸다. 정국인이 보낸 기사에게서 걸려온 전화였다.

"가자."

출동준비를 마친 박건이 루나에게 와서 가자고 했다.

"갑자기 일이 생겨서 어디 좀 다녀와야겠어. 사무실에서 기다리고 있어."

"무슨 일인데?"

"일 끝나면 전화할게."

루나가 차에 타자 기사는 흔한 인사 한마디 없이 차를 몰았다. 차는 속도 제한을 아슬아슬하게 지키며 번잡한 도시 한복판을 능숙하게 빠져나갔다. 시내를 빠져나간 차가 산과 산 사이 좁은 길을 달렸다. 집이 있을 것 같지 않은 곳에 집이 있었다. 정국인이 나와 있었다. 지상의 어머니는 보이지 않고 대신 정국인 연배의 남자가 보였다.

"인사하지, 김 박사. 장루나 수사관일세."

김 박사라고 불린 사람이 루나에게 다가왔다.

"장 수사관, 김용현 박사야. 어려서부터 지상이를 가르친 분이야."

김용현 박사는 지상에게서 이야기를 많이 듣던 인물이었다. 언젠가 지상의 앨범에서 사진을 본 기억이 떠올랐다.

"지상이에게 말씀 많이 들었습니다. 만나게 돼 반갑습니다."

루나가 인사하자 김 박사가 마른 침을 삼키며 떨리는 목소리로 답했다. '이분 왜 이렇게 긴장하고 있지?' 루나는 혹시나 하는 마음에 주위를 살폈지만 수상한 기미는 발견되지 않았다.

"지상이는 어디에?"

"아, 따라오세요."

루나가 묻자 그때서야 생각 난 듯 정국인이 분향장소로 루나를 안내했다. 잔디를 심어 놓은 뒷마당을 가로지르자 페트라 유적처럼 벼랑을 깎아 만든 유리문이 보였다. 문을 밀고 들어가자 가운데 지상의 사진이 보였다. 사진 앞에 놓인 하얀 국화꽃이 누렇게 변색돼 가고 있었다. 정국인이 향에 불을 붙여 내밀었다. 하릴없이 날아오르는 연기를 바라보던 루나가 무릎 꿇고 서툰 절을 했다. 울지 않으리라 다짐했건만 의지와 상관없이 눈물이 밀려 나왔다. 그런 자신에게 화가 나 루나가 서둘러 눈물을 닦고 일어났다.

"이제 가봐야겠습니다. 급한 일이 있어서요."

루나가 가겠다고 하자 정국인이 당황한 표정을 지었다.

"포보스연합에 대해 할 이야기가 있습니다."

김용현 박사가 앞으로 나서며 말했다.

"포보스연합이라고요?"

"그래요……."

묘실을 나온 루나와 김용현은 응접실 의자에 앉았다. 정국인이 잠시 자리를 피했다.

"나는 한때 정부의 비밀프로젝트를 담당한 적이 있습니다. 우리는 그 프로젝트명을 '신정감록'이라 불렀습니다."

"신정감록이 정부의 비밀프로젝트였다고요?"

"그렇습니다. 당시 대통령과 전체 프로젝트를 지휘했던 몇 명만 아는 사실입니다. 철저하게 점조직으로 운영돼 나머지 직원들은 지금까지도 자신이 어떤 일을 했는지조차 모르고 있습니다."

"왜 정부에서 그런 일을?"

"날로 세력이 커가는 인터넷과 소셜미디어를 효과적으로 통제하기 위해서였습니다. 실험은 성공적이었습니다. 군중의 집단무의식을 통제하는 방법을 알아냈으니까요. 하지만 부작용도 컸습니다. 예를 들어 나쁜 의도로 국가를 장악하려는 자에게 이 방법이 알려지면 역으로 이용당할 수도 있으니까요. 실제 정보를 탈취하려는 시도가 있었습니다. 그것도 내가 사랑한 여자를 통해……."

김용현이 말을 멈추고 루나의 얼굴을 살폈다. 루나는 얼떨떨한 기분이었다. 눈앞에서 한국인 최초로 노벨상을 수상한 천재가 자신에게 엄청난 이야기를 털어놓고 있었다. 한때 그는 잠적했고 죽기 전 지상은 그를 티베트 라싸에서 보았다고 했다.

"왜 제게 그런 이야기를?"

"여자 이름은 장영희. 뉴욕 컬럼비아 대학 통계학과를 졸업하고 세계적인 해커로 활동했을 만큼 재기 발랄한 여자였습니다."

루나의 질문은 아랑곳하지 않고 김용현이 이야기를 이어 나갔다.

"장영희는 신정감록 프로젝트를 빼내려다 적발됐습니다. 마음이 아팠지만 나는 그녀를 쫓아냈습니다. 그게…… 실수였습니다."

김용현의 눈시울이 붉어졌다.

"일 년 후 영희에게서 연락이 왔습니다. 신정감록을 넘겨달라고 애원했습니다. 그동안 내 아이를 낳았다고, 아이와 자신의 목숨이 위태롭다고 했지만 나는 그 말을 믿지 않았습니다. 어쨌든 만나서 이야기하기로 약속했는데 그 장소에서 그녀는 죽은 채 발견됐습니다."

중년의 남자가 우는 모습을 보는 게 편치만은 않았다. 루나가 손수건을 건네자 눈시울을 훔친 김용현이 몇 번 심호흡을 했다.

"죽은 그녀의 모습을 보자 내가 잘못했다는 것을 깨달았습니다. 나는 신정감록을 폐기하고 내가 가진 모든 정보망을 동원해 그녀를 죽인 자를 추적했습니다. 그 과정 중에 포보스연합이 나타났고 그들을 조종하는 자들이 있다는 것을 알았습니다."

"그들이 누구입니까?"

루나가 흥분을 감추려 애쓰며 물었다.

"아직까지 실체는 모릅니다. 북한을 탈출한 자들이 연루돼 있다는 사실밖에. 그 중 한 명이 라싸에 있다는 정보를 입수하고 찾아갔지만 헛걸음했습니다."

흥분이 실망으로 식었다.

"최근에 신정감록이 다시 출현했다는 정보가 있는데 박사님과 관계 있습니까?"

"맞습니다. 그들이 찾아오기를 바라며 제가 소문을 퍼뜨렸습니다."

"그런 사실을 말씀해 주시려고 여기서 저를 기다리신 겁니까?"

"아닙니다."

말을 그친 김용현이 다시 루나의 얼굴을 살폈다. 어색한 느낌이 들어 루나는 시선을 피했다.

"노자 도덕경은 읽어 보았습니까?"

갑작스런 질문에 놀란 루나가 의혹을 가득 담은 눈으로 김용현을 바라보았다.

"그 사실을 어떻게?"

"장 수사관에게 무술을 가르친 도인은 제 사숙이기도 합니다."

"그럼……?"

"그렇습니다. 내가 부탁했습니다."

"왜요? 왜 그런 부탁을?"

"장 수사관이 미국에서 당한 일을 뒤늦게 알았습니다. 그래서 호신술을 가르쳐 두려고…… 지상을 따라 국방원에 입사할 줄은 예상하지 못했습니다."

대답을 들어도 혼란스럽기는 마찬가지였다. 어째서 이 사람이 내 과거를 자세히 알고 있는 걸까? 떠돌이들에게 당한 일은 지상에게도 말하지 않았다.

"도대체 무슨 말을 하는 겁니까? 정말 하고 싶은 이야기가 뭡니까?"

망각 속에 잠시 가려졌던 수치심이 되살아나 루나는 저도 모르게 목청을 높였다.

"루나야, 너는 내 딸이다. 하늘에 맹세코 나는 정말 영희가 내 아이를 낳았는지 몰랐다."

김용현이 테이블 위로 손을 뻗어 루나의 손을 잡으려 했다. 루나가 반사적으로 손을 뒤로 빼 감췄다.

"자세히, 자세히 말해 보세요."

장영희는 김용현의 늦은 첫사랑이었다. 사랑은 신성한 것이라고 막연히 믿어 왔던 김용현은 장영희가 자신에게 의도적으로 접근했다는 사실을 도무지 받아들일 수 없었다. 충격이 커서 김용현은 장영희의 모든 행동과 말, 심지어 존재 자체마저 불신했다. 한때 그녀와 사랑했었다는 기억도 믿을 수 없었다. 가능하다면 이따금 떠오르는 잔상까지도 말끔히 지우고 싶었다. 당연히 아이를 낳았다는 말을 믿지 않았다. 처참하게 죽어 있는 장영희를 보자 그토록 잊으려 애썼던 기억과 사랑이 되살아났다. 김용현은 자신이 한시도 장영희를 잊은 적이 없다는 사실을 뒤늦게 깨달았다. 복수심에 불타오른 김용현은 프로젝트팀에서 쫓겨난 이후 그녀의 행적을 샅샅이 추적했다. 신정감록을 노려 장영희를 협박하고 죽인 범인을 잡기 위해서였다. 모든 방법을 동원해 찾았지만 어디에서도 장영희의 행적은 발견되지 않았다.

십여 년의 추적이 무위로 끝나자 김용현은 자포자기하는 심정이 됐다. 허망함을 이기지 못해 물 위를 떠도는 가랑잎처럼 되는 대로 살았다. 그러다 건강마저 망가져 고향집에 돌아와 예전에 읽던 책을 뒤적이는데 장영희가 생일날 보낸 카드가 책갈피에 끼어 있었다. 컬럼비아 대학이 찍힌 사진 뒷면에 Carry & Ron이 부른 I.O.U라는 노래가사가 펜으로 쓰여 있었다. 가사를 읽어 내려가던 김용현은 대학시절 장영희가 어떤 학생이었을까 궁금해졌다. 장영희가 하숙하던 곳을 찾아내는 일은 어렵지 않았다. 바람이라도 쐴 겸 찾아간 장영희의 대학시절 하숙집에서 김용현은 놀라운 소식을 들었다. 살해되기 전 장영희는 대학시절 바로 그 하숙집에 다시 찾아와 묵었고 근처 병원에서 아이까지 낳았다. 그리고 또다시 온다 간다는 말도 없이 사라졌다. 김용현은 장영희가 아이를 낳았다는 병원을 찾아갔다. 이십 년도 넘게 시간이 흘렀지만 아이를 낳은 한국여자를 찾는 일은 어렵지 않았다. 장영희는 병원에 아이를 남겨 두고 떠났다. 아이는 콜드스프링이라는 마을의 윌리엄 칼로스 윌리엄즈라는 사람에게 입양됐다. 장영희는 미국에서 루나 장이라는 이름을 사용했고 아이는 어머니의 성을 물려받았다.

김용현의 입에서 낯익은 이름들을 들은 루나는 경악했다.

"잠깐만요. 그럼, 장영희씨가 낳은 아이가 저라는 말인가요?"

"그렇다. 너는 내 딸이다. 국방원에 제출한 DNA로 친자 확인 검사도 마쳤다."

"당신이 내 친아버지라고요?"

콜드스프링을 찾아갔을 때 루나는 이미 한국으로 떠난 뒤였다. 김용현은 루나를 따라서 서둘러 한국으로 돌아왔다.

"엄마를 닮아 너는 활달한 아이더구나."

양부모를 잃은 슬픔을 견디지 못하고 선불 맞은 맹수처럼 날뛰는 루나를 숨어 지켜보던 김용현은 사숙에게 루나를 부탁했다. 산을 내려온 후에는 친구인 정국인에게 그 일을 맡겼다.

"그렇다면 왜 이제야 제 앞에 나타나셨어요?"

루나가 아버지라는 사람의 물기 어린 눈을 외면하며 물었다. 슬픔과 기쁨, 사랑과 증오, 감사와 원망…… 가슴속에 무어라 정의하기 힘든 감정들이 물살에 휩쓸리는 모래알처럼 거칠게 떠돌았다.

"나는 아직도 위험한 처지에 있다. 지금도 일 년에 한두 번은 납치 시도를 당한다. 네가 내 딸이라는 사실이 알려지면 너까지 위험해질까봐 네 앞에 나서지 못했다. 너는 세상에 남아 있는 내 단 하나의 혈육이다."

루나의 얼굴에서도 맺힌 눈물이 방울져 떨어졌다. 루나가 뒤로 감췄던 손을 꺼내 김용현에게 내밀었다. 둘은 손을 잡고 울다 서로를 끌어안고 통곡했다. 부녀의 울음이 그치기를 기다리던 정국인이 차를 내왔다. 아들을 잃은 슬픔이 채 가시지 않은 정국인의 눈도 붉게 물들어 있었다.

"오늘 너를 만나자고 한 것은 네가 국방원을 그만뒀으면 해서다. 지상이 일도 있었고…… 위험한 일이니 사표를 내고 디자인 공부를 더 하면 어떻겠니?"

자식을 걱정하는 아버지의 목소리를 듣자 배 밑바닥에서부터 뭉클한 감정이 올라왔지만 루나는 가만히 고개를 저었다.

"왜?"

"지상을 죽인 자들을 체포할 때까지는 그만두지 않겠습니다."

"그럴 필요 없다. 지상이도 네가 평화롭게 살기를 바랄 거다."

정국인이 김용현을 거들었다.

"한 가지 이유가 더 추가됐습니다. 어머니를 살해한 자들을 꼭 제 손으로 잡겠습니다. 그들은 모두 포보스연합과 관계돼 있습니다."

김용현이 긴 한숨 끝에 말했다.

"이가 혀보다 강한 것 같지만 부드러운 혀가 더 오래가는 법이다. 네가 나서지 않아도 칼을 꺼낸 자 제 스스로 칼로 망하게 돼 있다."

"이가 없으면 혀인들 어떻게 오래가겠습니까? 그들이 먼저 칼을 사용했으니 칼로 망하게 하겠습니다."

김용현이 노자와 스승 상종의 대화에 나오는 치망설존(齒亡舌存)의 예를 들어 설득하려 했지만 루나는 받아들이지 않았다. 루나는 이런 식의 대화에 익숙해 있었다. 스승도 아버지처럼 말했다.

"사숙이 준 도덕경은 읽어 보았느냐?"

"읽지 않았습니다. 그런데 왜 스승님도 아버지도 제가 도덕경을 읽기를 바라십니까?"

"도덕경이야말로 진정한 평화를 설파하는 책이기 때문이다."

"그렇다면 지금은 읽지 않겠습니다."

루나의 반응을 예상했다는 듯 김용현이 바로 뒷말을 이었다.

"아이러니하게도 노자의 도덕경은 포보스연합의 핵심 간부들이 경전으로 삼고 있는 책이기도 하다."

"네? 왜, 도덕경을……?"

"노자사상은 춘추전국시대 치열한 전쟁의 소용돌이에서 피어난 반전의 철학이자 모순의 철학이다. 무위자연(無爲自然), 노자는 평화를 위해서는 인간이 욕심을 버리고 자연 그대로의 모습으로 살아야 한다고 주장했다. 전쟁 등 인간의 삶을 피폐하게 하는 원인이 되는 국가는 없는 게 낫고 설령 있더라도 자연 그대로의 마을처럼 작아야 한다고 설파했다. 이런 노자의 사상은 모든 정치적인 조직, 권력을 부정하는 현대의 아나키즘과 맥을 같이 한다. 포보스연합 또한 노자나 아나키스트들처럼 인간이 인간답게 살려면 국가를 없애야 한다고 주장하고 있다. 조직과 힘이 없었던 아나키스트들은 그들의 주장을 관철시키는 데 실패했지만 포보스연합은 다르다. 역설적으로 현대의 발달한 기술문명은 그들에게 국가를 이길 수 있는 힘을 주었다. 핵무기 제조기술이 날로 발전해 이제는 서류가방 크기의 핵무기로도 히로시마에 떨어진 원폭의 위력을 발휘할 수 있다. 미국이 당한 9·11테러처럼 비행기를 납치하지 않더라도 웬만한 빌딩이나 도시 하나는 쉽게 파괴시킬 수 있다. 내가 입수한 정보에 따르면 포보스연합은 지상에서 가장 발달한 무기체계와 테러 네트워크를 가지고 있다. 포보스 연합을 움직이는 자들을 찾아도 쉽게 제거할 수 없는 이유가 바로 그 때문이다. 테러리스트 한 명의 목숨과 수만 명의 목숨을 바꿔야 한다면 너는 어떤 선택을 하겠니? 이미 그들은 핵 억지력을 확보했다."

유업

투명한 하늘을 내려온 햇살이 바닷물에 잠기자 바다가 몸을 꿈틀대며 환호성 치듯 빛을 산란했다. 시원부터 유년인 바닷가를 아이들이 웃으며 뛰어다녔다. 햇빛 몇 조각이 유리창을 넘어 들어와 벗은 몸을 비췄다. 아키꼬는 욕조에 앉아 자신의 몸에 물이 그리는 무늬를 들여다봤다. 흥분해서 일어선 솜털마다 물방울이 걸려 보석처럼 반짝였다. 오빠를 생각하면 몸이 먼저 반응했다.

"뭐, 어때. 어차피 배 다른 형제잖아."

안 된다고 말한 사람도 없는데 아키꼬는 제 머릿속 생각을 스스로 부정했다. 고개를 저으며 손바닥으로 물 표면을 치자 출렁거리던 물이 되돌아와 젖가슴을 간질였다. 울렁이는 가슴을 진정시키려 창밖을 보니 바다를 향해 뻗어 나간 연두색 나무다리 위로 하얀 모자를 쓴 아이가 뛰어가는 모습이 보였다. 놀라서 쫓아간 엄마가 아이를 부둥켜안고 꾸짖다 아이가 울자 다리 아래 바다를 손가락으로 가리켰다. 예쁜 물고기라도 지나가는 모양이다. '반드시 내 몸으로 오빠를 닮은 아이를 낳아 오빠와 함께 키울 테야……' 아키꼬는 한 손으로 물을 끼얹으며 다른 손으로 천천히 가슴을 매만져 밀물과 썰물처럼 오가는 격정을 달랬다.

"아키꼬, 오늘은 목욕을 오래 하네."

밖에서 기다리다 지친 최 회장이 문을 빼꼼 열고 안을 들여다본다. 최 회장을 달래려 미소를 지어 보인 아키꼬는 문을 닫으라고 손짓을 하고 다시 창밖으로 시선을 돌렸다. 풍광이 아름다운 오키나와는 일본에 예속되기 전까지 유구국이라는 나라였고 홍길동이 세운 율도국이 여기라는 이야기도 전해 오고 있다. 중국과 일본, 두 강대국 사이에서 고통을 당하다 태평양전쟁 때는 일본 본토를 대신해 희생양이 되었고 지금도 미군이 주둔하고 있다.

"전쟁이 나면 어떤 계층이 고통 받을 것 같으냐? 군인들? 천만에, 여자와 아이들이 가장 큰 고통을 받는다. 오랜 전쟁의 세월 동안 연약한 여자들이 남자들이 남겨 놓은 상처를 치유해 가며 삶과 역사를 이어 왔다. 너는 같은 여자로서 그런 역사를 종식시킬 의무가 있다."

형제들 중 유일한 여자인 아키꼬에게 어려서부터 오빠는 여자와 아이를 돌보아야 한다고 강조했다. 어려서는 여자들만의 국가인 아마조네스를 만들까도 생각했지만 오빠 때문에 포기했다. 남자인 오빠가 없는 국가에서 살고 싶지 않았다. 세계 각국에 흩어져 살던 형제들은 매년 겨울에 한 곳에 모여 특수훈련을 받았다. 집결 장소는 그때마다 바뀌었다. 티베트 라싸, 북한 백두산, 시베리아, 사하라 사막…… 낮에는 무기 제조기술을 배우고 밤에는 온갖 테러리스트와 군인들을 상대로 실전훈련을 했다.

고된 훈련을 받으며 해를 거치는 동안 다섯 명의 형제가 목숨을 잃었다. 그 중 하나는 훈련을 피해 달아나다 아버지가 쏜 총에 맞아 죽었다.

"너희들을 내가 만들었다는 사실을 잊지 말아라. 내게는 너희들의 목숨을 앗아갈 권리가 있다."

오빠가 진정한 리더였다. 혹독한 훈련에 지치고 겁에 질린 형제들에게 용기를 불어넣고 단합시켰다. 오빠가 세운 전략대로만 움직이면 상대가 아무리 강해도 이길 수 있었다. 형제들은 오빠를 따라 절벽을 기어오르고 사막을 넘고 급류를 헤쳐 나갔다. 예기치 않은 공격에 당황한 적들은 변변한 대응 한번 제대로 하지 못하고 죽어갔다. 수를 세어 보지는 않았지만 훈련 동안 수백 명의 목숨을 빼앗았다.

아버지 말을 거역하지 않던 오빠가 반기를 든 것은 아키꼬, 자신 때문이었다.

훈련이 끝나면 모든 형제들은 벌거벗은 채 아버지에게 건강검진을 받았다. 그 중 아키꼬의 검진 시간이 가장 길었다. 아키꼬의 벗은 몸을 쓰다듬고 핥던 아버지는 사타구니 사이에 억지로 딱딱한 물건을 끼워 넣었다. 어려서는 그 일이 무엇인지 몰랐지만 나이 들면서 알게 됐다. 다음 번 또 그 일이 시작되었을 때 아키꼬는 울며 몸을 피했다. 위협해도 말을 듣지 않자 생체 호르몬을 주사했다. 광란 상태에서 아버지의 몸을 받아들였지만 일이 끝나자 부작용이 나타났다. 구토와 함께 발진이 생겼다. 텐트에서 울며 나오는 아키꼬에게 오빠가 이유를 물었다. 다음 해 또 그 일이 벌어졌을 때 아버지는 오빠가 휘두른 초승달 칼에 목이 잘렸다. 아키꼬는 아버지의 허벅지 위에 앉아서 날아가는 머리를 보았다. 오빠가 아키꼬의 벌거벗은 몸을 안아 올리자 머리를 잃은 몸통이 침대 밖으로 굴러 떨어졌다.

아버지를 잃은 형제들은 갈팡질팡했다. 그도 그럴 것이 지금까지 그들의 삶은 아버지의 것이었다. 아버지가 만들었고 아버지의 생각대로 움직였고 아버지의 뜻을 이루려 노력하며 살았다. 허탈해 하는 형제들을 이번에도 오빠가 다시 일으켜 세웠다. 죽은 아버지의 손가락을 잘라 금고에서 서류를 꺼내 읽은 오빠가 말했다.

"아버지의 유업을 잇는다."

이 바다를 따라 북쪽으로 올라가면 허리 잘린 한반도가 있다. 한반도도 강대국들 사이에서 고통을 당하다 자본주의와 공산주의 대리전의 제물이 됐고 지금도 중국 편 미국 편으로 나뉘어 부끄러운 줄 모르고 다투고 있다. 오빠는 그곳 서울 한복판에서 낡은 역사를 뒤바꿀 뜨거운 싸움을 준비하고 있다.

"조각 같군. 마치 깎아 놓은 여신상을 보는 것 같아."

더 이상 참지 못하고 욕실로 들어와 욕조에 앉은 최 회장이 아키꼬의 벗은 몸을 지켜보다 침을 삼키며 말했다. 오빠 생각을 방해받는 게 싫었지만 아키꼬는 내색하지 않고 소녀처럼 가슴을 가리며 부끄러운 표정을 지었다.

"놀리시면 싫어요."

"놀리긴. 정말이라니까."

최 회장이 손을 뻗어 가슴을 만졌다. 아키꼬가 이리저리 뒤채며 몸을 빼는 시늉을 했다.

"오늘은 회장님 몸 상태가 좋지 않으니 안 하시는 게……."

아키꼬가 달래도 흥분한 최 회장의 손은 떨어지지 않았다. 체념한 아키꼬는 몸을 맡긴 채 창밖을 바라보며 바다 저편 멀리 있을 오빠를 생각했다. 최 회장을 유혹하는 게 아키꼬가 맡은 역할이었다. '이게 한반도에서 고생하는 오빠를 돕는 길이다.' 가슴에 얼굴을 대고 단 입김을 뿜어대던 최 회장이 더 이상 못 참겠는지 욕조 속으로 들어와 몸을 겹쳤다. '육체의 관통은 얕다. 깊은 것은 정신의 관통이다.' 아키꼬는 눈을 감은 채 오빠를 생각하며 늙은 몸을 견뎠다. 거칠게 울컥거리던 물이 쏴 소리를 내며 욕조 밖으로 흘러 넘쳤다.

나의 역할 ¹⁶

얼기설기 얽힌 검정 전선줄에 하얀 비닐봉지 몇 개가 걸려 날개가 찢어진 나비처럼 파닥거렸다. 메말라 비틀어진 길에 마구 버린 물이 우는 여자 얼굴의 검정 아이섀도처럼 균열을 일으키며 흘렀다. 우즈베키스탄풍의 흥겨운 노랫소리를 지나가자 베트남의 구슬픈 노랫소리가 흐르다 가뭇가뭇한 검은 하늘로 사라졌다. 식당, 푸줏간, 생선가게, 술집…… 이시하라는 세계 각국의 가난뱅이가 모여 사는 이 거리가 좋았다. '만국의 프롤레타리아여 단결하라'고 외친 마르크스 말을 좇아 가난뱅이들이 단결했지만 그들이 바라던 천국은 도래하지 않았다. 악의 무리처럼 국가와 독재자들이 혁명의 성과를 분탕질했다. 국가에서도 온전한 생활권에서도 쫓겨난 가난뱅이들이 더러운 냄새를 풍기며 개천으로 몰려가는 오물처럼 이 거리로 몰려 들어와 살았다. 조그만 동네를 또 가르고 갈라 같은 민족끼리 모여 사는데 한 핏줄이라고 그나마 탈북자들의 살림살이가 나은

편이었다. '함흥' 이라는 간판을 단 북한식당에 들어가 냉면과 가자미식
혜를 시켜 먹었다. 남한과 북한, 좌익과 우익…… 서로를 못 잡아먹어 아
귀다툼하는 민족이지만 음식 솜씨는 좋았다. 사람은 버려도 이 땅과 음식
은 남겨 두고 싶었다.

"이랏샤이마세."

귀에 익은 소리가 들려 쳐다보니 관광객 차람의 일본인 셋이 식당으로
들어섰다. 꼴을 보니 창녀를 찾아 들어온 모양이다. 오입쟁이는 어느 나
라를 가든 시궁창 냄새를 잘 맡았다. 이시하라는 모자를 눌러 써 얼굴을
가리고 밖으로 나왔다. 잠 잘 곳을 찾는데 골목에서 불쑥 손 하나가 나와
손목을 잡으려 했다. 반사적으로 몸을 피하며 권총을 꺼내려는 순간 어둠
속에서 짙은 화장을 한 여자 얼굴이 나타났다.

"잇쇼니 이쿠요."

여자가 서툰 일본말로 말했다. 북한 창녀였다. 이시하라는 반도 여자
가, 그것도 때가 덜 탄 북한 여자가 좋았다. 그 짓도 핏줄을 타는 모양이
다. 먼 역사 속의 일이지만 이시하라의 몸에도 분명 조선인의 피가 흐르
고 있다.

"어디 살아?"

"한국 사람이에요?"

능숙한 한국말에 놀란 여자가 눈을 동그랗게 뜨고 물었다. 이시하라가
고개를 끄덕이자 여자가 골목 끝에 있는 녹슨 대문을 가리켰다. CCTV가
설치돼 있는 여관보다 저런 집이 안전했다. 여자를 따라 집으로 들어간
이시하라는 만약의 사태에 대비해 도주로를 살펴 두었다. 창녀의 방은 집
뒤쪽 후미진 곳에 있었다. 여자를 따라가는 동안 시궁창에서 시큼하게 올

라오는 악취가 코를 찔렀다. 방에 들어서도 악취는 사라지지 않았다. 얼굴을 찡그리고 있는 이시하라의 표정을 본 여자가 미안한 웃음을 지었다.

"대신 잘해 줄게요."

방구석이 분홍커튼으로 가려져 있었다. 커튼을 젖히자 갓난아이가 자고 있었다.

"거기는 열지 마…… 제발, 가지 마세요. 대신 진짜 잘해 줄게요."

방문을 열고 나가려는 이시하라를 잡으며 여자가 울상을 지었다.

"얼마야?"

"알아서…… 줘요."

이시하라가 20달러를 주자 울상이던 얼굴에서 금방 함박웃음이 피었다.

"자고 가도 되지?"

"네, 돼요. 잠깐만요."

밖으로 나간 여자가 누군가에게 들어오지 말라고 전화로 다짐하는 소리가 들렸다.

"앞으로는 전화하지 마. 방해받고 싶지 않으니까."

"그렇게 할게요."

여자가 고분고분 휴대전화를 껐다. 이시하라는 여자를 안았다. 긴장해서인지 쉽게 불이 붙지 않던 몸이 일단 불이 붙자 사그라지지 않았다. 고분고분 시키는 대로 움직이던 여자가 녹초가 됐다. 여자는 잘해 주겠다고 한 약속을 지키려 애썼다. 이시하라는 단내를 풍기며 헉헉거리는 여자가 안쓰러워 움직임을 멈췄다. 여자 위에 누워 벌거벗은 몸을 쓰다듬으며 정복자 징기스칸의 말을 떠올렸다. '전쟁에서 이겨 남편이 보는 앞에서 여자를 취하는 것이 남자의 행복이다.' 불에라도 덴 듯 울어대는 아이가 상념을 깼다.

"죄송해요. 잠깐만요······."

이시하라가 몸을 일으키자 그릇에 담아둔 물로 유방을 닦은 여자가 아이에게 젖을 물렸다. 도리질로 젖을 물리친 아이가 자지러지게 울었다. 하릴없이 풀죽은 욕망을 내려다보던 이시하라가 팬티를 입었다.

"아이가 아픈 것 같은데?"

"네, 아파요."

"병원에 데려가지?"

"들킬까봐······."

여자는 눈물만 흘렸다. 탈북자가 쏟아져 내려오자 수용시설이 한계에 찼다. 정부는 임시수용시설을 지어 난민을 수용했다. 탈북자 한 명당 세 평도 안 되는 좁은 구역이 할당됐다. 열악한 시설을 견디지 못한 탈북자들은 남한 땅에서 또다시 탈출을 감행했다. 여자는 수용시설을 탈출한 난민이었다. 신분이 노출돼 다시 갇힐 것을 두려워하고 있었다. 남한 주민들의 온정과 인도주의도 한때였다. 끝도 없이 쏟아져 내려오는 탈북자를 더 이상 감당하고 싶어 하지 않았다. 떠돌아다니는 탈북자를 보면 신고했기 때문에 탈북자들은 남한 주민이 사는 동네를 피해 이런 곳에 숨어 살거나 그들의 눈치를 보며 노예처럼 빌붙어 살았다. 불만을 품은 북한사람이 남한사람을 폭행하거나 살해하는 일이 빈번히 발생했다. 그럴수록 정부의 탈북자 격리 정책은 더 강경해졌고 골은 깊어져만 갔다.

"나 갈게."

10달러를 더 꺼내 놓고 방을 나서자 여자가 우는 아이를 달래며 눈물 그렁그렁한 눈으로 인사말을 대신했다. 밖에는 한여름 소낙비가 주룩주

룩 내리고 있었다. '휴머니즘은 배부를 때나 하는 넋두리지. 배고프면 새끼까지 잡아먹는 게 인간이야.' 재혼한 어머니를 따라간 집에서 이시하라는 밥 먹을 때마다 새아버지 눈치를 봐야 했고 하루에도 몇 번씩 매를 맞았다. 어머니마저 이시하라를 외면하자 잠자고 있는 가족들을 모두 죽이고 집에 불을 질렀다. 한번 마음에 붙은 불은 쉽게 꺼지지 않았다. 세상을 향한 울화를 감당하지 못해 괴로워할 때 양아버지 구무라 다케지를 만났다. 중국어 교수이자 백군파 간부였던 그가 이시하라에게 태워 없애야 할 대상을 정확히 알려주었다. 형제들과 같이 수련하면서 이시하라는 모든 악의 근원이 국가임을 알았고 노자 도덕경의 숭고한 인간애를 배웠다.

집을 나온 이시하라는 비를 피해 눈에 띄는 포장마차로 들어갔다. 여자가 연변 말씨로 반기며 이시하라를 맞았다. 다른 손님은 없었다. 우동을 안주 삼아 소주를 마시고 있는데 우지끈 기둥이 뽑히며 포장이 뜯겨 나갔다. 알뜰하게 준비해 놓은 안주 위로 세찬 비가 쏟아져 내렸다.

"아이고, 내 안주!"

여자가 비명을 지르며 허겁지겁 안줏거리를 쏟아지는 비를 피해 구루마 밑으로 옮겼다.

"여기서 장사하지 말라고 했지."

포장이 사라지자 건장한 남자 둘이 나타났다. 한 명이 뜯은 포장을 내팽개치고 부수는 사이 다른 한 명이 여자가 들고 있는 안주 궤짝을 빼앗아 길바닥에 뿌리고 짓밟았다.

"이놈들아, 차라리 나를 죽여라."

남은 궤짝을 가슴으로 가리고 소리치던 여자가 발길질 한 방에 빗길에 쓰러져 신음소리도 내지 못하고 버르적거렸다.

"넌 왜 안 가?"

남자 하나가 비를 맞으며 앉아 있는 이시하라의 모자를 쳐서 벗겼다. 이시하라는 떨어진 모자를 주워 쓰고 말없이 자리를 피했다. 담배 반 갑을 태울 때쯤 소동이 끝났다. 형체를 알아보기 힘들 정도로 망가진 구루마를 쓰다듬으며 여자가 꺽꺽 울었다. 멀찍이 떨어져서 두 놈을 쫓아가던 이시하라는 골목길로 따라 들어가 뒤에 있는 놈부터 목에다 칼을 꽂았다. 놀라 뒤돌아서는 앞의 놈은 심장을 쑤셨다. 두 남자는 비명소리도 내지 못하고 죽었다.

"내 허락 없이 내 모자를 벗기지 마."

거리는 점점 악취로 덮여 갔다. 쏟아져 내리는 빗물을 감당하지 못한 하수구가 삼켰던 오물을 울컥 토해냈다. 조금 있으면 일본이 이 거리 꼴이 된다. 아무리 바다를 막아 땅을 늘려도 1억 2천이 사는 섬나라는 조금씩 가라앉으며 면적이 줄어들었다. 좁은 장소에 쥐들을 몰아넣고 어떻게 사나 조사한 실험이 있다. 스트레스를 받은 쥐들은 제일 먼저 새끼를 죽이고 다음에 암컷과 늙은 쥐…… 강한 쥐들이 약한 쥐들을 차례로 죽여 자기 영역을 확보했다. 일본에서 그런 일이 발생하기 전에 반도를 점령해야 한다. 남한인이 북한인을 핍박하는 것도 따지고 보면 모두 좁은 땅덩어리에 몰려 살기 때문 아닌가? 같은 민족끼리도 그러는데 일본인이 조선인을 그렇게 대하면 안 될 이유가 무엇인가? 어차피 조선은 쪼개질 나라고 일본은 거기에 숟가락 하나 더 얹을 뿐이다. 문제는 가르는 방식이다. 조선 붕괴 후 더 많은 땅을 확보하기 위해서는 지금 자신의 역할이 중요했다.

미끼

아버지와 헤어지고 돌아온 다음 날 아침 루나는 박건과 함께 남상식의 집으로 출발했다. 그곳은 불법 이주한 외국인과 수용소를 탈출한 북한인이 모여 사는 빈민가였다. 밤새 비에 씻긴 거리에 여름 아침의 햇빛이 찬란하게 퍼졌다.

"어디야?"

"뭐가?"

"대나무가 있는 곳?"

평소의 박건답지 않게 대답을 망설였다.

"아직까지는 추측에 불과해."

"말해 봐."

"대나무 아래 그린 그림을 봤어?"

루나는 기억을 더듬어 보았다. 그림은 몇 개의 둥근 선이 대나무 주위를 감싸고 있었다.

"섬 모양을 그렸잖아. 떠도는 섬 아냐?"

"섬을 그린 것 같은데 떠도는 섬을 상징하는 그림은 아닌 것 같아."

"그럼, 어떤 섬이야?"

쉽게 입을 열지 않는 박건을 보고 루나가 벌컥 화를 냈다.

"참 답답하네. 틀려도 좋으니 속 시원하게 말해 봐."

루나가 보채자 박건이 마지못해 입을 열었다.

"그가 일본인이라는 점을 감안하면 독도일 확률이 높아."

독도? 루나는 박건의 추리를 이해했다. 독도를 자기 땅이라고 주장하는 일본인들은 독도를 다케시마, 우리말로 대나무섬이라고 불렀다.

"독도를 어떻게 하겠다고?"

"만약 일본이 러시아에게서 쿠릴열도를 반환받지 못한 것을 한국 탓이라고 생각해 영토 분쟁을 일으킨다면 어디를 문제 삼을까? 누군가 독도를 폭파시켜서 바다에 흔적 하나 남지 않는다면 어떤 일이 벌어질까?"

"이시하라가 독도를 폭파한다는 말이야?"

"만약이라고 했잖아. 아직까지 추리에 불과해."

외국인거리 입구에 차를 주차시키고 걸어 들어갔다. 노랫소리가 그친 식당거리는 조용했다. 문이 잠긴 식당들은 화장을 지우지 못하고 잠이 든 여자처럼 아침 햇빛에 남루를 그대로 드러냈다. 구부러져 시선이 길게 미치지 않는 골목에서는 채 가시지 않은 비의 습기에 섞여 시큼한 아침식사 냄새가 풍겼다. 식당이 끝나는 곳에서 재래시장이 이어졌다. 일찍 일어난 청과물상들이 오물로 뒤덮인 거리를 청소하고 과일과 야채를 올려놓을 판자를 닦고 채소를 다듬었다. 루나의 머리에 최초로 심어진 한국의 인상이 이랬다. 미국에서도 한국인들은 아침마다 부지런히 채소를 다듬었다. 청과물가게를 지나자 생선가게가 이어졌다. 더위도 아랑곳하지 않고 비닐 앞치마를 두른 생선장수가 나무상자에 생선을 진열했다. 얼음에 둘러싸인 물고기들이 등이나 뱃가죽을 나란히 정렬시킨 채 손님을 기다렸다. 좁은 어항 속에서 광어와 우럭이 생명이 반만 남은 물질처럼 느리게 움직였다.

아버지는 자신을 만난 사실을 비밀로 하라고 말했다. 아버지는 국방원도 믿지 않았다. 내부에 첩자가 있지 않고서는 포보스연합에게 그렇게까지 당할 리 없다고 생각했다. 앞으로도 모든 연락은 정 박사를 통해서만 하라고 했다. 재회의 기쁨도 잠시, 자유롭게 만나지 못하는 부녀관계는 만나지 않은 부녀관계와 크게 다르지 않았다. 막연하게 살아 있을지도 모른다고 생각했던 엄마가 죽었다는 소식은 가슴 속 깊이 숨겨 놓았던 슬픔을 끄집어내서 천 갈래 만 갈래로 찢었다. 엄마의 유골은 정 박사 집의 묘실에 안치돼 있었다. 루나는 처음으로 본 엄마의 사진에 분향했다. 아버지와 헤어져 돌아오는 내내 엄마를 생각하며 울었다. 이 모든 일이 포보스연합으로 인해 발생했다. 어제까지 포보스연합은 국가의 적이었지만 이제부터는 나 자신의 철천지원수였다. 루나는 엄마와 지상의 생명을 앗아간 포보스연합을 반드시 와해시키겠다고 맹세하고 다짐했다.

남상식은 재래시장이 끝나는 길 옆 이층집에 살고 있었다. 주위가 단층집들이라 사방을 살피기 용이했고 사람으로 번잡한 거리라 유사시 달아나기 쉬운 장소였다.

지나치는 척하며 살피니 남상식이 사는 이층 방에 두텁게 커튼이 드리워져 있었다. 루나와 박건은 골목을 돌아 감시조가 숨어 있는 맞은편 집으로 올라갔다.

"수고 많다. 남상식의 움직임은 어때?"

"저녁에 돌아와 새벽에 잠들었는데 아직까지 자고 있습니다."

신입사원 티가 가시지 않은 젊은 수사관이 자랑스러운 목소리로 말했다. 루나는 감시하던 수사관이 건넨 투시안경으로 남상식의 집을 살폈다. 커튼 뒤로 희미하게 내부 사물이 보였다. 침대 위에 사람이 누워 있었다.

"남상식은 보통 몇 시에 일어나지?"

"대중없습니다. 일찍 일어나기도 하고 늦게 일어나기도 하고."

"왜 혼자 지키고 있어?"

감시조는 2인 1조로 움직였다.

"아침식사 하러 갔습니다. 번갈아 밥을 먹습니다."

"이상한데……."

투시안경을 넘겨받아 건너편 집을 살피던 박건이 혼잣말을 했다.

"왜?"

"너무 움직임이 없어."

루나가 박건이 들고 있는 투시안경을 빼앗아 침대 위를 살폈다.

"잠자리에서 남상식이 뒤척이던가?"

"글쎄요……."

기억을 더듬는 수사관 얼굴에 루나가 투시안경을 들이밀었다.

"밤새 저 모습 그대로 누워 있었느냐고?"

"그런 것 같습니다……."

"다른 날 잘 때도 저런 모습이었어?"

"네. 저렇게 잡니다."

"들켰군."

루나가 수사관의 얼굴을 빤히 노려보았다.

"네? 뭐를요?"

"네가 감시하는 것을 남상식이 알고 있단 말이야."

신입사원의 멍한 표정을 뒤로 하고 루나와 박건은 밖으로 나왔다.

"그냥 잡아서 족칠까?"

당장이라도 남상식의 집을 덮치려는 루나의 팔을 박건이 잡았다.

"목표는 이시하라지 남상식이 아니잖아. 미끼를 잡아서 뭐에 쓰려고?"

맞는 말이다. 동감하면서도 선배 수사관인 자신에게 충고를 하는 듯해 기분이 나빠진 루나가 한마디 하려는데 벌써 골목을 빠져나간 박건이 남상식의 이층집 아래를 돌아갔다. 급히 따라오는 루나를 본 박건이 손가락으로 비에 젖은 땅을 가리켰다.

"누군가 남상식의 집에 침투했어."

박건의 손짓을 따라가니 젖은 땅에 찍힌 발자국이 비상계단까지 이어졌다.

"남상식 발자국일 수도 있잖아?"

"자기 집에 들어가는데 담을 넘어 들어가나?"

발자국이 담 아래까지 이어져 있었다. 박건의 말을 듣자 남상식이 어제 저녁에 들어왔다는 신입사원의 보고에 생각이 미쳤다. 비는 밤부터 내렸다.

"일단 덮친다. 너는 돌아가서 앞쪽을 막아."

박건에게 위치를 지시한 루나가 담을 넘었다. 총을 빼들고 소리 나지 않게 계단을 올라갔다. 살며시 뒷문을 열자 햇빛 한 줄기가 부엌 바닥을 가로질러 방안으로 들어갔다. 햇빛이 끝나는 곳에 의자에 묶여 있는 남자의 모습이 보였다. 피비린내가 뭉클 풍겨 왔다. 힘겹게 눈을 뜬 남자가 멍한 표정으로 햇빛을 바라보는 순간 총성이 울리며 유리창 깨지는 소리가 들렸다. 루나가 대응사격을 하며 집안으로 뛰어 들어갔다. 깨진 창문 밖으로 남상식의 집에서 뛰쳐나간 자에게 차여 계단 뒤로 굴러 떨어지는 박건의 모습이 보였다. 재래시장 쪽으로 달아나는 남자의 모습이 보였다. 상가를 덮은 포장에 가려 시야가 확보되지 않았다. 팀장이 준 GPS 송신기 단추를 누른 루나도 남자를 따라 이층에서 뛰어내렸다. 멀리 사람들 사이로 미끄러지듯 사라지는 남자의 뒷모습이 보였다. 루나는 남자를 쫓아 달렸다. 발밑에서 생선과 야채가 으깨지며 밀려 나가고 상인들의 아우성소리가 귓가를 스쳤다. 남자가 방향을 바꿔 오른쪽 골목으로 들어갔다. 뒤를 따라 꺾어 도는 순간 와르르 상자가 무너지는 소리가 들리며 상가를 가린 포장이 그물처럼 루나를 덮쳤다. 어둠이 시야를 가려 루나는 순식간에 무방비상태에 빠졌다. 필사적으로 포장을 벗기려 꿈틀대는데 머리 위에서 총성이 울렸다. 이렇게 허무하게 죽는구나……. 잠시 후 사락사락 포장이 벗겨지는 소리가 들리며 햇빛과 햇빛을 등진 박건의 얼굴이 실루엣으로 보였다.

"범인은?"

남은 포장을 들추고 일어난 루나가 박건에게 물었다.

"달아났어."

"범인을 쫓아갔어야지."

박건을 책망하는데 둘을 둘러싸는 경찰특공대원들의 모습이 보였다. 그때서야 GPS 단추를 눌렀다는 생각이 떠올랐다. 사람 많은 데서 이 무슨 개망신이란 말인가. 그나마 박건이 뒤따라와 엄호사격을 하지 않았으면 자신은 그물에 갇힌 물고기 신세로 사살 당했을지 모른다. 경찰특공대에 이어 기동타격팀을 이끌고 허겁지겁 팀장이 쫓아왔다. 보고를 들은 팀장이 팀원들에게 추적을 지시했다.

의자에 묶인 채 죽어 있는 남자는 남상식이었다. 잔인하게 고문을 당했다. 벗겨진 피부에 맺혀 있던 핏방울이 뚝 뚝 떨어졌다. 범인은 고문을 하다 루나가 들이닥치자 총을 쏘고 달아났다.

"범인이 누구야?"

팀장이 물었지만 루나는 대답하지 못했다. 뒷모습만 봤지 얼굴을 확인하지 못했다.

"이시하라 신타로입니다. 철거 아파트에서 달아난 자와 동일인입니다."

박건이 대답했다.

"그럼, 코앞에서 놓쳤단 말이야?"

답답하다는 듯 팀장이 언성을 높였다. 발가벗은 채 침대에 누워 있는 리얼돌을 보며 루나는 자신이 한없이 한심하게 느껴졌다.

남상식을 시작으로 남의사 조직원들이 속속 살해됐다. 고문하고 살해하는 수법이 매번 같았다. 국방원과 남의사가 혈안이 돼 이시하라를 추적했지만 번번이 놓쳤다.

"남의사 조직원이라는 공통점 외에는 일관성이 나타나지 않아. 일관성이 없다는 것은 게임처럼 살인을 즐기고 있다는 거야."

살해 장소, 시간, 피살자 특성 등의 단서를 컴퓨터로 분석한 박건이 말했다. 파트너로 일하면서 루나는 박건의 치밀함과 대담함에 놀랐다. 피비린내 풍기는 현장에서 살이 잘리고 뼈가 부러지고 피부가 벗겨져 참혹하게 죽은 피살자를 만지면서도 박건은 평정심을 잃지 않았다. 장난감을 다루는 아이처럼 호기심 가득한 눈으로 사체를 샅샅이 조사했다. 루나는 피냄새를 맡으면 욕지기부터 치밀었다.

"라일락 꽃향기의 주성분은 암모니아야. 오줌과 성분이 비슷하지. 라일락꽃과 오줌처럼 화학식으로 보면 인간과 돼지도 그리 다르지 않아."

범행현장에서 헛구역질을 하는 루나에게 박건이 딱하다는 투로 말했다.

"그럼, 너는 인간을 화학식으로 생각한단 말이야?"

"필요하면."

조사하던 사체에서 눈을 떼지 않고 박건이 덧붙였다.

"돼지처럼 인간을 다루지 않았으면 의학은 지금처럼 발전하지 못했을 거야."

"유대인을 살해해 그 시체의 가죽과 지방으로 구두와 비누를 만든 히틀러와 비슷한 발상이군."

"히틀러와 히포크라테스의 차이는 오줌과 라일락 꽃향기의 차이만큼도 안 돼. 너는 정말 돼지보다 인간이 낮다고 생각하는 거야?"

루나가 핀잔을 주자 박건이 웃으며 되물었다. 조각처럼 하얀 얼굴에 붉은 피를 묻히고 웃는 모습이 물감 장난을 하다 들킨 아이처럼 천진난만해 보였다.

죽은 남의사 조직원의 집에서도 포보스 게임이 발견됐다. 남의사가 포보스와 관계를 맺고 있다는 증거일 수 있었다. 영상을 보던 박건의 시선이 한 곳에 멈췄다. 수첩을 꺼내더니 글자를 적고 영상을 돌리다 멈추는 행동을 반복했다. 그런 행동을 할 때마다 글자가 완성돼 나갔다.

'독 도 를 사 수 하 라……'

"이게 뭐야?"

"잠재의식 광고 방법을 이용해 메시지를 전달하고 있어."

잠재의식 광고는 소비자가 모르는 사이에 메시지를 전달해 무의식에 영향을 미치는 광고다. 예를 들면 빠르게 돌아가는 영화 필름 중간 중간에 '콜라를 마셔라' '팝콘을 먹어라' 하는 자막을 삽입해 빠르게 돌리면 글자를 읽었다는 사실을 알아차리지 못하고 지시에 따라 행동하게 된다.

"이전의 잠재의식 광고 기법을 변형해 효과를 높였군. 글자를 일정 간격으로 하나씩 넣고 글자가 나타나는 순간마다 음성을 결합했어."

박건이 영상을 돌리다 멈추자 희미하게 '독' 자가 보였다. 다시 돌리자 '도' 자가 나타났다. 정상적인 속도로는 보이지도 들리지도 않았지만 글자가 있는 자리만 체크해서 돌리자 '독도를 사수하라' 는 소리가 루나에게도 분명히 들렸다.

"정상적인 속도에서도 이게 보이고 들렸단 말이야?"

박건은 눈을 감고 생각에 몰두하고 있었다.

"집중하면 보여…… 이 방식은 전에 실험했던 방식보다 더 센뇌 효과가 뛰어날 것 같은데."

"그것보다 '독도를 사수하라'가 어떤 뜻이야?"

"말뜻대로라면 누군가 독도를 공격해 올 테니 지키라는 뜻 아닐까? 그 누군가는 일본일 가능성이 높고, 그래서 백군파인 이시하라가 남의사 조직원들을 살해하고 다니는 게 아닐까?"

"정말 일본이 독도를 공격해 폭파시킨다는 거야?"

"그런 의미인 것 같은데. 대나무 그림도 그런 메시지를 전하고 있고."

이시하라는 일지매처럼 살해한 남의사 조직원 시체 옆에 대나무 그림을 남기고 사라졌다. 박건이 발견된 시간 순서대로 대나무 그림을 찍은 사진을 루나에게 보였다.

"대나무가 왼쪽으로 휘어지고 있네."

대나무 치고는 심하게 휘어져 거의 덩굴나무처럼 보였다.

"대나무 가지가 무엇처럼 보여?"

"대나무 가지? 글쎄?"

박건이 대나무를 찍은 사진에 지도를 겹쳐서 모니터에 나타냈다. 대나무는 한반도를 관통하고 있었다.

"나도 이 사진을 보고 깨달았는데 대나무가 자라고 있는 곳은 독도가 아니라 사할린이야. 대나무 가지의 움직임이 B그룹이 건설하고 있는 파이프라인과 궤적이 일치해. 그리고 대나무에서 떨어진 잎의 위치를 봐."

박건이 대나무에서 떨어져 허공에 그려져 있는 잎을 손가락으로 가리키며 말했다.

"독도를 가리키고 있어."

엄청난 말에 루나는 침을 꿀꺽 삼켰다.

"사할린 가스를 얻지 못한 일본은 독도를 점령해야 할 실질적인 이유가 있어. 독도를 둘러싼 동해바다에는 30년간 사용할 수 있는 엄청난 양의 메탄하이드레이트(methane hydrate)가 묻혀 있으니까. 어쩌면 일본정부가 백군파를 사주하고 있는지도 모르지."

메탄하이드레이트는 가운데 메탄이 있고 겉은 얼음이 둘러싸고 있는 천연가스로 일명 '불타는 얼음'으로 불린다. 정부에서는 메탄하이드레이트를 발굴하려 했지만 독도 영유권을 주장하는 일본의 강력한 반발로 작업에 착수하지 못했다.

"그럼 빨리 상부에 보고해야 하는 것 아냐?"

박건의 말이 맞다면 테러가 한일 간의 전쟁으로 비화될 수도 있다.

일본이 한국의 러시아 천연가스 개발에 대한 반발로 독도를 폭파할지도 모른다는 보고는 대통령을 대신해 국정을 책임지고 있는 국무총리에게 곧바로 전달됐다. 너무도 엄청난 사안이라 국방원에서는 이 내용을 극비로 다루는 한편 각 방면으로 조심스럽게 사실 여부를 파악했지만 일본의 진의를 알 수 없었다.

비밀은 오래가지 못했다. 한동안 잠잠하던 포보스 예언이 다시 올라왔다. 에너지 분쟁으로 일본이 독도를 침공할 것이라는 내용이었다. 국방원은 정보가 확산되는 것을 막는 한편 역소문을 퍼뜨려 예언을 희석시켰지만 역부족이었다. 일제강점기를 경험한 한국 사람들에게 일본의 독도 침공 예언은 무시하기에는 너무도 강력한 내용이었다. 사회는 일시에 혼란에 빠졌다. 구한제국 말 의병조직처럼 각 지역마다 독도 민간 수호대가 생겨났고 개중에는 사재를 털어 무장을 하는 사람도 있었다. 약삭빠른 사람들은 각국 대사관 앞에 모여 이민을 가려고 시도했고 정감록에서 제시한 십승지로 몰려가는 사람들의 행렬도 다시 줄을 이었다. 이도 저도 못하는 사람들은 또 비상식량을 사재기했다.

예언의 유포를 막지 못한 한국정부는 전략을 바꿔 일본정부에 '포보스예언이 거짓'이라는 내용의 공동성명을 발표하자고 제의했다. 답변을 차일피일 미루던 일본정부는 50대 50의 비율로 일본의 독도 영토주권을 인정하면 공동성명을 발표하겠다는 회신을 보내왔다. 정부에서는 일본의 제안을 비밀에 부쳤지만 포보스 조직의 정보수집 능력은 놀라웠다. 다음 날 일본이 제안한 내용이 공표됐다. 불난 집에 기름을 끼얹은 격이었다. 광장마다 연일 규탄대회가 벌어졌고 분노한 사람들은 손가락을 잘라 '독도수호'라고 혈서를 써서 머리띠를 만들어 묶고 묵호와 포항으로 몰려갔다. 정부는 울릉도와 독도로 가는 항로를 폐쇄하고 경찰병력을 동원해 사람들을 해산시켰다. 치열한 몸싸움 와중에 부상자가 속출했다.

다섯 번째 살인 후 이시하라는 자취를 감췄다. 정보망을 총동원했지만 행적을 발견할 수 없었다. 나라는 나라대로 자신은 자신대로 일본인에게 농락당하고 있다는 생각에 루나는 속이 편치 않았다. 격투기장에서 애꿎은 신입사원들만 작살내고 있는데 국방원장의 호출신호가 왔다. 원장실로 들어가니 박건도 와 있었다.

"이틀 후 재경부장관이 비밀리에 일본에 특사로 간다. 표면상으로는 무역협상이지만 사실은 독도와 사할린 천연가스 문제를 일괄타결하기 위한 협상이다. 두 사람이 김 장관을 수행하며 호위 임무를 맡는다."

"경호대가 있는데 왜 호위를 저희가 맡습니까?"

루나가 묻자 원장의 시선이 박건을 향했다.

"미국과의 자동차 협상 때 많은 도움을 받았다며 김 장관이 박건을 지목했다. 박 수사관은 미국에서 변호사로 활동하면서 유능한 협상가로 명성을 날렸다. 겉으로는 호위 임무지만 박 수사관은 협상을 지원하는 역할을 한다."

박건은 국방원에 들어오기 전에 B그룹 상무로 러시아와 사할린 천연가스 협상을 성공적으로 마친 전력도 있다.

"경호 때문이라면 다른 사람을 보내십시오. 저는 여기 남아 이시하라를 추적하겠습니다."

이시하라 체포가 급하다며 루나가 자신은 남겠다고 설득했지만 국방원장은 명령을 취소하지 않았다.

"이시하라가 일본으로 돌아갔을지도 모른다. 박 수사관의 도움을 받아 일본에서 백군파 정보를 수집하고 이시하라를 계속 추적해라."

루나가 불만스러운 표정을 풀지 않자 박건이 국방원장 모르게 한 눈을 찡긋하며 웃었다.

"왜 눈에 뭐 들어갔어?"

핀잔을 줬지만 개구쟁이처럼 웃는 모습이 싫지 않았다.

그날 저녁 루나는 택배로 검정, 파랑, 초록 세 벌의 정장을 받았다. 카드에 '정장이 필요할 거야'라고 짤막하게 쓰여 있었다. 이름은 적혀 있지 않지만 루나는 누가 보냈는지 알았다. 옷장을 뒤져 보니 정장이 없기는 했다. '그런데 옷 사이즈는 어떻게 알았을까? 하기는 빠르게 돌아가는 동영상을 보고 그 속에 감춰져 있는 글자를 집어내는 눈썰미니…… 그럼, 내 몸매도 그렇게?' 이런저런 생각으로 루나는 새벽까지 뒤척였다.

협상 전술

나리타공항에서 입국심사가 까다로웠다. 일국의 특사를 수행하고 온 사람들에게 너무한다 싶을 정도였다. 특사 일행은 그나마 나았다. 옆 심사대를 보니 '한국인 전용'이라고 쓴 표식 아래 한국인들이 남녀노소 가리지 않고 알몸 투시 등 수치스러운 조사를 받고 있었다. 마치 현장에서 적발된 테러리스트를 취조하는 듯했다.

"정말 한국과 전쟁이라도 벌일 생각인가?"

동족이 수모를 겪는 모습을 보자 루나의 피가 사납게 들끓었다. 한국에 '나라를 떠나면 애국자가 된다'는 속담이 있다던데 그 심정을 이해할 것 같았다.

"흥분하지 마. 사절단이 보게 하려고 일부러 그러는 것일 수도 있어. 일종의 스트레스 전술이야."

"스트레스 전술?"

"상대에게 스트레스를 줘서 불안감을 일으키고 평정심을 잃게 해 협상을 빨리 끝내고 싶은 마음을 갖게 하려는 협상전술 중 하나야. 베트남전 종전협상 때 베트민은 선풍기도 없는 방에서 마라톤협상을 하면서 미국 협상가들에게 밥도 주지 않았어. 중국과 미국의 핑퐁외교 때는 중국 협상가들이 좁은 방에서 담배를 피워대고 재떨이에 가래침을 마구 뱉어 미국 협상단을 기겁하게 만들었지. 일본이 스트레스 전술을 사용하는 거라면 앞으로 더 심하게 굴 거야."

박건의 예상대로였다. 일본은 특사 일행을 허름한 관광버스로 이동시켰다. 호텔로 가는 길가에 욱일승천기를 두른 일본 우익단체가 대대적인 농성을 벌였다. 지프차 한 대가 '다케시마는 일본 땅이다. 한국정부는 일본 땅을 반환하라'고 확성기로 외치며 딱정벌레처럼 버스 주위를 맴돌았다.

"정말, 한 대 쥐어박고 싶군."

주먹을 불끈 쥐는 루나를 본 박건이 미소 지었다. 도착한 곳은 허름한 비즈니스호텔이었다. 앞서 승용차로 따로 출발한 특사 일행이 보이지 않았다.

"특사께서는 어디 계십니까?"

"관광철이라 호텔이 비어 있는 곳이 없어 따로 모셨습니다. 특사께서는 옆 호텔에 묵습니다. 여러분들은 여기에서……."

"우리는 여기에 묵지 않겠습니다."

일본인 안내원의 설명을 제지한 박건이 휴대전화를 꺼내 어디론가 전화를 걸었다. 잠시 후 다섯 대의 고급승용차가 박건 일행이 있는 비즈니스호텔로 몰려왔다.

"호텔로 들어가지 말고 전부 여기 있는 차에 타십시오."

"어디로 가시려고?"

당황한 일본 안내원이 박건에게 물었다.

"우리는 특사를 모시고 B그룹 연수원으로 갑니다. 빈 방은 당신들 일본인들에게나 주십시오."

언제 연락했는지 특사 일행이 탄 차가 뒤에서 따라오고 있었다. 삼십 분 정도 달려 도착한 B그룹 연수원은 최고급 호텔을 능가하는 숙박시설과 각종 위락시설을 갖추고 있었다. 땅값 비싸기로 유명한 동경 근교에 이 정도 규모의 연수원을 가지고 있다는 사실만으로도 일본에서 B그룹의 위상과 재력을 알 수 있었다. 연수원 앞에 서 있다 차가 도착하는 모습을 본 여자가 박건을 부르며 달려왔다. 잠자리 날개같이 엷은 주홍색 드레스 위로 이사도라 던컨처럼 긴 머플러를 둘렀다.

"아카이 아키꼬상, B그룹 일본회사 사장이야."

저 젊은 여자가 사장이라고…… 루나가 생각하는 사이 다가온 여자가 다정하게 박건을 껴안았다. 슬며시 몸을 뺀 박건이 여자에게 깍듯이 인사했다.

"잘 지내셨습니까? 사장님. 한국 사절단을 위해 연수시설을 빌려주셔서 감사합니다."

특사 일행을 소개한 박건이 루나를 소개하자 일별한 아키꼬가 박건에게 귓속말로 속삭였다.

"정장을 입었어도 말괄량이같이 생겼군요."

오만한 태도에 루나는 화가 났다.

"정말, 저 고추장 독에 빠졌다 나온 것같이 생긴 젊은 여자가 사장이야?"

아키꼬가 특사를 영접하는 사이 루나가 박건에게 물었다. 분을 삭이지 못하고 씩씩거리는 루나를 본 박건이 웃음을 참으며 말했다.

"저래 봬도 포춘지에서 미래를 이끌 10대 경영인으로 선정한 사람이야. 일본 사장으로 부임하면서 매출을 다섯 배 가까이 늘렸어. 사실은 장수사관보다 아카이상이 말괄량이 같은 점이 많아."

그럼 나는 어떻게 보이는데? 박건에게 묻고 싶었지만 참았다. 루나는 박건이 보내준 파란색 정장을 입었고 집을 나서며 거울에 비춰 보니 잘 어울렸다.

"최 회장님은 어디 계십니까?"

특사가 아키꼬에게 물었다.

"이번 협상에서 한국에 우호적인 분위기를 조성하려고 일본 재계 사람들을 만나고 있어요."

"매번 B그룹에 신세를 지고 있습니다."

"회장님께는 고국인 걸요. 당연한 거지요."

특사와 대화를 나누는 아키꼬는 경영자처럼 보였다.

저녁식사 후 특사와 협상단 일행은 회의장에 모였다. 내일 일본과의 협상을 앞두고 최종점검을 하기 위해서였다.

"오늘 일본이 취한 태도를 봐서는 협상이 녹록치 않을 듯합니다."

"당연한 겁니다. 지금 에너지는 국가의 사활이 걸린 문제니까요."

의례적인 말들을 주고받던 사람들의 시선이 박건을 향했다. 네가 협상을 잘하고 B그룹의 사할린 가스 개발이 문제의 발단이니 어디 한번 대책을 내놔 봐라 하는 눈치였다.

"일본은 전형적인 미끼 전술을 쓰고 있습니다."

'미끼 전술'은 자신이 노리는 바를 감추고 일부러 여러 가지 조건을 제시하는 협상전술을 말한다. 예를 들면 가격을 낮추려 할 때도 속내를 감추고 납기일을 재촉한다든지, 특수한 재료를 사용해야 한다든지, 환경 기준을 준수해야 한다든지 하면서 받아들이기 어려운 여러 조건을 제시한다. 상대가 난색을 표하면 까다로운 조건들을 양보하는 대신 가격을 낮출 것을 요구한다. 이처럼 자신이 원하는 것을 얻기 위해 다른 조건을 내세워 상대를 혼란시키는 것을 협상에서는 미끼 전술이라 한다.

"사할린 가스 개발권을 얻기 위해 독도를 미끼로 삼고 있습니다. 독도는 협상대상이 아니라는 점을 명확히 하고 사할린 가스에 초점을 맞춰야 합니다."

"B그룹에서 사할린 가스를 포기할 수도 있다는 뜻입니까?"

"사할린 가스는 B그룹뿐만 아니라 한국에도 중요한 자원입니다. 포기할 수 없습니다. 대신 일본에 일정량의 가스 제공을 제의하겠습니다. 비율은 내일 협상 상황을 봐서 정하겠습니다."

"그 정도로 일본이 물러날까요? 일본은 사할린 가스협상을 하면서 쿠릴열도 4개 섬 반환도 노렸습니다. 그게 B그룹 때문에 뒤틀린 거고요."

협상가로 유명한 재경부 전 차관이 박건의 말을 꼬치꼬치 따져 물었다.

"설령 B그룹이 가스개발 계약을 파기한다 해도 지금에 와서 러시아정부가 쿠릴열도를 반환하면서까지 일본과 계약하려 하지는 않을 겁니다. 그런 현실적인 이유를 들어 일본을 설득해야 합니다. 그런데 우려되는 점이 하나 있습니다."

"그게 뭡니까?

전 차관이 대답을 독촉했다.

"일본이 노리는 게 사할린 가스가 아니라 정말 독도일 경우입니다."

사람들이 놀란 눈으로 박건을 쳐다봤다.

"일본이 독도를 침공할 것이라는 소문은 일본에서 나온 것이 아니라 포보스연합에서 퍼뜨렸지 않습니까?"

"일본 백군파 소속 이시하라라는 자를 추적하고 있는데 그도 같은 메시지를 퍼뜨리고 다녔습니다. 만약에 일본이 노리는 게 독도라면 이것은 기업을 넘어 국가적인 차원의 문제가 됩니다. 그 문제에 대한 대안은 여기계신 분들이 세워 주시기 바랍니다."

"대책이고 뭐고 독도라면 협상의 여지가 없지 않습니까?"

이야기를 맺기도 전에 전 차관이 분노한 목소리로 외쳤다.

"만약 일본이 노리는 것이 정말 독도 분할이고, 협상이 결렬된다면 일본의 다음 수순은 어떻게 될 것 같습니까?"

흥분을 진정시킨 특사가 박건에게 물었다.

"벼랑 끝 전술로 이어질 확률이 높습니다."

'벼랑 끝 전술'은 목적을 달성하기 위해 공멸의 위험까지도 감수하겠다는 의지를 보이는 극단의 전술이다. 협상이라기보다는 두 대의 자동차가 마주 달려오면서 누가 먼저 피하나 담력을 겨루는 '치킨게임'과 비슷한 양상으로 전개된다. 일반적으로는 힘이 부족한 측에서 사용하는 전술로 과거에 북한이 자주 사용했다.

"벼랑 끝 전술이라기에는 아직 분명한 사인(Sign)이 없습니다."

벼랑 끝 전술을 사용하는 자는 상대에게 분명한 사인을 보내야 한다. 예를 들어 담력을 겨루는 치킨게임이라면 안대로 눈을 가리는 모습을 상대가 보도록 해야 한다. 죽더라도 차를 멈추지 않겠다는 분명한 사인을 보내는 것이다. 그래야 실제 공멸하는 상황에 부딪히기 전에 충돌을 피하고 상대를 압박할 수 있다.

"일본 정찰기가 독도 상공을 순회하고 갔습니다. 만약 일본 구축함이 독도에 접안하거나 자위대가 상륙하면 어떻게 하시겠습니까?"

"협상이 결렬될 때를 대비해서 배트나(BATNA, Best Alternative To a Negotiated Agreement)를 찾아놓아야겠군."

특사가 무거운 목소리로 말했다. 배트나는 협상용어로 협상이 결렬되었을 때 취할 수 있는 대안을 말한다. 그 후로도 네 시간에 걸쳐 마라톤회의를 했지만 뾰족한 대안은 발견되지 않았다.

잠이 오지 않아 루나는 창밖의 보름달을 바라보다 연수원 뜰로 나왔다. 달은 한국이나 미국이나 일본이나 똑같았다. 일본사람도 한국사람과 비슷하게 생겼다. 얼핏 봐서는 구별이 되지 않을 정도였다. 똑같은 사람들이 나라가 다르다는 이유로 서로를 미워하고 싸우는 현실이 오히려 이상하게 느껴졌다. 뜰 가운데로 걸어 들어가니 일본식 정원이 나타났다. 달빛 스미는 아름드리 삼나무 아래 기기묘묘하게 배치한 기암괴석이 몽환적인 분위기를 자아냈다. 흐르는 물소리를 따라가니 넓은 연못이 보였다. 잔잔한 바람이 물결을 흔들어 달빛을 반사하는 수면 아래 사람 팔 하나 길이는 돼 보이는 커다란 금빛잉어들이 잠들어 있었다. 돌 위에 앉아 시간 가는 줄 모르고 바라보고 있는데 연못 건너편에서 도란도란 말소리가 들려왔다. 발자국 소리가 점점 가까이 다가왔다. 자리를 피하려 살며시 일어서 걷는데 발아래에서 바삭하며 마른 낙엽이 부서졌다.

"다레(누구)?"

날카로운 목소리가 들리더니 질문한 여자가 빠르게 루나에게 다가왔다.

"장 수사관입니다."

아키꼬 뒤에 박건이 서 있었다.

"잠이 오지 않아서……."

가볍게 목례를 하고 루나는 돌아섰다. 바삐 자리를 피해 걷는데 무언가 이상한 느낌이 들었다. 무엇 때문일까? 계단을 올라 긴 복도를 걸어갈 때도 이상한 느낌은 가시지 않았다. 방으로 들어와 키홀더에 전자키를 꽂자 불이 켜졌다. 어두운 방이 밝아지는 순간 루나는 이상한 느낌의 정체를 알았다. 아키꼬와 박건은 한국말로 대화를 했다. 아키꼬가 한국말을 공부했나? 재일교포인가? 의문이 꼬리를 물어 루나는 쉽게 잠들지 못했다. 불면증이 도진 듯했다. 루나는 잠자기를 포기하고 하늘에 떠 있는 달을 바라봤다. 자세히 보니 달은 사람 얼굴을 닮았다. 엄마, 지상……이 세상에 같이 살고 있지 않은 사람들을 떠올리니 가슴이 먹먹해지며 눈물이 차올랐다.

새벽에 자리에서 일어난 루나는 어젯밤에 갔던 일본정원을 다시 찾았다. 남쪽이어서인지 일본의 단풍은 한국의 단풍과 달랐다. 잎맥에 피가 도는 듯 색이 선명했다. 선홍빛 단풍 하나를 집어 화장종이처럼 입술에 물었다 뗐다. 이슬이 맺혀 있는 풀 사이에 어젯밤의 발자국 흔적이 남아 있었다. 바람 없는 허공을 느리게 떨어져 내린 오동나무 큰 잎이 발자국 두 개를 가렸다. 잠에서 깨 유유자적하던 잉어가 사람 기척에 놀라 저편 기슭으로 비단부채 같은 꼬리를 흔들며 달아났다.

"일찍 일어났네."

뒤에서 박건의 목소리가 들렸다.

"응, 잠이 오지 않아서."

150

돌아보니 박건은 벌써 양복으로 갈아입고 협상장에 갈 준비를 마쳤다.

"식사 안 했지? 같이 하자."

식당은 연못 저편이었다. 발에 눌려 가라앉았다 일어나는 풀들을 보며 박건의 뒤를 따라 걸었다.

"어제 아카이상이랑 한국말로 대화하는 것 같던데……"

잠시 멈칫한 박건이 걸음을 멈추지 않고 계속 걸으며 말했다.

"귀가 밝군……. 아키꼬상은 한국말뿐만 아니라 세계 각국어를 다 할 줄 알아. 어느 나라 말을 못하는지 나도 궁금할 정도야."

생긴 것과 달리 재주가 많다고 생각하며 루나는 내심 혀를 찼다. 생각해 보니 아키꼬는 특사 일행을 맞을 때도 능숙한 한국어로 영접했다. 그런데 왜 어젯밤에는 이상한 느낌이 들었을까? 식당 외관은 붉은 벽돌에 담쟁이덩굴로 일본식이었지만 내부는 고급 호텔처럼 꾸며 놓았다. 식당으로 들어서는 박건을 본 남자가 창가 자리에서 일어났다.

"이름은 이노 로쿠에몬, B그룹 직원이야. 백군파 이시하라 수사를 도울 거야. 식사 후 저 친구에게 보고를 듣고 앞으로도 협조 받을 일이 있으면 편하게 말하면 돼. 참, 저 친구도 한국말을 할 줄 알아."

이노 로쿠에몬이 다가와 꾸벅 인사했다.

"이노 로쿠에몬입니다. 앞으로 잘 부탁드립니다."

"부탁은 제가 드려야지요. 장루나입니다."

회사원 같지 않게 양복 속에 감춰진 근육이 팽팽했다.

"장 수사관만큼은 못하겠지만 로쿠에몬도 각종 무술의 고수야. 함께 다녀도 자기 몸 하나는 지킬 수 있을 거야."

박건이 덧붙였다.

"잘 부탁드립니다."

로쿠에몬이 다시 꾸벅 절을 했다.

루나가 자리에 앉자 두 남자가 앞에 앉았다. 같은 회사를 다녀서 그런가? 박건과 로쿠에몬의 인상이 비슷하다는 느낌이 들었다. 둘 다 영화배우라고 해도 믿길 만큼 잘생겼다. 박건에게서 차가운 지성이 느껴진다면 로쿠에몬에게서는 뜨거운 야성이 느껴진다는 점이 조금 다를 뿐이었다.

흔한 액자 하나 없는 살풍경한 회의장에서 협상이 시작됐다. 의례적인 인사가 끝나자 한국과 일본, 어느 쪽도 먼저 입을 열려 하지 않았다. 긴 침묵 속에 의미 없는 시간이 흘러갔다. 간간이 들리는 마른 기침소리에 흔들리는 먼지를 지켜보던 김 특사가 먼저 말을 꺼냈다.

"포보스연합이라는 테러단체가 헛소문을 퍼뜨려 한일 양국의 우호관계를 해치려 하고 있습니다. 이번 회의는 한일 양국이 협력해서 포보스연합의 준동을 막고 더 나은 미래를 모색하기 위해 마련한 것입니다……."

"안건부터 분명히 합시다. 회의가 아니라 다케시마 영유권을 둘러싼 협상입니다."

김 특사가 말을 끝맺기도 전에 일본 협상단의 세키 교타로란 자가 사나운 눈빛을 감추지 않고 무례하게 말을 자르고 들어왔다.

"독도는 협상 대상이 아니고 이번 회의의 의제도 아닙니다."

전 차관이 맞대응을 했다.

"한국 측은 이번 협상이 왜 열리는지도 모르고 왔단 말입니까? 그럼 더이상 이 자리에 앉아 있을 이유가 없군요."

의자에서 일어나는 시늉을 하는 세키 교타로를 일본 측 협상대표 아사지마 겐이치로 외무성장관이 손짓으로 제지했다.

"복잡한 사안이니 너무 서두르지 말고 차분하게 이야기해 봅시다."

박건은 서류를 검토하는 척하며 '세키 교타로가 Bad guy 아사지마 겐이치로가 Good guy 역할입니다'라는 메모를 써서 김 특사에게 보였다. 일본 협상단은 전형적인 굿가이 배드가이 전술을 사용하고 있었다. 좋은 사람, 나쁜 사람으로 역할을 나눠 나쁜 역할을 맡은 사람이 상대를 협박한 다음 좋은 역할을 맡은 사람이 나쁜 역할을 맡은 자기 동료를 꾸짖거나 달래는 시늉을 하면 상대는 좋은 사람에게 의지하게 된다. 이렇게 상대의 마음이 기울어진 틈을 타서 좋은 역할을 맡은 사람이 자기편의 의도를 관철시키는 것이 굿가이 배드가이 전술이다. 굿가이 배드가이 전술은 일상에서도 많이 사용된다. 흔히 사용하는 데가 경찰서로 굿캅 배드캅이란 말이 있을 정도다. 배드캅이 험한 말과 행동으로 협박하다 잠시 자리를 비우면 굿캅이 들어와 담배 한 대 물려주고 좋은 말로 구슬린다. 이런 식으로 피의자의 마음을 움직여 쉽게 사실을 털어놓게 만든다.

"1차 세계대전 후에 승전국 영국과 프랑스와 패전국 독일 사이에 베르사유 조약이 체결됐습니다."

아사지마 겐이치로가 뜬금없이 베르사유 조약 이야기를 꺼냈다.

"조약이라기보다는 사실은 패전국 독일에 대한 일반적인 명령이었습니다. 이 조약으로 독일은 해외 식민지를 영국에게 빼앗기고 알사스, 로렌 지방을 프랑스에 제공해야 했습니다. 전쟁도발의 책임을 물어 연합국에서 엄청난 배상책임을 물렸습니다. 그뿐만 아니라 육군병력은 10만 이내, 군함보유량은 10만 톤 이내로 제한했고 공군과 잠수함의 보유도 금지시켰습니다. 일방적이고 불공정한 조약으로 그 뒤 어떤 결과가 초래되었는지는 여러분이 더 잘 알고 계실 것입니다. 도탄에 빠진 독일국민들의 열띤 성원 속에 히틀러가 권력을 잡았고 2차 세계대전이란 더 큰 비극으로 이어졌습니다."

"죄송하지만, 베르사유 조약과 이번 회의가 어떤 관계가 있는지 먼저 설명해 주시겠습니까?"

"2차 세계대전 후에 연합국도 일본에 비슷한 조치를 취했습니다. 포츠담선언을 통해 일본의 주권을 혼슈[本州], 홋카이도[北海道], 규슈[九州], 시코쿠[四國]와 연합국이 결정하는 작은 섬들에 국한한다고 일방적으로 선포했고 이를 받아들이지 않자 히로시마와 나가사키에 원폭을 투하했습니다. 전후에는 군사 행동을 제한하기 위해 군 조직을 없애고 자위대라는 치안유지조직만 허용했습니다. 전쟁에 패함으로써 일본은 부당하게 자국의 영토를 빼앗겼습니다. 한국과 러시아는 패전의 틈을 타 강제로 빼앗은 독도와 쿠릴열도 4개 섬을 일본에 반환해야 합니다. 그래야 더 이상 불행한 역사가 되풀이되지 않습니다."

"'도둑이 오히려 매를 든다'는 한국 속담이 있습니다. 잘못한 사람이 잘한 사람을 나무랄 때 쓰는 말입니다. 독도뿐 아니라 한국 영토 전체를 먼저 강점한 것이 일본이고 한국은 빼앗겼던 땅을 되찾은 것뿐입니다."

"일본이 도둑이라는 말입니까?"

"그때는 그랬다는 말입니다. 정말 비극을 되풀이하고 싶지 않다면 과거에 저지른 잘못을 진심으로 반성해야 합니다."

독도 영유권을 둘러싼 논쟁으로 협상은 한 발짝도 진척되지 않았다. 분위기를 바꾸려 양측 대표 합의하에 이십 분간 휴식이 선언됐다.

"사할린 가스 문제를 우리가 먼저 꺼내면 어떨까?"

쉬는 시간에 김 특사가 박건에게 넌지시 물었다.

"협상에서는 먼저 제의를 하는 쪽이 불리합니다."

"그래도 이렇게 옥신각신하면서 시간만 보낼 수는 없지 않은가?"

아쉬운 쪽은 한국이었다. 멀리 민머리를 드러낸 후지산을 바라보던 박건이 말했다.

"그렇게 하십시오."

협상이 재개됐다. 한국 측에서 몇 마디 가벼운 농담을 건넸지만 일본 측은 사나운 표정을 풀지 않았다. 김 특사가 먼저 제안했다.

"솔직히 말씀드리겠으니 일본 측에서도 솔직히 대답해 주셨으면 합니다. 아무래도 일본이 독도 문제를 꺼낸 것은 사할린 가스와도 관련이 있다고 생각합니다만 제 생각이 맞습니까?"

일본 측에서 아무도 대답하지 않았다.

"독도라면 저희로서는 협상의 여지가 없지만 사할린 가스 문제라면 건설적인 대화가 가능할 것 같습니다. 더 이상 독도는 거론하지 말고 사할린 가스 문제에 한해 집중적으로 논의하면 어떻겠습니까?"

"한국이 부당하게 가로챈 사할린 가스 개발 문제도 분명히 다시 논의해야 합니다. 하지만 오늘은 독도 문제만 이야기하고 싶군요."

일본이 자신들의 의도를 분명하게 드러냈다. 일본은 사할린 가스뿐만 아니라 독도도 노리고 있었다. 김 특사가 자리를 박차고 일어나자 한국 측 협상단이 우르르 일어났다.

"더 이상 이 자리에 앉아 있을 이유가 없군요."

"떠나시고 싶다면 떠나시는 것도 좋지만 한 마디만 더 듣고 가십시오. 일본정부는 한국 측 입장을 이해하지만 군부는 그렇지 않습니다. 보다 강경한 방법을 요구하고 있습니다."

"지금 권한위임 전술로 우리를 협박하는 겁니까? 지금 일본이 제국주의시대처럼 군부가 다스리는 나라입니까?"

권함위임 전술은 자신에게는 결정권한이 없다고 하며 상대의 양보를 얻어내는 협상기술이다. 비즈니스의 예를 들면 이사회나 경영진의 허가를 받아야 한다는 핑계를 대서 상대의 양보를 얻어낸다. 한국협상단이 회의장을 나와도 일본 측은 아무도 붙잡으려 하지 않았다. 문밖으로 나와 좌우를 살핀 박건이 수첩을 찢어 급하게 글을 써서 김 특사에게 건넸다.

'국방부에 연락해 독도 경비를 강화하라고 지시하십시오.'

술집 '핑크'²⁰

식사 후 루나와 로쿠에몬은 소회의장으로 들어갔다. 먼저 로쿠에몬이 백군파 형성과정과 현재 활동내용에 대해 설명했다.

"그들이 왜 생겨났고 무엇을 추구하는지는 잘 알고 있습니다. 궁금한 것은 이시하라의 행방입니다."

화면이 바뀌며 조직도가 나타났다. 보스를 정점으로 수직으로 내려가는 일반적인 조직도와 모양이 달랐다. 다섯 개의 큰 점이 둥글게 원을 그리고 다시 대여섯 개의 작은 점이 행성 주위를 도는 위성처럼 각각의 큰 점을 둥글게 감쌌다. 소은하계를 연상시키는 모양의 특이한 조직도였다.

"백군파는 위계보다 기능을 중심으로 하는 원조직을 이루고 있습니다. 주위의 위성조직은 테러 목표에 따라 가운데 행성을 기준으로 이합집산합니다. 이러한 조직구성은 핵심인 행성을 보호하는 점조직의 장점을 갖게 됩니다."

로쿠에몬이 다음 화면을 클릭하자 과거 백군파가 저지른 테러가 하나씩 화면에 나타났다. 히스토리를 행성을 따라 정리했는데 사건이 발생할 때마다 위성들의 위치가 바뀌었다.

"어쨌거나 가운데 다섯 명만 잡으면 되는 것 아닙니까?"

로쿠에몬이 루나의 의견에 동의한다는 뜻으로 고개를 끄덕였다.

"일본 대테러부대인 SAT(Special Assault Team)에서 네 명의 정체를 파악했고 이들을 추적 중입니다. 세 명은 현재 국내에 있지 않습니다."

"다섯 명 중 하나가 이시하라입니까?"

"그렇습니다."

"이시하라는 지금 어디 있습니까?"

"아직 한국에 있으리라 추정됩니다."

"추정?"

협상단과 함께 루나를 일본에 보내며 팀장은 이시하라가 귀국했을지도 모른다고 했다. 이시하라를 쫓아 일본에 왔는데 아직 한국에 있을 거라는 이야기를 들으니 힘이 빠지는 기분이었다.

"추정의 근거가 무엇입니까?"

로쿠에몬이 행성 하나를 클릭하자 이시하라와 관련된 정보가 나열됐다.

"늘 이시하라와 함께 움직이는 자가 있습니다."

로쿠에몬이 위성의 이름이 적힌 부분을 가리켰다. 테러 때마다 위성 역할을 하는 대부분의 지원조직이 바뀌었지만 변하지 않고 남아 있는 이름이 있었다.

"가네코 교타. 이시하라의 동생입니다. 만약 이시하라가 일본에 돌아왔다면 어떤 식으로든 이자와 접촉했을 겁니다. 교타에게 미행을 붙여 두었는데 최근까지 이시하라를 만나지 않았습니다."

"왜 이시하라와 성이 다릅니까?"

"어머니는 같지만 아버지가 다른 동생입니다."

"접촉하지 않았다는 것을 어떻게 확신할 수 있습니까?"

"정보원은 밝힐 수 없지만 확실한 정보입니다."

"그렇다면 이시하라는 한국 어디에 있습니까?"

"한국에 있으리라는 것도 추정일 뿐…… 어디 있는지 모릅니다."

로쿠에몬의 대답을 들은 루나가 한숨을 쉬었다.

"이시하라의 행방을 알아낼 방법이 없습니까?"

안쓰러운 표정으로 루나를 바라보던 로쿠에몬이 말했다.

"이시하라가 휴대전화로 교타에게 연락했을 가능성이 있습니다."

"그럼 통신내용을 조사하면 되겠군요."

"교타는 대포폰을 사용하고 그마저도 자주 바꿔서 통화내용을 확보하지 못했습니다."

"교타의 집이 어디입니까? 갑시다."

루나는 교타를 체포해서라도 휴대전화를 빼앗을 생각이었다.

"안 됩니다. SAT에서도 교타의 거처를 알고 있지만 체포하지 않고 있는 것은 이시하라가 접촉하기를 기다리고 있기 때문입니다. 섣불리 접근하면 SAT에서 우리를 체포할 수도 있습니다."

루나가 자리에서 일어나자 로쿠에몬이 다급하게 말했다.

"어쨌든 어떻게 생겼는지 얼굴이라도 봅시다. 갑시다."

루나가 계속 독촉하자 얼굴을 붉히며 쩔쩔매던 로쿠에몬이 대안을 내놓았다.

"교타가 자주 가는 핑크라는 술집이 있습니다. 여자는 손님으로 들어갈 수 없고 조선여자들이 시중드는 술집입니다……."

로쿠에몬이 뒷말을 잇지 못하고 루나의 얼굴을 쳐다봤다.

"거기서 일하게 해줄 수 있어요?"

"그럴 수는 있는데 짧은 잠옷차림에 노팬티로 시중을 드는…… 바닥이 거울로 돼있어 위가 보이고…… 3층은 숙박시설입니다."

"소개해 주세요."

루나가 앞서 회의실을 나갔다. 끌려가듯 뒤를 따라가면서 로쿠에몬은 루나가 용감한 여자라고 생각했다. 조선여자 특유의 강인하면서도 선명한 이목구비에 화장을 하지 않고도 당당한 태도가 좋았다. 루나는 미인이었고 그녀의 목소리에는 사람을 따르게 하는 묘한 힘이 있었다. 로쿠에몬은 루나에게 끌리는 자신을 느꼈다.

의식하지 않으려 해도 아랫도리가 서늘한 느낌은 어쩔 수 없었다. 지나갈 때마다 거울에 비치는 그곳을 뚫어져라 쳐다보며 희희덕대는 놈들의 얼굴을 쥐어박고 싶었지만 참았다. 루나는 이런 곳을 만들어 놓고 술장사를 하는 일본이라는 나라에 혀를 내둘렀다. 루나는 인기가 좋았다. 지나가는 루나의 손을 잡아끌어 옆자리에 앉히려 드는 남자가 많았다. 아래를 덜 보이려면 자리에 앉는 편이 나았지만 자꾸 3층 숙박시설로 끌고 올라가려 들어 귀찮았다. 결정적인 순간에 루나가 눈짓을 하면 로쿠에몬이 포섭한 웨이터가 달려와 적당한 핑곗거리를 대 자리에서 일으켰다. 로쿠에몬도 손님을 가장해 자리에 앉아서 루나를 경호했다. 루나가 교타를 유혹해 3층으로 올라가 휴대전화 정보를 빼내는 동안 로쿠에몬은 차에 시동을 걸어 놓고 기다리기로 계획을 세웠다. 위험한 계획이라고 로쿠에몬이 말렸지만 루나의 고집을 꺾지 못했다.

"이랏샤이."

두 시간쯤 지났을 때 2미터는 돼 보이는 건장한 남자가 들어왔다. 혼자 앉아도 무게에 눌린 소파가 푹 꺼질 정도의 거구였다. 교타임을 확인한 루나가 유혹하는 미소를 지으며 주위를 맴돌았다. 위스키를 글라스에 따라 몇 잔 들이킨 교타가 다짜고짜 루나의 손을 잡아끌어 무릎 위에 앉혔다. 몇 마디 말을 건네는데 알아들을 수 없는 일본말이었다. 루나가 대답하지 않자 웨이터가 다가와 일본말을 모른다고 설명했다. 남은 술을 글라스에 부어 단숨에 들이켠 교타가 루나를 번쩍 들고 일어나 3층 계단을 향했다. 제지하려던 웨이터가 교타의 사나운 눈빛을 보고 찔끔하며 물러났다.

방에 들어서자마자 루나를 침대에 던진 교타가 다짜고짜 위에서 덮쳐왔다. 교타의 무게에 눌려 푹 꺼지는 침대 속에서 루나는 숨이 막혔다.

"샤워."

간신히 몸을 빼낸 루나가 욕실을 가리켰다. 그러는 루나를 귀여운 듯 바라보던 교타가 미소를 지으며 천천히 옷을 벗었다. 등은 물론 전신에 벌거벗은 여자들의 문신이 새겨져 있었다. 음부를 자세하게 묘사한 문신도 있었다. 루나가 고개를 돌려 외면하자 흐뭇한 미소를 지은 교타가 욕실로 들어갔다. 물소리가 들리자 루나는 교타가 벗어던진 옷을 뒤져 휴대전화를 꺼내 가지고 온 USB에 데이터를 복사했다. 초조하게 데이터 전송률을 확인하던 루나는 얼굴에 뿌려진 차가운 물 기운에 놀라 고개를 들었다. 물소리는 그대로 들리는데 교타가 욕실에서 나와 있었다. 몸에 묻은 물을 손으로 흩어 뿌리며 벌거벗은 교타가 성큼 다가왔다. 걸을 때마다 스모선수처럼 육중한 배가 출렁였다. 루나가 일어나며 뒤차기로 아랫배를 질렀다. 출렁하며 지방이 많은 배가 충격을 흡수했다. 뒤로 밀려 벽에 부딪힌 교타가 레슬링선수처럼 반동을 이용해 루나를 덮쳤다. 체구에 비해 동작이 빨랐다. 와장창 화장대가 무너지는 소리를 들으며 루나는 등부터 교타의 몸 아래 깔렸다. 몸을 빼내려 했지만 손이 배아래 깔려 힘을 쓸 수 없었다.

"안타, 다래?"

교타가 능글맞게 루나의 귀를 혀로 핥으며 물었다. 한 손으로 목을 누르고 다른 손으로 놀리듯 무방비상태의 사타구니 사이를 만졌다. 의식이 희미해져 가면서 어린 시절 자란 콜드스프링의 하늘을 배경으로 살해된 아버지, 어머니 얼굴이 스쳐 지나갔다. 그때도 남자의 목소리가 등 뒤에서 들렸다. 온 힘을 다해 고개를 옆으로 돌린 루나는 눈에 보이는 교타의 귀를 물어뜯었다. 비명을 지르며 머리를 흔들던 교타가 옆으로 떨어져 나갔다. 분노에 사로잡힌 루나는 눈에 띄는 깨진 거울조각을 집어 들어 교타의 목을 갈랐다. 동맥이 잘렸는지 피가 분수처럼 뿜어져 나왔다. 모든 게 한 순간의 일이었다. 목을 감싸 쥔 교타가 누운 채 사지를 버둥거렸다. 아직도 흥분이 가라앉지 않은 루나가 발버둥치는 교타의 사타구니를 몇 번 발로 짓이겼다.

꽝! 문이 부서지며 로쿠에몬이 뛰어 들어왔다.

"아래서 올라오고 있습니다. 빨리 나오세요."

정신을 수습한 루나가 한 손에 교타의 휴대전화 다른 손에는 거울 조각을 든 채 로쿠에몬의 뒤를 따라 달렸다. 떨어지듯 비상계단을 내려와 대기시켜 놓은 차에 루나를 태운 로쿠에몬이 바로 차를 출발시켰다. 다행히 뒤따라오는 차가 없었다.

"이제 됐으니 입에 물고 있는 것은 뱉으세요."

그때까지 루나는 잘려 나간 교타의 귀를 입에 물고 있었다. 백미러로 보니 입 주위에 피가 흥건했다. 인적이 드문 화장실에서 귀를 변기에 버리고 물을 내렸다. 루나는 사타구니 사이를 마구 더듬던 교타의 굵직한 손가락을 떠올리며 뒤늦게 몸서리를 쳤다. 채 가시지 않은 분노가 마구 몸을 떨게 했다.

연수원에 돌아오자마자 국방원에 교타의 휴대전화 데이터를 전송한 루나는 욕실에 들어가 이를 닦고 또 닦았고 몸을 씻고 또 씻었다. 아무리 닦고 씻어도 이빨로 뜯어낸 귀의 형상, 피 냄새는 지워지지 않았다. 욕실에서 나와 커튼을 내리고 침대에 누워 있는데 노크소리가 들렸다. 문을 여니 박건이 서 있었다.

"협상은 잘 됐어?"

"아니, 별로⋯⋯."

어두운 방안을 둘러보던 박건이 불을 켜고 루나의 얼굴을 찬찬히 살폈다.

"무슨 일 있었어?"

"아니, 아무 일도⋯⋯."

"정말, 아무 일 없었어?"

박건이 다시 묻자 울컥하며 격정이 밀려 올라와 루나는 대답하지 못했다.

"알았어, 쉬어."

방문을 닫고 나간 박건이 옆방 문을 노크하는 소리가 들렸다. 옆방은 로쿠에몬의 방이었다. 잠시 후 문 열리는 소리가 들리면서 남자들의 구둣발 소리가 복도를 따라 멀어져 갔다. 루나는 커튼을 살짝 들추고 밖을 살펴보았다. 현관을 나온 박건과 로쿠에몬이 일본정원으로 걸어 들어갔다. 흐린 가로등 불빛 아래 바람이 부는지 꽃들이 사납게 흔들렸다. 두 사람은 커다란 삼나무 아래 멈춰 섰다. 잠시 이야기를 나누는가 싶더니 갑자기 박건이 로쿠에몬의 가슴을 주먹으로 후려쳤다. 뒤로 밀리던 로쿠에몬이 나무뿌리에라도 걸린 듯 넘어졌다. 그 모습을 지켜보고 있던 루나는 놀라 손으로 입을 가렸다. 로쿠에몬이 허겁지겁 일어서자 박건이 다시 발길질로 배를 찼다. 무술의 고수라는 로쿠에몬이 쩔쩔매며 일방적으로 맞았다. 루나가 달려 나가 싸움을 말리려는데 어디선가 달려온 아키꼬가 둘 사이를 막아섰다. 분이 풀리지 않은 박건이 은행나무를 주먹으로 치고 돌아서자 우수수 나뭇잎이 떨어졌다. 발길질과 주먹놀림을 보니 박건은 연약한 책상물림이 아니었다.

아키꼬는 로쿠에몬을 자신의 방으로 데려왔다. 아키꼬의 방은 연수원 뒤에 따로 지은 별관에 있었다. 별관은 일본 최고의 건축가 다마루가 세계 각국의 최고 자재만 모아 지었다. 건물의 화려함에 놀란 사람들이 이곳을 '작은 베르사유 궁전'이라고 불렀고 소문을 들은 사람들이 이 아름다운 장소에 초대받기를 원했다. 손님 접대를 위해 일층은 응접실로 만들었고 이층에 아키꼬의 방이 있었다.

"도대체, 무슨 일이야?"

물수건으로 로쿠에몬의 얼굴을 닦아 주며 아키꼬가 물었다.

"장 수사관을 핑크에 데려갔다고……."

로쿠에몬이 술집 핑크에서 교타와 있었던 일을 이야기했다.

"그랬다고 이렇게 때렸단 말이야?"

로쿠에몬이 시무룩한 표정으로 고개를 끄덕였다.

"아무래도 그 여자를 좋아하는 것 같아."

로쿠에몬의 대답이 아키꼬를 놀라게 했다. 주먹에 맞은 게 자신인 듯 명치에서부터 시작된 통증이 온몸으로 아프게 퍼져 나갔다. 박건이 이런 모습을 보인 것은 처음이다. 로쿠에몬을 토닥여 자기 침대에 재운 아키꼬는 거실로 내려왔다. 맥켈란 위스키를 병째로 들고 붉은 단풍잎이 뚝뚝 떨어지는 창가에 앉았다. 떨어지는 나뭇잎을 보며 생각을 정리한 아키꼬가 금고에 보관해 둔 휴대전화를 꺼냈다. 한 번도 사용하지 않은 휴대전화로 위치추적방지장치와 음성변조장치가 돼 있었다. 아키꼬는 백군파 간부인 우메타 야스히로에게 전화를 걸어 루나가 교타를 살해하고 휴대전화를 빼앗았다는 사실을 알렸다. 파쇄기에 휴대전화를 분쇄한 아키꼬는 창가로 돌아와 남은 술을 비웠다. 바람이 불자 간당거리며 흔들리던 나뭇잎이 우수수 떨어졌다. 어쨌거나 깨끗한 게 단순해서 좋았다.

21

도발과 분노

협상은 지리멸렬했다. 한국 측이 '독도는 협상대상이 아니다' 라는 말을 하면 일본 측은 '50대 50의 비율로 영토주권을 인정하라' 는 주장을 반복하며 시간만 잡아먹었다. 그러던 어느 날 일본 보안청 소속 순시정 한 척이 영해를 넘어와 독도를 근접 촬영하며 머물렀다. 순시정 뒤에 여섯 척의 구축함이 버티고 있었고 하늘에는 초계기, 대잠헬리콥터를 띄웠다. 한국은 해양경찰청 소속 경비정을 보내 확성기로 돌아갈 것을 촉구하고 나포는 하지 않았다. 불필요한 행동으로 일본에게 빌미를 주지 않기 위해서였다. 역사적으로 일본은 먼저 작은 사건을 일으키고 그것을 꼬투리 삼아 전면전으로 확대한 사례가 많다. 1937년 7월 7일 밤 펑타이[豊台]에 주둔한 일본군이 야간연습을 하던 중 총성이 들리고 사병 한 명이 행방불명됐다. 일본군은 먼저 사격을 당했다는 구실을 내세워 펑타이에 있는 보병연대를 출동시켜 중국군을 공격해서 루거우차오를 점령했다. 사병은 용

변을 마치고 이십 분 후에 대열에 복귀했고 최초의 사격 또한 어디에서 발사된 것인지 분명치 않았으나 일본정부는 이를 중국침략의 기회로 삼아 군대를 증파(增派)하여 28일 베이징, 톈진[天津]에 대한 총공격을 개시했고 12월 13일 난징대학살을 자행하여 이후 중·일전쟁이 본격화됐다. 한국이 적극적으로 대응하지 않자 일본은 다음 날 정찰기를 보내 영공을 침범하고 순시정과 함께 탐사선을 보내 자원 탐사 작업을 계속했다.

일본의 계속적인 도발에 국민들의 분노가 다시 들끓었다. 경찰 병력이 총동원돼 포항과 묵호, 관공서로 몰려가는 사람들을 제지해야 했다. 소란 중에 부상자가 발생했고 개중에는 어린 학생들도 있었다. 일본으로 인해 시작된 난동이 미온적으로 대응하며 오히려 국민을 억압하는 정부로 분노의 방향을 틀었다. 지방 경찰서 무기고가 습격당하는 사건이 벌어지자 군대가 동원돼 무장한 사람들을 체포하고 질서를 잡아 나갔다. 겨우 소동이 가라앉을 무렵 일본 천황이 살고 있는 황거 앞에서 항의하던 한국인이 무더기로 구속됐다는 기사가 실렸다. 다음 날 아침에는 일본 구축함 앞에서 평화시위를 하던 한국어선 세 척이 나포돼 일본으로 끌려갔다. 나라 전체가 화산이라도 폭발한 듯 들끓었고 뜨거운 용암처럼 시민들이 거리로 쏟아져 나왔다. 복잡계 이론에서는 환경이 급격하게 바뀌면 녹색 메뚜기가 사막 메뚜기로 변한다고 한다. 사막 메뚜기로 변한 시민들이 떼로 몰려다니며 무력 충돌을 불사했다. 이곳저곳에서 국지전이 전개되면서 주가가 떨어지고 환율이 치솟았다. 생필품 가격이 급등하고 그마저도 구할 수 없게 되자 국민들은 공황상태에 빠졌다. 스마트몹을 중심으로 혼수상태에 빠진 대통령을 대신할 지도자를 새로 뽑자는 의견이 확산돼 갔고 마침내 일본과의 전쟁도 불사하겠다는 주장이 야당 의원에게서 나왔다.

"이런 분위기에서는 협상할 수 없습니다. 먼저 독도 문제로 체포한 한국 국민과 나포한 어선을 돌려주시오."

김 장관이 엄중 항의했지만 일본 협상단은 들은 척도 하지 않았다.

"일본영토에서 일본법을 어기고 일본 영해를 침범한 자들입니다. 풀어줄 수 없습니다."

"그거야 일본이 먼저 순시정과 정찰기를 동원해 한국 영해, 영공을 침범하고 자극했기 때문에 발생한 일이 아닙니까?"

"그곳이 어떻게 한국의 영해, 영공입니까?"

세키 교타로가 표정 하나 바꾸지 않고 되물었다.

"말이 통하지 않는 사람들이군. 더 이상의 협상은 없습니다. 우리는 돌아가겠습니다."

"언제 말렸습니까? 안녕히 가십시오."

한국 측 협상단이 자리에서 일어나는 것을 본 아사지마 겐이치로 외무성장관이 말했다.

"언젠가 오늘 그냥 떠난 것을 후회하게 될 겁니다."

"우리가 후회한다고요? 후회는 당신들이 하게 됩니다. 히로시마, 나가사키에 원자폭탄이 터졌을 때 당신들은 군부의 말을 듣고 전쟁을 시작한 것을 후회했습니다. 그때의 후회를 반복하지 마십시오."

거친 말이 오가며 협상은 결렬됐다. 연수원에 돌아온 한국 협상단은 일말의 기대를 품고 일본 측의 연락을 기다렸지만 전화 한 통 걸려 오지 않았다.

"일본이 왜 이러나? 정말 그들이 원하는 게 무엇인가?"

김 특사가 초조한 표정을 감추지 못하고 박건에게 물었다.

"대비해야 할 것 같습니다."

"무엇을?"

질문을 하던 김 특사의 머릿속으로 섬광처럼 '전쟁'이라는 단어가 스쳐 지나갔다.

그날 밤 폭발물을 실은 한국어선 한 척이 일본 구축함에 부딪혀 폭발했다. 큰 손상도, 인명피해도 없었지만 일본은 한국이 선제공격을 했다는 이유를 내세워 구축함 세 대로 독도를 에워싸고 해상자위대원을 투입해 독도를 점령했다. 교전 중에 한국 경비함 한 척이 침몰하고 해양경찰 17명이 사망했다. 전면전으로 확대될 일촉즉발의 위기에서 미국이 중재에 나섰다. 미국 국무장관 마이클 피셔 주재로 한국 총리와 일본 총리가 오키나와에서 비밀회담을 가졌다.

"이것은 명백한 전쟁 도발 행위입니다. 일본은 즉시 독도에서 물러가야 합니다."

"먼저 도발한 것은 한국입니다. 한국이 사과하고 피해배상을 해야 합니다."

"한국어선이라고는 하나 한국 사람이 했다는 증거는 없지 않습니까? 반면 우리는 일본의 공격으로 경비정 한 척과 17명의 인명피해가 발생했습니다."

"한국이 이런 식으로 발뺌할 줄 알았기 때문에 현장을 보존한 것입니다. 우리는 도발 증거를 찾을 때까지 독도에 남아 계속 증거를 수집하겠습니다."

"증거를 찾으면 독도에서 물러난다는 뜻입니까?"

일본 총리가 고개를 저으며 말했다.

"다케시마는 원래 일본 영토입니다. 이번에 그 점도 분명히 해두겠습니다."

"그렇다면 물러나지 않겠다는 뜻입니까?"

일본 총리가 대답하지 않자 한국 총리가 미국 국무장관의 얼굴을 쳐다 봤다.

"영토분쟁이니 국제재판소에 넘길 것을 권고합니다."

마이클 피셔의 말을 듣는 순간 한국 총리는 뒤통수를 얻어맞은 듯 아찔한 충격을 느꼈다. 미국도 일본 편이었다.

"독도는 한국이 실효적으로 지배하고 있고……."

"애석하게도 지금은 아닙니다."

일본 총리가 빈정거리면서 한국 총리의 말을 막았다.

"역사적, 국제법적으로 명백한 한국의 영토입니다. 국제법상 재판 대상도 아니고 외교적 교섭 대상도 될 수 없습니다. 만약 일본이 독도에서 물러난다면 일본이 입힌 피해에 대해서는 더 이상 책임을 묻지 않겠습니다."

"우리도 마찬가지입니다. 피해 보상을 원한다면 지불할 의향이 있지만 다케시마를 떠나지 않겠습니다."

일본이 자신의 속셈을 분명히 드러내도 미국은 침묵했다.

회담장을 박차고 나온 국무총리는 특별기로 한국에 돌아오며 국무회의를 소집했다. 회의에는 협상이 결렬돼 일본에서 돌아온 김 특사도 참석했다.

"미국은 십 년 전에 이미 세계 경찰국가로서의 위상을 상실했습니다. 또한 기축통화로서 달러의 약세가 지속되고 있는 지금 재정적으로 크게 의지하고 있는 일본의 눈치를 보지 않을 수 없습니다. 또한 일본이 중국에 붙을 경우 아시아에서 미국의 영향력이 사라지게 된다는 점을 우려하고 있을 것입니다. 앞으로 더 이상 미국을 믿거나 의지하려 해서는 안 됩니다."

국무총리의 발표를 들은 국무위원들이 분개했다. 믿었던 미국에 대한 배신감과 상실감이 회의장을 침통한 분위기 속으로 몰아넣었다.

"결국…… 전쟁밖에 대안이 없다는 말입니까?"

"아닙니다. 방법이 있습니다."

국무총리의 말을 받아 김 특사가 대답했다.

"아직 우리에게는 중국, 러시아, 북한이 남아 있습니다."

B그룹 연수원에서 김 특사는 협상이 결렬되었을 때를 대비한 대안, 즉 배트나(BATNA)를 박건과 논의했다. 박건은 중국, 러시아, 북한과 연합해 일본을 압박할 것을 제안했다. 김 특사와 함께 일본을 떠난 박건은 한국에 돌아오지 않고 곧바로 러시아로 날아갔다. 김 특사는 국무회의 다음 날 북한을 거쳐 중국으로 들어갔다.

폭탄테러

공항에서 박건과 헤어진 루나는 혼자 국방원에 돌아왔다. 루나가 일본에서 전송한 교타의 휴대전화 데이터로 이시하라가 전화를 건 위치가 확인됐다. 발신 장소는 한국이었다. 두 통은 남상식을 살해한 외국인거리에서, 한 통은 백의사 조직원을 살해한 포항에서, 마지막 전화는 묵호에서 걸었다. 묵호에서는 사건이 없었다.

"묵호? 왜 묵호로 갔지?"

묵호는 동해바다가 보이는 한적한 항구다. 일제시대에 태백산맥에서 캐낸 석탄을 수탈하던 항구로 원래는 오이진으로 불렸지만 석탄으로 바다가 먹물처럼 검어져 묵호로 불리게 되었다.

"묵호에서는 연일 일본 독도 점령 규탄대회가 열리고 있습니다. 만일 그곳에서 테러라도 발생하면 사태가 걷잡을 수 없이 전개될 겁니다."

일본인인 이시하라가 분노한 군중에게 폭탄을 투척하면 가뜩이나 대립하고 있는 두 나라 사이에 전쟁이 촉발될 위험이 높았다.

"기동타격팀 전원 묵호로 출동한다. 이 반장은 해양특공대에 연락해 항구를 봉쇄하고 경찰특공대에게는 지금 즉시 묵호로 들어가는 모든 도로를 폐쇄하고 시 전체를 포위하라고 지시해라."

루나와 기동타격팀은 헬리콥터를 타고 묵호로 향했다. 발아래 산맥을 따라 울긋불긋 물들어 가는 단풍이 거센 바람에 물결처럼 흔들렸다. 멀리 한가롭게 떠가는 구름을 보니 문득 박건이 생각났다. 옆에 있을 때는 몰랐는데 없으니 허전한 느낌이 들었다. 목울대가 잘려 버둥거리던 교타의 모습이 머리를 떠나지 않았다. 그의 형인 이시하라를 잡으러 간다고 생각하니 마음이 착잡했다. 잡념을 떨치려 루나는 가만히 고개를 저었다. 기동타격팀 헬리콥터 세 대는 묵호를 포위하며 산개했다. 팀장과 루나가 탄 헬리콥터는 묵호로 들어가는 국도에 내렸다. 헬리콥터에서 내린 팀장이 경찰특공대의 포위망을 점검했다. 묵호는 산맥과 바다로 둘러싸인 항구다. 아직까지 이시하라가 여기 숨어 있다면 지금부터는 독안에 든 쥐 신세다.

시내로 들어가면서 보니 더께더께 세월의 무게를 쌓으며 쇠락해 가는 집들이 눈에 들어왔다. 60년대 동해 최대의 항구였다는 말이 무색하게 느껴졌다. 짠 맛이 느껴지는 바닷바람이 먼지를 날리며 사라져 갔다.

"어, 새마을기가 아직 걸려 있네."

도로 건너편에서 펄럭이는 녹색깃발을 보고 누군가 신기한 듯 중얼거리다 팀장의 사나운 눈초리와 마주치고는 찔끔해서 입을 다물었다. 새마을기가 상징하는 새마을운동은 1970년대 박정희 대통령 시절 전개된 범국민적 지역개발 운동이다. 여전히 낡은 깃발이 펄럭이는 묵호는 세월을 잊고 사는 도시였다. 이 조용한 도시가 갑자기 몰아닥친 인파와 바다 건너 일본을 향해 부르짖는 소리로 파도처럼 출렁이고 있었다. 멀리서부터 웅성거리는 소리가 들려오더니 물결처럼 일렁이는 인파가 보였다. 어시장을 사이에 두고 오른쪽은 세관, 왼쪽은 수협공판장이었다. 수협공판장 앞에서부터 평소라면 낚시꾼 서넛밖에 보이지 않을 방파제 끝까지 플래카드를 들고 혈서로 쓴 머리띠를 두른 사람들로 가득 찼다. 뒤편 묵호등대에 이르는 산비탈도 사정은 마찬가지였다. 산굽이마다 사람들이 깃발을 흔들며 일본의 독도 강점을 규탄했다. 항구 앞 바다에서 해양경찰선이 확성기로 사람들에게 귀가를 종용했다.

"사람들이 몰려 있는 곳에 가지고 온 스마트 더스트(smart dust) 전부 날려. 이시하라를 발견하면 전체 경보를 울리고 즉시 체포하도록. 반항하면 사살해도 좋다. 폭발물을 가지고 있을 테니 시민들 안전에 최우선을 기해. 폭발물 감식반은 각자 맡은 구역을 샅샅이 조사한다. 행동 개시."

팀장이 흩어져 있는 대원들에게 무전기로 지시했다. 스마트 더스트는 무선 송수신 및 데이터 통신이 가능한 로봇을 말한다. 국방원에서는 1세대 스마트 더스트를 나비 모양으로 개조해 운동성을 높이고 실시간으로 사진 전송이 가능하게 만들었다. 이시하라의 얼굴을 컴퓨터에 입력해 놓았기 때문에 스마트 더스트가 전송하는 데이터와 80퍼센트 이상 일치하는 얼굴이 있으면 자동으로 경보장치가 울리고 스마트 더스트가 계속 위치를 추적하게 된다. 스마트 더스트를 날린 지 30분이 지났지만 이시하라는 발견되지 않았고 폭발물도 탐지되지 않았다.

"만약 이곳에 이시히라가 있다면 어디에 숨어 있을까?"

"조그만 도시입니다. 테러가 목표라면 군중 속에 있을 겁니다. 등대도

대상이 될 수 있습니다. 상징성이 있는 건물이고 역시 사람들이 모여 있으니까요."

산비탈을 따라 옹기종기 지은 집들에 가려 하얀 첨탑 부분만 보이는 등대를 바라보며 루나가 대답했다.

"2단계 작전을 실시한다. 사람들이 동요하거나 반발하지 않도록 설득해서 버스에 탑승시켜라. 반항하는 자는 체포해서 수색해."

팀장의 명령이 떨어지자 대기하고 있던 5개 경찰기동중대와 10대의 버스가 움직였다. 각자 맡은 목표지점에 분산 배치돼 통로를 막고 개인별로 검색을 실시하고 신원조회를 마친 사람은 버스를 태워 이동시켰다.

"테러 적색경보지역입니다. 검문에 협조한 후 뒤에 있는 버스에 타시면 안전지대로 모시겠습니다."

완전 무장한 경찰관에게서 테러 적색경보지역이라는 설명을 들은 사람들은 순순히 검문에 응한 후 대기하고 있는 경찰버스에 올라탔다. 겁에 질린 사람 몇 명이 포위망을 뚫고 탈출하려 했지만 전원 체포됐다. 체포된 자들에게서도 총기류나 폭발물은 나오지 않았고 휴대용 DNA 검사기로 조사했지만 외국인은 없었다. 군중이 많아 해산하는 데 시간이 걸렸다. 날이 어두워지면서 경찰 헬기 10여 대가 하늘에 떠서 서치라이트로 검문 장소를 대낮같이 밝혔다. 등대 쪽 검문이 먼저 끝났다. 항구 쪽도 검문이 끝날 무렵 줄 뒤쪽에 가방을 메고 있던 청년 하나가 앞으로 달려 나왔고 동시에 폭발물 경보장치가 울렸다. 사격 자세를 취하고 있던 전경들이 다리를 쏘자 청년은 버스 밑으로 굴러 들어갔다. 그 순간 고막을 찢을 듯 굉음이 울렸다. 폭발의 충격으로 버스는 10여 미터 공중으로 떠올랐다가 떨어졌다.

팀장과 루나는 소스라치게 놀라 떨어진 버스로 달려갔다. 겨우 형체만 남은 버스 내부는 피와 흩뿌려진 살점으로 순식간에 아수라장이 되었다. 짐짝처럼 뒤엉켜 뒹구는 사람들 틈에서 겁에 질린 사람들의 비명소리와 신음이 터져 나왔다.

"빨리, 빨리 사람들을 구출해."

팀장이 다급하게 외치는 순간 또 한 번의 폭발음이 들리며 밤바다를 밝히던 등대 불빛이 꺼졌다. 헬리콥터 두 대가 서치라이트로 등대가 있던 자리를 비췄다. 흔적도 없이 등대가 사라진 자리에서 모락모락 연기가 피어오르고 있었다. 팀장이 국방원장에게 사태를 보고하려 휴대전화를 꺼내는데 전화벨이 울렸다.

"네, 기동타격팀장입니다."

"이 바보야! 이시하라의 테러 목표는 묵호가 아니라 포항이야. 지금 포항에서 폭탄이 터져 규탄대회에 참가했던 사람 37명이 사망했어."

휴대전화를 타고 국방원장의 노기 띤 목소리가 들려왔다.

23

영웅 포보스

묵호와 포항의 동시 폭탄테러로 58명이 사망하고 17명의 중상자가 발생했다. 일본 백군파 소행이었고 이시하라가 주도했다. 이시하라는 대범하게도 폭탄 테러 후 현장이 보이는 곳에서 동영상을 촬영해 인터넷으로 유포했다.

"다케시마는 일본 영토다. 백군파는 외세를 몰아내고 패전 후 강압적으로 빼앗긴 일본 땅을 모두 되찾을 때까지 투쟁을 멈추지 않을 것이다. 한국민들은 쓸데없는 행동을 자제하라. 다케시마 반환을 거부하는 자들이 모여 있는 곳에는 언제든 오늘처럼 폭탄이 터질 것이다."

독도 강점도 모자라 한국 땅에서 테러를 일삼는 일본에 대해 국민들의 분노가 극에 달했다. 일본정부는 백군파와의 관계를 부정했지만 일본 대사관에 군중이 몰려들어 화염병을 투척하고 건물에 불을 질렀다. 외교관들이 피해 있어 인명피해는 없었다. 보복 대상을 잃은 시민들이 '독도를 수복하라'고 외치며 거리를 몰려다녔다. 학교와 상점은 문을 닫았고 일본 이름을 달고 일본 제품을 판매하는 상가가 파괴됐다. 국무총리 파면, 대통령 재선거에 서명한 인원이 천만 명을 넘어섰다. 미온적인 정부 대응에 불만을 품은 소장파 군인들이 쿠데타를 계획하다 체포됐다. 외국 특파원들이 서울과 동경으로 모여들어 한국과 일본의 움직임을 매일 본사로 타전했고 세계 각국의 신문사와 미디어는 '한국과 일본 전쟁 임박'이라는 타이틀로 기사를 실었다. 국민들의 압력에 더 이상 버틸 수 없게 된 한국 정부는 일본에 '독도에서 물러가지 않으면 전쟁'이라는 최후통첩을 보냈다. 일본에서 답신을 보내왔다.

'일본을 향해 한 발의 총알이라도 발사하면 독도는 영원히 지구상에서 자취를 감출 것이다.'

위성사진 확인 결과 일본이 독도에 엄청난 양의 폭탄을 매설한 것이 확인됐다. 이러지도 저러지도 못하고 전전긍긍하는 사이 최후통첩 시한이 지나 한국정부는 또 한 번 체면을 구겼다. 이럴 바에는 일본이 주장하는 50 대 50의 영토주권을 인정하자는 국회의원의 발언이 있었다. 그날 밤 그의 집에 폭탄이 투척돼 국회의원을 포함한 가족 전원이 몰살됐다.

변화는 외부에서 왔다. 쿠릴열도에서 일본이 러시아에게 반환을 요구한 4개 섬 중 하보마이, 시코탄 2개 섬에 있는 아이누족이 독립 국가를 선포했고 이 섬을 실질적으로 지배하고 있는 러시아가 지지 성명을 발표했다. 이전까지 하보마이, 시코탄은 러시아에서도 일본에 반환하려는 움직임이 있었지만 일본이 4개 섬 일괄 반환을 요구해 반환이 이뤄지지 않던 곳이다. 역사를 거슬러 올라가면 원래 홋카이도와 하보마이, 시코탄 2개 섬은 아이누족이 살던 곳이기 때문에 영토 주권의 정당성은 아이누족에게 있었다. 두 섬에 살고 있는 아이누족이 독립국가 수립을 러시아에 청원했고 러시아 정부가 이를 받아들이는 형식을 취했다. 더불어 러시아는 일본이 자신의 땅이라고 주장하는 나머지 2개 섬 쿠나시르, 이투루프에 대해서도 러시아 영토임을 분명히 했다. 아이누족과 연합한 러시아의 움직임에 일본은 당황했지만 외교적인 성명 발표 외에 적극적인 행동을 자제했다. 북방 4개 섬이 러시아의 실질적인 지배하에 있었기 때문에 한국과 대립하고 있는 상황에서 분쟁을 확대하려 하지 않았다.

아이누족의 독립 국가 발표가 있은 다음 날 타이완 애국단체 소속 청년 3명이 일본의 지배하에 있는 조어도에 상륙해 중국 영토임을 주장했고 중국정부가 일본이 한국에 한 방식 그대로 구축함을 보내 일본의 접근을 막았다. 조어도는 타이완과 오키나와에 있는 섬으로 청일전쟁 때 일본이 점령했다가 2차 세계대전이 끝난 후 미국으로부터 일본에 이양되었다. 1969년 조어도 제도에 매장돼 있는 지하자원이 확인되면서 중국과 영토분쟁이 본격화됐다. 일본은 어느 나라에도 속해 있지 않은 무인도를 청일전쟁 중 발견해서 일본 영토에 편입한 것이라고 주장했다. 1996년 일본 우익단체인 '일본청년사'가 섬에 등대를 설치하고 점령을 기정사실화하려 하자 중국과 대만, 홍콩에서 대대적인 일본 규탄 시위가 벌어졌다. 타이완 애국단체 소속 청년들이 조어도를 점령하자 중국은 조어도가 중국 영토임을 대내외에 발표했다. 섬을 점거한 타이완 청년들은 일본 우익단체가 세운 등대를 파괴하고 동영상으로 촬영해 유포했다.

일본이 전전긍긍하는 사이 북한도 독도가 한국 영토임을 천명하고 만약 일본이 물러가지 않으면 남조선과 연합해 전쟁도 불사하겠다고 하면서 동해 바다로 미사일을 발사했다.

러시아에 이어 중국, 북한까지 영토분쟁에 가세하자 세계가 경악했고 3차 세계대전 발발을 우려하는 목소리가 높아지자 미국이 중재에 나섰다. 미국을 포함한 관련 당사국 6개국이 모여 6자회담을 열 것을 제안했지만 한국은 일본이 먼저 독도에서 철수할 것을 요구하며 제안을 거절했다. 더 이상 한국은 미국을 믿지 않았다.

북한을 경유해 중국에 갔던 김 특사가 돌아왔다. 국무위원들이 환영의 박수로 김 특사를 맞았다.

"중국을 설득하는 데는 B그룹의 도움이 컸습니다. 사할린에서 개발한 가스의 30퍼센트를 중국에 지원하기로 했습니다. 조어도가 일본의 실효 지배 상태였기 때문에 중국으로서는 손해 볼 것 없는 장사입니다. 문제는 독도에 매설된 폭탄입니다. 독도가 사라지면 일본은 언제든 다시 영해권을 주장할 것이고 우리는 역사에 죄인으로 남을 것입니다."

한국과 북한, 러시아, 중국 4개국의 압박 속에서도 일본은 독도에서 철수하지 않았다. 긴장된 분위기 속에서 포보스연합의 예언이 올라왔다. 예언이라기보다는 성명 형식의 발표였다.

'피에는 피, 테러에는 테러다. 일본은 무고한 한국민 58명을 살해한 피의 대가를 치를 것이다.'

여태까지 포보스 예언이 외국을 대상으로 한 적은 없었다. 예언이 구체적으로 일본을 지목하자 일본 전역은 극도의 긴장감에 휩싸였다. 삼엄한 경비를 뚫고 대한민국의 한국 대통령을 총격한 자들이 아닌가! 일본 국민 또한 포보스 예언이 100퍼센트 실현된다는 것을 잘 알고 있었다. 일본 전역에 계엄령이 선포되고 자위대가 출동해 경찰 조직과 함께 치안을 담당했다. 사태가 긴박하게 돌아가자 일본에서도 독도 철수 후 대화로 문제를 해결할 것을 주장하는 목소리가 높아졌다. 다급해진 일본정부가 한국정부에 협상 재개를 요청했다. 한국정부는 선 독도 철수를 요구했다.

다음 날 새벽 아사지마 겐이치로 외무성장관이 살해됐다는 소식이 전 세계 언론을 뒤흔들었다. 아사지마는 한국과의 협상을 주도했고 독도 강점을 주장해 온 자였다. 삼엄한 경비 속에 움직였지만 박격포탄에 맞아 차와 함께 폭사했다. 폭탄을 발사한 자는 일본인으로 체포하려고 달려온 자위대원 17명을 건물과 함께 날려 버리며 자폭했다. 연이어 2차 포보스 예언이 언론에 실렸다.

'무고한 일본 국민을 살해하지는 않겠다. 장관급 이상만 죽이겠다. 여기에는 일본 총리도 포함된다.'

포보스 2차 예언을 들은 일본정부, 특히 장관급 이상이 패닉상태에 빠졌다. 테러 단체의 협박에 굴하지 말자고 목소리를 높이던 관방장관까지 살해되자 일본은 선린우호 정책에 따라 대화로 문제를 해결하겠다며 슬그머니 독도에서 철수했다. 세계가 새삼 포보스의 강력한 실천력에 주목했다. 체면을 구긴 일본이 국제연합에 '세계 대테러기구'를 창설하자고 제안했지만 동조하는 국가가 나타나지 않았다. 세계 각국의 수뇌부들도 내심 포보스를 두려워했고 빌미를 줘서 화근을 끌어들이고 싶어 하지 않았다.

독도 철수 후 일본과 협상이 재개됐다. 김 특사와 함께 러시아에서 돌아온 박건이 협상에 참석했다.

"당분간 다케시마를 문제 삼지 않겠소. 대신 사할린 가스 개발지분권 50퍼센트를 일본에 넘기시오."

일본에서는 살해된 아사지마 장관 대신 세키 교타로가 협상 대표로 참석했다.

"일본 총리가 독도가 한국 영토임을 발표하고 서류에 서명해서 줄 수 있겠습니까?"

"그건…… 그럴 수 없소."

침착하게 맞받아치는 김 특사의 말에 노련한 세키의 목소리가 떨렸다.

"그럼, 우리도 사할린 가스를 양보할 이유가 없습니다."

한국 협상단이 자리에서 일어나려 하자 세키가 다급한 목소리로 김 특사를 불러 세웠다.

"다케시마 문제가 해결됐으니 이제 조어도와 쿠릴열도 문제를 원 상태로 회복시켜 놓으시오."

"그것은 중국, 러시아와 일본의 문제입니다. 우리와는 관계없습니다. 혹시 오해가 있을까봐 말씀 드리면 두 분의 장관이 살해된 것은 유감이나 일본정부가 백군파와 무관한 것처럼 한국정부도 포보스라는 테러 단체와는 아무 관계가 없습니다. 아시다시피 그들은 한국 대통령을 총격한 자들입니다."

정부에서 어떻게 규정하든 한국 국민들에게 포보스는 더 이상 테러단체가 아니라 구국의 영웅이었다. 포보스를 대통령으로 추대하자는 인터넷 서명이 500만을 넘어섰고 언론에서도 포보스를 영웅으로 다루는 기사가 늘어 갔다. 포보스는 이제 한국 내 또 하나의 정부나 마찬가지였다.

아이러니하게도 포보스는 일본에서도 영웅이 되어 있었다. 포보스가 가난한 사람, 실업자, 외국인 등 소외계층을 위해 일하는 단체라는 소문이 확산되면서 일반 대중이 열광했다. 무고한 사람을 죽이지 않고 정치인만 살해한 태도도 대중의 호응을 얻었다. 외무성장관과 관방장관과 함께 폭사한 자들은 한국인이 아니라 포보스연합에 가입한 일본인이라는 사실이 알려지자 인터넷을 통해 포보스연합을 옹호하는 글들이 퍼졌다. 이어 '포보스연합에 가입하는 법'을 묻는 질문과 이에 대한 댓글이 쇄도했다. 포보스연합을 다룬 추측성 기사가 인기를 끌었지만 대부분 근거 없는 이야기들로 신빙성이 약했다.

삶은 고해

일본과의 분쟁이 일단락됐지만 묵호와 포항의 폭탄 테러로 국방원은 24시간 비상체제였다. 일본정부는 한국에서 벌어진 폭탄 테러가 자신들과 무관함을 거듭 주장했고 수사에도 적극적으로 협조했다. 묵호에서 버스 밑으로 들어가 폭사한 자는 백군파 소속 조직원으로 밝혀졌다. 동영상을 유포한 후 이시하라는 종적을 감췄고 전국의 모든 CCTV와 인공위성까지 동원해 행방을 추적했지만 수사는 진척되지 않았다. 스마트폽이 자체 투표로 조사한 '무위도식하는 정부기관' 중 국방원이 1순위에 올라 우스갯거리로 사람들 입에 오르내렸다. 포보스연합을 지지하는 사람들은 국방원이 무능해서 오히려 다행이라고 공공연히 떠벌리고 다녔다.

"한국 땅에서 무고한 국민들 58명이 살해됐는데 목구멍으로 밥이 넘어가. 이시하라를 잡을 때까지는 먹지도 자지도 마."

국회 청문회 통보를 받은 국방원장이 길길이 날뛰었다. 원장은 팀장급

184

이상 전 간부의 사표를 받았다.

"긴장감을 조성하려고 형식적으로 사표를 받는다고 생각하면 오산이야. 벌써 국회에서 공공연하게 국방원 해체를 논의하고 있어. 이시하라를 잡지 못하면 우리 모두는 끝이야, 끝."

원장이 자신의 손날을 세워 목을 긋는 시늉을 했다.

지루한 탐문수사가 계속됐다. 루나는 세 차례나 남상식이 살해된 외국인거리를 뒤졌다. 이시하라를 추적하다 놓친 골목을 볼 때마다 쌉쌀한 아픔이 밀려왔다. 그때 잡았으면 무고한 사람들이 그렇게나 많이 죽지는 않았을 텐데…… 이시하라는 만만한 자가 아니었다. 뒤따라온 박건이 구하지 않았으면 자신도 어떻게 됐을지 모른다. 일본이 독도에서 물러났어도 박건은 귀국하지 않았다. 막후 협상을 마무리 짓기 위해 다시 일본으로 들어갔다고 팀장이 귀띔했다. 골목길을 걸으며 언덕길을 오르며 좁은 시장 길을 지나며 루나는 일본에서 있었던 일을 떠올렸다. 왜 박건이 로쿠에몬을 때렸을까? 나 때문이었나? 박건이라면 지금 어떻게 수사를 할까? 기다림이 길어질수록 그리움이 커갔다.

밤 10시, 편의점에서 김밥을 사서 먹는데 휴대전화가 걸려 왔다. 팀장이었다.

"이틀 동안 집에도 못 가고 피곤하지? 집에 가서 잠시 눈 좀 붙이고 내일 아침 회사로 와. 이대로는 안 되겠다. 방법을 바꿔 보자."

겉으로는 무뚝뚝해 보여도 팀장은 팀원들을 자상하게 챙겼다. 낯선 한국 땅에 정착하면서 루나는 지상과 팀장에게 많이 의지했다. 인정하고 싶지 않았지만 지상이 떠난 빈자리를 박건이 채우고 있었다. 씻고 자리에 누우니 12시가 넘었다. 몸은 피곤한데 잠이 오지 않았다. 빗물을 밀어내는 차바퀴 소리가 들려 창문을 열어 보니 늦은 가을비가 추적추적 내리고 있었다. 비가 내리는데도 먼 하늘에 달무리를 두른 보름달이 구름이 지나 갈 때마다 나타났다 사라졌다 하며 몽환적인 분위기를 연출했다. 루나는 침대에 누워 달을 바라보다 잠이 들었다.

전화 벨소리에 잠이 깼다. 머리맡에 둔 휴대전화를 열어 보니 걸려 온 전화가 없었다. 벨소리는 책상 옆에 둔 여행가방에서 들렸다. 왜 여행가방에서 벨소리가 들리지? 가방을 뒤져 보니 교타의 휴대전화가 나왔다. 그때서야 데이터만 전송하고 교타의 전화를 조사실에 제출하지 않은 게 떠올랐다. 그동안 한 번도 울리지 않아 루나도 존재 자체를 잊고 있던 전화였다. 전화기에서 흐리게 흘러나온 빛이 천장에 그리는 둥근 모양을 바라보며 루나는 빛처럼 빠른 속도로 생각을 정리했다. 만약 이게 이시하라가 건 전화라면? 이시하라에 생각이 미치자 숨이 멎는 듯했다. 루나는 전화를 받지 않고 상황실에 전화를 걸어 지금 교타의 번호로 전화가 걸려 온 장소를 추적하라고 지시했다. 위치 추적은 시간이 걸렸다. 다행히 끊어졌던 벨소리가 잠시 후 다시 울렸다. 동시에 루나의 휴대전화에서도 벨이 울렸다. 루나는 심호흡을 하고 착신버튼을 눌렀다. 어두운 방에 휴대전화 불빛이 켜지며 루나의 얼굴을 비췄다.

"지금 전화를 걸고 있는 장소는……."

상황실 담당 직원이 불러 주는 위치를 듣는 순간 루나의 머리카락이 쭈뼛 곤두섰다. 직원이 알려준 주소는 바로 여기, 자신의 집이었다. 찬바람이 루나의 얼굴을 스치고 지나갔다. 바람이 불어오는 방향으로 고개를 돌리는 순간 루나는 의식을 잃었다.

차가운 물의 감촉에 루나는 눈을 떴다. 어두웠다. 루나는 빠르게 사방을 살폈다. 앞쪽에 약간 트인 공간으로 희미하게 빛이 비쳐 넘실거리는 물굽이가 보였다. 고개를 숙이니 가슴까지 물에 잠겨 있었고 두 손 두 발이 쇠사슬에 묶여 있었다. 어두운 천장에서 뚝뚝 물이 떨어졌고 찬물이 얼굴을 때려 숨을 막았다. 얼떨결에 물을 마시고 기침을 하던 루나는 소스라쳐 놀랐다. 짠 바닷물이었다. 파도가 칠 때마다 발바닥이 살짝 들렸다 떨어졌다. 어둠에 눈이 익자 희미하게 사방이 보였다. 묶여 있는 곳은 해안 동굴 같은 곳이었다. 트인 공간으로 사납게 물보라를 일으키며 들이치는 파도가 이제는 선명하게 보였다. 생각하는 사이에도 점점 물높이가 높아졌다. 이제 물은 코밑에서 찰랑거렸고 파도가 칠 때마다 콧속으로 물이 들어왔다. 필사적으로 팔과 다리를 버둥거려 보았지만 손목과 발목을 묶은 쇠사슬이 다시 몸을 잡아 끌었다. 바닷물이 눈까지 차오르자 숨을 참던 루나는 더 버티지 못하고 정신을 잃었다.

눈을 떴다. 낮인지 입구 쪽에서 산란하는 강렬한 햇빛이 보였다. 동굴을 가득 채웠던 물은 사라지고 없었지만 여전히 사지는 벽에 매달려 있었다. 물방울이 뚝뚝 떨어지는 벽 한쪽에 남자가 기대 앉아 담배를 피우고 있었다.

"간밤에는 내 계산 착오로 죽을 뻔했어. 발밑을 30센티 정도 올려놓았으니 어제처럼 파도가 들이쳐도 쉽게 죽지는 않을 거야. 빨리 죽으면 안 돼."

남자가 외국인 억양이 느껴지는 한국말로 말했다.

"너는 누구냐?"

"나? 네가 애타게 찾던 사람."

그때서야 루나는 상대를 알아볼 수 있었다. 현상수배전단으로 수백 번도 더 눈에 익혔던 얼굴, 꿈속에서도 찾아 헤매던 이시하라였다.

"내가 궁금한 것은 이거야. 너 같은 약골이 어떻게 교타를 죽일 수 있었지?"

이시하라는 백군파로부터 루나가 교타를 살해했다는 소식을 들었지만 믿을 수 없었다. 낮 동안 빈집에 들어가 납치준비를 마쳐 놓고도 루나가 잠들기를 기다려 죽은 교타의 휴대전화로 전화를 걸었다. 루나가 여행가방에서 교타의 휴대전화를 꺼내는 모습을 본 순간 이시하라는 복수심에 치를 떨었다.

"아마도 네가 여자였기 때문이었을 거야. 여자를 조심하라고 그렇게 주의를 줬는데도……."

루나가 대답하지 않자 혼자 묻고 혼자 대답하며 동굴 속을 서성이던 이시하라가 모래 위에 올려놓았던 조그만 나룻배를 타고 사라졌다. 루나는 이제 이시하라에게 납치돼 해안 동굴에 잡혀 있는 자신의 처지를 분명히 알 수 있었다. 그렇게 찾던 범인을 눈앞에 두고 오히려 포로가 된 자신이 한심하게만 느껴졌다. 사력을 다해 쇠사슬을 당겨 봤지만 꿈쩍도 하지 않았다. 쇠사슬은 수갑이었다. 루나의 팔과 다리를 수갑 한쪽에 채우고 다른 쪽을 커다란 쇠말뚝으로 벽에 고정했다. 이시하라가 떠나자 물이 밀려들어오기 시작했다. 이번에는 시시각각 물이 차오르는 모습을 생생하게 볼 수 있었다. 이시하라의 말처럼 물은 목 위를 넘지 않았지만 11월의 차가운 바닷물이 뼛속까지 시리게 했다. 몸이 덜덜 떨리면서 이가 부딪히는 소리가 빈 공간을 울렸다. 오한이 사라지자 이번에는 근육이 아프게 경직되면서 피부가 검게 변했다. 물속에서 버둥거리던 루나는 다시 의식을 잃었다.

188

깨어나니 밤이었다. 이시하라가 루나의 젖은 몸을 마른 수건으로 마사지하고 있었다. 정신을 차린 루나가 이시하라의 얼굴에 침을 뱉었다.

"저리 꺼져."

수건으로 침을 닦은 이시하라가 루나의 뺨을 세차게 후려쳤다.

"교타의 상대였기 때문에 너를 예의로 대하고 있는 거야. 한 번 더 무례하게 굴면 참지 않겠어."

"참지 않으면?"

노려보는 루나의 눈앞에 이시하라가 칼을 들이댔다.

"한 점씩 살을 발라 주지. 교타처럼 귀를 잘라 볼까?"

이시하라가 귀를 잡고 루나를 노려봤다. 눈빛이 상처 입은 맹수 같았다. 루나가 시선을 외면하자 귀에서 칼을 뗐다. 루나에게서 떨어진 이시하라가 말없이 모래밭을 서성거렸다.

"나를 어떻게 할 거야?"

"나도 모르겠어. 교타가 죽어서 외롭고 슬퍼. 외롭고 슬퍼서 죽을 만큼 아파. 아픈 게 사라지면 그때 죽여줄게. 힘들더라도 조금만 참아."

앞뒤가 맞지 않는 말이지만 루나는 이시하라의 말을 이해했다. 죽음보다 슬픔이 더 아프고 무서운 사람이 있다. 루나도 그런 부류였다.

하루 두 차례 밀물이 밀려들 때마다 루나는 죽음보다 더한 고통을 겪었다. 떨어지는 바윗덩이를 굴려 올려야 하는 시지프스처럼, 바위에 묶여 날마다 독수리에게 간을 쪼아 먹히는 프로메테우스처럼 의미도 없는 형벌을 견뎌야 했다. 밀물이 지나고 썰물이 돼서 물이 빠져나가면 이시하라가 나타나 기진맥진한 루나를 간호했다. 모닥불을 피우고 수건으로 몸을 마사지하고 포도당 주사를 놓아 탈진하지 않게 했다.

"부처가 삶은 고해라고 했어…… 고통의 바다. 그 사실을 받아들이면 덜 고통스러울 거야."

이시하라가 혼잣말로 중얼거렸다. 아무것도 묻지 않았고 원하는 것도 없었다. 루나는 이시하라와 대화를 시도했다.

"당신은 왜 이런 일을 하는 거지?"

루나가 묻자 이시하라가 웃음 띤 얼굴로 루나를 바라봤다.

"너는 왜 거기 묶여 있는 건데?"

이시하라가 되물었다.

"당신이 묶어 놓았잖아."

"나도 마찬가지야. 나도 누군가가 이 지상에 묶어 놓았어. 너처럼 사슬이 보이지는 않지만 나도 묶여 있는 거라구. 세상 사람들은 다 무언가에 묶여 있어."

"그럼, 그걸 풀려면 어떻게 해야 하는데?"

"풀려고 애쓰지 마. 풀 수 없어."

정신이상자와 대화하는 것 같았다. 하루는 밀물 때인데도 이시하라가 배를 타고 동굴로 들어왔다. 루나 주위를 둥실둥실 떠다니며 악귀처럼 일본말로 중얼거렸다. 소리로 봐서는 무슨 진언을 읊는 듯했다. 촛불로 루나의 얼굴을 비추며 이마에 손을 대고 기도도 했다.

"다음 세상에 태어나면 더 좋은 모습으로 살렴."

체온이 떨어지며 까무러지는 의식 속에서 루나는 희미하게 들려오는 이시하라의 목소리를 기억했다.

"너는 백군파와 포보스연합이 대립하고 있다고 생각하겠지. 아니야. 우리는 한 편이야. 한국도 일본도 없는 더 좋은 세상을 위해 싸우고 있는 거야. 지상에 평화의 나라를 세울 거야. 지금은 피를 흘리며 싸우지만 우리는 도덕경의 숭고한 뜻을 이룰 거야. 나는 너를 미워하지 않아. 교타처럼 너도 사랑해. 이제 그만 헤어져 다음 세상에서 만나자."

파리한 루나의 입술에 입을 맞춘 이시하라가 칼을 꺼냈다.

25

첫사랑

박건은 일본에서 루나의 실종소식을 들었다. 일본에서 등록된 휴대전화로 걸려 온 상대방의 위치를 추적하다 사라졌고 실종 장소는 루나의 집이었다. 연락이 끊기자 상황실에서 비상 신호를 발동했고 대기하고 있던 기동타격팀이 들이닥쳤지만 루나가 사라진 뒤였다. 이부자리 흔적으로 봐서 잠자다가 변을 당한 것 같았다. 창가에서 남자 것으로 보이는 족흔이 발견됐고 발자국의 크기가 남상식을 살해한 이시하라와 일치했다. 전력을 기울여 추적하던 이시하라가 버젓이 시내에 나타나 수사관을 납치한 사실이 밝혀지면서 국방원은 경악했다. 시 외곽으로 빠지는 모든 도로를 막고 검문검색을 실시했지만 하늘로 꺼진 듯 땅속으로 숨은 듯 이시하라와 장 수사관은 발견되지 않았다.

소식을 들은 박건은 다급하게 로쿠에몬을 찾았다.

"장 수사관이 서울에서 행방불명됐다. 알고 있는 것 전부 다 털어놔라."

"정말, 저는 아무것도 모릅니다."

화난 박건의 서슬에 놀란 로쿠에몬이 다급하게 머리를 저으며 모른다고 대답했다. 로쿠에몬을 사무실에 남기고 밖으로 나온 박건은 아키꼬를 찾아갔다. 아키꼬는 임원회의를 주관하고 있었다. 비서를 통해 메모를 전달했지만 아키꼬는 밖으로 나오지 않았다. 영원처럼 길게 느껴지는 시간이 지나 임원들과 함께 밖으로 나오는 아키꼬를 박건이 막아섰다. 조용한 자리로 가자고 했지만 아키꼬가 시간이 없다며 따라오지 않았다.

"장 수사관이 서울에서 행방불명됐습니다. 알고 있는 정보가 있으면 가르쳐 주십시오."

주위 사람을 의식한 박건이 귓속말로 묻자 질문에 대답하지 않고 찬찬히 박건의 얼굴을 살피던 아키꼬가 되물었다.

"박 상무, 혹시 그 여자 좋아하세요?"

아키꼬가 큰소리로 묻자 듣고 있던 임원들이 웃음을 터뜨렸다.

"우리 일에 도움이 될 사람입니다."

"도움이 되고, 안 되고는 내가 판단합니다."

서로를 노려보는 눈빛이 허공에서 부딪혔다. 아키꼬의 눈을 보며 박건은 아키꼬가 루나의 실종사건과 관련돼 있음을 알았다. 더불어 절대 관련 사실을 말하지 않으리라는 것도 깨달았다.

임원들에게 둘러싸여 자리를 떠나며 아키꼬가 귓속말로 덧붙였다.

"일을 하면서 연애는 금물입니다. 그리고 이시하라가 그 여자보다 훨씬 더 우리 일에 도움이 될 사람입니다."

아키꼬가 이런 모습을 보인 적은 없었다. 남기고 떠난 웃음이 이명처럼 귓청을 간질였다. 폭발할 듯 화가 치밀어 올랐지만 꾹 눌러 참았다. 화낼 시간도 없었다. 온 길을 뒤돌아 달려간 박건은 문을 발로 차며 사무실로 들어갔다. 씩씩거리며 들어오는 박건을 본 로쿠에몬이 놀라 자리에서 벌떡 일어섰다.

"네가 백군파를 관리하고 있지. 백군파 간부들을 전부 다 소집해. 장소는 하꼬네 안가로 하고."

"이시하라는 못 올 겁니다. 저도 연락이 안 됩니다. 다음 작전계획도 있고……."

박건이 탁자 위에 있던 꽃병을 들어 유리창에 내던졌다. 파편이 튀며 우르르 쏟아진 물과 함께 백합과 장미가 바닥을 뒹굴었다.

"이시하라가 없어도 나머지를 소집하고 회의는 네가 주관해."

"안건은 무엇이라고 할까요?"

"그동안의 노고를 치하하고 경비를 지원해 주겠다고 해."

"그런 일로 이런 시기에……?"

"하라면 하지, 왜 이렇게 말이 많아."

박건이 벽에 세워둔 골프채를 들자 로쿠에몬이 금고에서 비상용 휴대전화를 꺼냈다. 로쿠에몬이 전화 거는 내용을 확인하며 박건은 숨을 가다듬었다. 스스로 생각해도 루나와 관련된 일이면 평정심을 유지하지 못했다. 그 여자를 좋아하냐는 아키꼬의 질문이 머리를 맴돌았다. 내가 정말 사랑에 빠졌나? 지금 같은 시기에 내가? 긍정도 부정도 하지 않고 그저 왔다 갔다 하는 시계추를 바라보던 박건이 다음 전화를 망설이는 로쿠에몬을 독촉했다. 이대로 시간이 흘러가면 루나의 시계는 멈춘다. 이시하라의 솜씨를 잘 알기에 더 초조했다.

"빨리 전부 다 소집하란 말이야!"

박건의 호통에 금이 간 유리창이 파르르 떨렸다.

하꼬네 안가 회의가 열렸다. 로쿠에몬이 예측한 대로 이시하라는 오지 않았다. 전체 다섯 명의 간부 중 세 명만 모였다. 회의는 일찍 끝났다. 안가를 나오자마자 모였던 간부들은 각자 흩어져 길을 떠났다. 뜻하지 않았던 경비를 두둑이 지원받은 우메타 야스히로는 기분이 좋았다. 동네를 빠져나와 산길로 올라가는 소로로 접어드는데 트럭 한 대가 길을 막고 있었다. 위험을 느낀 야스히로가 총을 빼드는 순간 운전석에서 바늘이 튀어나와 허벅지를 찔렀다. 적은 미리 준비해 놓고 기다리고 있었다. 배신자가 있다는 생각이 뇌리를 스쳤지만 이미 당한 뒤였다. 복면을 쓴 남자가 풀숲에서 나와 야스히로를 트럭으로 옮겨 의자에 묶고 차를 몰았다. 의식은 말짱했지만 몸이 마비돼 눈앞에 적을 두고도 싸울 수 없었다. 몇 분 정도 지났을까? 달리던 트럭이 멈췄다. 야스히로를 납치한 남자가 화물칸으로 들어왔다.

"이시하라는 지금 어디 있나?"

복면을 쓰고도 남자는 음산한 느낌이 드는 음성변조장치를 사용했다.

"대답을 들을 수 없을 테니 나를 죽여라. 우리는 형제를 팔지 않는다."

남자가 야스히로의 주머니를 뒤져 휴대전화를 꺼내 통화기록을 검색했다.

"지금 말하면 고통을 느끼지 않고 죽는다. 말해라."

바늘 길이가 10센티쯤 돼 보이는 주사기를 눈앞에 보이며 남자가 물었다. 야스히로가 대답하지 않자 바늘을 목 아래쪽 척추에 꽂았다. 순간, 엄청난 충격이 목을 타고 올라와 머릿속에서 폭발했다. 뇌를 쪼개 버릴 듯한 통증이 뜨거운 기름 위의 콩처럼 튀다 사방으로 흩어지며 어디라 할 것 없이 온몸 구석구석을 쑤시며 헤집고 다녔다. 야스히로는 차라리 몸과 머리가 분리돼 고통의 원천이 사라지길 바랐다. 제어능력을 잃은 몸에서 오줌과 똥이 쏟아져 나오며 악취를 풍겼다. 이성이 무너지고 한 가닥 의지마저 사라지자 파도처럼 몰려드는 아픔만 남아 벌레처럼 온몸을 뒤틀게 했다. 고통뿐인 세상에서 야스히로는 한 마리 짐승처럼 울부짖었다.

"제발 죽여라."

"말해라. 이시하라는 어디 있나?"

"이시하라는……."

고문에 굴복한 야스히로가 이시하라의 위치를 말했다.

"재확인하겠다. 다시 한 번 위치를 말해라."

"이시하라는……."

확인이 끝나고 나서야 야스히로는 원하던 죽음을 얻었다.

이시하라는 묵호에서 20킬로미터 떨어진 한적한 어촌마을 앞 무인도에 있었다. 박건은 B그룹 정찰위성으로 이시하라를 포착했지만 쉽게 쳐들어가지 못했다. 루나의 위치가 확인되지 않았다. 이시하라의 다음 목표는 독도 파괴였다. 무인도 옆 바다 속에 폭탄을 실은 소형잠수정을 감춰두고 낚시꾼으로 위장해 낚시를 하며 독도로 침투할 시기를 살피고 있었다. 썰물 때 박건은 이시하라의 위치를 놓쳤다. 초조해 하던 박건은 위험을 무릅쓰고 빌린 낚싯배를 섬으로 몰았다. 먼 거리로 빙빙 돌며 섬을 샅샅이 살피니 이시하라가 낚시하던 바위 아래 동굴이 보였다. 사라졌던 이시하라가 그 동굴에서 나오는 모습이 보였다.

박건은 생각을 정리해 보았다. 루나가 동굴에 갇혀 있다면 이시하라를 죽이고 구출하면 된다. 만약 루나가 갇혀 있지 않다면 지금 이시하라를 죽이면 안 된다. 이시하라 외에는 루나의 행적을 아는 사람이 없다. 박건이 고심하는 사이 어둠이 내리며 물때가 바뀌었다. 달빛 아래 사납게 몸을 뒤채는 파도가 보였다. 또다시 보트를 타고 동굴 속으로 들어가는 이시하라의 모습을 적외선 안경으로 확인한 박건은 총 한 자루만 몸에 차고 흔들리는 파도 속으로 몸을 던졌다. 동굴 입구에 튀어나온 바위를 잡고 숨을 고른 후 머리만 물 위로 올린 채 벽을 타고 들어갔다. 빛이 비치는 동굴 안쪽에서 촛불을 들고 무언가를 중얼거리는 이시하라가 보였다. 아무도 없는 무인도 해안 동굴에서 파도에 흔들리며 하늘로 두 팔을 뻗고 소리치는 이시하라의 모습은 광인 그 자체였다. 파도가 잠시 보트를 치운 사이 박건은 물 위에 떠 흔들리는 머리를 보았다. 루나였다. 루나의 얼굴을 잡고 입을 맞춘 이시하라가 칼을 빼들었다. 박건이 총을 겨눴다. 세찬 파도 때문에 박건의 몸도 흔들리고 있었다. 박건은 최대한 루나를 비껴 약간 옆쪽을 겨눠 총을 발사했다. 총성과 동시에 이시하라가 물속으로 떨어졌다.

총알이 바위를 때린 것을 본 박건은 서둘러 이시하라를 쫓아 물속으로 들어갔다. 동굴 바닥으로 내려간 이시하라가 루나의 발을 괸 돌을 빼내자 루나의 머리가 꼬르륵 거품을 뿜으며 물속으로 가라앉았다. 다시 물 밖으로 나온 이시하라가 보트를 뒤집어 동굴 안은 암흑으로 변했다. 물개처럼 동작이 빨랐다. 물속으로 다가온 이시하라의 손이 총을 든 박건의 팔을 낚아채려 했다. 박건은 이시하라가 있으리라 짐작되는 곳으로 총을 쐈다. 총알이 배에 박혔지만 이시하라는 잡은 팔을 놓지 않고 뒤로 꺾었다. 박건은 총을 빼앗기기 전에 총을 버렸다. 두 다리를 허리에 감고 등에 달라붙은 이시하라가 조르기기술로 목을 조여 왔다. 박건은 이시하라의 팔 안으로 손을 끼워 넣어 숨통을 보호했다. 등을 암벽에 부딪쳐 떼어내려 했지만 물속이라 큰 충격을 주지 못했다. 이시하라는 바윗돌에 달라붙은 말미잘처럼 좀체 떨어지지 않았다. 이대로 조금만 더 시간이 흐르면 루나가 죽는다는 생각이 박건을 초조하게 했다. 벽을 발로 차 사선으로 솟구친 박건은 숨을 들이마시고 머리부터 거꾸로 물속으로 들어갔다. 박건이 물속으로 들어가리라 예측하지 못한 이시하라가 코로 바닷물을 들이켰고 잠시 목을 조인 팔이 느슨해졌다. 그 틈을 놓치지 않고 목을 조이는 이시하라의 팔을 푼 박건이 물속에서 빠르게 몸을 돌렸다. 이시하라의 몸을 타고 바닥으로 가라앉은 박건은 돌바닥에 이시하라의 머리를 짓이겼다. 저항하던 이시하라의 팔이 풀어지자 몇 번 더 찧어 확실히 머리통을 부숴 놓았다. 물속을 헤엄쳐 간 박건이 발밑에 돌을 받쳐 루나의 머리를 위로 올렸지만 숨이 돌아오지 않았다. 루나를 벽에서 떼어내려다 쇠사슬을 확인하고는 세워둔 채로 인공호흡을 했다. 가슴을 누르고 풀며 수차례 입으로 공기를 불어넣자 물을 토하며 호흡이 돌아왔다. 숨은 돌아왔지만 루나는 정신을 차리지 못했다. 저체온증으로 근육이 딱딱하게 굳어 있었다. 박건은 루나의 사지를 동굴 벽에 묶어 놓은 물건을 손으로 더듬어 확인했다. 수갑이었다. 다시 물속으로 들어간 박건은 바닥을 더듬어 떨어진 총을 찾았다. 날카로운 굴 깍지가 손바닥을 갈랐지만 아픔도 느껴지지 않았다. 총을 찾아 쇠사슬에 대고 발사하자 사슬이 끊기며 루나의 손이 힘없이 물속으로 떨어졌다. 오른손과 양발을 묶은 사슬마저 끊은 박건은 루나의 얼굴을 위로 해 자신의 몸 위에 걸쳐 놓고 헤엄쳐 동굴 밖으로 나왔다. 나오면서 보니 머리통이 성게처럼 벌어진 이시하라의 시체가 동굴 입구에 걸려 해초처럼 흐느적거렸다.

　파도와 싸우며 천신만고 끝에 루나를 낚싯배 위로 올려놓았지만 정신이 돌아오지 않았다. 젖은 옷을 벗기고 수건으로 감싼 뒤 전신을 마사지했지만 루나는 깨어나지 않았다. 태풍이 부는지 여기저기서 배보다 큰 삼각파도가 뾰족한 끝을 세우고 쉴 새 없이 몰려들었다. 머뭇거릴 시간이 없었다. 루나를 두고 일어선 박건은 파도 속으로 배를 몰았다. 곡예를 하듯 파도와 파도 사이를 파고들며 육지를 향했다. 조금만 참아. 제발 죽지 마. 오한으로 딱딱 부딪히는 이빨 사이로 박건은 애원을 쏟아냈다. 박건은 루나에게서 처음 사랑을 느꼈다. 사랑은 아버지가 가르쳐 주지 못한 것이었다.

26

사랑 대 사랑

손톱만한 초승달이 밤바다 위에 떴다. 먼 바다에는 오징어잡이 배가 집어등을 밝히고 흔들리고 있다. 창문 아래로 바위에 부딪힌 파도가 갈라진 틈새로 흰 포말을 터뜨리며 작은 폭포처럼 쏟아져 내려간다. 등대 불빛이 검은 바다를 가르며 지나간다. 빛이 없는 나머지 공간은 어둠뿐이다. 루나는 밤새 불을 끈 채 어두운 바다를 내려다보았다. 오한이 사라지자 치욕이 물밀듯 몰려왔다. 남자에게 당하지 않으리라 결심했는데 또다시 그런 꼴을 당했다. 무기력하게 온몸을 내맡겼다.

폭풍우로 날뛰는 파도를 뚫고 배를 몰며 박건은 긴급구조신호를 보내 경찰청 헬기를 불렀다. 강풍 때문에 항구에 배를 접안할 수 없었다. 헬기 운항을 망설이는 조종사를 위협해 바다로 불러냈다. 루나를 안아 가슴에 묶고 바람에 흔들리는 줄사다리를 타고 헬기로 올라가 가까이 있는 종합병원으로 데려갔다. 응급조치를 한 덕에 생명에 지장은 없었다. 파도에 쓸린 상처뿐 외상도 미미했다. 루나는 외마디 비명소리와 함께 몸부림치며 깨어났다. 곁에 있는 박건을 확인하고 고개를 돌렸다. 시선이 흐릿했다.

"충격을 받아 정신적 쇼크 상태입니다. 당분간 안정을 취하도록 하십시오."

루나를 진단한 의사가 말했다. 박건은 하릴없이 침대 옆을 지켰다.

"커튼 치지 마."

햇빛을 가리려 커튼을 치는 박건에게 루나가 말했다.

"혼자 있고 싶어."

박건은 반쯤 닫았던 커튼을 열고 병실을 나왔다.

박건은 루나 옆방 병실을 빌려 보고서를 작성했다. 이시하라의 사체는 물 빠진 해안 동굴에서 수거됐다. 국방원은 발 빠르게 기자회견을 가졌다. 묵호와 포항 테러를 주도한 자를 잡았다는 소식이 전 세계 언론에 타전됐다. 매스컴은 환호했다. '일본에서 한국까지 일주일' '이복형제의 어두운 과거' 등 교타와 이시하라의 어두운 성장 과정을 특집으로 다룬 기사도 있었다. 수사관인 루나가 이시하라에게 납치됐다는 내용은 비밀에 부쳐졌다. 이시하라의 죽음으로 국방원은 한시름 놓았다. 몇 달 만에 찾아온 쾌거였다. 박건은 병원으로 위문을 오겠다는 국방원장을 만류했다. 루나가 아무도 만나고 싶어 하지 않아 했다.

그렇게 하루를 보내고 밤에 문을 열어 보니 루나가 침대에 앉아 밤바다를 보고 있었다.

"들어와."

문을 닫으려는 박건을 루나가 불러들였다.

"고맙다는 인사를 안 한 것 같아서. 고마워."

고마운 사람은 박건이었다. 박건은 루나가 살아 있어 고마웠다. 세상에 태어나 무언가가 살아 있어 고마운 감정이 든 것은 이번이 처음이었다. 지금껏 박건에게 사람과 사물은 다르지 않았다. 생물이나 무생물이나 모두 우연으로 태어나 커지고 퇴화하다 마침내 사라지는 먼지덩이일 뿐이었다. 박건은 움직이는 루나의 입술과 열린 입술 사이로 언뜻언뜻 보이는 이를 신기하게 바라봤다. 아무리 봐도 싫증나지 않는 모습이었다.

"뭘 그렇게 봐?"

"아무것도 아냐. 그냥 신기해서."

"뭐가?"

"네가 살아 있는 게."

대답을 들은 루나가 창피한 듯 고개를 숙였다.

"배고프다."

"전복죽 먹을래? 병원 앞에 잘하는 집이 있는데."

"죽보다는 얼큰한 게 먹고 싶어. 소주도 한 잔 하고 싶고. 나가자."

침대에서 일어난 루나가 환자복 차림으로 문을 열었다. 박건이 자기 코트로 루나를 감쌌다. 새벽이라 문을 연 집이 없었다. 바닷가를 따라 걷는 사이 희뿌옇게 날이 밝아 왔다. 수평선을 따라 깔린 낮은 구름에 가려 해는 쉽사리 모습을 드러내지 않았다. 모래밭에 앉아 있던 살이 토실한 갈매기가 두 사람이 다가가자 철새 떼처럼 하늘을 뒤덮으며 날아올랐다.

"생긴 건 험상궂게 생겼는데 겁이 많은가 봐. 나처럼……."

날아오르는 갈매기를 쳐다보던 루나가 웃으며 말했다.

"너는 험상궂게 생기지 않았고 겁도 많지 않아. 너는 내가 본 여자 중에 가장 용감한 여자야."

루나가 걸음을 멈추고 뒤돌아서 박건을 바라봤다.

"고마워."

루나가 박건의 손을 잡았다. 한동안 둘은 손을 잡고 걸었다. 손 안에 있는 루나의 작은 손이 박건에게는 어린 새처럼 느껴졌다. 인간의 살이 부드러운 촉감과 따뜻한 체온으로 다가온 것은 이번이 처음이었다. 박건은 어머니에 대한 기억이 없었다. 당연히 엄마 품도 기억하지 못했다. 루나가 살며시 손을 빼자 박건이 다시 루나의 손을 잡았다.

"조금만 더 이대로 있어 봐."

어색하게 손을 잡은 채 한참을 걸었다. 머리에 수건을 쓴 아주머니가 문을 여는 집이 있어 다가가 보니 '곰치국 전문'이라는 간판이 붙어 있었다.

"곰치국이 뭐야?"

"나도 몰라."

"먹어 보자."

곰치는 생선이라는데 비늘이 없고 살이 물컹했다. 김치를 넣고 끓여 맛이 얼큰했다. 곰치국을 안주 삼아 소주 네 명을 비웠다. 식당방 벽에 기대 술을 마시던 루나는 깜박 잠이 들었다. 납치된 후 처음으로 제대로 된 잠을 잤다. 눈을 뜨니 여전히 곰치국집이었다. 주인에게 빌렸는지 이불이 덮여 있었다.

"잘 잤어?"

지켜보고 앉아 있던 박건의 웃는 얼굴이 맨 처음 눈에 들어왔다.

"잘 잤어."

루나가 기지개를 켜며 대답했다.

"집으로 가야겠어. 회사에 보고할 것도 있고."

"이왕 입원한 김에 조금 더 쉬지."

"아냐, 다 나았어. 괜찮아."

병원으로 돌아가 집에 갈 채비를 차렸다. 입고 갈 옷이 없었다. 박건과 함께 차를 몰고 시장으로 갔다. 서울과 달리 옷가게가 많지 않았다. 그나마 나아 보이는 옷가게로 들어가는 박건을 루나가 만류했다. 루나는 허름한 옷집 방에서 환자복을 벗고 흰색에 붉은 매화꽃이 점점이 박힌 스웨터와 청바지로 갈아입었다. 가게를 나와 걷다 보니 똑같은 모양의 스웨터를 입고 다니는 할머니들이 눈에 띄었다.

"요새 유행하는 패션인가 본데."

루나가 가슴을 내밀며 자랑하는 시늉을 하자 박건이 웃었다. 동해시를 빠져나온 차는 구불구불 산맥을 따라 달렸다. 벌써 서설이 내려 먼 산이 흰머리를 하고 있었다. 박건은 운전이 능숙했다. 속도를 줄이지 않고 빠르게 산굽이를 돌 때마다 출렁하며 진동이 느껴졌다. 차가 울렁일 때마다 루나는 속절없이 밀려오던 파도를 생각했다. 흰 물거품을 떠올리자 막을 수도 피할 수도 없는 두려움이 몰려왔다. 루나는 두 손으로 얼굴을 가렸다. 손바닥에 물기가 느껴졌다.

"왜? 속이 좋지 않아?"

안절부절 못하고 있는 루나를 본 박건이 물었다.

"아냐. 그냥 가."

눈치를 챘는지 박건이 차의 속도를 줄였다. 주름진 계곡마다 압력밥솥이 증기를 내뿜듯 운무가 피어올랐다. 푸른 하늘에 한가롭게 풀을 뜯는 양처럼 생긴 더미구름들이 둥실둥실 떠갔다. 이런저런 일들을 겪으며 인간은 어디로 가는 것일까? 루나는 옆에 앉아 있는 박건을 찬찬히 바라보았다. 얼마 전까지 그 자리에는 지상이 앉아 있었다. 한 사람이 사라져 빈 자리를 다른 사람이 채워 오고 있었다.

"말수가 줄었네?"

"뭐가?"

"처음 만났을 때는 복잡계니 뭐니 어려운 말들을 많이도 늘어놓았잖아."

루나가 짓궂게 묻자 박건이 웃음 띤 눈으로 루나를 쳐다봤다.

"많은 게 단순해졌거든. 한 가지만 빼고……."

"한 가지? 그게 뭔데?"

루나가 물었지만 박건은 대답하지 않았다. '그건 너야'라는 말을 박건은 소리 없이 허공에 흘려보냈다.

"그런데 이시하라가 무인도에 있는 것은 어떻게 알았어?"

"B그룹 정보망을 통해서……."

"B그룹 정보망이 그렇게 대단해? 한국 국방원도 일본 정보국도 찾지 못한 것을 찾아냈다는 말이야?"

루나가 꼬치꼬치 묻자 갑자기 갓길에 차를 세운 박건이 차에서 내렸다. 뒤따라 내린 루나가 박건 옆에 섰다.

"저기 우뚝 솟아 있는 산처럼 네 위치는 언제든 찾아낼 수 있어. 너는 내 하나뿐인 파트너잖아."

박건이 가장 높이 솟아 있는 산을 가리키며 말했다. 루나도 박건이 손짓하는 산을 바라보았다. 거센 바람이 불자 꺾어질 듯 저항하던 나뭇가지에서 우수수 낙엽이 날렸다. 아직까지 나뭇잎을 매달고 있지만 추운 겨울이 되면 나무도 산도 더 단순해질 것이다. 그때가 되면 우리는 어떻게 변해 있을까…….

한동안 주인을 잃은 집은 엷게 먼지가 쌓였다. 열려진 창문으로 바람이 들이닥치자 침대 머리맡에 둔 책장이 소리를 내며 넘어갔다. 냉랭하고 을씨년스러운 방 풍경을 보자 저항도 못하고 끌려가던 그날 밤이 떠올랐다.

"옷가지만 챙겨 가지고 나와. 당분간 호텔에서 지내. 내가 B그룹 호텔에 방을 잡아 놓았어."

심란한 루나의 마음을 헤아리듯 박건이 말했다.

"공짜야?"

"그럼."

"호의는 고맙지만 사양할래. 내 집이 편해."

세심한 배려에 고마운 마음이 들어 웃음 띤 눈으로 박건을 바라보던 루나가 털썩 소리를 내며 침대에 누웠다.

"목숨도 구해 줬고 옷도 사 줬고 여러 가지로 신세를 졌으니 선물을 하고 싶은데……."

"무슨 선물?"

루나가 침대에 누워 야릇한 눈빛으로 박건을 바라봤다.

"그쪽은 돈이 많으니 돈으로 하는 선물을 안 될 테고……."

루나가 스웨터 단추를 하나씩 푸는 모습을 본 박건이 고개를 돌려 외면했다.

"여기까지 왔으니 내가 지은 밥이나 먹고 가. 맛은 너무 기대하지 말고. 그런데 얼굴이 왜 빨개졌어?"

206

"안 빨개졌어."

"빨개졌는데 뭘. 봐, 열도 나잖아."

침대에서 일어난 루나가 뺨을 손으로 만지자 당황한 박건이 뿌리쳤고 옥신각신하다 둘은 침대에 쓰러졌다. 눈과 눈이 마주쳤다.

"안 빨개졌어."

"그래, 안 빨개졌다. 그게 뭐 그리 중요한 사실이라고 악착같이 부인해. 그건 그렇고 계속 이러고 있을 거야. 밥해야 하는데."

루나의 말을 들은 박건이 놀라 몸을 일으켰다.

밥이 익는 동안 박건이 보안회사에 연락해 창에 방범장치를 달았다.

"귀찮게 그런 것은 뭐 하러 달아."

"유비무환이야."

"여기 고양이가 많이 다녀서 쓸데없이 소리가 날 수도 있는데……."

"이 센서는 온도와 움직임 외에 크기도 확인합니다. 크기를 여기 사람 그림에 맞추면 사람보다 작은 물체에는 반응하지 않습니다."

센서를 설치한 직원이 설명했다.

"요새는 사생활 장면을 몰래 찍어 파는 놈들이 많아 신혼부부일수록 이런 장치는 필수입니다."

뜬금없는 경비업체 직원의 말에 둘은 서로를 바라보며 웃었다. 직원이 돌아가자 루나가 상을 차렸다. 밥에 김치와 계란부침뿐이지만 박건은 맛있게 먹었다.

"먹을 만해?"

"먹을 만해."

"아무래도 너는 장가가기 힘들겠다. 맛있다고 해야지. 술 한 잔 할래?"

루나가 냉장고에서 소주를 꺼내 왔다. 둘은 소주를 마시며 살아 돌아온 것을 축하했다.

"너 왜 나를 구하려고 그렇게 애썼냐? 혹시 나 사랑하는 거 아냐?"

웃음 끝에 루나가 물었다. 차가운 바다에 뛰어들어 자신을 구한 고마움을 표시하고 싶었지만 말이 곱게 나오지 않았다.

"사랑? 사랑이 뭔데?"

박건이 진지하게 물어 오자 루나도 사랑이 뭔지 헷갈렸다.

"너 정말 몰라서 묻는 거야?"

"그래."

"그야…… 좋아하는 남녀가 가정을 꾸려 아이를 낳고 사는 거지."

"그런 게 사랑의 정의라면 나는 너를 사랑하지 않아."

"왜?"

"나는 아이를 낳고 싶지 않으니까."

"왜 아이를 낳고 싶지 않아?"

루나가 놀라 물었지만 박건은 대답하지 않았다. 분위기가 어색해지자 루나가 자리에서 일어났다.

"이제 그만 돌아가. 너도 회사 갈 준비해야 하잖아."

자리에서 일어나 문 쪽을 향하던 박건이 갑자기 되돌아서 루나를 껴안았다. 붉게 달아오른 박건의 입술을 바라보며 루나는 눈을 감았다.

"너는 내가 세상에 태어나 처음 사랑한 사람이야."

떨리는 목소리로 사랑을 고백한 박건이 도망치듯 문을 열고 나갔다. 문 닫히는 소리를 들으며 루나는 길게 한숨을 내쉬었다. 루나에게 사랑은 늘 답답할 정도로 머뭇거리며 다가왔다. 입맞춤 한 번 없이 다급하게 멀어져

가는 발자국 소리가 마음을 심란하게 했다. 착잡하기는 박건도 마찬가지였다. 루나로 인해 많은 것이 달라졌고, 앞으로도 많은 것이 달라지리란 예감이 들었다. 해야 할 일을 생각하면 다가온 사랑을 외면해야 했지만 비로소 알게 된 사랑은 외면하고 싶다고 외면할 수 있는 것이 아니었다.

일본이 독도에서 물러나고 테러를 일으켰던 이시하라가 죽자 국방원은 일단 한시름 놓았다. 모든 소문에서 박건은 빠져 있었다. 공식적으로 루나를 구출한 것은 국방원 수사관들이었다. 루나는 납치 과정을 보고서로 작성했다. 악몽 같던 그날 밤 이시하라는 작은 배를 타고 주위를 맴돌면서 백군파와 포보스연합이 한 편이라고 속삭였다. 루나가 이 점을 지적하자 정보팀에서는 글로벌 테러 네트워크라는 결론을 내렸다. 이시하라가 도망친 아파트에서 발견된 소책자에도 같은 내용이 있었으니 반박하기 어려웠지만 테러 외에 다른 무엇인가가 있으리라는 생각이 머리를 떠나지 않았다. 기억하기 싫었지만 루나는 끈질기게 그날 밤 이시하라가 중얼거리던 말을 떠올렸다. 이시하라는 한국도 일본도 없는 더 좋은 세상을 만들겠다고 했다.

"그게 현실적으로 가능하다고 생각해? 미친놈이 헛소리한 거지."

팀장은 가능성을 일축했다.

"꼭 그렇지도 않아요. 포보스연합은 일본 장관을 둘이나 죽였잖아요."

비로소 사태가 가볍지 않다고 판단한 팀장이 국방원장에게 보고했다.

"죽은 자는 말이 없으니 살아 있는 자에게 진위를 확인해야겠지……."

원장이 말끝을 흐리자 팀장이 루나를 데리고 원장실을 나왔다.

"원장님 말이 무슨 뜻이에요?"

"이시하라가 한 말의 진위를 알아내려면 일본 정보조사실과 협조해야 한다는 뜻이야. 다른 백군파 간부를 체포해서 사실을 알아내란 말이야. 그런데 지금 분위기상 일본과 공식적으로 협조하는 모습을 보일 수도 없잖아. 그래서……."

"백군파 간부라면 그쪽도 체포가 쉽지 않을 텐데요."

루나는 로쿠에몬이 설명하던 소은하계 모양의 백군파 조직도를 떠올렸다.

"일단 접촉은 해봐야지. 정보도 조금 주고. 그나저나 그 자식들과 협조하기 정말 싫은데……. 내가 알아볼 테니 장 수사관은 자리에 가 있어."

팀장이 절레절레 머리를 흔들며 혼자 정보팀 사무실로 들어갔다. 루나는 팀장의 심정을 알 것 같았다. 테러조직까지 협업체계를 구축하는 세계화 시대이니 미우나 고우나 일본과 협조하지 않을 수 없다.

한 시간여가 흐른 후 자리로 돌아온 팀장이 눈짓으로 루나를 불렀다. 둘은 보안장치가 된 회의실로 들어갔다.

"백군파 리더들이 살해당하고 있어. 저쪽 말로는 모두 다섯 명인데 그중 세 명이 며칠 사이에 살해되었대. 이시하라가 죽었으니 이제 한 명만 남은 거야."

저쪽은 일본 내각 정보조사실을 가리키는 말이다.

"어디서요?"

"둘은 일본, 하나는 러시아, 그리고 한국에서 죽은 이시하라."

"누가 죽였대요?"

"그건 저쪽도 몰라. 백군파보다 막강한 자들이겠지……."

말은 하지 않았지만 루나와 팀장은 둘 다 머릿속으로 포보스연합을 떠올렸다.

"남은 한 명이 누구예요? 어디 있어요?"

"남은 한 명에 대해서는 저쪽도 무엇 하나 제대로 알고 있는 게 없어. 심지어 살았는지 죽었는지조차도."

"그런데 어떻게 그가 존재한다는 것을 알죠?"

백군파 리더가 다섯 명이라는 사실은 로쿠에몬이 말한 정보와 일치했다.

"그의 지시에 따라 움직이는 부하들과 테러 행위가 있었으니까."

팀장이 속주머니에서 프린트한 용지를 꺼내 루나에게 보였다. 오키나와에서 홋카이도까지 10여 건의 테러행위가 일자별로 나열돼 있었다.

"읽어 보면 알겠지만 대단히 지능적인 자야. 적절한 방법으로 큰 효과를 거두면서도 인명은 살상한 적이 없어. 철저하게 위장을 해서 부하들도 진짜 모습을 몰라."

"그럼 부하들은 이자를 부를 때 뭐라고 불러요? 보스 X?"

"없다는 뜻의 일본말 '나이'로 부른대. 한자로는 없을 無자를 쓰고…… 그런데 박건은 어디 갔어? 일본 쪽 정보는 박건이 더 잘 알잖아."

"B그룹에 일이 있다고 나갔어요."

"이래서 투잡이 문제라니까. 박건이 오면 함께 조사해 봐. 지금으로서

는 나이가 포보스연합과의 관계를 밝힐 유일한 고리야. 잘하면 일본 정보
조사실의 코를 납작하게 만들 수도 있어."

루나는 국방원이 회사원인 박건에게 의지하는 이 상황이 달갑지 않았
지만 달리 할 말도 없었다. 저항 한 번 제대로 못하고 이시하라에게 납치
된 사람이 국방원 수사관이었고 그런 자신을 구출한 사람이 회사원인 박
건이었다. 몸의 상처보다 마음의 상처가 더 컸다. '여자라서 어쩔 수 없었
다'는 동료들의 위로를 들을 때마다 내색하지 않았지만 자존심이 상했다.
루나는 잡념을 떨쳐 버리려 일에 몰두했다. 글로벌 테러 네트워크 조직도
를 기초로 관련 자료를 샅샅이 뒤져 조직 간 상호연관성을 추적했다. 이
시하라가 백군파와 포보스연합이 협력하고 있다고 말했지만 그도 전모를
몰랐을 수 있다. 백군파나 포보스연합보다 더 큰 조직이 이들을 움직였을
가능성이 높았다. 이 두 조직을 움직일 수 있는 조직은…… 루나는 '떠도
는 섬'에 박박 밑줄을 그었다.

"이 자식들을 어디 가서 찾지?"

밤늦게 루나는 회사를 나왔다. 뒷문으로 나와 공원 옆길을 지나는데 뒤
를 따라오는 발자국 소리가 들렸다. 고개를 돌리니 가로등 불빛 아래 이
리저리 바람에 날리는 검정 비닐봉지가 보였다. 납치 사건 이후 신경이
예민해졌다고 혼자 투덜거리며 걸어가는데 검정색 커다란 차가 스르르
다가와 옆에 섰다. 루나는 반사적으로 권총에 손을 가져갔다. 문이 열리
며 여자가 차에서 내렸다.

"장 수사관님, 오랜만이에요."

젊은 여자가 말을 걸어 왔다.

"누구?"

"아키꼬예요. 일본에서 만났던."

"아, 아카이상."

루나는 놀랐다. 일본에서는 정장 차림이었기에 청바지 차림, 민얼굴의 이 여자가 아키꼬와 동일인이라고 상상하기 어려웠다. 평범하게 차려입었어도 여전히 아키꼬는 아름다웠다. 운전석에서 로쿠에몬이 내렸다.

"로쿠에몬상, 안녕하세요. 일본에서는 여러 가지로 고마웠는데 인사도 제대로 못하고 돌아왔습니다."

"잘 지내셨어요?"

로쿠에몬이 시원하게 웃으며 인사를 받았다.

"식사하셨어요? 안 하셨으면 저희와 같이 가시죠. 한국음식을 먹고 싶은데 어디가 잘하는지 몰라서."

"그래요. 저도 김밥으로 때우려 했는데 잘됐네요. 같이 가시죠."

루나는 아키꼬와 로쿠에몬을 데리고 심야영업을 하는 감자탕집으로 갔다.

"한국에는 웬일이세요?"

"회사에 일이 있어서. 그보다 테러범에게 납치되었다면서요?"

'벌써 소문이 B그룹까지 들어갔나 보군.' 위로의 말을 들으며 루나는 또 한 번 자존심이 상했다.

"테러범은 어떻게 잡았어요?"

"박 수사관이 구해 줬어요. 이야기 안 하던가요?"

"아니요. 이야기 안 하던데요."

루나의 대답을 들은 아키꼬의 표정이 잠시 일그러지다 펴졌다. 아키꼬가 꼬치꼬치 물어 자세하게 당시 상황을 설명해 주었다. 대외비였지만 어쨌거나 B그룹 소속인 박건이 활약한 일이니 언젠가 알게 될 테고 이렇게라도 고마움을 전하고 싶었다. 저런, 그래서요, 일본인답게 다테마에 반응을 보이며 아키꼬는 열심히 들었다. 몇 번 눈초리를 치켜뜨며 사나운 기운을 내비쳤는데 루나는 테러범을 증오하는 마음 때문이리라 생각했다.

"이시하라가 한 말은 없었나요?"

이야기 도중 침묵하고 있던 로쿠에몬이 물었다.

"이시하라가 한 말? 무슨 말이요?"

루나가 되물었다.

"아니, 이시하라와 며칠 동안 함께 있었으니까…… 아무 말이라도."

"과묵한 남자였어요."

무거운 분위기를 바꾸려 루나가 웃으며 대답했다.

"정말, 아무 말도 하지 않았어요?"

아키꼬가 같은 질문을 되풀이했다.

"글쎄요…… 가끔 이마에 손을 대고 진언 같은 것을 외웠는데 무슨 말인지 알아듣지 못했어요. 너무 추워서 떠느라고 정신없었거든요."

"정말 끔찍했겠어요."

아키꼬가 혀를 차며 동정했다.

"끔찍했지만 나쁜 남자는 아니었어요."

"왜 그렇게 생각해요?"

"글쎄요……."

루나는 자신이 스톡홀름 증후군에라도 걸린 게 아닐까 하는 생각이 들어 실소했다. 스톡홀름 증후군은 인질이 인질범에게 동화돼 그들에게 동조하는 비이성적 현상을 말한다. 이시하라는 루나를 강제로 범하지 않았다. 그리고 죽으려고 하기 전에 루나의 영혼을 위해 기도까지 했다.

아키꼬와 헤어져 집으로 돌아오는 길에 쓰레기통을 뒤지던 고양이 한 마리가 길을 가로질러 도망갔다. 검은 고양이가 어두운 담을 넘어가는 순간 잊고 있던 이시하라의 말이 떠올랐다. 이시하라는 '도덕경의 숭고한 뜻'을 이루겠다고 했다.

스승이 주고, 아버지가 읽어 보라고 한 책도 도덕경이었다. 방에 들어서자마자 루나는 도덕경을 찾았다. 도덕경은 산을 내려올 때 가져온 가방 속에 처박혀 있었다. 루나는 흥분된 마음을 가누며 서문을 읽어 나갔다. 도덕경은 중국의 도가서로 춘추시대 말기에 노자가 난세를 피해 함곡관에 이르렀을 때 도를 묻는 윤희에게 대답한 내용을 정리한 책이다. 그런데 아무리 읽어도 테러범들이 좋아할 만한 글귀는 보이지 않았다. 책을 접어 두고 인터넷에서 '도덕경의 숭고한 뜻'을 이리저리 검색해 보았지만 비슷한 내용도 나오지 않았다.

도덕경은 BC 4세기에 만들어진 책이다. 케케묵은 오래전 책에 요새 사람들은 관심조차 없었다. 국방원 자료실에 들어가 검색해도 마찬가지였다. 창밖을 보니 검은 하늘에 노랗고 둥근 달이 둥실 떠 있었다. 어차피 잠도 오지 않을 밤이었다. 루나는 찬물로 샤워를 해서 마음을 가라앉히고 도덕경의 나머지 부분을 읽어 나갔다. 45도 각도에 있던 달이 중천으로 올라갔다 사라질 무렵 루나는 책에서 눈을 뗐다.

"뭐가 이래."

책을 다 읽었지만 이시하라가 말한 도덕경의 숭고한 뜻은 발견되지 않았다. 아니, 노자라는 저자 자체가 테러범들이 좋아할 만한 인물이 아니었다. 노자는 전쟁을 증오했을 뿐만 아니라 한 걸음 더 나아가 인간의 모든 작위적인 행동, 심지어 문명까지도 거부한 사람이다. 그런 사람이 쓴 책이 어떻게 폭력으로 자신들의 의도를 관철시키려는 테러범들의 경전이 될 수 있다는 말인가? 혹시 다른 책이 있나 싶어 인터넷을 검색해 봤지만 도덕경은 노자도덕경 하나뿐이었다. 실망한 루나가 책을 덮고 컴퓨터를 끄려는데 메시지가 하나 올라와 있었다.

'노자도덕경에 대해 궁금하신 분은 연락 주세요.'

메일 주소와 연락처가 적혀 있었다. 어떻게 내가 도덕경에 대해 궁금한 것을 알고 메시지를 보내 왔나 의심쩍었지만 답장을 보냈다.

'노자도덕경의 숭고한 뜻이 무엇입니까? 도덕경에 정치 또는 테러 활동과 관련된 내용이 있나요?'

얼마 안 있어 다시 메시지가 떠올랐다.

'있습니다. 80장 독립(獨立)편에 소국과민(小國寡民)이라는 내용이 나옵니다.'

루나는 서둘러 80장을 찾아 읽었다. 총 81장으로 된 책이라 뒷부분이었다.

'이상적인 나라는 국토가 작고 백성의 수가 적다. 문명의 이기가 있어도 쓰지 않고, 백성들로 하여금 저마다 삶을 아끼고 멀리 떠돌지 않게 한다. 비록 배나 수레가 있어도 타고 다닐 필요가 없고 비록 무기가 있어도 쓸 필요가 없고 백성들로 하여금 문자를 버리고 옛날처럼 새끼줄을 묶어 뜻 표시를 하게 한다. 사람들은 자연 속에서 맛있게 먹고, 잘 입고, 편안히 살고, 제멋대로 즐긴다. 이웃나라와 서로 마주보며, 이웃 간의 개 소리가 마주 들리기도 하지만 백성들은 허정하게 살며 늙어 죽을 때까지 서로

번거롭게 왕래하는 일도 없다.'

주석을 찾아 읽으니 소국과민(小國寡民)은 작은 나라 적은 백성이란 뜻이다. 이게 이시하라가 말한 도덕경의 숭고한 뜻이란 말인가? 루나가 도덕경을 읽는 사이 새로운 메시지가 올라왔다.

'더 자세한 내용을 알고 싶으면 전화 주세요. 만나고 싶습니다.'

동굴 속에 갇혔다 풀려난 후 루나는 어둠이 싫어 밤에도 불을 켜놓고 지냈다. 잠도 오지 않아 이런저런 생각을 하다 출근한 루나는 휴대전화에 입력해 놓은 번호로 전화를 걸었다.

"예, 이가명입니다."

여자 목소리가 들렸다. 루나는 메모지에 이름을 적었다. 노골적으로 가명이라고 밝힌 이름을 보니 슬며시 웃음이 새어 나왔다.

"새벽에 노자도덕경에 대해 물어본 사람입니다. 궁금한 것이 있어 전화했습니다. 뵙고 싶은데 오늘 시간 있으세요?"

기다렸다는 듯 여자는 순순히 응했다. 용산역에 있는 커피숍에서 만나기로 했다. 통화가 끝날 무렵 박건이 출근했다.

"아카이상이랑 어제 식사 같이 했어."

가벼운 인사말에 박건의 얼굴 표정이 굳었다.

"식사를 같이 했다고? 무슨 이야기를 했는데?"

박건에게는 만났다는 말을 하지 않은 모양이다.

"그저 이런저런 이야기. 별 이야기 없었어. 그런데 박 수사관은 노자도덕경에 대해 알아?"

"노자도덕경? 노자도덕경은 왜?"

루나는 박건이 놀라는 표정을 처음 보았다.

"이시하라가 도덕경의 숭고한 뜻을 이루겠다고 했는데, 그게 무슨 뜻인가 해서."

"도덕경의 숭고한 뜻? 모르겠는데……."

모른다는 말도 박건에게서는 처음 들었다.

"밤새 책을 읽었는데 아무리 읽어도 주장하는 게 뭔지 모르겠어."

박건은 더 이상 대답하지 않았다.

서울역은 여러 번 가봤지만 용산역에서 사람을 만나기는 처음이었다. 사각형과 원통형을 붙여 만든 건물이 아름다웠다. 약속장소로 들어가자 검은 뿔테 안경을 쓴 여자가 자리에서 일어나며 손짓을 했다.

"장루나라고 합니다."

인사를 받은 여자가 명함을 내밀었다. '장영실대학 물리학과 교수 이가명'.

"저는 변변한 직업이 없어 명함도 없습니다."

루나는 신분을 숨겼다. 여자가 미소로 괜찮다는 표정을 지었다.

"교수님이면 바쁘실 텐데 어떻게 이런 일을?"

"노자도덕경을 연구하는 모임을 운영하고 있습니다. 도덕경의 사상을 더 많은 사람에게 전파하기 위해 인터넷서점과 연결해 활동하고 있습니다."

"어제 메시지로 소국과민 외에 더 가르쳐 줄 내용이 있다고 하셨는데, 어떤 내용을?"

"바쁘신가 봐요. 우선 차라도 한 잔 하시면서."

"아, 참. 제 쪽에서 가르쳐 달라고 부탁드린 거니 차는 제가 사겠습니다."

여자는 녹차를 마시겠다고 했다. 차가 나오기를 기다리는 동안 여자를 살폈다. 나이는 30대 중반, 옷차림이 동네 아줌마처럼 수수했고 얼굴도 평범한 편이었다. 장영실대학은 최근에 설립돼 세계적으로 각광을 받고 있는 대학으로 교수진도 최고의 엘리트들로만 구성했다. 장영실대학 물리학 교수가 노자도덕경을 전파하기 위해 동아리를 운영하고 시간을 내 사람을 만난다니 수상쩍은 구석이 있었다.

"노자도덕경에 나오는 정치 이야기에 관심이 많은 것 같은데 사실 도덕경에 정치를 어떻게 하라고 직접 언급한 부분은 많지 않습니다. 다만 도덕경이 지향하는 바가 지금의 국가 체제에 시사하는 바가 클 뿐이지요."

한 모금 차로 목을 적신 이가명이 이야기를 꺼냈다.

"노자는 소국과민, 작은 나라 적은 백성이 이상적인 국가라고 했습니다. 지금 세계는 글로벌화라는 이름으로 하나로 묶여 있습니다. 세계가 하나로 움직이니 장점도 있지만 단점도 커졌습니다. 적벽대전에서 군사를 이끌고 오나라와 대치한 조조는 모든 배를 고리로 연결해 흔들리지 않게 했다가 단 한 번의 화공으로 80만 대군을 잃었습니다. 지금 세상도 마찬가지입니다. 미국이나 중국에서 경제 위기가 발생하면 위기가 한 나라에 그치지 않고 전 세계로 파급됩니다. 살아도 같이 살고 죽어도 같이 죽는 처지가 된 것이지요."

이가명이 루나를 쳐다보았다. 루나가 고개를 끄덕여 동의한다는 표시를 했다.

"경제와 마찬가지로 환경도 지구 전체에 재앙을 몰고 올 정도로 커졌습니다. 엘니뇨, 빙하 침식 등 기후변화로 인한 이상 현상은 예전부터 과학자들이 경고해 왔지만 새로운 문제가 계속 발생하고 있습니다. 한 가지 예로 지금 태평양에는 한반도 크기의 일곱 배가 넘는 쓰레기 섬이 떠돌고 있습니다. 1997년 처음 쓰레기 더미가 발견됐지만 20년이 지나도록 어느 나라도 이 문제를 적극적으로 나서서 해결하지 않았습니다. 그러는 동안 쓰레기 더미는 점점 커졌고 바다 생태계를 교란시키고 있습니다. 이 거대한 쓰레기 섬이 어떻게 만들어졌는지 아십니까? 한 사람 한 사람이 버린 쓰레기가 모여 만들어졌습니다. 지금 이 세계가 그렇게 돌아가고 있습니다."

세계화 문제, 환경오염…… 루나는 이가명이 하는 이야기를 머릿속으로 정리하면서도 눈으로는 계속 그녀를 살폈다.

"세상 대부분의 사람들은 비슷한 꿈을 꾸며 살아갑니다. 대부분 부자가 되기를 바라지만 사실 부자가 될 가능성은 로또에 당첨될 확률보다 낮습니다. 이렇게 개개인 욕망이 뒤섞여 만들어진 피라미드 사슬에서 매년 89명이 억만장자가 됩니다만 그 대가로 인류의 80퍼센트인 58억 명의 사람이 하루 만 원도 안 되는 돈으로 겨우 생계를 이어가고 있습니다. 결국 한 줌도 안 되는 부자들의 욕망을 충족시키기 위해 세계화라는 이름의 피라미드가 가동되고 있는 것이지요. 정상에 있는 사람들은 시장경제라는 미명 하에 사람들이 계속 욕망을 일으키도록 부추겨 물건을 소비하게 하고 그 결과 지구 전체가 쓰레기장으로 변모해 가고 있습니다. 그리고 이렇게 쓰레기를 만들며 살아가던 사람들이 마침내 자기 자신마저 다 소모해 버리면 쓰레기처럼 폐기되는 시대에 우리가 살고 있습니다."

이가명의 말을 듣고 있으니 루나는 교수 앞에 선 학생이 된 기분이었다.

"그렇다면 교수님은 이 문제를 어떻게 해결해야 한다고 생각하세요?"

"소국과민. 큰 나라를 없애고 마음에 맞는 사람들끼리 조그만 생명공동체를 만들어야 합니다. 그게 노자 사상이 오늘날 갖는 의미입니다. 국가도 처음에는 조그만 씨족공동체에서 출발했습니다. 그것이 전쟁을 통해 부족국가, 도시국가로 커졌고 산업혁명을 통해 확대가 가속화되면서 군사제국주의 시대를 거쳐 세계 1, 2차 대전으로 폭발했습니다. 지금은 경제제국주의 시대입니다. 전쟁은 줄었지만 수탈은 더 가속화되고 있습니다. 군사제국주의 시대에는 한 번에 사람을 죽였지만 지금은 기아, 직업병과 환영오염 등으로 사람을 서서히 죽이는 게 다를 뿐입니다. 원인을 거슬러 올라가 생각하면 사람을 살리기 위해 만들어진 국가가 오히려 사람을 죽이는 역할을 하고 있는 것이지요. 그러니 원점으로 돌아가야 합니다. 윤리, 교육적인 측면에서도 큰 나라보다 오히려 작은 나라가 낫습니다. 자료를 검토해 보면 원시국가는 지금보다 생산력이 떨어지지만 삶에 대한 지적수준과 행복지수가 더 높았습니다. 그래서 공자도 춘추전국 시대의 아비규환 속에서 이전 주나라를 이상적인 국가로 내세운 것입니다. 서양에서도 같은 현상을 발견할 수 있습니다. 서양 문명은 그리스도 도시국가로 탄생했고 그때는 지금보다 더 뛰어난 민주주의를 실천했습니다. 역사는 원(圓)으로 순환합니다. 다음 세대는 문명 발생 초기의 작은 국가를 지향해야 합니다."

"현실적으로 그게 가능하다고 생각하세요?"

"욕망은 무한대지만 지구의 자원은 유한합니다. 욕망을 에너지 삼아 돌아가는 현재의 시스템을 바꾸지 않으면 원하든 원치 않든 파국적인 종말을 맞게 됩니다. 그 전에 합리적인 대책을 세우는 게 진정 인간답지 않을까요?"

이가명 또한 이야기하는 도중 루나의 얼굴에서 시선을 떼지 않았다. 직업이 교수라서 그런지 대화하며 상대의 이해도를 확인하는 습관이 있는 듯했다.

"교수님, 한국사람 아니시죠?"

루나가 묻자 이가명이 놀라 앞으로 향했던 등을 곧추 세웠다.

"어떻게 알았습니까?"

"저도 외국에서 자랐습니다. 억양이 한국 사람과 달라서."

"일본인입니다. 장영실대학에는 교환교수로 와 있습니다. 일본인과 한국인은 비슷하게 생겨서 눈치 채는 사람이 드문데 관찰력이 대단하시네요."

루나가 단도직입으로 물었다.

"저는 한국어가 서툴고 돌려 말하는 것도 싫어하니 쉽게 설명해 주십시오. 지금 시대에 소국과민의 국가를 만들려면 어떻게 해야 합니까?"

두 사람의 눈빛이 허공에서 부딪혔다. 눈을 돌려 한동안 창가에 피어 있는 국화를 바라보던 이가명이 말했다.

"도덕경 18장에 이런 내용이 나옵니다. 대도가 쇠진함으로써 인의의 도덕이 나타났고 지혜를 짜냄으로써 인위적인 위계가 있게 되었다. 19장에는 이런 내용이 나옵니다. 학문이나 지혜를 버리면 백성들의 이득이 백 배가 될 것이며 인의도덕을 버리면 백성들의 본성이 효자로 되돌아갈 것이며 기교나 명리를 버리면 도적도 없게 될 것이다. 이상 세 가지는 모두 인간이 조작해서 꾸민 것이며 그것으로는 백성을 잘 다스릴 수가 없다. 그런고로 백성들이 귀의할 곳이 있게 해야 한다. 순진소박을 따라 지키고 사심과 욕심을 적게 하는 것이다. 20장에서는 세속적인 학문을 끊어 버리면 근심 걱정도 없어질 것이라고 했습니다."

이가명이 도덕경을 줄줄 외웠다.

"제일 마지막 81장 내용은 이렇습니다. 진실한 말은 밖으로 꾸미지 않고, 꾸민 말은 속에 진실함이 없다. 착한 사람은 말을 잘하지 않고 말을 잘하는 사람은 착하지 못하다. 도를 깊이 아는 사람은 말단적인 지식에 넓지 않고 말단적 지식에만 넓은 사람은 도를 깊이 알지 못한다. 하늘의 도는 오직 만물을 이롭게만 하고 다치지 않으며 성인의 도는 오직 남을 위하여 베풀기만 하고 다투지 않는다."

도덕경은, 루나가 듣고 싶은 대답이 아니었다.

"당신은 누구십니까?"

루나의 질문을 들은 이가명이 느닷없이 눈물을 쏟기 시작했다. 물기 가득한 눈으로 이가명이 루나의 얼굴을 정시했다. 울어도 냉철한 표정에는 변화가 없어 마치 얼음으로 만든 조각에서 물방울이 뚝뚝 떨어지는 것 같았다.

"당신은 수사관이니, 묻지 않는다면 말하겠습니다."

이가명은 이미 루나의 정체를 알고 있었다. 이가명의 말뜻을 잠시 헤아려 본 루나가 고개를 끄덕여 동의했다.

"고아원에서 자란 소년과 소녀가 있었습니다. 험한 환경에서 소년은 늘 소녀를 지켜주었습니다. 아이들을 학대하던 원장이 옥상에서 떨어져 죽은 다음 날 소년도 고아원을 떠났습니다. 소년이 원장을 죽였다는 소문이 떠돌았습니다. 소년은 일 년에 한두 번 소녀 앞에만 몰래 나타났습니다. 소년이 가져온 돈으로 맛있는 것을 먹고 영화를 보면서 둘은 사랑을 키워 갔습니다. 나이 들어 소녀도 고아원을 떠나야 할 때가 됐습니다. 소년이 나타나 자취방을 구해 주고 대학에 가라고 했습니다. 소년이 주는 돈으로 학교를 다니며 소녀는 소년과의 결혼을 꿈꿨습니다. 혼자 있어도 소년은 일 년에 한두 번밖에 오지 않았습니다. 어느 날 기다리던 소년이 왔을 때 소녀는 용기를 내 같이 살자고 말했습니다. 소년은 거절했습니다. 울고 있는 소녀에게 소년이 노자도덕경을 이야기해 주었습니다. '도덕경 1장은 도가 도비상도(道可道非常道) 명가명비상명(名可名非常名)'이라고."

이가명이 소년처럼 말투를 바꿔서 루나에게 이야기했다. 일본식 말투가 귀에 익었다.

"도를 도라고 하면 이미 진정한 도가 아니고 말로 형상화된 이름은 실제가 아니라는 뜻이야. 사랑도 마찬가지라고 생각해."

가명이라는 이름은 노자도덕경에서 따왔다. 그녀의 이야기를 듣고 있으니 떠오르는 이름이 있었지만 약속한 대로 루나는 묻지 않았다.

"소녀는 소년이 남기고 간 노자도덕경을 백 번도 넘게 읽었습니다. 도덕경에 관한 해설서를 모두 찾아 읽고 전공이 다른 문과대를 찾아가 강의도 들었습니다. 그러는 동안 소녀도 도덕경을 사랑하게 됐습니다. 다음에 소년이 찾아왔을 때 소녀는 물었습니다. 너는 어떻게 사랑을 이루려고 해?"

얼음이 다 녹아 눈물이 그친 이가명의 눈빛에는 고요만 남았다. 너무 고요해 작은 소리에도 금방 하늘로 날아오르려는 새처럼 보였다. 겨울 나뭇가지에 내리는 눈처럼 침묵이 쌓여 갔다.

"이시하라가 어떻게 죽었는지 알고 싶어 당신을 만나자고 했습니다. 말해 주시겠습니까?"

눈의 무게를 다 견딘 나뭇가지가 부러지듯 이가명이 입을 열었다. 봄은 멀리 있고 더 이상 소년은 오지 않을 것이다.

"물론 말씀드리겠습니다."

루나가 기다렸다는 듯 대답했다.

그녀와의 제휴

루나는 박건을 졸라 영화관에 갔다. 사람들 틈에 섞여 표를 사고 팝콘과 콜라도 샀다. 팔짱을 끼고 들어가 다정한 연인들처럼 어깨에 머리를 기대고 영화를 봤다. 환경변화로 인한 재해로 지구가 멸망한다는 내용이었다. 가뭄, 화산, 해일, 빙하가 차례로 지구를 덮쳤다. 수많은 사람들이 비명을 지르며 사라지는 중에도 남녀 주인공은 끝까지 살아남았다. 사랑도 남았다.

"어차피 사람은 죽습니다. 남은 사랑이 괴로울 뿐입니다."

이시하라가 진짜로 죽었다는 이야기를 들은 이가명은 슬퍼하지 않았다. 당사자에게 사실을 확인했으니 됐다는 표정이었다.

"계속 연락해도 되겠습니까?"

"묻지 않는다면…… 별다른 뜻이 있는 것은 아니고 정리되지 않은 생각을 말하고 싶지 않을 뿐입니다."

이가명이 조건을 다는 이유를 설명했다. 노자도덕경을 이야기하지만 이가명은 사실을 중시하는 물리학 교수다. 루나는 그렇게 하겠다고 했다.

"피해를 당한 한국 사람에게는 말도 안 되는 소리겠지만 이시하라는 신념을 위해 싸우다 죽었습니다. 살해된 이유는 동료가 이시하라의 위치를 알려주었기 때문입니다. 동료도 고문을 당한 끝에 죽었습니다. 그 사람은 회의에 참석했다가 돌아오는 길에 죽었습니다. 지금부터 회의를 소집한 조직을 조사하려 합니다. 친절히 말해 준 답례로 무언가 알아내면 전화하겠습니다."

일방적으로 이야기를 마친 이가명은 마른 나뭇가지에서 떨어진 낙엽이 제 갈 길을 가듯 떠났다. 국방원에 돌아온 루나는 이가명의 신원을 조사했다. 일본 이름 하나오카 마사토. 장영실대학에 교환교수로 오기 전에는 미로쿠대학 교수였다. 미로쿠대학은 미륵신앙을 믿는 일본 종교단체가 설립한 대학이다. 실력이 뛰어나 여러 대학에서 교수로 초빙했지만 자리를 옮기지 않았다. 후쿠야마에 있는 고아원 출신으로 가족 관계는 전무했다. 알려진 것은 여기까지였다. 루나는 더 이상의 정보를 추적하지 않고 하나오카 마사토가 전화해 오기를 기다렸다.

"웬일이야. 영화를 다 보자고 하고?"

영화관을 나오며 박건이 물었다.

"왜? 싫어?"

"아니, 싫은 건 아닌데. 처음이라서."

사랑이 남아 있을 때 사랑을 하고 싶었다. 이가명의 표현을 빌리자면 인간은 어차피 죽는다. 물에 휩쓸려 죽건 불에 타 죽건 건물에 깔려 죽건 총 맞아 죽건 늙어 죽건 모두 마찬가지다. 그게 다. 하지만 죽은 자는 사랑을 할 수 없다. 이시하라는 마사토를 사랑했지만 사랑 때문에 이념을 잃을까 두려워 한 번도 그 사랑을 표현하지 않았다. 거꾸로 마사토는 이시하라를 사랑해서 테러에 가담했다. 이시하라는 자신을 통해서만 지령을 받는다는 조건을 달아 가입을 허락했고 그 때문에 마사토가 생명을 부지할 수 있었다.

"기왕 데이트하는 거니 저녁도 분위기 있는 데서 먹자."

애교가 듬뿍 묻어나는 루나의 얼굴을 본 박건이 피식 웃었다.

"그럼, 한강으로 갈까?"

차를 타고 가는 동안 루나는 생각에 잠겼다. 이시하라의 양아버지 구무라 다케지가 백군파를 창설했다. 그는 하나오카 마사토가 근무했던 미로쿠대학 학장이었지만 테러에 가담한 사실이 밝혀지면서 잠적했고 요코하마에 있는 차이나타운에서 경찰에 사살됐다. 이시하라가 구무라 타케지의 뒤를 이어 백군파 리더로 활동했다. 백군파는 노자도덕경을 경전으로 삼고 소국과민의 이상 국가를 지향했다. 테러단체가 도덕경을 경전으로 삼는 게 아이러니하지만 그들은 자신들이 이 세상의 마지막 투사라고 생각했다. 핵무기를 보유한 채 다른 국가의 핵무기 개발을 압박하며 평화를 부르짖는 강대국들처럼 최후의 전쟁이 끝나면 모든 국가와 무기를 없애고 가정을 꾸려 평범한 사람으로 살겠다는 목표를 가지고 있었다. 지향하는 바가 같다고 생각해 백군파는 포보스연합과 제휴했다.

박건은 초조했다. 검정색 그랜저가 뒤를 따라오고 있었다. 차선을 바꾸자 따라서 차선을 바꾸는 것을 보니 미행이 확실했다. 수비보다는 공격이

낫겠다고 판단한 박건이 여의도 주자창에 차를 세우고 뒤따라오는 차를 기다리자 그랜저는 멈추지 않고 내쳐 지나갔다. 박건의 날카로운 시선이 사라지는 차의 뒤꽁무니를 쫓았다. 번호판이 가려져 있고 뒷자리에 여자가 탔다. 뒷모습이 낯익은 느낌을 주었다.

유람선 식당에서 식사를 하고 갑판으로 나왔다. 배에서 맞는 겨울바람은 차가웠다. 추워서인지 밖으로 나오는 사람은 없었다. 루나는 마음속으로 손가락을 헤아려 보았다. 박건과 다섯 번째 데이트다. 남자와의 데이트도 다섯 번째다. 지상과는 데이트란 게 없었다. 지구를 따라 도는 달처럼 지상은 늘 일정한 거리를 유지했다. 남자라기보다 혈육 같은 느낌이었다. 생명을 구해 주어서일까? 박건에게서는 남자가 느껴졌다. 동해에서처럼 코트를 벗어 루나를 감싼 박건이 주머니에서 무언가를 꺼내 건넸다.

"이거 선물이야."

열어 보니 진주목걸이였다.

"와, 예쁘다."

박건이 목걸이를 걸어 주려 할 때 루나가 몸을 피했다.

"그런데 갑자기 왜 목걸이를 선물하는 거야? 지금 프러포즈하는 거야?"

"프러포즈는 아니고……."

"그럼 받지 않을래."

루나가 새침한 표정을 지으며 돌아서자 박건은 당황했다.

"프러포즈는 아니지만 약속은 할 수 있어."

"어떤 약속?"

"너만 사랑하겠다는 약속."

"그런데 왜 지금은 프러포즈를 못해?"

평소의 루나답지 않게 집요했다. 박건이 대답하지 않자 둘 사이에 침묵이 흘렀다. 뱃전에 붙박인 기둥처럼 미동도 없이 서서 흐르는 강물을 바라보던 루나가 마침내 돌아섰다.

"알았어. 선물로 생각하고 받을게. 걸어 줘."

목걸이를 채우는 박건의 허리를 안고 눈을 감은 채 루나가 말했다.

"여기는 배 안이라 달아날 데도 없어."

머뭇거리면서 박건의 입술이 다가왔다. 박건의 입술은 부드럽고 따뜻했다. 둘은 서로를 안은 채 강물을 따라 흘러갔다.

"저 차는 어디까지 따라오려고 하는 거지?"

주차장을 비껴간 그랜저가 다리를 건너 반대쪽에서 배를 따라 서행하고 있었다.

"신경 쓰지 마."

박건의 더운 입술이 루나의 말을 삼켰다. 배가 잠두봉 선착장을 돌아 여의도로 돌아올 때 검정 그랜저도 사라졌다.

이가명과 헤어지고 사흘이 지났다. 아무에게도 이야기하지 못하고 혼자 가슴앓이하고 있는데 연락이 왔다.

"이번 주 토요일 등산 가지 않을래요?"

"어디로요?"

"조금 멀어요. 동해시에 있는 무릉계곡."

이가명은 친한 친구가 등산 가자고 하듯 편하게 말했다. 동해시는 무릉계곡뿐만 아니라 사건이 벌어졌던 묵호항이 있는 곳이다.

"가겠습니다. 어디서 만날까요?"

"혹시 미행하는 사람이 있을지 모르니……."

"주의하겠습니다."

루나는 차를 두고 동서울터미널에서 속초행 버스를 탔다. 동해터미널에 내려 택시를 타고 무릉계곡으로 갔다. 뒤를 살폈지만 택시를 따라오는 차는 없었다. 매표소에서 입장권을 사고 조금 올라가니 이가명이 나타났다.

"누가 절경이라고 꼭 가보라고 했는데 정말 아름다운 곳이네요."

말 그대로 아름다운 곳이었다. 한 굽이를 돌 때마다 감춰진 비경이 나타났다. 겨울 풍경이 이 정도라면 울긋불긋 낙엽이 물든 가을에는 신선이 사는 세상 같을 듯싶었다. 한국에 와서 살면서 여태껏 이런 곳을 몰랐다니 유감스런 기분마저 들 정도였다. 조금 걸어 오르자 하늘이 탁 트이며 계곡 사이로 운동장만큼 너른 바위가 펼쳐졌다.

"무릉반석입니다."

지도를 확인한 이가명이 감탄하며 말했다. 바위 위에 한자로 이름이나 시 같은 것이 새겨져 있었다.

"물의 힘이 정말 놀랍지 않아요? 단단한 바위를 깎아 이렇게 만들어 놓다니."

웃으며 이야기해도 웅장한 산의 자태 때문인지 이가명의 얼굴에서 언뜻언뜻 비장함이 스쳤다.

"한국 사람은 이름 남기기를 좋아하는 것 같아요. 이런 산속까지 들어와 이름을 새겨 놓은 것을 보면. 바위를 깎는 물이니 이름 정도야 쉽게 지워질 텐데…… 도대체 얼마나 오랫동안 이름이 남기를 바란 걸까요?"

이가명의 말처럼 이름도 쉽게 사라진다. 국방원 사원 명단에서 지워진 정지상이란 이름은 루나의 기억 속에서도 조금씩 사라져 갔고 그 빈자리를 새로운 이름이 채워 가고 있었다. 호랑이는 죽어 가죽을 남기고 사람은 죽어 이름을 남긴다는 속담이 있지만 죽어 불리는 자의 이름은 그의 것이 아니다. 죽은 자의 이름은 어디까지나 산 자의 편의를 위해 불리는 것이다.

"도덕경 8장에 상선약수(上善若水)라는 말이 나와요. '최고의 선은 물과 같다' 라는 뜻이에요. 물은 만물에게 베풀고 이롭게 해주지만 자신을 위해 다투지 않고 사람들이 싫어하는 비천한 곳에 있다. 그러므로 물의 특성은 도에 가깝다……."

이가명이 시를 읊듯 도덕경 8장을 외웠다. 그 소리를 듣고 있으니 이시하라를 잃은 이가명의 슬픔이 흐르는 계곡 물을 따라 졸졸졸 흐르는 것 같았다. 둘은 하늘에 떠가는 흰 구름을 망연히 바라보다 산을 올랐다. 병풍처럼 둘러친 바위를 바라보며 계곡을 오르니 절벽이 앞을 막아서며 물소리가 커졌다. 멀리 벼랑 아래 계단을 타고 오르내리는 사람들의 모습이 보였다.

"쌍폭포와 용추폭포네요. 이시하라도 폭포를 좋아했어요. 폭포처럼 싸우다 상선약수를 실천하고 죽기를 바랐지요."

한가로운 관광객처럼 지도를 살피던 이가명이 뒤따라 올라오는 루나에게 죽은 친구를 이야기하듯 아무렇지도 않게 이시하라 이름을 꺼냈다. 쌍폭포는 한쪽 폭포는 잘 보이는데 다른 쪽 폭포는 끄트머리 부분만 겨우 보였다.

"안타깝게 한쪽이 다 보이지 않네요. 어느 쪽이 남자고 어느 쪽이 여자일까요?"

폭포를 들여다보던 이가명이 생뚱맞은 질문을 했다. 루나가 보니 오른쪽은 물줄기가 강력했고 왼쪽은 퍼지면서 흘렀다.

"제 생각에는 오른쪽이 남자 같아요. 오줌발이 센 걸 보니."

루나의 말을 들은 이가명이 밝게 웃으며 손을 내밀었다. 두 여자는 손을 잡고 가파른 용추폭포 계단을 함께 올랐다. 쌍폭포가 아름답다면 용추폭포는 강맹한 느낌을 주었다. 거대한 암벽을 가르고 산꼭대기에서 떨어지는 폭포는 고대 신화에서 활약하던 거인의 머리가 쪼개져 흘러내리는 뇌수 같았다. 용추폭포 앞에서도 이가명은 도덕경을 읊었다. 이가명에게 도덕경은 사랑의 시였다.

"골짜기의 여신은 영원히 죽지 않고 만물을 창조해 낸다. 이를 현묘한 암컷이라 한다. 유현하고 신비스러운 여신의 문이 바로 천지 만물의 근원이다. 계곡의 신은 보이지 않고 없는 듯하면서도 있고 그 작용은 무궁무진하다."

지난번 만났을 때 이가명이 조사하겠다고 한 내용이 궁금했지만 약속한 대로 루나는 먼저 묻지 않았다. 그저 옆에 서서 사랑하는 사람을 잃은 슬픔을 같이 했다. 계곡 물을 따라 흘러가면 동해가 나오고 그 바다에서 이시하라는 목숨을 잃었다. 입산금지 팻말이 붙어 있어 더 오를 수 없었다. 하산할 때는 하늘문을 지나 관음암 쪽으로 돌아 내려왔다. 건장한 남자도 오르기 힘든 험한 길인데 이가명은 호흡 하나 흐트리지 않고 올랐다. 뒤에서 살피니 운동으로 잘 단련된 탄력 있는 몸을 갖고 있었다. 가파른 벼랑 끝에 아득하게 보이는 하늘문을 지나 짐승들만 다닐 듯싶은 외길을 걸어 산과 계곡이 한눈에 내려다보이는 신선바위에서 잠시 휴식을 취했다. 멀리 햇빛을 반사하며 가늘게 흐르는 계곡물이 여인이 풀어헤친 허리띠처럼 보였다.

"이시하라의 친구를 고문해 위치를 알아낸 자는 포보스연합과 관련돼 있습니다. 그 친구는 포보스연합이 소집한 회의에 참석했다 돌아오는 길에 변을 당했습니다."

발아래 아찔한 절벽을 내려다보던 이가명이 불쑥 이야기를 꺼냈다. 쉬는 동안 가라앉았던 루나의 심장이 다시 고동치기 시작했다.

"아쉽게도 죽인 자의 정체는 알아내지 못했습니다……."

계곡에서 세찬 바람이 불어 오르자 잠들어 있던 낙엽이 우수수 떠올라 허공을 새처럼 날아다녔다.

"처음 포보스연합에서 함께 하자는 제의가 왔을 때 저는 반대했습니다만 이시하라를 비롯한 다른 간부들이 제휴에 동의했습니다. 그들은 압도적인 재력과 정보력을 갖고 있습니다. 우리가 테러계의 중소업체라면 그들은 재벌입니다. 거부하기 어려운 달콤한 미끼를 많이 제시했습니다."

이가명이 자신이 백군파 간부라는 사실을 태연히 밝혔다. 현재 살아 있는 백군파 간부는 나이라고 불리는 정체가 드러나지 않은 한 명뿐이다. 그러니 이가명이 곧 나이였다. 놀란 루나의 눈길을 무시한 채 이가명이 이야기를 이어 갔다.

"이시하라가 나를 보호한 덕분에 그들은 아직까지 나를 찾지 못했습니다만 곧 찾아낼 것입니다."

"그런데, 왜 내게 정체를?"

이가명이 루나를 노려봤다. 그때서야 루나는 질문하지 말라는 이가명

234

의 말이 생각 나 아차 하며 입을 다물었다.

"당신과 연합하고 싶기 때문입니다. 나와 제휴하겠습니까?"

테러리스트가 국방원 수사관에게 태연히 연합을 제의했다.

"그 전에 한 가지 부탁할 게 있습니다. 질문을 하면 안 됩니까? 질문을 하지 않으니 답답해서⋯⋯."

"좋습니다. 다만 제가 대답하지 않으면 더 묻지 마십시오."

이가명이 장난꾸러기처럼 웃으며 대답했다.

"당신이 백군파 간부⋯⋯ 나이라고 불리는 사람입니까?"

"그렇습니다. 진짜 이름은 하나오카 마사토입니다."

이가명이 순순히 인정했다. 어느 정도 짐작은 하고 있었지만 실제 그녀의 입으로 확인하자 놀라움이 컸다.

"왜 저와 연합하려고 합니까?"

"당신의 힘이 필요하기 때문입니다."

"연합하면 제가 얻을 수 있는 것은 무엇입니까?"

"당신과 나는 공동의 목표를 갖고 있습니다. 포보스연합을 와해시키려는."

"연합 조건이 무엇입니까?"

"첫째 나나 나와 관련된 일에 대해 말하지 않는 것입니다. 국방원은 물론 누구에게도 말해서는 안 됩니다. 동의하겠습니까?"

"그렇게 하겠습니다."

"백군파는 약속에 목숨을 겁니다. 약속을 지키지 않으면 죽습니다."

다짐을 받으려는 듯 이가명이 루나를 노려보며 물었다. 순진했던 모습이 사라지고 사나운 기운이 눈가로 흘렀다.

"약속을 지킬 테니 걱정하지 마세요."

"둘째 조건은 당연히 내가 하려는 일에 협조해야 합니다."

"하려는 일이 무엇입니까?"

"그때가 되면 말하겠습니다."

루나가 생각을 정리하는 사이 이가명은 멀리 두타산 봉우리를 바라보며 한가롭게 기다렸다.

"협조하겠습니다."

포보스연합 와해는 거부하기에는 너무나 큰 미끼였다.

"대신 저도 조건이 있습니다. 포보스연합과 관련해서 당신이 알고 있거나 알게 된 정보를 저와 공유해야 합니다."

"동의합니다. 충분히 쉬었으니 또 갑시다."

바위에서 일어난 이가명이 앞서 걸어 나갔다.

"만약 제가 연합을 거절하면 어떻게 하려고 했습니까?"

"죽이려고 했습니다."

이가명이 뒤도 돌아보지 않고 태연하게 대답했다.

"당신들도 어느 정도 알고 있겠지만 포보스연합은 '떠도는 섬'이라는 단체에 의해 움직입니다. 당신들은 떠도는 섬에 대해 어느 정도 파악하고 있습니까?"

이가명의 입에서 떠도는 섬이란 이름이 나오자 루나의 머리털이 쭈뼛 곤두섰다. 이가명은 생각보다 많은 정보를 알고 있었다.

"포보스연합을 조종하는 조직으로 알고 있습니다."

루나가 솔직하게 알고 있는 정보를 말했다.

"그밖에는?"

"자세한 사항은 모릅니다."

대답을 들은 이가명이 걸음을 멈추더니 뒤돌아섰다.

"알고 있는 게 별로 없군요. 그나마도 부정확하고…… 떠도는 섬은 포
보스연합뿐만 아니라 글로벌 테러 네트워크를 움직이는 조직입니다. 한
마디로 세계 테러조직의 대부입니다."

이가명이 실망한 표정으로 말했다. 가까이 있으리라고 생각했던 관음
암은 쉽게 모습을 드러내지 않았다. 언 곳을 피해 짐승처럼 네 발로 딛고
밀고 하며 험한 산길을 몇 번 오르락내리락하자 계곡을 가로지르는 다리
가 나타났다. 그 뒤편에 산사가 있었다.

"떠도는 섬 중에 당신들이 알고 있는 사람이 있습니까?"

당신들은 국방원을 표현하는 말이었다.

"없습니다."

"유감이군요."

이가명의 표정에 실망하는 빛이 역력했다.

"적어도 당신은 알고 있으리라고 생각했는데."

"왜 그런 생각을 하셨죠?"

"이시하라를 죽이고 당신을 구출하는 데 떠도는 섬이 관여했으니까."

순간 하나의 이름이 머릿속에 떠올랐지만 루나는 내색하지 않았다. 박
건은 자신이 루나를 구한 사실을 비밀로 하라고 신신당부했다.

"당신을 구한 사람은 누구입니까?"

"지난번에도 말했듯이 국방원 수사관들입니다."

처음 만났을 때도 이가명은 같은 질문을 했고 루나는 박건의 이름을 말
하지 않았다.

"그들이 이시하라의 위치를 어떻게 알았습니까?"

"저도 자세한 내용은 모릅니다. 국방원 자체에서 파악했거나 일본 내각 정보조사실의 협조를 받았으리라 생각합니다."

한숨을 내쉰 이가명이 깨진 돌들이 구르다 멈춘 계곡으로 시선을 돌렸다.

"당신들은 떠도는 섬의 진짜 목표가 무엇인지 압니까?"

답답하다는 목소리로 이가명이 물었다.

"정권 교체를 통한 사회 변혁으로 파악하고 있습니다."

"정권 교체? 사회 변혁?"

이가명이 루나가 한 말을 반복하며 코웃음을 쳤다.

"그들의 최종 목표는 한국이라는 국가를 없애고 한반도 땅을 나눠 갖는 것입니다. 한반도를 차지하는 것을 도와주면 같은 방식으로 일본 땅을 빼앗아 일부를 우리에게 주기로 했습니다."

"그게 정말 가능한 일인가요?"

루나가 놀라 물었다.

"역사를 공부했다면 국가가 사라지는 게 그리 어려운 일만도 아니라는 것을 알 텐데요? 한국에 아직도 신라, 백제, 고구려, 고려, 조선이라는 국가가 남아 있습니까? 떠도는 섬은 대한민국을 없애고 한반도에다 그들이 원하는 이상적인 국가를 세우려고 합니다."

"이상적인 국가? 어떤 국가를?"

"소국과민의 도시국가……."

잠시 말을 멈춘 이가명이 자신이 말한 내용을 수정했다.

"소국과민은 우리 백군파의 꿈이지 그들과는 상관없습니다. 그들은 한반도를 쪼개 여러 개의 도시국가를 만들려고 합니다."

도시국가는 고대국가가 형성되기 이전의 국가 형태다. 씨족이 연합해 부족으로 확대된 후 법 제도와 체재를 갖추며 역사에 등장했다. 아테네, 스파르타 등 고대 그리스 도시국가가 널리 알려져 있지만 중세에도 천년 동안 지중해를 지배했던 도시국가 베네치아가 있다. 베네치아는 공화정이었다. 위원회를 두어 권력을 분산시켰고 고위직은 임기를 두어 권력을 독점하지 못하도록 했다. 종교와 정치를 분리했고 발달한 세금제도로 부의 균형을 이루었다. 전쟁이 나면 귀족들이 앞장서 재원을 모으고 전투에 나서는 등 노블레스 오블리주를 철저히 실천해 평민들의 반란이 없었다. 중세의 깊은 잠을 깨우고 르네상스를 이끌어 현대의 여명을 비춘 것도 베네치아였다. 동양에서는 중국의 제후국이나 신라의 화백제도 등에서 부족연합이 고대국가로 발전한 자취를 엿볼 수 있다. 현대에는 싱가포르, 홍콩, 바티칸 시국, 두바이가 도시국가와 비슷한 형태를 취하고 있다.

"그뿐만 아니라 떠도는 섬은 프랜차이즈 점을 만들듯 도시국가를 개발해서 세계 테러 조직에 공급할 계획입니다."

관음암 앞을 지나자 무릉반석으로 내려가는 계단 길이 나타났다.

"도시국가를 만들어 공급한다고요? 조그만 상점도 아니고 어떻게 국가를 만들어 공급하죠?"

믿기 어려운 말이었다. 루나가 의아해 하자 답답하다는 듯 루나를 바라보던 이가명이 자세히 설명했다.

"국가의 3요소는 국민, 영토, 주권입니다. 지금 한국에서 포보스연합을 공식적으로 지지하는 인구는 2백만이 넘습니다. 일본의 독도 강점을 물리치고 나서 지지 인구가 급격이 늘어났고 이들 대부분은 투표권을 가진 경제활동인구입니다. 이 정도면 도시국가 국민의 수로는 충분합니다. 포보스연합은 다국적을 인정하기 때문에 세계 전체적으로 보면 모집 가능한 국민은 훨씬 많습니다. 다음은 영토입니다. 포보스연합은 막강한 재력을 바탕으로 해안에 인접한 땅을 사들이고 있습니다. 지금은 산업단지 조성 등의 이유를 내세워 울타리만 치고 있지만 곧 영토 경계선을 확정할 겁니다."

"포보스연합이 땅을 사들이고 있다고요?"

놀라 질문하는 루나에게 이가명이 코웃음으로 대답을 대신했다.

"국민, 영토 외에 국가로서 주권을 행사하려면 정치, 경제, 군사적으로 독립해야 합니다. 정치적으로는 원래 국가를 숙주로 삼아 합법적으로 자치권을 확대해 나가다 종국에는 독립을 선포할 계획입니다. 그들은 치밀해서 원래 국가에 포보스연합을 지지하는 정당을 만들어 이를 측면에서 지원하도록 할 계획까지 마련해 두었습니다. 경제적으로는 막강한 자금력과 발달한 기술력을 바탕으로 무역 대국을 건설할 계획입니다. 1인당 국민소득을 세계 최고 수준으로 만들면 국민의 유입이 더 가속화됩니다. 마지막으로 군사적 독립은 이미 완료했습니다. 세계 테러조직을 수중에 넣은 포보스연합은 이미 핵무장을 완료했습니다. 이런 국가를 어떤 나라가 건드리겠습니까? 잘못 건드리면 자기 나라 한복판에서 핵폭탄이 터질 텐데."

이가명의 설명은 구체적이고 명확했다.

"백군파를 비롯해 세계 테러조직이 떠도는 섬에 동조한 이유도 이 때문입니다. 모든 테러조직의 궁극적인 목적은 자신들이 원하는 이상 국가

240

건설입니다. 포보스연합은 백군파에 오키나와를 주겠다고 약속했고 그래서 우리는 그들에게 협조했습니다. 테러 단체 외에도 포보스연합에 적극적으로 가담하는 사람들이 늘어나고 있습니다. 새로운 국가가 마일리지 제도처럼 나라에 헌신한 정도를 판단해 입주권과 권리를 준다고 선전하기 때문입니다. 개국공신이 되기 위해 동조자들은 물불을 가리지 않고 헌신하고 있습니다. 지상에 천국을 건설하자는 종교적 교리와 노력한 만큼 갖는다는 정치, 경제 논리가 교묘하게 혼합돼 다른 세상을 꿈꾸는 사람들의 마음을 잡아끌고 있습니다."

설명을 듣는 동안 해저동굴에 사지가 묶여 거대하게 밀려오는 파도를 속수무책으로 바라보던 그때가 떠올랐다. 포보스연합은 단순한 테러단체가 아니었다. 이가명의 말대로라면 포보스연합은 이미 국가 속에 있는 또 하나의 국가였고 권력 위에 군림하고 있는 절대 권력이었다.

"그렇다면, 포보스연합을 와해시키려면 어떻게 해야 합니까?"

산길이 끝나는 것을 본 루나가 다급하게 물었다. 이가명이 대답하지 않고 등산로를 나섰다.

"차나 한 잔 하고 가지요."

찻집에 들어간 이가명이 정면이 보이는 자리에 앉아 녹차를 시켰다.

"왜 포보스연합을 와해시키고 싶어 합니까?"

불꽃을 튀기며 난로 속에서 타고 있는 나무를 물끄러미 바라보던 이가명이 루나에게 물었다.

"그들이 무고한 사람을 죽이니까. 법질서를 교란하니까…… 산에서 제게 연합을 제안했을 때 포보스연합을 무너뜨릴 수 있다고 하지 않았습니까?"

대답을 들은 이가명이 피식 웃음을 흘렸다.

"작년에 한국에서 생활고를 비관해 자살하거나 굶어 죽은 사람이 몇 명인지 아십니까? 테러로 죽은 사람의 백 배가 넘습니다. 이런 법질서를 지켜야 합니까? 왜요? 전 세계의 11억 인구가 비만인데 이와 비슷한 숫자의 사람들이 영양실조로 죽어가고 있습니다. 왜 잘못된 세계, 잘못된 국가, 잘못된 정책은 바로 잡으려 하지 않고 그런 부조리를 뜯어 고치려는 조직을 없애려 합니까?"

"그럼 당신은 포보스연합이 성공하기를 바랍니까?"

"내가 당신과 연합한 이유는 오직 하나, 이시하라의 복수를 위해서입니다. 그 밖의 것들이 어떻게 되든 이제 나와는 상관없습니다. 남은 것은 살고 싶은, 살아 있는 자들의 몫이니까요. 포보스연합을 부수든 말든 그 것은 당신들의 일입니다."

이가명, 아니 나이는 이미 죽음을 결심한 듯 보였다. 침묵이 맴도는 자리에 타닥타닥 나무 터지는 소리만 들렸다.

"연약해 보이지만 물은 더러움과 장애를 무릅쓰고 흐르고 흘러 대해를 이룹니다. 사람의 마음도 이와 같습니다. 인터넷의 발달로 직접 선거가 가능한 세상이 됐고 정보의 공유로 권력의 독점도 막을 수 있습니다. 예전에는 기업이 만든 물건을 일방적으로 구입하던 소비자들이 지금은 자신에게 맞는 맞춤형 제품을 요구하는 시대가 됐습니다. 국가도 마찬가지 상황에 처해 있습니다. 앞으로는 국민이 국가를 선택할 수 있게 되고 그렇게 되면 사람들은 자신이 원하는 이상적인 국가로 몰려갈 것입니다. 왜 그 나라에서 태어났다는 한 가지 이유로 온갖 부조리를 감수하며 그 나라 국민으로 죽어야 합니까? 포보스연합이 아니더라도, 굳이 국가의 형태가

242

아니더라도 국가와 비슷한 역할을 하는 자유도시가 계속 늘어날 것입니다. 홍콩이나 두바이처럼 원래 국가에 부를 가져다준다면 테러나 무력으로 보호하지 않더라도 주변 국가들과 원만한 관계를 유지할 수 있습니다. 포보스연합을 지원하는 것은 테러가 아닙니다. 그들은 파도타기를 하듯 사람들의 마음 위에, 시대의 흐름에 올라탔을 뿐입니다. 흐르는 물과 같이 움직이기 때문에 부술 수도 막을 수도 없습니다."

"알겠습니다. 그런데 그들은 왜 하필 한국을 최초 목표로 삼았습니까? 다른 나라도 많은데."

"한국은 세계에 유일하게 남은 분단국가입니다. 기왕에 분단돼 있기 때문에 새로운 국가로 재편하기도 쉽습니다. 이념 차이, 세대 차이, 빈부 차이, 지역 차이, 남녀 차이…… 포보스연합이 아니더라도 세포분열을 하듯 나라가 쪼개지고 있습니다. 그리고 또 다른 이유도 있다고 생각합니다."

"그게 무엇입니까?"

"밝혀내지는 못했지만 떠도는 섬의 핵심에는 분명 한국인이 있습니다."

장작불이 난로를 달구자 난로 위에 놓인 주전자에서 펄펄 물이 끓었다. 일본인답게 조심스러운 태도로 뜨거운 물을 따라 호호 불어 가며 몇 모금 마신 나이가 루나에게 침착하게 말했다.

"당신은 계속 묻고 나는 대답했습니다. 현재로서는 정보력의 불균형이 너무 큽니다. 솔직히 당신과 연합하자고 제안한 것을 후회하고 있습니다. 당신이 모든 사실을 말하지 않고 있다는 생각도 듭니다. 다음에 만날 때는 내가 원하는 정보를 주십시오. 누가 당신들에게 이시하라의 위치를 알려주었습니까? 그게 내가 알고 싶은 정보입니다. 당신이 그 정보를 주면 대신 나는 포보스연합을 와해시킬 수 있는 구체적인 정보를 주겠습니다. 다음에도 정보를 주지 않으면 우리의 제휴는 끝납니다. 어쩌면 당신이 고문을 당하다 죽을지도 모릅니다.”

깊은 슬픔 ²⁹

이가명과 헤어져 고속버스를 타고 돌아오는 길에서 루나는 생각을 정리하려 애썼다. 겨울이라 해가 짧았다. 마주 오는 차의 전조등처럼 정리되지 않은 생각들이 어지럽게 스쳐 지나갔다. 앞자리의 남자가 쉬지 않고 휴대전화로 떠들어댔다. 옆 사람이 주의를 줘도 들은 척도 하지 않았다. 루나는 휴대전화를 빼앗아 발로 짓이기고 싶은 충동을 참았다. 이따위 일로 모습을 노출해서는 안 된다.

"그 정도 가격이면 싸게 드리는 겁니다."

영업을 하는지 남자는 필사적이었다. 루나는 가방을 뒤져 이어폰을 끼고 '귀에 익은 그대 음성'을 들었다. 나이에게 말하지 않았지만 이시하라의 위치를 알아낸 사람은 박건이다. 박건에게 위치를 알려준 사람은 또 누구일까? B그룹 내의 누군가가 떠도는 섬과 연루되었을 가능성이 있다. 루나는 휴대전화를 꺼내 '박건에게 위치를 알려준 자 확인'이라고 메모했다. 이시하라를 죽인 게 박건이라고 나이에게 말하지 않은 것처럼 박건에게도 나이에 대해서 말할 수 없었다. 나이는 생명의 위험을 무릅쓰고 루나에게 사실을 밝혔다. 그녀를 보호하려면 당분간 보안을 유지해야 한다. 루나는 다른 문제로 생각을 돌렸다. 나이는 포보스연합이 해안가의 땅을 사들이고 있다고 했다. '해안가의 땅을 매입하고 있는 자를 조사한다.'

"박 사장, 내가 그렇게 도와 줬는데 너무하지 않습니까."

이어폰을 끼고 볼륨을 높여도 말소리가 들렸다. 정리되지 않은 생각의 조각들이 뒤엉키며 흩어졌다. 차가 휴게소에 멈췄을 때 루나는 남자를 따라 내렸다.

"버스에서 계속 전화하면 맞는다."

"당신이 뭔데……."

루나가 발로 찬 나무가 흔들리며 우수수 마른 낙엽을 떨어뜨리자 고개를 주억거리던 남자가 서둘러 버스로 달아났다.

승객들을 태운 버스가 다시 달리기 시작했다. 루나의 상념도 차를 따라 달렸다. 나이의 말을 모두 믿을 수는 없다. 어쨌든 그녀는 테러범이다. 동료들이 죽고 위기에 몰리자 국방원과 떠도는 섬 사이에 양다리를 걸치고 교란 작전을 펴는 것일 수도 있다. 하지만 그녀는 여전히 포보스연합의 이상을 두둔하고 있지 않은가…… 앞자리가 조용해져도 혼란스럽기는 마찬가지였다. 어두운 하늘을 보니 손톱만한 초승달이 구름에 가렸다 나타났다 하며 버스를 따라왔다. 농촌지역을 지나는지 가로등 불빛조차 보이지 않았다. 깜깜한 풍경을 바라보며 해결책을 떠올리려 노력하던 루나는 나이의 지적처럼 자신에게 정보가 너무 부족하다는 결론을 내렸다.

회사에 출근하자마자 루나는 정보팀에 부탁해 근래 해안지역의 부동산을 사들이고 있는 업체를 조사했다. 대통령 저격 사건부터 독도 침공까지 계속 사회가 혼란해지자 부동산 가격이 날로 떨어지고 있었고 반면 이민자는 갈수록 늘어났다. 남한은 저출산과 이민으로, 북한은 탈북자가 증가해 한반도 전체가 구멍 숭숭 뚫린 스펀지처럼 공동화돼 가고 있었다.

"땅값 정말 많이 떨어졌네. 이 기회에 나도 땅이나 사둘까. 메일로 요청한 자료 보냈으니 열어봐."

자료를 부탁한 정보팀 홍 연구원이 루나의 자리로 와서 모니터를 가리켰다. 메일을 꺼내 보니 지난 2년간 부동산을 많이 사들인 업체를 순위별로 정리해 놓았다.

"고마워. 잘 정리했네. 특이사항은 없어?"

"1순위 업체를 봐. 일본 가네모토그룹이야. 일본 기업이 한국 땅을 사들인다는 소문은 들었지만 이 정도일 줄은 몰랐어."

가네모토그룹은 일본 극우 정치가와 학자를 후원하는 기업이다. 한국 땅을 사들이는 그들의 저의가 의심스러웠다. 그들이 산 땅은 부산을 비롯한 남해안 지역에 집중돼 있었다. 가네모토그룹을 제외하고는 여러 한국 기업들이 고만고만하게 사들였다. 이름도 처음 듣는 생소한 기업이 많았다. 한국기업들은 개발이 확대되고 있는 인천 부근 땅을 집중적으로 사들였다. 인천대교, 송도신도시 건설, 공항부지 개발 등으로 다른 지역과 달리 땅값이 지속적으로 오르고 있는 지역이라 그럴 만도 했다.

"B그룹은 해안가 땅을 사들이지 않았어?"

"응. B그룹은 부동산으로 성장한 회사인데 오히려 이상할 정도로 매입이 없어."

홍 연구원의 말을 들은 루나는 내심 안도했다. 나이에게 들은 정보 때문에 B그룹과 박건을 의심했었다. B그룹은 국익을 위해 헌신하는 기업이고 박건은 죽기 직전에 자신을 구한 사람이다. 반신반의했지만 이렇게 사실을 확인하고 나니 오히려 미안한 마음이 들었다.

"가네모토그룹이 왜 땅을 사는지 파악해 줘. 자금 출처도 조사해 주고."

"일본 기업이라 어려운데……."

난색을 표하던 홍 연구원이 루나가 얼굴을 찡그리자 머리를 긁적였다.

"좋아, 해볼게. 국방원 최고 미녀의 부탁인데."

홍 연구원은 노총각으로 지상, 루나와 친구처럼 지냈다.

"잠깐만."

돌아서는 홍 연구원을 루나가 불러 세웠다.

"기왕 고생하는 김에 10위까지에 든 국내기업의 자금 출처도 조사해 줘."

이름도 들어보지 못한 생소한 기업이 많다는 사실이 갑자기 이상하게 느껴졌다. 그들은 어디서 돈이 나서 이렇게 많은 땅을 사들였을까? 대부분 최근 2, 3년 사이에 설립한 회사였다.

박건은 출근하지 않았다. 혼자 고민하던 루나는 오후에 박건에게 전화를 걸었다.

"이번 주말 뭐 할 거야?"

"회사에 일이 많아서 계속 일해야 할 것 같은데."

"회사? 어떤 회사?"

"B그룹. 월급 받고 있으니 월급 값은 해야지."

"안 돼. 나는 시간 비워 뒀어."

"뭐 하고 싶은데?"

"바다가 보고 싶어."

전화기 저편에서 웃음소리가 들렸다.

"장 수사관답다. 아직도 바다가 보고 싶어?"

"동해가 아니라 서해 바다야. 인천에 있는 월미도 보러 가자."

월미도는 원래 육지가 아니라 섬이다. 조선시대까지는 역사에 거의 등장하지 않던 이 섬이 19세기 말부터 서구 열강의 각축장으로 떠오른다. 병인양요 때 한강 하구를 통해 서울로 가려던 프랑스함대가 월미도 옆에 있는 작약도에 정박하고 자기네 제독의 이름을 따서 로제섬이라 마음대로 이름을 붙여 해도에도 기록했다. 인천의 제물포항이 개항되면서 '월미도조차조약'으로 일본의 병참고 기지가 세워지더니 아관파천 때 러시아에 다시 조차되고 미국의 스탠다드 정유회사가 땅을 매입해 정유창고를 세웠다. 이후 조선 땅에서 러시아와 각축하다 러일전쟁에서 승리한 일본이 2월 9일을 인천의 날로 선포하고 월미도 일대를 풍치지구로 개발한다. 육지와 월미도를 잇는 둑길을 만들고 캠프장, 해수욕장, 옥외 풀장, 해수목욕장, 식물원, 사슴사육장, 운동장 등 위락시설을 설치했다. 일제 강점기에 지배층의 관광명소로 자리 잡은 월미도는 태평양전쟁이 끝나고 한국전쟁이 발발하자 맥아더의 인천상륙작전이 전개되면서 풀뿌리 하나 남지 않을 정도로 초토화됐다. 대한민국정부는 승리를 기념하기 위해 월미도가 마주 보이는 인천 바닷가에 있는 공원을 자유공원이라 개명하고 맥아더 동상을 세웠다. 박정희 대통령 시절 인천 앞바다에 수문식독을 만들면서 하인천역의 어시장을 없애고 둑길을 아스팔트 도로로 정비해 다시 유원지로 개발됐다. 2001년 군사적 목적으로 출입이 통제되던 월미산을 개방하고 그 자리에 공원을 조성하면서 이제는 명실상부한 수도권 인근 관광명소로 자리 잡았다.

월미공원 주차장에 차를 세우고 모노레일을 탔다. 모노레일을 타고 월미도를 반 바퀴 돌아 선착장에 내려 유람선을 탔다. 먼 바다에는 긴 뱀같이 바다를 가르며 인천대교가 뻗어 있고 그 앞에 수문식독으로 들어가기 위해 화물선 두 척이 대기하며 정박해 있었다. 가까이로는 영종도, 작약도 같은 섬들이 병풍처럼 둘러쳐져 있어 바다가 아니라 커다란 호수처럼 보였다. 루나는 박건의 팔에 기대 가만히 쏟아지는 햇빛을 반사하는 잔물결을 감상했다.

"이 물들은 모두 어디서 왔을까? 그리고 어디로 흘러갈까?"

"오고 간다기보다는 순환하는 거지. 바닷물이 증발해 구름이 되고 구름이 비가 돼 다시 땅으로 내리니까."

"재미없다. 그런 대답."

루나가 혀를 내밀며 썰렁하다는 표정을 지었다. 나이는 약한 듯 보이는 물이 세상을 지배한다고 했다. 파도는 쉬지 않고 해안을 잠식하고 하늘로 날아오른 물은 떨어지면서 때로는 홍수가 되고 때로는 폭설이 돼 세상을 뒤덮는다.

"뭐가 그리 바빠. 회사에 출근하지도 않고."

"그룹에 갑자기 일이 터져서."

월미부두에서 탄 유람선이 작약도에 정박했다. 루나와 박건은 바다가 보이는 노천식당에서 점심을 먹었다. 조그만 어선들이 잡힐 듯 가까운 곳에 있는 붉은 색을 칠한 무인등대 앞을 스쳐 지나갔다. 낮이어서인지 등대는 불빛을 비추지 않았다.

"궁금한 게 있어."

"뭔데."

"내가 잡혀 있던 해안동굴 위치를 어떻게 알았어?"

박건이 젓가락질을 멈췄다. 미소와 온기가 사라진 박건의 눈빛은 생명이 없는 유리 같았다. 사실을 알아내려 루나를 노려보던 나이의 눈빛도 저랬다.

"왜…… 왜 그렇게 쳐다봐?"

"왜 그게 궁금하지?"

"그냥 궁금해서."

젓가락을 내려놓고 식탁에서 일어나 뒤돌아 바다를 바라보던 박건이 말했다.

"말할 수 없어."

침묵이 두 사람 사이를 감돌았다. 싸운 연인처럼 하릴없어 항구에 서 있다 배를 타고 월미도 선착장으로 돌아왔다. 다시 모노레일을 타고 '한국이민사박물관'에 내릴 때까지 박건은 말이 없었다. 타인처럼 앞서거니 뒤서거니 떨어져서 전시물을 구경했다.

일본에 완전히 나라를 빼앗기기 직전인 1902년 하와이 이민이 시작됐다. 첫 번째 대규모 이민은 인천 내리교회 신자들을 중심으로 이루어졌다. 남자 55명, 여자 21명, 어린아이 25명으로 구성된 101명이 일본 고베에서 미국 상선 겔릭호를 타고 33일 만에 하와이에 도착했다. 이후 이민자는 꾸준히 늘어 1905년에는 7,266명이 되었다. 달콤한 모집 공고와 달리 이민자의 생활은 혹독했다. 땡볕이 내리쬐는 사탕수수밭에서 하루 열 시간 일하면서 남자는 67센트, 여자와 미성년자들은 50센트를 받았다.

1905년 을사늑약으로 일본에 외교권을 빼앗기면서 대규모 이민도 끝이 났다. 어려운 형편에서도 이민자들은 성금을 모아 독립운동을 지원하고 미국에서 독립군을 양성했다. 역사는 반복된다. 어렵게 되찾은 국가가 다시 위기에 처했고 대한민국을 떠나는 이민자들의 행렬이 공항과 항구로 몰려가고 있었다. 사진 속 백 년 전 항구풍경은 남루하고 스산했다.

옛날 사람들 사진을 구경하고 있는 박건에게 루나가 다가가 손을 잡았다.

"위치를 어떻게 알아냈는지 말할 수 없는 거지?"

"응."

박건의 대답은 단호했다.

"알았어. 묻지 않을게. 기분 풀고 재미있게 지내다 가자."

그제야 박건도 루나를 보며 밝게 웃었다.

"나도 하나 궁금한 게 있어."

"뭔데?"

"혹시 최근에 사람을 만나지 않았어?"

"사람? 누구?"

"노자도덕경을 읊는 사람."

이번에는 루나의 말문이 막혔다. 박건이 어떻게 나이를 만난 것을 알고 있을까? 사실대로 말해야 하나? 그건, 안 돼. 나이에게 비밀로 하기로 약속했으니까…… 쩔쩔 매고 있는데 휴대전화가 울렸다. 박건에게 걸려 온 전화였다. 한마디 말도 없이 듣기만 했다.

"급히 가야겠다. 미안하지만 오늘은 여기서 헤어지자."

전화를 끊은 박건이 루나의 대답도 듣지 않고 박물관을 달려 나갔다. 뒤따라가 박물관 입구에 서서 보니 막 도착한 모노레일에 서둘러 올라타는 박건의 뒷모습이 보였다. 박건은 하늘이 무너져 내려도 침착함을 유지할 사람이다. 그런 박건을 저토록 서두르게 할 일은 세상에 많지 않다. 도대체 무슨 전화기에…… 걱정하고 있는데 이번에는 루나의 휴대전화가 울렸다. 급하게 휴대전화를 꺼내 이름을 보니 홍 연구원이었다.

"지금 출처를 조사해 봤더니 인천 지역 땅을 사들인 한국기업에 자금을 지원한 회사도 일본 가네모토그룹이야."

루나는 복잡한 머릿속을 정리하려 모노레일을 타지 않고 바닷가를 따라 걸었다. 해안지역 땅을 사들이는 것은 B그룹이 아니다. 그러니 B그룹과 떠도는 섬은 관계가 없다. 그런데 박건은 내가 나이를 만난 것을 어떻게 알았을까? 지난번 박건에게 노자도덕경에 대해 물어본 적이 있다. 그래서 한번 넘겨짚어 본 걸까? 주위 사람들, 가까운 사람들, 사랑하는 사람마저 의심해야 하는 이런 상황이 싫었다. 나이에게 비밀을 지키겠다고 약속했지만 원칙적으로 그녀와 만난 사실은 회사에 보고해야 할 사항이다. 지금이라도 사실을 털어놓고 의논하는 게 낫지 않을까? 지친 시계바늘처럼 해가 내려가며 바다에 핏빛 노을을 뿌리더니 잠시 후 줄 풀린 커튼처럼 어둠이 스르르 내려왔다. 독도에서 물러난 일본이 이번에는 막강한 경제력을 앞세워 한반도로 들어오고 있었다. 우선 가네모토그룹이 땅을 사들이고 있는 인천, 부산 지역에 조치를 취해야 한다. 생각을 정리한 루나는 팀장에게 전화를 걸었다.

"땅을 샀다고 거기에 자기들의 국가를 세운다는 것은 지나친 억측 같은데…… 어쨌든 합법적으로 사들인 땅이니 문제 삼기도 어렵고. 알았어. 내가 더 조사해 볼게. 그건 그렇고 B그룹 소속으로 로쿠에몬이라는 일본사람 알지? 그 사람이 한강에서 시체로 발견됐어."

"네? 로쿠에몬이 죽었다고요?"

"누가 죽였는지는 모르지만 전문가 솜씨야. 죽기 전에 고문을 당했던 것 같아. 온몸의 근육이 거의 다 잘려 있었어."

그래서 박건이 서둘러 돌아갔구나……. 어두운 바다에 로쿠에몬의 선한 얼굴이 떠올랐다 사라졌다. 밤이 돼도 등대는 빛을 비추지 않았다.

로쿠에몬의 장례식 날은 폭설이 내렸다. 가는 눈이 안개처럼 흩날렸다. 물기가 많은 눈이 녹지 않고 쌓여 걸음을 옮길 때마다 발길을 잡았다. 장례식은 B그룹에서 주관했다. 시내 중심가에 있는 호텔을 통째로 빌려 장례식장으로 사용했다. 장례식장에 들어가는 데도 경비가 삼엄했다. 신분증을 제시하고 들어가니 민머리의 스님이 앉아 독경을 읊고 있었다. 가늘게 피어오른 향 연기가 목탁소리에 흔들리며 쌓여 있는 하얀 국화꽃잎에 스몄다. 상주자리에 박건이 서 있었다. 두 사람이 혈연관계였나? 아키꼬도 옆에 서서 손님을 맞았다.

"고인은 좋은 사람이었습니다. 뭐라고 위로의 말씀을 드려야 할지 모르겠습니다."

루나가 위로의 말을 건네도 박건은 입을 열지 않았다. 침통한 표정에서 슬픔의 깊이를 알 수 있었다.

"하루빨리 슬픔을 잊고 기운 차리시기 바랍니다."

장례식장을 나오는 루나를 아키꼬가 말없이 따라와 길을 막아섰다.

"네가 만나는 사람에게 전해. 지옥 끝까지라도 쫓아가서 찾아내 죽이겠다고. 로쿠에몬보다 처참하게 죽을 거라고."

다짜고짜 표독한 말을 쏟아내는 아키꼬를 보고 루나는 당황했다.

254

"내가 만나는 사람이라니. 누구를 말하는 거지요?"

"아키꼬!"

급하게 뒤쫓아 온 박건이 손을 잡아끌었지만 아키꼬는 물러나지 않았다.

"이 손 놔. 로쿠에몬이 왜 죽었는지 알아. 저 여자 때문이야. 그런데도 아직도 저 여자를 두둔하는 거야?"

"나 때문에 로쿠에몬이 죽었다니 그게 무슨 말이죠?"

"아키꼬!"

말리던 박건이 아키꼬의 뺨을 때렸다. 입술이 터지며 피가 흘렀다. 입가를 훔친 아키꼬가 손에 묻은 핏자국을 노려봤다. 루나가 서둘러 손수건을 꺼내 건네자 아키꼬가 사납게 뿌리쳤다.

"너도 대가를 치르게 될 거야."

싸늘한 표정으로 박건과 루나를 번갈아 노려보던 아키꼬가 찬바람을 날리며 장례식장으로 돌아갔다.

"무슨 소리야? 내가 만나는 사람 때문에 로쿠에몬이 죽었다니?"

"아무것도 아냐. 그냥 슬퍼서 그러는 거야."

그 말을 남기고 박건이 서둘러 아키꼬를 따라갔다. 루나는 혼란스러웠다. 나 때문에 로쿠에몬이 죽었다니? 내가 나이를 만난 것을 알고 있나? 차키를 꽂아 넣은 채 한참을 고민하던 루나는 나이에게 전화를 걸었지만 받지 않았다. 루나는 나이가 근무하는 장영실대학으로 차를 몰았다. 내리는 눈발처럼 의문도 그치지 않았다. 왜 박건이 상주자리에 서 있지? 아무리 화가 나도 부하인 박건이 상사인 아키꼬의 뺨을 때린 것도 이상했다. 박건은 상무고 아키꼬는 사장이다. 두 사람은 어떤 관계일까? 답 없는 의문이 내리는 눈처럼 머릿속에 쌓였다.

눈 덮인 대학교 교정은 적막했다. 방학인지 내리는 대로 눈을 맞으며 쓸쓸하게 주인을 기다리고 있는 차 몇 대뿐 주차장에는 바퀴자국 하나 없었다. 운동장을 가로질러 계단을 오를 때까지 사람 모습은 보이지 않았다. 계단을 다 오르자 커다란 건물이 성채처럼 눈앞을 막아섰다.

"이가명 교수님이요? 방학이라 나오지 않으셨을 텐데요."

"교수실은 어디예요?"

무료한 표정으로 하품하던 경비가 교수실을 알려주었다. 교수실은 본관 뒤 좌측 건물 이층에 있었다. 큰 기대를 하지 않고 갔는데 문 안쪽에서 인기척이 났다. 노크하자 들어오라는 남자 목소리가 들렸다.

"교수님은 안 계십니다. 저는 조교입니다."

루나가 이가명 교수를 찾자 남자가 대답했다.

"어떻게 오셨습니까?"

이가명이 없다는 말을 듣고도 가지 않고 초조하게 교수실을 서성이는 루나에게 조교가 물었다.

"급한 일 때문에 교수님을 꼭 만나야 하는데 연락할 방법이 없을까요?"

"저희도 연락이 안 됩니다."

조교 말처럼 한동안 사람이 사용한 흔적이 보이지 않았다. 교수 책상 위에 엷게 먼지가 쌓여 있었다. 책상 위에 '老子道德經'이라고 한자로 제목이 적힌 일본 책이 보였다. 책 옆에 놓여 있는 명함이 눈에 띄었다. 연두색 바탕에 검정 글씨, B그룹 명함이었다. 명함에는 경영관리실 김곤이라는 이름이 인쇄돼 있었다.

"이 사람이 여기 왔었나요?"

교수 책상에서 명함을 들어 묻자 조교가 노골적으로 불쾌한 표정을 지었다.

"누구신데?"

루나가 국방원 IC카드를 꺼내 조교에게 보였다.

"중요한 일이니 빨리, 사실대로 말하세요."

"며칠 전에 왔습니다."

"어떻게 생겼어요?"

키 190센티 정도에 다부진 몸매라는 말을 듣자 떠오르는 얼굴이 있었다. 루나는 세세한 인상착의를 확인했다.

"왼쪽 볼에 작은 점 몇 개가 있지 않았나요?"

"아, 맞습니다. 점이 있었습니다."

조교가 손가락으로 허공을 찌르며 방향을 가늠했다.

"분명히 왼쪽이었습니다."

조교에게 김곤이라는 명함을 주고 간 사람은 로쿠에몬이다.

"그 사람이 언제 왔었나요?"

"그러니까 5일 전…… 수요일인가…… 맞습니다. 수요일."

로쿠에몬은 죽기 전날 여기 왔었다.

"교수님께 연락은 했나요?"

"휴대전화로 문자를 보냈습니다. 받았는지는 모르겠지만……."

혼란스럽던 생각에 윤곽이 잡히기 시작했다. 로쿠에몬은 이가명을 추적하다 죽었다. 아키꼬가 증오에 차서 전하라고 한 말로 추측해 보면 아키꼬는 이가명이 나이라는 사실을 알고 있고 루나가 나이를 만난 것도 알고 있다. 그리고 나이가 로쿠에몬을 죽였다고 생각하고 있다.

천륜

장례식장으로 돌아온 박건과 아키꼬는 아무 일 없었다는 듯 손님을 맞았다. 입구는 한국과 일본을 비롯한 세계 각국 기업에서 보내온 화환들로 조그만 숲을 이루었다. 밤 열두시가 넘자 문상객의 방문이 그쳤다. 박건과 아키꼬는 벽에 기대 서로를 마주보고 앉았다. 박건이 공식적인 장례식을 열지 말자고 했지만 아키꼬의 고집을 꺾을 수 없었다. 회사에서는 여전히 아키꼬가 사장이고 박건이 상무였다.

"그만 들어가 쉬시지요."

박건이 권했지만 아키꼬는 들은 척도 하지 않았다. 아키꼬는 분했다. 막내동생을 잃은 것도 분했지만 그보다 그 여자 편을 드는 박건에게 더 화가 났다. 자리에서 일어난 아키꼬가 박건에게 말했다.

"잠깐, 이야기 좀 해요."

둘은 아키꼬가 묵고 있는 객실로 들어갔다.

"오빠, 지금 제정신이에요? 오빠 때문에 동생을 잃었어요. 이제 그만 정신 좀 차리세요. 거사가 코앞이에요."

"곤이가 나 때문에 죽었다고? 아니다. 너 때문에 죽었다."

박건이 담담하게 대꾸했다.

"말도 되지 않는 소리 하지 마세요. 오빠가 무리하게 백군파 회의를 소집시켜서 곤이 정체가 드러난 거예요."

"그 전에 네가 백군파 간부인 우메타 야스히로에게 그녀의 정체를 알려주었기 때문이다."

"도대체 그 계집애가 뭐예요? 그럼 그 계집애가 나보다, 곤이보다 소중하다는 거예요? 오빠가 이렇게 나오면 나도 생각이 있어요. 그 계집애를 죽이겠어요. 오빠가 가르친 것처럼 장애물은 신속하게 제거하는 게 가장 좋은 방법이니까……."

아키꼬는 뒷말을 잇지 못하고 쓰러졌다. 박건에게 배를 걷어차인 아픔보다 오빠가 그 여자를 사랑하고 있다는 생각이 먼저 밀려 올라왔다. 왈칵 눈물이 쏟아졌다.

"그 여자를 죽이면 너도 죽는다. 또다시 내 뒤를 미행해도 가만두지 않겠다."

박건은 아키꼬가 로쿠에몬과 함께 검정색 그랜저를 타고 뒤를 미행한 사실을 알고 있었다. 뒤돌아 나가는 박건의 다리를 아키꼬가 끌어안았다.

"오빠, 내게 이러면 안 돼. 나는 오빠를 사랑해…… 내가 최 회장과 자서 이러는 거야? 그건 거사 때문에 그런 거야. 오빠가 싫다면 내 손으로 최 회장을 죽일게. 정말이야. 나는 오빠만 사랑해."

오열하며 흔들리는 등을 물끄러미 내려다보던 박건이 아키꼬를 안아 일으켜 손수건으로 눈물범벅이 된 얼굴을 닦아 주었다. 그러자 더 서러움이 복받친 아키꼬가 박건의 품에 안겨 남은 눈물을 쏟아냈다. 박건이 가만가만 아키꼬의 머리카락을 쓰다듬으며 눈물이 그치기를 기다렸다. 어릴 적에도 박건은 이런 따뜻한 손길로 아버지에게 강간당하고 우는 아키꼬를 위로해 주었다.

"오빠, 일이 끝나면 우리 어디 조용한 데로 가서 단둘이 살자."

마음이 풀린 아키꼬가 응석 섞인 목소리로 말했다. 형제들이 하나 둘 죽어가는 살벌한 훈련장에서도 아키꼬는 박건을 바라보며 고통을 견뎠다. 품에 안겨 박건의 체취를 맡고 있으니 어린 시절로 돌아간 듯 행복했다. 세상이 어떻게 돌아가든 상관없었다. 예나 지금이나 박건만이 아키꼬의 꿈이었다.

"감아, 그럴 수는 없어. 너와 나는 피를 나눈 남매야. 내가 왜 아버지를 죽였는지 모르겠니? 너를 범해 천륜을 어겼기 때문이야. 감아, 우리는 그러면 안 돼."

"아냐, 그렇지 않아. 복제인간들에게 그런 게 어디 있어?"

박건을 밀쳐 침대로 쓰러뜨린 아키꼬가 그 위에 엎어져 박건의 얼굴에 자신의 얼굴을 부비며 애원했다.

"오빠, 제발…… 나를 사랑해 줘…… 이대로 사랑하면 돼."

또다시 아키꼬의 눈에서 흘러내린 뜨거운 눈물이 박건의 얼굴을 적셨다. 아키꼬가 울면서 박건의 허리띠를 풀고 바지를 내렸다.

"안 돼. 홍감!"

박건이 자신의 사타구니 사이를 더듬는 아키꼬의 손을 잡았다. 뚫어져라 박건의 눈을 들여다보던 아키꼬는 수치심에 얼굴을 돌렸다. 아키꼬는 여자를 탐하는 남자의 눈빛을 알고 있었다. 박건은 자신을 여자로 보지 않았다.

"안 돼. 오빠! 나는 오빠를 사랑한단 말이야!"

박건이 배 위에 앉아 천장을 바라보며 울부짖는 아키꼬를 침대에 눕히고 일어서 나갔다. 혼자 남은 아키꼬는 벽에 머리를 부딪치며 어린아이처럼 울었다. 노크소리가 들렸다. 혹시나 하는 기대감으로 뛰쳐나가는데 문 밖에서 최 회장 목소리가 들렸다. '이 늙은이든, 그 계집애든 방해물은 다 제거해 버릴 거야. 그러면 오빠도 다시 내게 돌아올 거야.' 서둘러 눈물 자국을 지운 아키꼬가 웃으며 문을 열었다.

"어서 오세요. 회장님."

교정을 걸어 내려오던 루나는 가지마다 두툼하게 눈을 뒤집어쓰고 있는 목련나무 아래 기대섰다. 해가 이울기도 전에 어둠이 닥치고 있었다. 로쿠에몬은 왜 나이를 추적했을까? 로쿠에몬과 아키꼬, 박건 세 사람은 어떤 사이일까? 아키꼬의 말처럼 정말 나 때문에 로쿠에몬이 죽었을까? 구름 하나가 걷히면 다른 구름이 그 자리를 차지하는 하늘처럼 꼬리에 꼬리를 물고 의문이 이어졌다. 루나는 나무 아래 동상처럼 버티고 서서 뭉게뭉게 피어오르는 의문들을 따라가 보았다. 나이는 왜 로쿠에몬을 죽였을까? 로쿠에몬이 박건에게 이시하라의 위치를 가르쳐 주었기 때문일까? 그게 사실이라면 로쿠에몬은 어떻게 이시하라의 위치를 알았을까? 순간 벼락 치듯 한 생각이 떠올랐다.

"이런 말도 안 되는……."

나이는 포보스연합의 배반 때문에 이시하라가 죽었다고 말했다. 그리

262

고 로쿠에몬은 나이를 추적하다 죽었다. 로쿠에몬은 포보스연합의 일원이거나 적어도 포보스연합과 관련돼 있을지도 모른다. 그렇다면 아키꼬도…… 어쩌면 B그룹 전체가 관련돼 있을 수도 있다. 추리가 여기에 이르자 한 사람의 얼굴이 떠올랐다. 루나는 고개를 흔들어 자신의 생각을 부정했다.

"아니야. 아니야……."

루나는 자신이 내린 결론을 믿을 수 없었다. 만약 로쿠에몬을 죽인 게 나이가 아니라면, 이시하라의 위치를 알려준 게 로쿠에몬이 아니라면…… 루나는 추리를 거슬러 올라가며 하나하나 자신이 내린 결론을 부정했다. 생각하다 지친 루나는 겨울을 견디며 꽃 피울 날을 기다리는 목련 봉오리를 가만히 쓰다듬어 보았다. 바람이 불자 가지에 쌓인 눈이 다시 하늘로 오르며 눈송이처럼 흩날렸다. 만약 그가 국가의 적이라면 나는 어떻게 해야 하지? 사랑하는 사람과 국가는 어느 쪽이 우선일까? 내가 왜 이런 생각들을 하고 있지? 망상을 깨우기라도 하듯 휴대전화 벨이 울렸다. 정국인 박사였다.

"지난번 만났던 곳에서 지금 만났으면 하네."

"아버님만 계십니까?"

"아닐세. 친구와 같이 있네. 친구가 할 말이 있다고 하네."

지난번 루나와 헤어지면서 아버지 김용현은 정 박사를 통해 연락하겠다고 했다. 한달음에 주차장으로 달려간 루나는 정국인의 별장으로 차를 몰았다. 지상이 죽었을 때 만났으니 벌써 4개월이 훌쩍 지나갔다. 여름이 가고 겨울이 왔고 한 사람이 비운 자리를 다른 사람이 채워 가고 있었다. 미행을 우려한 루나는 산속 소로를 돌아 별장으로 갔다. 차가 멈추자 커튼이 조금 걷히며 불빛이 새어 나왔다. 김용현이 문을 밀고 들어오는 루나를 껴안고 눈물부터 흘렸다.

"루나야, 미안하다. 정말 미안하다. 네가 테러범에게 납치된 줄 몰랐다. 오늘에야 정 박사에게 들었다. 아비가 돼서……."

"다 끝난 일인 걸요, 뭘."

괜찮다고 해도 김용현은 눈물을 그치지 않았다. 이런 게 혈육의 정이구나…… 루나도 콧등이 시큰해 왔다.

"아버지는 별일 없으셨어요?"

몇 개월 사이 눈에 띄게 수척해 보였다.

"그동안 네가 말했던 '떠도는 섬'을 추적했다."

"위험하게 왜 그런 일을 하세요."

"아니다. 포보스연합이 이렇게 발흥한 데는 무모하게 신정감록 프로젝트를 추진했던 내 탓도 크다. 어쨌든 어느 정도까지는 떠도는 섬의 정체를 파악했다."

"네? 정말이요?"

루나가 놀라 묻자 김용현이 비로소 웃으며 고개를 끄덕였다.

"포보스 예언은 대부분 대한민국을 대상으로 하고 있다. 일차적으로 한국에 적대적이거나 이권이 얽혀 있는 북한, 일본, 중국, 미국을 조사했다. 너도 알다시피 포보스 예언 또한 대부분 이 나라들에서 올라왔다. 예언을 올린 IP들을 추적하다 실패하고 다른 방법을 생각해 봤다."

"네 아버지는 천재다."

옆에서 듣고 있던 정 박사가 김용현을 추켜세웠다.

"어떤 방법을?"

"포보스연합은 신무기나 발명품을 사용해 국방원의 방어를 무력화시켰다. 그들이 사용하는 무기가 어느 나라 기술을 기반으로 만들어졌는지 조사했다. 국제 무기거래상을 통해 구입했을 수도 있지만 개중에는 아직 세상에 알려지지 않은 무기도 있었다. 세계 각국의 무기 거래 팸플릿을 모아 포보스연합이 사용한 무기를 제조한 나라의 통계를 분석해 보았더니 뜻밖의 결과가 나왔다. 애초 용의선상에 올렸던 북한, 일본, 중국, 미국이 아니라 러시아였다."

러시아라는 말을 들었을 때 루나의 가슴이 쿵 하고 울렸다. 러시아는 박건이 자란 나라였다.

"그리고 여기 이 무기들을 봐라."

김용현이 몇 장의 사진을 루나에게 건넸다.

"이것들은 아직 세상에 알려지지 않은 무기다. 하지만 포보스연합이 사용한 적이 있다."

"어떻게?"

"어떻게 만들었는지 모르지만 거기에 사용된 과학기술과 관련된 논문을 발표한 사람이 있다. 북한 김책대학 교수였던 이동하 박사다. 맨 뒤에 그 사람 사진이 있다."

오래전 흑백사진이었다. 식탁에 앉아 식사를 하던 사람들이 사진기를 향해 웃고 있었다. 그 중 한 사람은 루나도 아는 사람이었다. 시간의 침식으로 사진은 빛이 바랬고 얼굴에는 주름살이 늘었지만 김용현의 젊은 시절 모습도 거기 있었다.

"아버지, 젊었을 때도 미남이셨네요."

딸이 자신을 알아보고 칭찬하자 김용현이 쑥스러운 미소를 지었다.

"내 뒤쪽에 있는 사람을 봐라. 그 사람이 이동하 박사다."

"거인이네요."

앉은키가 주위 사람들보다 머리 하나 정도 더 컸다.

"힘도 장사였다. 병맥주 뚜껑을 손가락 힘만으로 땄으니까. 당시는 북한 핵무기 개발을 억제하기 위해 한반도 주변 강대국들이 연합해 6자회담을 열었을 때였다. 북한은 북미 직접 협상을 주장했지만 당사국인 미국이 거부하고 중국도 개입해 고집을 꺾을 수밖에 없었다. 6자회담의 성공을 축하하기 위해 '핵의 평화적 사용방법'이라는 주제로 6개국 과학자 학술대회가 열렸다. 사진은 학술대회 기간 중 평양 옥류관에서 식사할 때 찍은 모습이다. 이동하 박사와 몇 마디 나눠 보고 나는 그의 천재성을 간파했다. 이래서 북한같이 위계질서가 엄격한 사회에서도 어린 나이에 교수가 될 수 있었구나 하는 탄성이 절로 나올 정도로 그는 뛰어났다. 학술대회 기간 동안 우리는 친해졌다. 이동하는 스스럼없이 나를 형이라 부르며 숙소까지 찾아오고는 했다. 감시의 시선을 무시할 정도로 배포도 큰 친구였다. 학술대회 마지막 날이었다. 그날도 이동하가 찾아왔고 도청당할 것을 우려해 우리는 마당으로 나갔다. 밤꽃 향기가 진하게 풍겨 오는 밤이었다."

그날을 회상하듯 김용현이 눈을 감고 이야기했다.

"'이런 짓 다 소용없어요. 핵무기 개발은 막을 수 없어요' 주위를 둘러보던 이동하가 다짜고짜 내 귀에 대고 말했다. 내가 이유를 묻자 '핵폭탄을 수류탄 크기로 작게 만들어 감추면 찾을 수 있겠어요?' 하고 되물었다. 핵융합 기술이 그 정도 수준까지 발전하지 못했다고 반론을 제기하자 이동하가 껄껄 웃음을 터뜨렸다."

266

웃음 끝에 이동하가 시를 읊듯 번호를 붙여 가며 핵융합 공식을 외워 나갔다. 중간단계부터 이동하는 기존 공식을 변형시켜 전개했다. 이동하가 바꾼 공식을 계산하며 김용현은 소름이 끼쳤다. 이동하의 머릿속에서는 이미 소형 핵융합 기술이 완성돼 있었다. 생각만으로도 마음이 격앙되는지 지난 이야기를 하는 김용현의 목소리가 아직도 떨리고 있었다.

"북한이 벌써 소형 핵폭탄을 개발했다는 말인가? 하고 내가 다급하게 묻자 이동하가 '아이새끼들이 말을 들어야지요' 하며 아직 개발 못했다고 털어놓았다. 사정 이야기를 들어 보니 개발에 천문학적인 돈이 들어가는데 북한 당국과 교수들이 젊은 학자인 이동하의 이론을 불신한다는 거였어. 내가 민족을 위해서라도 소형 핵폭탄을 개발하면 안 된다고 신신당부하자 이동하는 오히려 통일을 앞당기려면 한민족이 강해져야 한다며 자금 조달 방법을 의논해 왔어."

한국에 돌아와서도 김용현은 많은 고민을 했고 이동하를 죽여야 한다는 보고서를 작성해 정부에 제출했다.

"자네 같은 휴머니스트가 그런 보고서를 썼다는 말인가?"

듣고 있던 정국인 박사가 놀라 물었다.

"소형 핵폭탄은 판도라의 상자와 마찬가지네. 그게 개발되면 세상에 크고 작은 전쟁과 인명 피해가 끝나지 않을 걸세. 특히 소형 핵폭탄을 개발한 당사국은 파멸할 가능성이 높네. 있지도 않은 화학무기공장 때문에 쑥대밭이 된 이라크의 전례도 있으니까……."

"그래서, 그 뒤 이동하는 어떻게 됐나?"

"어찌된 일인지 이동하는 회령에 있는 22호 정치범 수용소에 감금됐네. 주체사상을 위배했다는 소문도 들리고 러시아에 군사기밀을 넘기다

적발되었다는 말도 들렸지만 죄목이 무엇이었는지는 확실하지 않네. 어쩌면 남북한의 공작정치 때문이었는지도 모르지. 그리고 마침내 이동하가 총살형을 당했다는 소식이 들려왔네. 천재의 요절이 슬펐지만 한편으로는 안도감이 들었네."

김용현이 루나에게 보였던 사진 중 한 장을 빼들어 정국인에게 보이며 말했다.

"소형 핵폭탄 개발에서 가장 어려운 점은 엄청난 크기의 점화장치를 소형화하는 기술이네. 그런데 이 사진 속에 있는 레이저총은 핵융합을 가능하게 할 정도의 출력을 내고 있네. 다시 말해 핵폭탄 점화장치를 이 총 크기로 축소시킬 수 있는 기술이 이미 개발되었다는 말일세."

"누가 이 총을 만들었나?"

비로소 사태의 심각성을 인식한 듯 정국인 박사가 놀라 물었다.

"온갖 루트를 통해 조사했지만 결국 알아내지 못했네. 당시 이동하 박사의 이론을 실현시킬 수 있는 재력과 과학기술을 갖춘 나라는 미국과 러시아뿐이었어. 이 박사와 무기를 찍은 사진을 가지고 러시아로 가서 전에 정보기관에 근무할 때 알고 지내던 KGB 간부의 도움을 받아 무기 출처를 추적하다 마침내 사실을 알아냈네."

"이 무기가 자네 추측대로 러시아에서 만들어졌다는 말인가?"

"아니, 무기 출처는 끝내 밝혀지지 않았네. 그런데 조사하는 과정에서 이동하가 수용소에서 죽지 않고 한동안 러시아에 살아 있었다는 사실을 알았네. 그것도 러시아 마피아 보스로 변신해서."

"어떻게 그런 일이 가능하다는 말인가?"

강제노동수용소에서 소련 KGB에 선을 댄 이동하는 자신을 살려주면 소련에 백배, 천배의 보답을 할 수 있음을 역설했다. 증거를 대라고 하자 자신이 연구하고 있는 응용과학 기술을 정리해 제출했다. 서류를 검토한 KGB에서 세 명의 소련 과학자를 보내 그가 말한 이론을 검증하게 했다. 이동하는 극비리에 소련으로 호송됐고 그날 밤 사형수 한 명이 이동하의 옷을 입고 총살됐다.

"소련으로의 망명은 이동하에게도 좋은 기회가 됐네. 그 당시 소련은 미국과 더불어 과학과 군사무기 실험시설이 가장 잘 갖춰진 나라였으니까. 소련에서 이동하는 자신의 능력을 증명해야 했네. 소련을 위해 이동하가 제일 먼저 개발한 게 무엇인지 아나?"

"소형 핵폭탄인가?"

"아냐. 그것보다 더 끔찍한 것이었네."

"더 끔찍하다면…… 무엇을?"

"자네 세르게이라는 이름 기억하나?"

"세르게이? 러시아 사람인가?"

"왜 복제인간을 만들 수 있다고 인터넷에 논문을 올린 사람 있잖은가?"

"아, 그 세르게이."

30여 년 전 세상을 발칵 뒤집어 놓은 사건이 있었다. 체세포로 복제인간을 만드는 방법이 인터넷에 올라왔다. 사이언스나 네이처 등 저명한 과학잡지에 실리지 않아 공식적인 인정을 받지 못했지만 몇몇 생물학자가 가능성을 인정했다. 당시는 복제 양에 대해서조차 윤리 논쟁이 빈번하던 시대라 인간을 복제할 수 있다는 주장에 대해 찬, 반 양론으로 갈려 다툼이 치열했는데 정작 논문을 올린 사람이 나타나지 않았다. 논문 저자명이 세르게이여서 소련 과학자라는 추측이 무성했지만 소련은 사실을 부인했고 며칠 지나지 않아 논문도 삭제됐다. 논문에서 제시한 방법대로 몇 개국에서 비공식적인 실험을 했지만 아직까지 성공 사례가 발표된 적은 없다.

"세르게이라는 이름으로 논문을 올린 사람이 이동하였고 복제인간을 만드는 데도 성공했네. 실험에 성공한 그는 명예욕 때문에 일부가 엉터리인 논문을 만들어 인터넷에 올리고 세상 사람들이 혼란스러워하는 모습을 보며 즐겼네."

"그게 정말 사실인가?"

"나도 처음에는 믿기지 않았지만 어쨌든 그는 성공했네. 그것도 세계 각국의 다양한 여자들의 난자에 체세포를 넣어 수많은 아이들을 만드는 데 성공했어. 복제인간들에게는 공통점이 있네. 이동하는 자신의 세포만 난자에 넣어 배양했어. 그러니 이동하가 지금 세상에 살아 있는 모든 복제인간들의 아버지인 셈일세."

"아무리 자네 말이라도 믿기지가 않네."

정국인이 고개를 설레설레 저었다.

"그렇겠지. 처음 이야기를 들었을 때는 나도 반신반의했으니까. 더 놀라운 사실이 있네. 이동하는 복제인간들을 훈련시켜 전문 테러리스트로 양성했어. 이동하가 복제인간들로 만든 테러조직이 바로 떠도는 섬일세."

"네? 떠도는 섬이라고요?"

마침내 김용현의 입에서 떠도는 섬이라는 이름이 나오자 루나가 놀라 소리쳤다.

"그들은 지금 어디 있나요?"

"어디 있는지는 나도 모른다."

사회주의 국가 소련이 붕괴되고 러시아로 재편되는 과정에서 이동하는 자취를 감췄다. 그와 함께 KGB에서 비밀문서로 보관해 오던 복제인간들에 대한 기록도 사라졌다. 여기까지가 김용현이 전직 KGB 간부였던 러시아 친구에게서 들은 이야기였다. 김용현은 모스크바에 남아 계속 이동하의 행적을 추적했다. 그러던 중 우연히 러시아 마피아 중에 세르게이라는 이름을 사용하는 한국인이 있다는 정보를 입수했다. 그는 대부 아래계급인 보스로 블라디보스토크 지역 전체를 관할하고 있었다. 사실을 확인하기 위해 블라디보스토크로 떠나려는 김용현을 러시아 친구가 만류했다. 러시아에서 마피아 추적은, 특히 세르게이 같은 보스급을 추적하는것은 목숨을 담보로 한 일이다. 김용현이 고집을 꺾지 않자 러시아 마피아 한 명을 소개해 주었다. 무릎 아래로 두 다리가 잘린 장애인이었다. 김용현은 그에게서 이동하의 나머지 이야기를 들었다.

KGB의 감시망을 빠져나간 이동하는 러시아 마피아와 결탁했다. 러시아 마피아는 소련 붕괴 과정에서 탄생했다. KGB, 공산당, 군이 해체되는과정에서 무기와 권력을 손에 쥐고 있던 자들이 결탁해 어둠의 세계를 구축했다. 러시아의 개방은 그들에게 더 넓은 시장을 제공했고 그 결과 그들은 세계에서 가장 큰 범죄조직으로 발전했다. 200개 조직 10만여 명의조직원이 전 세계 58개국을 무대로 활동하고 있으며 국영기업과 민간기업 인수, 매춘, 마약과 무기 거래 등을 주 수입원으로 러시아 GNP의 약40퍼센트를 점유하고 있다. 이동하는 초창기 마피아 형성과정에서 눈부신 활약을 보이며 곧 영향력 있는 인물로 자리 잡았다. 마피아의 전 사업영역에서 뛰어난 수완을 발휘했고 KGB도 손댈 수 없는 거물이 됐다. 김용현이 만난 러시아 마피아는 전에 세르게이를 경호하던 자였다. 소문은사실이었다. 세르게이가 바로 이동하라고 사진을 본 그가 확인해 주었다.

블라디보스토크에 자신의 왕국을 건설한 이동하는 그곳을 기반으로 한반도로 진출할 계획을 세웠고 꿈이 실현되기 직전에 죽었다.

"네? 죽었다고요?"

"그래, 죽었다."

마피아 보스로 활동하면서 이동하는 매년 한두 차례 각국에 흩어져 살던 복제인간들을 소집해 전문 테러리스트가 되는 훈련을 시켰다. KGB, 특전사, 용병 출신, 마피아 등 군사 및 테러 분야에 뛰어난 자들을 뽑아 교관으로 삼아 실전을 통해 기술을 숙달시켰다. 인정사정없는 훈련을 거치는 동안 복제인간들의 반 수 이상이 목숨을 잃었지만 이동하는 개의치 않았다.

"약한 놈은 필요 없다. 죽어도 된다. 필요하면 얼마든지 만들 수 있다."

5년 전 겨울 훈련 중 사고가 발생했다. 복제인간들이 반란을 일으켜 이동하와 교관들을 모두 살해하고 사라졌다.

"내가 만난 이동하의 경호원도 총을 맞고 절벽으로 떨어졌지만 다행히 목숨만은 건졌다고 한다."

"그 사람 말을 믿을 수 있나요?"

루나가 묻자 김용현이 품안에서 사진 한 장을 더 꺼냈다. 자기 키보다 큰 총을 들고 있는 아이들에게 둘러싸여 있는 이동하를 찍은 사진이었다. 백인과 흑인도 있었지만 대부분 아시아계로 보였다.

"이동하는 복제인간들로 만들어진 테러조직을 '떠도는 섬'이라고 이름 짓고 복제인간들을 섬1, 섬2처럼 번호를 붙여 불렀다. 여기에 보이는 아이들이 복제인간들의 어릴 적 모습이다."

사진 속 아이들이 입은 옷에는 수인처럼 번호표가 붙어 있었고 번호 앞에 '섬'이라고 한글로 쓴 글자가 또렷이 새겨져 있었다.

"복제인간들이 지금 어디서 활동하는지는 확인하지 못했다. 블라디보스토크에도 가봤지만 그들의 자취를 찾을 수 없었다. 가장 유력한 장소가 여기 한국이다. 그들 모두에게는 한국인인 이동하의 피가 흐르고 있고 이동하가 진출하려고 계획했던 곳도 한반도니까. 그래서 가장 먼저 대한민국을 테러 대상으로 삼았는지도 모르지."

반복되는 역사

로쿠에몬의 장례가 끝난 사흘 뒤 포보스 예언이 올라왔다. 이번 예언은 지금까지 있었던 모든 예언 중 가장 강력한 영향을 미쳤다. 포보스는 '제2차 한국전쟁이 발발할 것'이라고 예언했다. 전쟁이 터지기도 전에 국가는 전시 상황 못지않은 혼란에 빠졌다. 남부여대(男負女戴), 짐 가방을 매고 들고 아이들 손을 잡은 사람들이 공항과 항구로 몰려들었다. 다급해진 정부는 서둘러 공항과 항구를 폐쇄했다. 비행기와 배에 타지 못한 사람들이 금방이라도 폭탄이 쏟아져 내릴 것 같은 하늘을 두려운 눈으로 올려다보며 통곡했다. 영문을 모르는 아이들이 그런 부모를 보며 따라 울었다. 갈 길이 막힌 사람들이 밀항을 시도했다. 고기잡이 배들이 때 아닌 호황을 만났다. 해양경찰이 사람을 싣고 국경을 넘어가는 어선들을 나포했지만 역부족이었다. 한밤중 너른 바다 위를 부나비처럼 몰려가는 어선을 다 막을 수는 없었다.

일본과 중국이 자국 국경을 보호한다는 명분을 내세워 동해와 서해바다에 구축함과 경비정을 띄웠다. 일차 경고방송을 하고 그래도 넘어오는 배는 경비정으로 부딪쳐 침몰시켰다. 차가운 겨울 바다 위로 떨어진 사람들은 살려달라고 발버둥 치다 동사하거나 익사했다. 물에 가라앉지 않은 가방에서 달러와 엔화와 아이들 장난감이 쏟아져 바다 위를 둥둥 떠다녔다. 세계 각국의 인권단체가 만행을 규탄하자 일본과 중국정부는 사실을 부인하고 오히려 사태를 방치하고 있는 한국정부를 비방했다. 운 좋게 바다를 뚫은 사람들도 육지에서 잡혀 하루를 넘기지 못하고 되돌아왔다. 어떠한 망명도 받아들여지지 않았다. 사정은 북한 쪽이 더 심했다. 탈북자들이 몰려드는 두만강 가를 중국군들이 줄지어 서서 겨눠 총 자세로 수비했다. 국경을 넘다 사살된 사람들을 구덩이에 몰아넣고 태웠다. 강가를 따라 봉화처럼 앞서거니 뒤서거니 피어오른 불은 밤낮을 가리지 않고 타올랐다. 아우슈비츠가 따로 없었다.

산 사람들도 죽은 사람 못지않은 고통을 겪어야 했다. 평상시의 수십 배의 돈을 줘도 생필품을 구하기 어려웠다. 물가가 폭등하며 암시장이 형성됐다. 어린아이부터 아사자가 늘어나면서 테이프로 창문을 막은 방에 모여 연탄불을 피워 놓고 죽는 집단 자살이 유행처럼 번졌다. 매일 화재가 발생했다. 자살자들이 피워 놓는 연탄 때문에 불이 나고 더러운 세상을 태워 버리겠다고 해서 불이 나고 먹을 것을 달라고 정부를 갈아야 한다고 분신자살하고 불난 것을 구경하던 사람이 우발적으로 따라 해서 불이 났다. 대낮에도 버젓이 살인, 강도, 강간 사건이 발생했다. 범죄가 늘면서 경찰의 대응도 강경해졌다. 시내 한복판에서 빈번히 총격전이 발생했다. 사고와 범죄를 피해 외출하지 않는 시민들로 인해 거리는 점점 한

산해졌고 텅 빈 거리를 119구조대와 소방차만 다급한 비명을 지르며 내달렸다. 출근하지 않는 사람들로 인해 빌딩은 비었고 공장은 가동을 멈췄다. '전쟁 시나리오' '전쟁에서 살아남는 법' '죽지 않고 이 땅을 탈출하는 법' 등 전쟁 시 처세술을 담은 전자책들이 불티나게 팔렸다. 집안에 숨어서도 사람들은 숨죽여 인터넷을 보며 상황이 나아지기만을 기도했다. 전쟁이 시작되기도 전에 세계 10대 무역대국이었던 대한민국이 사라지고 있었다. 종말론을 부르짖는 사이비 종교단체만 번성했다.

인공위성 등 모든 정보망을 총동원해 확인했지만 북한이 전쟁 준비를 하고 있다는 징후는 어디서도 발견되지 않았다. 2013년 이후 남한과 북한은 화해 분위기를 유지해 왔다. 미국과 평화협정을 체결한 북한은 중국의 개방노선을 좇아 경제 재건을 꾀하고 있었고 우여곡절이 많았지만 개성공단의 성공에 고무돼 한국과 함께 원산공단을 개발하고 있는 상황이었다. 정황상으로도 북한이 전쟁을 일으킬 이유가 없었고 무력에서 뒤처지는 그들 또한 전쟁 발발을 두려워하고 있었다. 한국의 제의로 남한의 국무총리와 북한의 국방위원장이 TV 연설을 통해 '제2의 한국전쟁은 없다'고 천명하고 포옹하는 모습을 보여도 혼란은 가라앉지 않았다. 이미 사람들은 정부 발표보다 포보스 예언을 더 신뢰했다. 역사적으로 축적된 불신에도 이유가 있었다. 그동안 남북한 정권은 정치 위기 때마다 크고 작은 충돌을 일으켜 국민들의 관심을 전쟁에 대한 공포 쪽으로 돌렸다. 포보스 예언은 오랫동안 쌓이고 쌓여 온 집단무의식의 심연을 휘저어 잠재돼 있던 두려움을 수면 위로 끌어올렸다. 화해 이후에도 남북한 정권은 여전히 서로를 잠재적인 적으로 규정하고 전쟁 위험을 내세워 국민을 기만해 왔다. 그런 점에서 이번 혼란은 거짓과 두려움을 이용해 정권을 유지하려고 한 남북한 정권에도 일단의 책임이 있었다.

한국인이 빠져나가는 땅에 외국인 또한 살려고 하지 않았다. 외국기업들이 철수하면서 주가와 부동산 가격이 폭락했다. 매물은 쏟아져 나왔지만 매수는 없었다. 유일한 예외로 일본 가네모토그룹만이 부산과 인천지역의 땅을 계속 사들였다. 가네모토그룹이 하청업체를 시켜 자신들이 산 땅을 개발하려 하자 그곳에 살고 있던 빈민들이 격렬하게 저항했다. 평범한 사람들이 하루아침에 사막메뚜기로 변했다. 총칼로 무장하고 해방구처럼 철조망을 친 상태로 외부인의 출입을 통제했다. 합법적으로 사들인 땅이었기에 일본은 외무장관을 보내 공식적으로 항의했다. 준전시 상황에서 대부분의 생필품 수입을 일본에 의지하고 있던 정부는 요구를 듣지 않을 수 없었다. 경찰과 철거용역을 보내 쫓아내려 하자 빈민들은 죽기를 각오하고 저항했다. 소문이 스마트몹을 통해 퍼지면서 또 한 번 나라 전체가 들썩였다. 정부에서는 포보스연합 등 불순세력이 소요를 부추기고 있다고 홍보했지만 국민들은 믿지 않았다. 구한말 항일의병처럼 무장한 국민들이 빈민들을 지원하러 몰려갔고 일본 기업이 사들인 땅을 되찾기 위한 모금 운동이 나라 전체로 확산됐다. 전국빈민연합이 결혼반지, 돌반지 등 장롱 깊숙이 감춰 두었던 금붙이를 모아 보냈다. 가장 많은 땅을 판 자가 일제시대 매국노 집안의 후손이라는 사실이 밝혀지면서 국민들의 분노가 거세게 폭발했다. 땅을 판 놈들을 죽여 버리겠다는 울분에 찬 목소리가 높아지더니 전 소유자 세 명이 암살되는 사건이 발생했다. 하와이로 도피한 자도 죽음을 피할 수 없었다.

"더러운 역사가 반복되는 것을 바라보고만 있을 수 없었다."

FBI에 체포된 범인은 독립지사의 후손이자 부산지역 빈민가 출신이었다. 이 사건을 계기로 '국토 수호 연합'이 정식으로 발족됐다. 국토 수호 연합은 모금을 지속하는 한편 '이 땅을 지키고 떠나지 않겠다'는 천만인 서명운동을 전개했다. 서명운동은 사그라들던 애국심을 다시 타오르게 하는 계기가 됐다. 전자서명을 포함해 서명자가 일주일 만에 천만 명을 돌파했다. 역설적이게도 서명자의 90퍼센트 이상이 빈민가 주민이었다. 빈민들에게는 이 땅을 떠날 돈이 없었고 다른 땅에서 살 능력도 없었다. 죽으나 사나 이 땅이 그들의 삶터였고 바늘구멍 속 천국이었다.

"정부에서도 가네모토그룹의 땅 사재기를 통제해야 하지 않겠습니까?"

나이는 포보스연합이 해안지역의 땅을 사들이고 있다고 말했다. 가네모토그룹과 포보스연합의 관계는 밝혀지지 않았지만 일단 제지해 둘 필요가 있었다. 루나는 팀장과 함께 국방원장을 찾아가 의견을 제시했다.

"경제활동까지 우리가 간섭할 수는 없어. 외국기업이 빠져나가고 있는 상황이라 오히려 한국에 투자하는 기업을 지원해야 할 판이야."

"그래도 한 기업이 특정지역에 너무 많은 땅을 사들이고 있습니다. 일본이 사들인 땅을 이용해 무슨 일을 벌일지 모릅니다."

구한말에도 일본은 청나라, 러시아와의 전쟁에 대비한다는 명분을 내세워 인천지역에 군수품 공장과 군사기지를 세웠다. 그 결과 조선은 싸움의 주체가 아니었음에도 청일전쟁, 러일전쟁에서 주변 강대국들의 싸움터가 돼 온갖 피해를 입었다. 또한 싸움에 승리한 국가는 그때마다 조선을 패전국처럼 대했다. 이번에도 위기 상황이 발생하면 일본은 그때처럼 온갖 빌미를 내세워 한국 땅을 강제로 점거하려 들지 모른다. 자국 기업이 합법적으로 땅을 사두었으니 명분도 있었다. 반성하지 않는 역사는 반복된다. 지금도 강대국들은 서로를 견제한다는 명분을 앞세워 호시탐탐 한반도로 들어올 기회를 노리고 있었다.

"경제활동이니 재계에 요청해 경제적으로 견제하면 어떻겠습니까? 한국기업이 그 지역 땅을 사들이는 겁니다."

"재계가 말을 들을까?"

한국 기업들도 여러 가지 핑계를 내세워 해외로 빠져나가고 있었다. 세계화시대였다. 글로벌 기업의 직원은 합법적으로 해외로 나갈 수 있어 회사에 높은 충성심을 보였고 회사는 회사대로 영리 추구를 애국심보다 더 높게 평가했다. 한국 땅이 아니더라도 기업 활동을 계속할 수 있다는 속셈이 애국심을 흐리게 했다.

"먼저 B그룹에 요청해 보면 어떻겠습니까?"

"알았어. 내가 B그룹을 앞세워 재계를 움직여 볼게."

로쿠에몬의 죽음 이후 박건은 회사에 나오지 않았다. 루나 쪽에서도 먼저 연락하지 않아 만날 기회가 없었다. 아니, 박건을 만날 마음의 준비가 되지 않았다. 몇 가지 문제부터 먼저 명쾌하게 정리하고 싶었다. B그룹에 도움을 요청해 보라는 루나의 제안을 받아들인 국방원장이 박건을 불러들여 의견을 물었다. 박건은 흔쾌히 동의했다. 회의 중에도, 회의실을 나서면서도 박건과 루나는 눈을 마주치지 않았다. 사랑하는 사람과 소원해졌다는 생각에 루나는 가슴이 아팠다.

박건의 적극적인 노력으로 B그룹은 정부 정책에 협조하기로 결정했다. B그룹이 땅을 사들이기 시작하자 인천과 부산지역의 땅값이 일시적으로 폭등했다. 먼저 땅을 사려고 계약했던 회사가 일본기업이라는 사실을 알게 된 땅주인들은 위약금을 지불하면서까지 B그룹에 땅을 팔았다. B그룹이 나서자 가네모토그룹의 땅 사재기가 그쳤지만 이미 매물로 나온 땅을 대부분 확보한 뒤였다. 루나의 예상과 달리 B그룹과 가네모토그룹은 경쟁관계로 움직였고 포보스연합과의 관련성도 발견되지 않았다.

도시국가 개발 계획

포보스연합이 한국전 발발을 예언한 후부터 국방원은 비상근무체제에 돌입했다. 박건이 B그룹과 활동하는 동안 루나는 범죄자 체포와 소요 진압 활동에 투입됐다. 곳곳에서 시체가 발견됐다. 범죄가 아니더라도 돌봐주는 사람이 없어 굶어 죽거나 병들어 죽거나 스스로 목숨을 끊은 사람들이었다. 루나는 버려진 아이들을 모아 보육시설에 보냈다. 울다 지친 아이들의 눈은 유리처럼 투명했고 감정이 느껴지지 않았다. 바쁜 나날을 보내면서도 루나는 계속 떠도는 섬을 추적했다. 무릉계곡에 다녀온 이후 나이에게서는 연락이 없었다.

하루는 을지로에서 총격전이 벌어지고 있다는 신고가 들어왔다. 기동타격팀이 출동했을 때는 총격전이 끝나고 총에 맞은 남자 시체 한 구가 놓여 있었다. CCTV로 확인해 보니 남자는 선글라스에 모자를 눌러 쓴 여자를 쫓다 오히려 죽임을 당했다. 가해자와 피해자 모두 신원이 확인되지 않았지만 루나는 여자가 누구인지 알아봤다. 쫓기고 있는 여자는 나이였다. 루나는 나이와의 약속을 어기더라도 상부에 보고해 그녀를 체포해 보호해야 할지 갈등했다. 고민 끝에 나이를 조금 더 놔두기로 했다. 쉽게 잡히지도 않겠지만 지금 시점에서 떠도는 섬에 가장 가까이 근접한 사람이 나이였다. 떠도는 섬을 잡지 못하면 포보스 예언으로 일파만파 확산되고 있는 이 위기상황은 해결되지 않는다. 루나는 나이에게서 연락이 오기를 간절히 기다렸다. 이틀 야근을 하고 옷을 갈아입으러 돌아온 날이었다. 새벽에 창문에 설치한 방범장치에서 비상벨이 울렸다. 총을 들고 나가 보니 사람의 모습은 보이지 않고 종이를 감은 돌멩이 하나가 떨어져 있었다.

'하늘공원 전망대 앞. 아침 7시. 미행에 주의할 것 – 노자'

나이였다. 루나는 경비업체에 전화를 걸어 보안장치를 고양이가 건드렸다고 설명했다. 시계를 보니 새벽 3시였다. 루나는 4시 무렵 일찌감치 차를 몰고 집에서 나왔다. 혹시라도 미행이 있으면 따돌리기 위해서였다. 검정색 차 한 대가 나타났다 사라졌다 하며 끈질기게 뒤를 쫓아왔다. 평소 같으면 역추적을 해서라도 정체를 밝혀냈겠지만 루나는 미행을 무시하고 국방원으로 들어갔다. 홍 연구원이 야근을 하고 있었다.

"차 좀 빌리자."

"네 차는 어떻게 하고?"

"고장 났어."

한 시간 정도 책상에 앉아 서류를 뒤적이다 홍 연구원의 차로 갈아타고 뒷문으로 빠져나갔다. 이곳저곳 다른 방향으로 우회해 달리며 뒤를 살펴보았지만 더 이상 미행은 없었다. 안심이 안 돼 먼 주차장에 차를 세우고 지하도로와 골목길을 돌아 하늘공원에 갔다. 입구부터는 노출된 계단을 피해 산길을 타고 공원으로 올라갔다. 날씨가 추워서인지, 시절이 을씨년 스러워서인지 평소라면 운동하는 사람들로 북적거릴 공원에 사람 모습이 보이지 않았다.

꼭대기로 올라가니 전망이 탁 터지며 드넓은 억새밭이 나타났다. 시절을 다 한 억새들이 바람과 추위에 말라 가고 있었다. 억새 사이 샛길을 따라 약속한 전망대를 향하는데 불쑥 운동복 차림의 사람 하나가 수풀 사이에서 나타났다. 반사적으로 총을 꺼내 들며 얼굴을 보니 나이였다. 나이가 손짓으로 루나를 빽빽하게 들어차 있는 억새풀 사이로 이끌었다. 안에 숨은 사람은 보이지 않지만 사방을 살필 수 있는 자리였다. 멀리 큰 길을 따라 운동하는 사람뿐 수상한 사람은 보이지 않았다.

"미행은 없었나요?"

"있었는데 따돌렸습니다."

루나가 솔직하게 대답했다.

"누가?"

"모르겠습니다."

나이가 살며시 억새를 헤치며 주위를 살폈다. 왼팔의 행동이 부자연스러웠다.

"부상당했어요?"

"조금."

"치료해야죠."

상처를 본 루나가 얼굴을 찡그리자 나이가 미소를 지었다.

"조금만 더 살아 있으면 됩니다. 그건 그렇고 어느 정도 떠도는 섬의 정체를 파악했습니다."

"정말이에요?"

놀라 묻는 루나에게 나이가 묵묵히 고개를 끄덕였다.

"누구예요? 떠도는 섬이?"

"복제인간들."

"네?"

나이의 대답을 듣는 순간 루나는 숨이 턱 막힐 정도로 놀랐다. 복제인간들이라면 아버지 김용현이 러시아에 가서 입수한 정보와 일치한다. 복제인간들에 대해 설명하려는 나이에게 루나가 먼저 자신이 알고 있는 정보를 말했다. 지난번 만났을 때 나이는 둘 사이의 정보 불균형에 대해 불평했었다. 이야기를 들은 나이가 먼 하늘을 바라보며 생각에 잠겼다.

"내가 조사한 정보와 일치하는군. 복제인간들이 떠도는 섬이고 그들이 포보스연합을 이용해 도시국가를 건설하려 하고 있고……."

혼잣말을 하던 나이가 서류를 꺼내 루나에게 건넸다. 겉장에 '도시국가 건설 계획서'라고 적혀 있었다.

"떠도는 섬을 추적하다 발견한 문서야. 그들은 이 문서대로 움직이고 있어."

'도시국가 건설 계획서'를 받아 넘기는 루나의 손이 가늘게 떨렸다. 나이의 말이 사실이라면 이제부터는 포보스연합의 도발을 사전에 막을 수 있다. 도시국가 건설 계획서를 읽어 내려가던 루나는 경악했다. 지금까지 발생한 모든 사건이 문서에 나오는 계획대로 진행됐다. 심지어 대통령을 식물인간 상태로 만들어 의사결정을 지연시킨다는 내용까지 계획에 포함돼 있었다. 일본의 독도 강점과 장관의 죽음, 철수도 예정된 것이었다. 앞으로 일어날 일들이 더 끔찍했다. 계획서대로라면 제2차 한국전쟁은 발발한다. 터무니없는 계획이지만 루나도 한국전쟁이 발발한다는 사실을 믿을 수밖에 없었다. 이 계획서에 있는 내용 중에 여태껏 실행되지 않은 계획은 단 하나도 없었다. '도시국가 건설 계획서'는 예언서이자 곧 다가올 미래였다.

"어떻게 계획을 모두 실현시킬 수 있었을까요?"

"떠도는 섬은 러시아 마피아뿐만 아니라 전 세계 테러조직, 심지어 정치인과 기업까지 자기 수하에 두고 있어. 불가능한 일만도 아니지."

"이 계획서 저 주실 수 있어요?"

"이시하라의 위치를 알려준 자 이름을 알아냈나?"

나이가 서류를 뒤로 감추며 이름을 물었다. 짧은 순간 루나는 많은 고민을 했고 사실대로 말하기로 결심했다. 나이가 가져온 '도시국가 건설 계획서'는 국방원이 반드시 입수해야 할 문서였다.

"이노 로쿠에몬이라고 B그룹 소속 회사원이에요."

대답을 들은 나이가 싸늘하게 웃으며 계획서를 넘겨주었다.

"학교에 왔었다며. 앞으로는 찾아오지 마. 그쪽 때문에 내 정체가 노출될 뻔했어."

그렇게 하겠다고 대답하고 서둘러 자리에서 일어섰다. 마음이 급했다. 한시바삐 전쟁 발발을 막아야 했다.

"그럴게요. 그런데 김곤이라는 사람은 만났어요?"

순간 나이가 총을 꺼내 루나의 이마를 겨눴다. 동작이 번개처럼 빨랐다.

"그 사실을 어떻게 알았지?"

다른 사람이라도 된 양 표정이 표독하게 변해 있었다.

"책상 위에 있던 명함을 보고······."

"그자의 정체를 알아?"

"B그룹 직원이에요. 일본에 갔을 때 업무를 도와줬어요. 일본이름은 조금 전 당신에게 말했던 이노 로쿠에몬."

"그 밖에는? 아는 것을 다 말해 봐."

나이는 쉽게 총을 거두지 않았다.

"당신이 죽였나요?"

"그래, 내가 죽였어. 그자가 소집한 회의에 참석했던 야스히로가 위치를 누설해서 이시하라가 죽었으니까. 그리고 그자에게서 '도시국가 건설 계획서'를 입수했어. 우리는 서로 솔직하게 정보를 교환하기로 약속했어. 나는 솔직하게 말하는데 너는 사실을 다 말하지 않는 것 같아. 이시하라를 죽인 자가 누구야? 알고 있지? 빨리 사실대로 말해. 말하지 않으면 쏘 겠다."

나이는 이미 자신이 죽인 김곤이 로쿠에몬이라는 사실을 알고 있었다. 루나에게 이름을 물은 것은 사실을 말하는지 확인하기 위해서였고 루나가 이시하라를 죽인 자를 알고 있다는 사실도 파악하고 있었다.

"셋을 세겠다. 나는 허언하지 않는다. 하나."

루나는······ 자신이 죽더라도 이시하라를 죽인 사람의 이름을 말할 수 없었다.

"둘."

눈 사이에 차가운 총구가 닿았다.

"셋"과 동시에 총성이 울렸다. 반사적으로 몸을 피하는 루나의 몸 위로 나이의 몸이 쓰러졌다. 연이어 울린 총성이 나이의 몸을 진동시켰다. 하늘을 향한 자세로 누워 경련을 일으키던 나이의 입에서 울컥 피가 쏟아졌다. 루나는 나이를 밀치고 몸을 굴려 억새밭 속 바위 뒤로 숨었다. 총알은 전망대 위에서 날아오고 있었다. 전망대는 사이가 빈 골조 형태로 범인의 몸이 부분적으로 드러났다. 루나가 대응사격을 하자 3층에서 1층으로 뛰어내린 범인이 뒤편 언덕으로 달려갔다. 총을 쏘며 뒤를 쫓자 언덕 아래로 몸을 던졌다. 언덕 끝에 다다라 아래를 보니 막 시동을 켠 검정그랜저가 급하게 달아나는 모습이 보였다.

추격을 포기하고 돌아와 나이의 몸을 살피니 이미 숨과 맥박이 끊어져 있었다. 추운 날씨에 몸 밖으로 쏟아진 피가 싸늘하게 얼었다. 체온을 잃은 나이의 몸도 금방 뻣뻣하게 굳어 갔다. 루나는 나이의 옷을 뒤져 소지품을 꺼냈다. 권총 한 자루, 소형폭탄 두 개, 칼 하나, 독약 앰플 하나, 몸 곳곳에서 무기가 나왔다. 지갑에는 원, 달러, 엔화 등 각국의 돈과 중국, 일본 여권이 있었다. 주머니에서 B그룹 명함이 발견됐다. 로쿠에몬의 것인가 하고 살펴보니 부서명, 직함도 없이 '홍감'이라는 이름 두 글자만 적혀 있었다. 소지품 확인을 끝낸 루나는 상황실에 전화를 걸어 사체를 가져가도록 했다. 마음이 급했지만 나이에게서 나온 무기들 때문에 현장을 뜰 수 없었다. 경찰특공대 차가 굼벵이처럼 언덕길을 꾸물꾸물 올라왔다.

"뭐가 이렇게 늦어요?"

루나가 화를 내자 특공대원이 눈길이라 늦었다는 변명을 했다.

"급한 일이니 차 한 대만 빌려 주세요."

나이에게서 받은 '도시국가 개발 계획서'만 들고 차에 올라탔다. 운전하면서 팀장에게 전화를 걸었다.

"한국전쟁이 발발해요. 빨리 전쟁을 막아야 해요."

"무슨 소리야?"

"북한에도 포보스연합이 침투해 있어요."

전화기를 통해 맹렬하게 울리는 사이렌 소리가 들렸다. 처음에는 전화기에서 들리던 사이렌 소리가 차를 몰고 가는 거리에서도 울렸다. 순식간에 온 도시가 비명 같은 사이렌 소리에 휩싸였다.

"무슨 일이에요?"

"나도 모르겠다. 전화 끊고 들어와서 이야기해라."

루나가 대답하기도 전에 전화가 끊겼다.

'실제 상황입니다. 모든 시민은 가까이 있는 비상대피소로 대피하시기 바랍니다.'

차에서 내려 지하대피소로 뛰어가는 사람들의 모습이 보였다. 라디오를 켜자 다급하게 반복하는 아나운서의 목소리가 들렸다.

'09시 14분 현재 북한이 미사일을 발사했습니다. 차를 타고 가는 사람은 차에서 내려 가까이 있는 비상대피소로 대피하십시오. 모든 주민은 외출을 삼가시고⋯⋯.'

급정차하는 차들로 인해 길이 막혔다. 루나는 비상사이렌을 켜고 곡예하듯 중앙선을 넘나들며 차를 몰았다. 회사 앞 길가에 차를 세우자마자 뛰쳐나온 루나는 곧바로 원장실로 달려갔다. 급하게 뛰어오는 루나를 본 경호원이 길을 막아섰다.

"빨리 원장님을 만나야 해."

"청와대에서 비상호출이 와서 가셨습니다."

원장에게 전화했지만 받지 않았다. 루나는 팀장에게로 뛰어 내려갔다.

"장 수사관, 왜 그래? 무슨 일이야?"

숨이 턱에 차 들어오는 루나를 팀장이 놀란 눈으로 바라봤다.

"북한에 군사적으로 대응하면 안 됩니다. 남북한 전쟁이 발발하면 중국과 일본이 즉각 개입하게 돼 있습니다."

"도대체 무슨 근거로……?"

루나가 '도시국가 개발 계획서'를 꺼내 팀장에게 보였다.

"포보스연합에서 작성한 문서입니다. 그들은 이 계획대로 움직이고 있습니다. 미사일 발사도 포보스연합에서 사주한 것입니다. 지금 즉시 청와대로 가서 군사적으로 대응하지 않도록 막아야 합니다."

계획서를 보고도 팀장은 쉽게 움직이려 하지 않았다.

"망설일 시간이 없습니다."

루나가 주먹으로 책상을 꽝꽝 치며 팀장을 다그쳤다. 비상연락망을 통해 가까스로 원장과 접속한 팀장이 휴대전화를 루나에게 넘겼다. 루나가 원장에게 계획서 내용을 급하게 설명했다.

"그게 사실이라면 장 수사관이 청와대로 와서 직접 설명해. 팀장 바꿔."

원장이 루나에게 청와대로 오라고 지시했다. 호위차 세 대가 따라붙었다. 팀장이 루나의 옆에 앉았다.

"어디서 미사일이 터졌습니까?"

"백령도에서 터졌어. 레이더기지가 파괴됐고 24명이 죽었어. 데프콘1 상태야."

데프콘1은 최상위등급의 전투준비태세로 전쟁이 임박했을 때 발동된다. 군대뿐만 아니라 국가 전체가 전시체제로 돌입하게 된다.

"북한 쪽과는 연락이 됐습니까?"

"그쪽도 마찬가지로 전투태세를 갖추고 있어. 일촉즉발 상황이야. 어느 쪽이라도 다시 미사일을 쏘면 서울과 평양은 순식간에 불바다가 될 거야.”

“왜 미사일을 쐈다고 합니까?”

“일부러 그러는지, 그쪽도 상황 파악이 안 됐는지 명확한 해명을 안 하고 있어. 어쨌든 북한은 북방한계선을 인정하지 않고 백령도를 비롯한 서해 5개 섬을 자신들 영토라고 주장해 왔잖아.”

한 무리의 시민들이 모여 청와대로 몰려가고 있었다. 피켓에 ‘북침통일’ ‘이에는 이로 피에는 피로’라는 글자가 적혀 있었다. 전경들이 길을 통제하고 무리를 지은 군중과 대치했다.

“지금은 전시상황입니다. 즉시 해산하십시오. 해산하지 않으면 체포하겠습니다.”

“빨리 길을 뚫어.”

군중들로 길이 막히자 팀장이 호위차에 무전으로 지시했다. 호위차에서 내린 수사관들이 총으로 위협해 사람들을 비껴 세웠다. 고집을 부리던 시민 몇 명을 수사관들이 완력으로 밀어냈다. 차 한 대 지날 정도로 길이 트이자 호위차를 남겨 두고 루나와 팀장을 태운 차는 전 속력으로 청와대로 올라갔다. 차에서 내리는 루나에게 팀장이 당부했다.

“높은 사람들 앞이라고 떨지 말고 분명하게 말해. 어떻게 해서든 전쟁은 피해야 돼. 내 아들 아직 열 살밖에 안 된 거 알지?”

루나는 팀장에게 미소를 지어 보이고 지하벙커로 들어갔다. 국무총리, 국방부장관, 안보상황실장 등 각료들이 상황실로 들어서는 루나를 날 선 눈으로 지켜봤다. 루나는 ‘도시국가 개발 계획서’를 국무총리에게 넘겼다. 국방원장이 루나에게 조사한 내용을 발표하라고 지시했다.

“미사일은 북한이 발사한 것이 아닙니다. 미사일 발사는 포보스연합을 움직이는 떠도는 섬이라는 조직에서 사주한 것입니다. 떠도는 섬은 남북한 갈등을 조장하고 그 틈을 타 자신들만의 도시국가를 건설하려 하고 있습니다. 북한과의 전쟁은 그들이 계획한 일이고 바라는 바입니다. 북한에 군사적으로 대응하면 즉각 중국과 일본이 개입하게 되고 그러면 문제 해결이 더 어려워집니다."

여기저기서 동시에 질문이 터졌다.

"지금 한 이야기, 책임질 수 있어요?"

"무슨 근거로 그런 말을 합니까?"

'도시국가 개발 계획서'를 넘겨보던 국무총리가 계획서를 복사해 오게 해서 각료들에게 배부했다. 웅성거리는 소리가 멎고 급하게 종이를 넘기는 소리가 회의장을 가득 채웠다.

"이 서류는 누가 작성한 것입니까?"

"떠도는 섬이라는 테러조직을 만든 이동하라는 자입니다. 떠도는 섬은 지금까지 이 계획서대로 움직여 왔습니다."

"한국전이 발발하면 중국과 일본이 즉시 개입한다고 적혀 있는데 일개 테러조직이 중국과 일본을 움직일 수 있습니까?"

"일본 장관을 두 명이나 살해한 조직입니다. 포보스연합을 움직이는 떠도는 섬은 세계 테러조직뿐만 아니라 각국의 정계와 재계에도 막강한 영향력을 행사하고 있습니다. 북한 정권에도 떠도는 섬의 지시를 받는 자가 있고 그들이 이번 사건을 일으켰다고 생각합니다."

"이런 중요한 사실을 왜 이제야 보고하는 겁니까?"

"오늘 아침에 겨우 서류를 입수했습니다."

논쟁의 초점이 계획서의 진위 여부로 옮겨 갔다. 말이 또 다른 말을 불러 회의장 전체가 벌집을 쑤셔 놓은 듯 웅성거렸다. 잠시 휴회를 선언한 국무총리가 자리를 비운 사이 안보상황실장이 루나에게 물었다.

"떠도는 섬을 만든 이동하라는 자는 지금 어디 있습니까?"

"그는 살해됐습니다."

"그럼, 지금 떠도는 섬은 누가 조종하고 있습니까?"

"이동하의 자식들입니다."

"그게 누구냐는 말입니다."

"그들의 정체는 아직 알아내지 못했습니다."

계획서의 진위를 의심하는 사람들에게 더 큰 불신을 초래할 수도 있기 때문에 루나는 이동하의 자식들이 복제인간이라는 이야기는 하지 않았다. 국무총리가 자리로 돌아오자 사람들의 시선이 루나에게서 국무총리에게로 쏠렸다.

"북한 국방위원장과 통화했습니다. 남북한 공동으로 '진상조사위원회'를 구성하기로 했습니다. 조사가 끝날 때까지는 군사적인 행동은 물론 일체의 적대 행위를 하지 않기로 약속했습니다. 하지만 상황이 종료되기 전까지 데프콘1 상태는 그대로 유지합니다."

국방원장과 루나를 자기 방으로 따로 불러 몇 가지 사실을 더 확인한 국무총리가 지시했다.

"국방원장께서는 오늘 중으로 진상조사위원회를 구성해서 보고하고 내일 아침 당장 북한으로 출발하세요. 그리고 저분…… 이름이 뭐라고 했지요?"

"장루나 수사관입니다."

국방원장이 대신 대답했다.

"장 수사관을 진상조사위원회에 포함시키세요. 비상전화를 가동시켜 놓을 테니 특이사항이 발생하면 아무리 사소한 일이라도 꼭 전화를 하세요. 한밤중에라도 좋습니다. 국가의 안위가 걸린 중대한 일입니다. 절대 긴장을 늦추지 마세요."

몇 번이나 신신당부한 국무총리가 가보라는 손짓을 했다. 방을 나오면서 보니 안경을 벗고 얼굴을 두 손으로 감싸며 의자에 털썩 주저앉는 모습이 보였다. 대통령 저격사건 이후 숨 가쁘게 전개되는 충격적인 일들을 겪으면서 눈에 띄게 수척해진 얼굴을 보니 마음이 안쓰러웠다.

"먼저 회사로 가 있게. 나는 여기서 조사위원 인선을 마치고 가겠네."

루나에게 지시한 원장이 다시 회의실로 들어갔다. 지하벙커를 나오니 팀장과 뒤따라온 호위차가 돌아가지 않고 대기하고 있었다.

"잘 설명했어?"

"그런대로 이야기가 잘 됐습니다."

"수고했어."

팀장이 루나의 어깨를 토닥였다.

"잠깐 들렀다 가야 할 데가 있습니다."

"어디?"

"을지로에 있는 B그룹 본사입니다."

"거기는 왜?"

"급하게 확인할 내용이 있습니다. 죄송하지만 건물 뒤쪽에서 수사관들과 함께 잠시만 대기해 주십시오."

심각한 표정으로 간곡하게 부탁하는 루나를 바라보던 팀장이 무겁게 고개를 끄덕였다.

34

세 발의 총성

퍼즐 조각이 맞춰지기 시작한 것은 청와대로 들어가면서 펄럭이는 깃발을 보았을 때였다. 파란 색과 붉은 색으로 나눠 칠한 둥근 원을 네 귀퉁이에 세 묶음씩 검게 그린 네모 상자들이 감싸고 있었다. '한국 국기는 태극기라고 부른다.' 양아버지가 가운데 원을 태극이라 부르고 네 귀퉁이를 사괘라 부른다고 가르쳤다. 사괘는 각각 건, 곤, 감, 이라는 이름을 가지고 있다. 어릴 때 루나는 양아버지가 가져온 태극기를 머리맡에 두고 꺼내 보고는 했다. 지하벙커에서 회의를 할 때도 루나는 '홍감은 누구일까?' '왜 로쿠에몬은 김곤이라는 이름을 사용했을까?' 하는 의문에 몰두했다. 그러다 어릴 적 기억이 떠올랐다. 감과 곤은 태극기 사괘를 부르는 이름이고 루나가 알고 있는 또 하나의 이름도 사괘의 하나였다. 만약 로쿠에몬이 복제인간이라면 박건도 복제인간일 터였다. 홍감이 누군지도 알 것 같았다. 루나는 눈을 감고 세 사람의 얼굴을 비교해 보았다. 태극기

사괘처럼 셋은 닮아 있었다. 내일 아침 바로 북한으로 출발해야 하기 때문에 시간이 없었다. 루나는 정면으로 부딪혀 사실을 밝히기로 결심했다.

B그룹 본사는 유리로 전면이 덮여 있는 건물이다. 독특한 외양으로 인해 세계적인 건축디자인 상을 몇 번이나 받았다. 외양뿐만 아니라 내부는 더 화려했다. 최상층을 미술 전시관으로 꾸며 마티스, 피카소, 앤디 워홀, 로댕, 백남준 등 유명 작가들의 그림이나 작품을 전시했다. 루나는 일층 보안센터에서 정식으로 면회신청을 했다. 아키꼬는 회사에 있었다.

"약속을 하고 오셨습니까?"

보안담당자가 물었다.

"아니요."

사내 통화를 한 담당자가 출입증을 건넸다.

"21층 일본지역 사장실로 가시면 됩니다."

아키꼬가 면회를 허락했다. 루나는 심호흡을 하며 마음을 다잡았다. 노크를 하자 장례식장에서와 달리 아키꼬가 반가운 얼굴로 맞았다.

"어떻게 여기까지 오셨습니까? 차는 무엇으로 하시겠어요?"

인터폰으로 비서를 부르려는 아키꼬를 루나가 말렸다.

"차는 괜찮습니다. 그보다는 희소식을 전하러 왔습니다."

"희소식이요? 어떤 희소식?"

아키꼬가 해맑은 미소를 지으며 물었다.

"만나던 사람이 죽었습니다."

"누가…… 죽었다고요?"

"지난번 로쿠에몬상의 장례식에서 제가 만나는 사람에게 전하라고 하지 않았습니까. 지옥 끝까지 쫓아가서라도 죽이겠다고. 그 사람이 오늘 아침 죽었습니다."

충격적인 소식을 전하는데도 아키꼬의 얼굴빛은 변하지 않았다.

"그런데 안타깝게도 나쁜 소식도 있습니다."

"나쁜 소식? 어떤 소식?"

"그 사람이 밝혀낸 사실을 다 말하고 죽었습니다."

나이는 사실을 다 말하지 못하고 죽었다. 그리고 루나가 말하지 않았기에 박건에 대해서는 알지 못했다. 말하지 못하고 듣지 못한 사실들 사이에 아키꼬가 있었다. 양아버지는 지혜가 길을 만들지 못할 때 용기가 길을 만든다고 가르쳤다. 루나는 아키꼬를 도발해서라도 사실을 드러내려 마음먹었다.

"어떤 사실?"

"말하지 않아도 알지 않습니까? 떠도는 섬, 복제인간, 로쿠에몬, 아니 김곤이라고 불러야겠지요. 그리고 당신 아키꼬. 본명이 홍감인가요?"

루나가 묻자 아키꼬가 책상 아래로 한 손을 가져갔다. 아키꼬와 루나가 동시에 총을 빼 서로를 겨눴다. 총을 빼든 아키꼬를 보며 루나는 속으로 회심의 미소를 지었다.

"아버지를 살해하고 수많은 인명을 파리 목숨처럼 생각하는 당신들 복제인간에게도 사랑하는 마음이 있습니까?"

서로 총을 겨누는 상태에서도 루나는 계속 아키꼬를 도발했다. 총을 든 아키꼬의 손이 가늘게 흔들렸다.

"나를 사랑하는 사람이 복제인간이라니 믿을 수 없었어요."

"더러운 입 닥쳐. 오빠는 너를 사랑하지 않아."

루나는 방금 들은 아키꼬의 말로 박건이 복제인간이고 떠도는 섬이라는 것을 확인했다.

"설마 오빠를 사랑하는 것은 아니겠죠? 오빠의 애인인 나를 질투해서 한강유람선까지 쫓아왔었나요?"

"그날 너를 죽일 수도 있었어. 오빠를 생각해서 참은 거야."

한강유람선까지 루나와 박건을 쫓아온 차는 검정 그랜저였다. 오늘 아침 나이를 살해하고 달아난 차도 검정 그랜저였다. 두 차는 동일한 차였다.

"그만 포기하고 총을 내려놓으세요. 건물을 국방원 수사관들이 포위하고 있습니다."

루나가 회유하려 하자 아키꼬가 비웃었다.

"너희들 실력으로는 우리를 잡지 못해."

덜컥 문이 열리며 등 뒤에서 사람이 들어왔다. 루나는 아키꼬를 향해 총을 겨눈 채 옆으로 비켜서 들어온 사람을 확인했다. B그룹 최 회장이었다. 총을 겨누고 있는 두 여자를 본 최 회장이 벽 쪽으로 물러섰다.

"이게 무슨 일입니까?"

"저 여자는 테러리스트입니다. 체포하겠습니다."

놀란 눈빛으로 쳐다보는 최 회장에게 아키꼬가 고개를 저어 보였다.

"당장, 총을 내려놓으세요."

호통을 치며 최 회장이 루나에게 다가왔다.

"가까이 오지 마세요. 가까이 오면 당신도 쏘겠습니다."

"어디 소속인지 모르지만 이러면 당신 신상에 좋지 않습니다."

"국방원 기동타격팀 소속 장루나 수사관입니다."

"국방원이라고? 국방원이 우리에게 이럴 수는 없습니다. 당장 국방원장에게 항의하겠습니다."

최 회장이 휴대전화를 꺼냈다.

"전화하세요."

"전화하지 마세요!"

루나와 아키꼬가 동시에 외쳤다. 어쩔 줄 몰라 하던 최 회장이 루나가 서 있는 쪽을 향해 화색을 지었다.

"박 상무, 어서 오게. 여기 좀 해결해 봐. 도대체 이게 무슨 일인지 모르겠어."

루나의 척추에 총구가 느껴졌다. 발자국 소리도 들리지 않게 박건이 들어와 있었다.

"총을 내려놔."

뒤에서 박건의 목소리가 들렸다. 루나를 노려보던 아키꼬의 표정에 승리의 미소가 감돌았다.

"이제 너는 끝이야. 오빠가 여우 같은 네 꾐에만 안 빠졌어도 동생은 죽지 않았을 거야."

"아키꼬, 쓸데없는 말 하지 마."

한때 사랑했던 중저음의 목소리가 등 뒤에서 아키꼬에게 명령했다.

"설마 사랑하는 사람을 쏘지는 않겠지요?"

박건을 등 뒤에 두고 아키꼬를 제압할 방법은 없었다. 박건보다는 아키꼬가 만만한 상대였다. 루나는 박건이 자신을 사랑한다는 표현을 써서 아키꼬를 흥분시켰다.

"오빠, 쏴. 쏴 버려. 설마 정말 그년을 사랑하는 것은 아니겠지?"

"아키꼬, 말하지 말라니까."

아무리 쏘라고 강요해도 박건이 루나를 쏘지 않자 아키꼬의 표정이 변

298

했다. 루나는 아키꼬의 눈동자가 돌아가는 순간을 놓치지 않았다.

"이런 것들은 이제 필요 없어. 이제 우리 둘이서, 우리 둘만의 국가를 건설하면 돼."

"안 돼. 아키꼬."

두 발의 총성이 울리며 아키꼬의 총에 맞은 최 회장이 쓰러졌다. 동시에 루나의 총에 머리를 맞은 아키꼬가 뒤로 밀려나다 책상 위로 넘어졌다. 루나가 뒤로 돌아서는 순간 또 한 발의 총성이 울렸다. 자신을 쏜 사랑하는 사람의 손을 망연히 바라보다 루나는 바닥에 쓰러졌다.

35

빛

눈을 뜨자 팀장의 얼굴이 보였다.

"다행이다. 다행이야."

팀장은 다행이란 말만 되풀이했다.

"아키꼬는? 박건은?"

"아키꼬는 죽었고 박건은 연락이 되지 않아."

둘러보니 병실이었다. 몸을 뒤척이자 오른쪽 가슴에 묵직한 통증이 느껴졌다. 루나는 아픔을 참으며 몸을 일으켜 앉았다.

"총알이 오른쪽 가슴을 꿰뚫었어. 다행히 폐와 뼈는 손상되지 않았다."

기다리던 팀장은 루나가 전화를 받지 않자 B그룹 건물로 들어갔다. 엘리베이터에서 내리는데 총성이 들려 사장실로 뛰어가니 세 사람이 쓰러져 있었다. 아키꼬의 총에 맞은 최 회장도 즉사했다. 구급차를 불러 세 사람을 병원으로 옮기고 사장실을 수색했다. 아키꼬의 책상에서 '도시국가 개발 계획서'와 떠도는 섬과 연관된 테러단체 명단을 입수했다.

"지금 몇 시예요?"

"새벽 2시."

"원장님은 출발하셨어요?"

"원장님? 어디로?"

"원장님과 전화 좀 연결해 주세요."

루나의 전화를 받은 원장이 병원으로 찾아왔다.

"박건은 잡았나요?"

"박건도 떠도는 섬인가?"

루나가 그렇다고 하자 원장의 얼굴이 사색이 되었다. 포보스연합을 지휘하는 테러리스트가 버젓이 국방원의 수사관으로 활동해 온 것이다.

"팀장 보고를 듣고 혹시나 해서 체포명령을 내렸지만 행방이 묘연한 상태야. B그룹까지 떠도는 섬에 장악됐을지 누가 알았겠어. 정말 장 수사관이 아니었으면 큰일 날 뻔했다."

"북한에서 미사일을 발사한 자는 잡았나요?"

"미사일을 발사한 자는 총격전 끝에 사망했다. 사주한 자를 찾고 있는데 아직 체포하지 못했다."

"이름이 '이' 외자로 된 자를 찾아보라고 하세요."

"이름이 이? 왜 이야?"

박건, 김곤, 홍감 모두 이름이 외자였고 그들의 이름을 이어 부르면 건, 곤, 감이 된다. 이동하는 태극기의 4괘로 아이들 이름을 지었고 추측대로라면 복제인간은 모두 4명이다. 2명이 죽었으니 2명만 남았다.

"북한에는 저도 가겠어요."

"움직일 수 있겠어?"

"네."

발을 옮길 때마다 통증이 욱신욱신 밀려 왔지만 몸에 생긴 상처보다 마음에 남은 상처가 더 컸다. 어쨌든 박건은 루나를 죽이지 않고 목숨을 남겨 뒀다. 사랑해서였는지 완전히 죽일 시간이 없어서였는지…… 루나는 그게 궁금했다. '네가 지옥에서 와서 지옥으로 돌아갔다면 이제부터는 내가 지옥으로 가마.' 루나는 이를 악물고 아픈 몸을 일으켰다. 원장의 배려로 루나는 국방원장의 차에 동승했다.

진상조사위원회는 판문점을 통해 북한으로 들어갔다. 서울을 출발하는 새벽부터 눈이 내리기 시작하더니 개성을 지날 무렵 폭설로 변했다. 눈길에 체인 자국을 남기며 차는 굼벵이 구르듯 나아갔다. 마주 오는 차도 뒤따라오는 차도 보이지 않았다. 도시를 지나 농촌지역으로 들어서자 밀밭이 넓게 펼쳐졌다. 나비처럼 조용히 내려앉는 희고 고운 눈에 쌓여 가는 농촌 풍경이 아름다웠다. 밀밭을 지나자 농가가 보이기 시작했다. 비닐하우스 뒤로 처마 끝을 나란히 맞댄 집들이 조회시간에 교장선생님 훈화를 듣는 학생들처럼 줄지어 서 있었다. 길가에 서 있는 소나무들이 가끔 진저리 치듯 눈을 털어낼 뿐 가도 가도 풍경은 변하지 않았고 세상은 조용했다. 이 땅 어디서도 전쟁의 냄새는 풍기지 않았다. 루나는 이 평화가 지속되기를 바랐다.

"북한도 이제 비닐하우스가 많이 늘었군."

상념에 잠겨 창밖을 보던 원장이 말했다. 2011년부터 북한은 아사 직전의 경제를 살리려 문을 활짝 열었다. 대외 원조를 받아 부족한 식량 생산과 생필품 중심의 경공업 활성화에 전력을 기울였고 일차 성공을 거두자 곧바로 중공업 건설에 매달렸다. 중공업 육성에 박차를 가하는 한편 세계 시장에도 적극적으로 진출했다. 북한은 과거 제조업 육성과 수출을 통해 무역대국으로 성장한 한국의 경제개발전략을 따라했다. 적극적인 개방정책이 신뢰를 얻어 투자하기를 꺼리던 외국기업들이 하나 둘 들어오기 시작하더니 유명무실했던 신의주와 나진선봉경제특구가 활성화되었다. 나진선봉경제특구는 중국과 러시아의 경제성장에 힘입어 매년 10퍼센트 이상의 경제성장률을 보이며 북한에서 가장 발달한 도시가 되었다. 남북한 합동으로 건설한 1호기 원전이 가동됐고 이제 2호기까지 완공되면 고질적이던 전력난도 어느 정도 해소된다. 한국과는 개성공단에 이어 원산공단을 개발하는 등 경제 협력의 폭을 계속 넓혀 갔다. 북한의 풍부한 인적, 물적 자원과 한국의 기술이 결합하면서 눈부시게 발전하는 한반도를 일본이 경계의 눈초리로 바라봤다. 일본도 원산공단 개발에 참여하려 했지만 역사 사죄문제와 납북자문제를 해결하지 못해 결렬됐다. 중국과 인도가 세력을 떨쳐 가는 세계 시장에서 일본의 입지는 날로 약화돼 가고 있었다.

"정말 박건이 복제인간이고 떠도는 섬을 이끄는 자라고 생각하나?"

원장이 루나에게 물었다. 서울을 떠나기 전에도 했던 질문이다.

"그렇습니다."

여기저기서 단편적으로 들은 말뿐 박건과 아키꼬가 복제인간이라는 증거는 발견되지 않았다. 그들도 여자의 몸을 통해 태어난 다른 사람과 똑같은 피와 살과 뼈를 가지고 있었다. 어지러이 날리며 스쳐 지나가는 눈처럼 증거가 말뿐인 상황은 혼란스러웠다.

"박건이 어디로 갔다고 생각하나?"

"러시아 마피아가 가장 큰 지원세력일 것으로 추측하고 있습니다."

"러시아로 탈출했다는 말인가?"

이어지는 원장의 질문에 루나는 대답하지 못했다. 러시아 마피아만 하더라도 전 세계 58개국을 무대로 활동하고 있고 그들뿐만 아니라 전 세계 테러조직이 박건을 지원하고 있다. 포보스연합이 제2차 한국전쟁을 예언했고 아직 실현되지 않았으니 남한 어딘가에 잠적해 예언을 실현시키려 들 수도 있고 어쩌면 이곳 북한으로 넘어갔을지도 모른다.

"정말 떠도는 섬이 핵폭탄을 가지고 있나?"

"러시아 마피아가 지원하는 조직이니 가능성은 있다고 생각합니다."

소련이 해체되는 혼란한 시기에 핵폭탄 몇 개가 사라졌다는 말이 돌았다. 몇 개가 사라졌는지 어디로 빼돌렸는지 진상이 밝혀지지 않았지만 북한이나 테러단체가 보유하고 있으리라는 소문도 떠돌았다. 소문이 사실이라면 테러 단체의 대부인 떠도는 섬은 이미 핵무장을 완료했을 가능성이 컸다. 아버지 김용현은 떠도는 섬이 이미 소형 핵폭탄을 개발할 능력을 갖췄다고 말했다. 또 상대가 누구든 한반도에서 핵폭탄이 터지는 일은 절대 피해야 한다고 신신당부했다. 한반도에서 핵폭탄이 터지면 중국, 러시아, 일본, 미국 등 강대국들의 개입은 필연적이고 그 후의 정세는 예측하기 어렵다. 1, 2차 세계대전 후처럼 자국을 방어하겠다는 명분을 내세운 강대국들에게 갈가리 찢겨 한국이라는 나라가 사라질 수도 있다.

평양 시내로 들어가는 초소 앞에 차가 멈췄다. 원장과 루나를 포함한 진상조사위원 모두를 차에서 내리게 해 샅샅이 몸수색을 했다. 늘 긴장해 있는 도시지만 여느 때보다도 무거운 분위기가 감돌았다. 시내 주변 곳곳에 위장막을 씌운 대공포 진지가 눈에 띄었다. 서울과 마찬가지로 평양도 전쟁 대비태세를 갖추고 있었다.

"호위총국 소속 강우혁 대좌입니다. 여기서부터 저희가 호위하겠습니다."

검색이 끝나자 장교복장의 군인이 다가와 원장에게 경례하며 말했다. 위원들은 북한이 준비한 차에 나눠 탔다. 원장과 루나는 강우혁 대좌와 같은 차에 탔다. 호위가 삼엄했다. 기관총으로 무장한 장갑차가 사방을 에워싸고 이동했다.

"이이 소장을 체포하라는 정보를 준 게 장루나 수사관이 맞습니까?"

강 대좌가 루나를 돌아보며 물었다.

"정확히 누구라고는 안 했고 외자 이름으로 '이' 자를 쓰는 사람을 조사해 보라고 했습니다."

"외자 이름으로 '이' 자를 쓰는 사람은 전국에 736명이 있고 군인 중에는 63명이 있습니다. 63명 전원 체포했고 군관급 이상 27명을 심문 중입니다. 가장 높은 계급이 이이 소장으로 109 전차사단장입니다. 참고로 이이 소장은 국방위원장 동지와 친구로 막역한 사이입니다. 현재까지 이이 소장이 떠도는 섬과 연루됐다는 증거는 발견되지 않았고 본인도 일체 사실을 부인하고 있습니다. 지금 우리는 호위총국 제1분실로 가고 있습니다. 거기 이이 소장을 모셔다 놓았습니다. 장루나 수사관께서 수사를 도와주셨으면 합니다."

남한에서 제공한 정보를 믿고 전시 체제에 사단장을 체포했다는 이야기를 들은 원장과 루나는 놀랐다. 북한은 남한의 수사에 적극적으로 협조함으로써 이이를 심문해야 하는 부담을 남쪽으로 넘겼다. 이름 중에 '이' 자를 쓸 것이라는 정보는 아직까지는 추측에 불과했다. 떠도는 섬의 일원이 북한에 없을 수도 있고 이름에 '이' 자를 쓰지 않을 수도 있다. 부담감 때문인지 총을 맞은 가슴에 통증이 느껴졌다. 통증은 잊을 만하면 간헐적으로 찾아왔다.

"이이 사단장의 출신성분은 어떻게 됩니까?"

루나가 강우혁에게 물었다.

"최고사령부 총정치국장의 자제입니다."

갈수록 태산이었다. 총정치국장은 국방위원장 바로 아래 서열이다.

"친자식입니까?"

"네? 무슨 뜻입니까?"

강우혁이 반문했다.

"직접 낳은 자식인지, 입양했는지를 묻는 것입니다."

"그게……."

강우혁이 말끝을 흐렸다.

"확인해 보십시오."

"친자가 아니라면 문제가 있습니까?"

"친자가 아니라면 그가 떠도는 섬일 가능성이 높습니다."

루나는 단어를 골라가며 조심스럽게 대답했다. 휴대전화를 꺼냈던 강우혁이 다시 휴대전화를 집어넣고 루나를 바라봤다.

"정말입니까?"

"네? 뭐가?"

"친자가 아니라면 이이 사단장이 떠도는 섬의 일원입니까?"

"그럴 가능성이 높습니다."

운전병에게 강우혁이 차를 세우라고 지시했다. 밖으로 나가 눈을 맞으며 전화 통화를 한 강우혁이 되돌아왔다.

"이이 사단장은 양자입니다."

차는 쉽게 출발하지 않았다. 전면을 뚫어져라 노려보던 강우혁이 다시 밖으로 나갔다 돌아왔다.

"일단 총정치국장까지 체포했습니다. 만약 당신이 한 말이 사실이 아니라면 저는 물론이고 당신뿐만 아니라 남북한 관계가 상당히 곤란한 지경에 처할 겁니다."

강우혁의 말에 국방원장이 화들짝 놀랐다. 루나는 강우혁을 새삼 다시 봤다. 도대체 그는 어떤 신분이기에 일개 대좌가 총정치국장 체포 명령을 내릴까? 사태가 급박하게 돌아가자 원장의 표정이 심각하게 굳었다.

"그렇다고 체포할 것까지 있습니까?"

원장이 말끝을 흐리며 강우혁에게 물었다.

"이이 사단장과 이상문 총정치국장은 휘하에 군 병력을 갖고 있습니다. 만약 그들이 떠도는 섬이라면 쿠데타에도 대비해야 합니다. 체포와 동시에 쿠데타 음모도 조사하고 있었습니다."

강우혁은 두뇌 회전이 빨랐고 결정력이 있었다. 차가 달리는 동안에도 계속해서 강우혁의 휴대전화가 울렸다. 강우혁은 듣고만 있다가 짧게 지시를 내렸다. 차가 멈췄다.

"내리십시오. 호위총국 제1분실입니다."

"부탁이 있습니다. 이이 소장이 성장하면서 일 년에 한두 차례 집을 떠나 있었는지 확인해 주십시오. 그때 어디 갔었는지도 알았으면 합니다."

루나가 부탁하자 강우혁이 운전병에게 지시했다.

"조사해서 알려드리겠습니다. 내리십시오."

루나와 원장은 강우혁을 따라 지하로 내려갔다. 단조로운 모양의 건물이었다. 콘크리트벽으로 이어진 복도에 감옥처럼 문만 달려 있었다. 문마다 보초가 서 있었다. 강우혁이 정면에 마주 보이는 문을 밀고 들어갔다.

"강우혁. 도대체 뭐하는 짓이야? 전시상황에."

문으로 들어서자마자 호통소리가 들렸다. 의자에 앉아 있던 전투복 차림의 남자가 자리에서 일어서며 외쳤다. 사단장이라지만 이이는 젊은 사람이었다. 루나는 이이의 얼굴을 찬찬히 살폈다.

"이자들은 누구야?"

루나와 국방원장을 본 이이가 강우혁에게 물었다.

"남쪽에서 온 사람들입니다."

강우혁의 말을 들은 이이가 헛웃음을 쳤다.

"공화국도 다 됐군. 남쪽 아이들을 여기까지 데려오다니. 그래, 당신들은 여기에 왜 왔어?"

이이가 앞에 선 원장을 노려보며 물었다. 눈빛이 사나우면서도 깊었다.

"닮았군요."

루나가 원장 앞으로 나서며 말했다.

"누구를?"

"박건과 닮았다는 말입니다. 복제인간이라도 피는 속일 수 없나 봅니다. 하긴 같은 아버지 피를 이어 받았으니까요."

"도대체 무슨 소리를 하는 거야?"

"저는 장루나라고 합니다. 국가방호원에서 박건 수사관과 함께 파트너로 활동했습니다. 아키꼬로 불리던 홍감과 로쿠에몬으로 불리던 김곤의 DNA 자료를 확보하고 있습니다. DNA 조사에 협조해 주시겠습니까?"

이이의 날카로운 눈빛이 루나를 향했다. 둘은 서로의 얼굴을 찬찬히 탐색했다. 이리저리 루나를 살피던 이이의 표정이 천천히 미소로 바뀌었다.

"예쁘군. 형이 혹할 만도 하겠어."

이이의 말이 사람들을 놀라게 했다. 그러거나 말거나 이이가 루나에게 다가서며 물었다.

"누나는 어떻게 됐어? 총 맞았다는 소리까지만 들었는데."

"아키꼬…… 홍감을 말하는 겁니까?"

"그래."

"죽었습니다."

루나의 대답을 들은 이이가 뒤돌아서서 고개를 꺾었다. 책상 위로 뚝뚝 눈물이 떨어졌다.

"병신 같은 새끼. 미색에 홀려 동생들도 지키지 못하고……."

혼잣말로 중얼거리다 소매로 벅벅 얼굴을 문지른 이이가 고개를 들었다. 눈물은 흔적도 없이 사라졌다.

"강우혁, 친구로서 말하겠다. 국방위원장을 살리고 싶으면 나를 풀어 줘라."

하는 말을 들으니 강우혁과 이이, 두 사람은 친구 사이인 듯했다.

"국방위원장 동지는 안전하다."

"안전하지 못해. 그가 지금 어디에 있는지는 내 손금을 들여다보듯 환하게 알고 있어. 지금쯤 조선인민군 최고사령부 야전지휘소에 있겠지. 육해공 각종 공격에 대비해 철옹성같이 만들어 철봉각이라 불리는 지하요새지만 거기도 안전하지 않아."

"왜?"

이이의 위협은 효과가 있었다. 강우혁이 이이에게 이유를 물었다. 천천히 걸음을 옮긴 이이가 강우혁의 귀에 대고 또박또박 말했다.

"내가 거기에 소형 핵폭탄을 설치해 놓았거든."

강우혁이 소스라치게 놀라며 뒤로 물러섰다.

"백족산에 있는 보위사령부 야전지휘소를 비롯해서 너희가 준비한 모든 지휘소에 다 설치해 놓았어. 지상은 더 위험해. 핵폭탄이 하늘에서 날아와 터질 테니까."

이이가 입으로 휘파람 소리를 내며 손짓으로 하늘을 날아온 폭탄이 떨어져 터지는 장면을 연출했다.

"믿을 수 없다."

"그런 반응을 보일 줄 알았어. 강우혁, 너는 피를 보지 않고는 믿지 못하는 성격이니까. 어릴 때부터 나는 너의 그런 답답한 성격이 싫었어. 그래서 나한테 많이 맞았으면서도 아직도 그 버릇을 못 고쳤나 보군."

이이가 강우혁을 보며 싱긋 웃었다.

"확인하고 싶으면 휴대전화를 주고 위치를 말해봐. 시범 삼아 하나만 터뜨릴게."

태연히 말하는 이이를 보며 강우혁뿐만 아니라 이야기를 듣던 루나와 원장도 놀랐다. 나이의 말처럼 떠도는 섬은 핵폭탄을 보유하고 있었다. 그것도 많이 가지고 있는 듯했다. 휴대전화를 달라며 앞으로 내밀었던 이이의 손이 강우혁이 허리에 차고 있는 권총을 빼앗으려 달려들었다. 반사적으로 뒤로 피하는 강우혁을 이이가 덮쳤다. 한 손으로는 강우혁의 목을 누르고 한 손으로는 권총을 빼앗으려는 찰나 루나가 발길질로 이이의 얼굴을 후려쳤다.

"에미나이, 격술을 배웠구만."

벽에 머리를 부딪치며 강우혁에게서 떨어진 이이가 입가에 묻은 피를 닦으며 말했다.

"경비병!"

총을 빼든 강우혁이 밖을 향해 외쳤다. 사격 자세를 취하고 경비병 둘이 들어왔다.

"이이를 체포해. 수갑을 채워."

이이에게 수갑을 채우자마자 강우혁이 다급하게 전화를 걸었다.

"빨리 대피하셔야겠습니다. 핵폭탄이 매설돼 있을 수 있습니다. 보위사령부 야전지휘소도 위험합니다…… 네, 서둘러 매설 장소를 알아내겠습니다."

전화 통화 중에 요란한 소리를 내며 비상벨이 울렸다. 문을 열자 복도에서 빨간 불빛이 어지럽게 회전하고 있었다. 비상벨의 시끄러운 소리를 뒤덮으며 총소리와 포성이 건물을 흔들었다.

"무슨 일이야?"

"쿠데타입니다. 109사단 전차가 이쪽으로 몰려오고 있습니다. 초소에서 저지하고 있지만 곧 뚫릴 것 같습니다."

입구에서부터 군인 한 명이 뛰어오며 말했다.

"뒤로 나간다. 호위해라."

이이를 앞세워 밖으로 나가자 포를 이쪽으로 향하고 언덕 아래에서 몰려오는 전차들이 보였다. 맨 앞에 선 전차가 간간히 위협사격을 했다. 입구로 들어오는 길을 지키고 있는 병력이 박격포로 대응사격을 했지만 전차는 폭탄을 무시하고 계속 위로 밀며 올라왔다. 병사 두 명과 함께 이이를 호송차에 태운 강우혁이 말했다.

"반항하면 사살하라."

루나와 원장은 강우혁과 함께 지프차에 탔다. 장갑차 두 대가 앞장서고 두 대가 뒤를 따랐다.

"묘향산으로 간다."

강우혁이 무전으로 방향을 지시했다. 산중턱을 지나며 보니 개미집을 들쑤신 것처럼 광장을 이리 뛰고 저리 뛰는 군인들의 모습이 보였다. 눈 내리는 하늘을 가르며 어디선가 날아온 미그기가 폭탄을 투하했고 대공 포가 대응사격을 했다. 시내 곳곳이 순식간에 불바다로 변했다.

이쪽도 안심할 처지가 아니었다. 탱크 세 대가 끈질기게 포탄을 발사하며 좁은 산길을 쫓아왔다. 뒤를 따르던 장갑차가 포탄에 맞아 파괴되자 살아남은 군인들이 차에서 뛰어내려 도보로 따라왔다. 장갑차 때문에 길이 막힌 탱크가 포신을 세우고 곡사로 포를 발사했다. 50여 미터 앞쪽에서 폭탄이 터지자 나무가 부러지며 눈과 흙들이 우르르 쏟아져 내렸다.

"길을 막으려 한다. 속도를 높여라."

곡예를 하듯 구불구불한 비탈길을 내달린 차들이 겨우 포탄의 사정거리에서 벗어났지만 적의 추격은 계속됐다. 산 아래쪽에서 길을 올라오는 차 소리가 들렸다. 차를 멈추고 쌍안경으로 상황을 살피던 강우혁이 뒤에 타고 있는 장갑차에서 내린 소좌 계급장을 단 군인에게 명령했다.

"차를 엄폐물로 삼아 추격하는 적들을 방어해라. 조금만 버티면 된다. 수도경비국이 반군을 진압하고 있고 기계화부대도 출동했다. 쿠데타는 곧 진압된다."

"죽음으로 사수하겠습니다."

도피 중에도 강우혁은 전쟁 상황을 파악하고 있었다. 경례를 하고 돌아

312

선 남자가 뒤에서 도보로 따라오던 군인들을 곧바로 산 여기저기 배치했다. 하늘을 보니 평양상공에서 미그기들이 공중전을 벌이고 있었다. 대공포에 맞은 미그기 한 대가 불길을 뿜으며 대동강에 떨어져 폭발했다.

"에이, 조금 더 빨리 체포했어야 했는데."

강우혁이 차바퀴를 발로 차고 차에 올라타며 분통을 터뜨렸다. 호위총국과 인민무력부는 인민군의 두 중추였다. 평상시에도 대립각을 세우고 있고 그 때문에 오해의 소지가 있어 서로는 서로를 견제하면서도 섣불리 움직이지 못했다. 수상한 낌새를 눈치 채고 있었지만 증거가 없어 인민무력부 소속의 장성들을 사전에 체포하지 못한 게 강우혁에게는 천추의 한으로 남았다. 그나마 반란군의 수괴라고 할 수 있는 이이를 체포한 게 다행이었다. 묘향산에는 호위총국 산하 대공포진지가 있다. 강우혁은 거기서 이이를 심문할 계획이었다. 핵폭탄을 설치한 게 사실인지, 사실이라면 그 위치를 파악하는 게 급선무였다.

요란한 헬리콥터 날개 소리가 들리더니 소나기 퍼붓듯 총알을 쏴댔다. 호위하며 앞서 가던 차에서 비명소리가 들리더니 멈춰 섰다. 루나와 원장과 강우혁은 지프차에서 뛰어내려 호송차 뒤로 숨었다. 장갑차에서 대응사격을 하자 헬리콥터는 머리 위를 날아 산 뒤로 사라졌다 다시 나타나 길 앞을 가로막았다. 이이 때문인지 폭탄은 발사하지 않았다. 호송차에서 이이를 끌어내린 강우혁이 권총을 이이의 머리에 들이댔다.

"시간 여유가 없다. 빨리 핵폭탄을 매설한 장소를 말해."

"너무 많아서 다 기억하기 힘든데."

급박한 상황에서도 이이는 여유 만만했다.

"네 말대로 우리는 오래 사귀었으니 내 성격을 잘 알 거다. 지금 말하

313

지 않으면 즉결처분하겠다."

강우혁이 권총의 안전장치를 풀었다.

"나를 죽여도 핵폭탄은 터져."

"네 말대로 그렇게 되는지 실험해 보지."

총이 발사되는 순간 루나가 강우혁의 팔을 비켜 세워 이이는 목숨을 건졌다. 총알이 박힌 타이어 바퀴가 바람이 빠지며 천천히 내려앉았다.

"왜 이럽니까?"

성난 강우혁이 루나를 노려봤다.

"저 사람을 죽이면 핵폭탄이 터질 수도 있습니다."

"지금은 전시이고 이놈은 적의 수장입니다. 살려 두는 게 더 위험합니다. 죽여 놓고 찾으면 됩니다."

귀청을 찢을 듯한 총소리와 함께 헬리콥터가 또다시 맹렬한 공격을 퍼부어 댔다. 눈보라가 날리며 파편이 튀었다. 눈치를 보고 있던 이이가 강우혁과 루나 사이를 헤치고 언덕 아래로 몸을 날렸다. 반사적으로 뒤따라 몸을 날린 루나가 이이를 붙잡았고 둘은 뒤엉킨 채 눈길을 구르다 벼랑 아래로 떨어졌다. 이이를 놓친 루나는 혼자 구르다 바위에 몸을 호되게 부딪고 멈췄다. 일어서려 했지만 어디가 부러졌는지 몸이 말을 듣지 않았다. 저편에서 이이가 헬리콥터를 향해 손짓으로 지시하는 모습이 보였다. 헬리콥터에서 장갑차를 향해 로켓탄을 쏘았다. 굉음이 울리며 눈과 흙이 뒤섞여 이이와 루나가 있는 벼랑 아래로 쏟아져 내렸다. 살아남은 자들이 산길을 뛰어 달아났다. 헬리콥터가 내려와 이이 옆에 착륙했다.

"죽일까요?"

헬리콥터에서 뛰어내려 루나에게 총을 겨눈 병사가 이이에게 물었다.

"살려 둬라. 목숨을 살려준 빚은 갚아야지."

"박건은 지금 어디 있어?"

간신히 몸을 일으켜 앉은 루나가 이이에게 소리쳐 물었다. 짓궂은 표정으로 루나의 얼굴을 바라보던 이이가 웃음을 터뜨렸다.

"곧 만나게 될 거니 그렇게 안달복달하지 말라. 그건 그렇고 우리한테는 빚이 또 하나 있지."

이이의 발길질에 얼굴을 맞은 루나는 기절했다.

36

잃어버린 반쪽

이이와 루나를 태운 헬리콥터는 나진선봉경제특구로 기수를 돌렸다. 미그기 세 대가 따라오며 호위했다. 양강도 상공에서 호위총국 쪽 미그기와 호위기가 공중전을 벌였다. 헬리콥터는 저공비행으로 미그기를 따돌리며 함경북도로 들어섰다. 지상에서 날아온 미사일이 뒤따라오는 미그기를 격추시켰다. 호위기가 한 대로 줄었지만 헬리콥터는 나진시 종합통제소에 착륙했다. 기다리고 있던 사람이 헬리콥터에서 내리는 이이를 포옹했다.

"무사히 탈출했구나. 수고했다."

"선물을 하나 가져왔어, 형."

병사 두 명이 기절한 루나의 어깨를 부축해 끌어 내렸다. 루나를 본 박건의 표정이 굳었다. 이이가 변한 박건의 표정을 유심히 살폈다.

"남쪽 국방원에서 같이 일했던 여자다. 부상이 심한 것 같으니 우선 치료부터 하자."

루나를 실은 구급차가 병원으로 출발했다.

"전황은 어때?"

"네가 여기로 탈출한 것을 알았으니 곧 이쪽으로 몰려올 거다."

"그냥 매설해 놓은 핵폭탄을 다 터뜨려 버릴까?"

이이가 개구쟁이 아이처럼 웃으며 말했다.

"어차피 우리 것이 될 땅이고 파괴가 목적이 아니라 위협이 목적이다. 지나치게 사용하면 오히려 공포의 효과가 떨어진다. 주변국들을 자극하지 않기 위해서라도 되도록 부드럽고 정상적인 방법을 통해 국가로 인정받아야 한다."

그런 계획이 뒤틀어진 게 누구 탓인데…… 바보처럼 굴어서 누나도 죽게 하고…… 불만이 솟구쳤지만 이이는 참았다. 지금은 전시 상황을 수습하고 국가로 인정받는 게 우선이었다.

"핵무기가 아니더라도 재래식 무기로 무장한 북한군 정도는 충분히 방어할 수 있다."

"신무기 배치는 다 끝났어?"

"하늘과 바다와 땅에 골고루 배치해 놓았다. 이번 전쟁에서 위력을 보이면 앞으로 세계시장에서도 잘 팔릴 거다. 감이랑 곤이 고생 많았다."

이야기 도중 죽은 형제들의 이름이 나오자 박건이 침울한 표정을 지었다. 원래 계획은 나진선봉뿐만 아니라 가네모토그룹과 한국기업들을 통해 사들인 인천, 부산, 원산지역에도 지하 군수공장을 차려 무기를 개발하고 최종적으로 한반도에 네 개의 도시국가를 세워 형제 네 명이 분할통치할 계획이었다. 홍감과 김곤이 죽고 '도시국가 개발 계획서'가 누출되자 박건은 계획을 수정했다. 준비가 완료된 나진선봉지역에서 먼저 도시국가를 선포해 국제사회의 인정을 받고 점차 도시국가를 확대해 나갈 계획이었다.

"전황은 어떤가?"

"평양은 적에게 진압됐습니다."

이상문과 이이, 지휘자를 잃은 쿠데타군은 손쉽게 진압됐다. 이이를 구하기 위해 예정보다 앞당겨 쿠데타를 일으켰기 때문에 손실이 컸다. 계획과 실행 사이에 오차를 남기지 않던 지휘자 박건의 전력에 오점이 남았다. 루나를 구하기 위해 백군파 야스히로를 죽일 때부터 일이 뒤틀리기 시작했고 그런 와중에 두 동생이 죽었다. 동생들의 죽음은 무엇으로도 대체할 수 없는 상실이었다. 무엇 때문에 그런 무리수를 뒀을까? 무슨 악연인지 루나는 여기까지 박건을 따라왔다.

"미그기 27대가 이쪽을 향해 날아오고 있습니다."

연락을 받은 부관이 보고했다.

"상황실로 가자."

상황실로 들어가 전자헬멧을 쓴 박건이 이이에게도 쓰라고 내밀었다.

"뇌파를 통해 교신하기 때문에 말을 할 필요가 없고 헬멧을 쓴 전체가 하나처럼 의견을 공유하게 된다. 전파가 아니기 때문에 적의 정보망에 노출되지 않고 지휘관은 뇌파를 이용해 직접 무기를 발사할 수도 있다."

몸에서 발생하는 전류를 이용해 음악 파일 등 정보를 전달하는 방법이 '디지털 식스센스'라는 이름으로 2010년에 개발됐다. 이후 디지털 식스센스 기술을 이용해 만든 휴대전화가 등장했다. 손톱만하게 휴대전화 크기를 줄여 벽이나 백지에 숫자판을 쏘고 터치하는 방식이었지만 경제성이 없어 사장됐다. 박건은 디지털 식스센스 기술을 정교하게 발전시켜 뇌파로 명령을 전달하는 시스템을 만들었다. 헬멧에 달린 안경을 내리자 컴퓨터가 분석한 적의 정보가 증강현실로 전달됐다. 눈을 한 바퀴 돌리자 땅과 하늘을 통해 공격해 오는 적의 전력이 한 눈에 들어왔다.

"전자폭탄을 발사해."

박건이 뇌파로 명령했다. 전자폭탄은 러시아가 개발한 무기이다. 아무런 흔적도 남기지 않고 목표물을 파괴하는 가공할 무기로 고출력 극초단파를 발사해 상대 무기의 컴퓨터 시스템을 비롯해 모든 전자시스템을 파괴한다. 러시아에서 전자폭탄을 수입한 박건은 전자폭탄을 레이저와 결합해 전자파로 발사할 수 있게 개량했다. 전자폭탄을 맞은 비행기들이 파리약을 맞은 파리처럼 동작을 멈추고 뚝뚝 지상으로 떨어져 폭발했다.

"청진시 쪽에서 탱크 58대와 1천여 명의 적군이 나타났습니다."

"K1 전투로봇 출격시켜."

K1은 기존에 있던 전투로봇들의 장점을 혼합해 만든 전투로봇이다. 비행이 가능해 지리적인 제약을 받지 않고 센서가 장착돼 있어 어두운 밤에도 적을 식별해 살상한다. 적군의 머리 위를 날아다니며 700발의 소형 총알을 쏠 수 있고 그 자체 대전차용 폭탄으로도 작용한다. 1차 폭발로 기갑을 뚫고 들어간 폭탄은 탱크 내부에서 가지고 있는 총알을 일시에 발사한 후 2차 폭발해 소멸한다. 전투로봇의 공격을 받은 적군은 쓰러진 시체와 파괴된 탱크를 남기고 혼비백산하여 달아났다.

"형, 잘 만들었네. 상대가 안 되는군."

헬멧에 달린 안경으로 달아나는 적의 모습을 보고 있던 이이가 통쾌하게 웃었다. 4형제는 특수훈련을 받는 틈틈이 장난감을 만들듯 신형무기를 개발했다. 설계도를 작성해 마피아 조직에서 운영하는 공장을 통해 소규모로 제작하다 홍감이 B그룹을 장악한 후 나진선봉지역에 비밀공장을 차려 놓고 대량생산했다. 부품규격을 표준화시키고 레고처럼 조립할 수 있게 만들어 총 37총의 신형무기를 생산했다. 화면에 나진선봉을 향해 날아오던 미사일 세 발이 무인정찰기에서 발사한 레이저포를 맞고 격추되는 장면이 보였다. 무인정찰기 C1은 하늘에서 탐지레이저로 적의 동향을 정찰하다 미사일 등 위협적인 무기가 포착되면 자동으로 출력을 바꿔 고출력 레이저를 발사해 폭발시킨다. 탐지 반경은 300킬로미터이고 파괴 반경은 100킬로미터다. C1은 박건이 공들여 만든 무기다. C1은 미사일 공격을 방어할 수 있고 공격 시에는 역추적을 통해 적의 레이저시설을 한 순간에 무력화시킬 수 있다. 여기에 사용된 레이저기술은 핵폭탄의 점화장치를 소형화하는 데도 사용됐다. 현대전은 무기전이다. 떠도는 섬이 개발한 최신 무기 앞에서 북한의 재래식 무기는 변변한 저항 한 번 못하고 파괴됐다. 미사일 공격마저 무력화시킨 후 이이가 경고방송을 했다.

"더 이상 무모한 공격을 해오면 평양에 핵폭탄을 터뜨리겠다."

청진시와 회령시를 경계로 대치한 상태에서 전쟁은 소강상태로 들어갔다. 적의 공격을 제압한 박건은 루나가 누워 있는 방으로 갔다. 루나는 깨어나지 않았다. 갈비뼈 두 대에 금이 가고 가슴에 총상이 있지만 생명에는 지장이 없다고 담당의사가 보고했다. 잠든 루나의 얼굴을 바라보고 있으니 온갖 생각이 교차했다. 어디서 구해 왔는지 붉은 장미 한 송이가 유리컵에 꽂혀 있었다. 루나의 하얀 피부 위에 아물다 터진 상처에도 장미꽃처럼 붉은 피가 맺혀 있었다. 박건이 쏜 총에 맞은 자리였다. 눈을 돌려 창밖을 보니 흰 눈이 그치지 않고 하염없이 내리고 있었다.

다음 날 2020년 1월 1일을 기해 박건은 나진선봉지역을 도시국가로 선포했다. 고대 그리스 도시국가에서 이름을 따 나라 이름을 '폴리스'로 지었다. 정치체계는 고대 로마의 원로원 체계를 모방했다. 초대 원로는 박건과 이이 두 명뿐이지만 일 년에 한 번 전체 국민이 인터넷 직접선거를 통해 국가에 공을 세운 사람들을 원로로 선출한다. 북한에 내전이 발발하고 폴리스라는 국가가 등장했다는 소식은 전 세계를 요동치게 했다. 국가 선포 첫날 포보스연합에 동조하는 12개 국가가 폴리스를 정식 국가로 인정했고 테러조직을 비롯한 전 세계 각종 단체가 도시국가 지원을 약속했다. 북한은 국제연합에 폴리스를 반군으로 제소하면서 연합군 파견을 요청했다. 미국이 안전보장이사회를 소집했다. 폴리스는 인터넷 방송을 통해 무력 제재에 동의하는 국가를 적으로 간주하고 그 나라의 수도에 핵폭탄을 터뜨리겠다고 엄포를 놓았고 소형 핵폭탄과 핵실험 장면을 담은 동영상을 유포했다. 강경하게 무력 제재를 주장하던 나라에서 테러가 발생하자 다음부터는 어느 국가도 섣부르게 제재를 언급하지 못했다. 궁여지책으로 미국에서 무역 제재안을 내놓았다. 수출은 물론 모든 물자의 반입을 금지하는 안이었다.

5개 상임이사국 중 러시아가 무역 제재에 반대하며 폴리스를 정식 국가로 인정한다는 성명을 발표했다. 러시아는 폴리스와 국경을 맞대고 있는 국가다. 러시아의 국가 인정으로 폴리스는 지리적으로나 외교적으로나 세계무대에서 든든한 배후를 갖게 됐다. 러시아의 배반에 치를 떨던 북한이 중국에 협조를 요청했고 중국이 나진선봉지역에 가까운 국경에 기계화부대를 전진 배치하자 러시아가 우려를 표명하며 블라디보스토크의 병력을 증강시켰다. 동해에서는 러시아 항공모함과 일본 항공모함이

대치했다. 벼룩 잡다가 초가삼간 태울 수 있다면서 3차 세계대전을 우려
한 중립국들이 폴리스를 정식 국가로 인정하자는 의견을 유엔에 제출했
다. 강경론이 수그러진 틈을 타 폴리스는 자국에 우호적인 국가에 최신
무기를 우선 수출하겠다는 당근을 제시하면서 러시아에 일차적으로 전투
로봇 K1 30대를 넘겼다. 고성이 오가는 가운데 아무런 제재안도 타결시
키지 못하고 안전보장이사회는 해산했다.

폴리스의 이념에 동조하는 세계시민들이 나진선봉지역으로 몰려들었
다. 체제에 반감을 품은 북한주민들도 폐쇄된 국경선을 피해 바다나 러시
아를 경유해 폴리스로 들어갔다. 폴리스는 쿠데타에 실패하고 도피하는
북한군 등 망명자를 선별해 시민으로 받아들였다. 망명자를 받아들이는
한편 나진선봉지역에 본의 아니게 억류돼 있던 사람들은 풀어 줬다. 이중
국적을 허용했기 때문에 폴리스의 국적을 취득하고 해외로 나가는 사람
들도 있었다. 폴리스는 북한에도 외교적인 손길을 뻗쳤다. 폴리스를 국가
로 인정하면 더 이상의 적대 행위를 그만두고 경제 부흥을 돕겠다고 약속
했다. 평양에 매설한 핵폭탄을 찾아내지 못한 북한은 평화협정 전제조건
으로 핵폭탄 매설 장소를 알려달라고 요구했지만 폴리스는 동의하지 않
았다. 사면초가 상태에 처한 북한을 유일하게 지원하는 나라가 한국이었
다. 남북한은 공동성명을 통해 폴리스를 국가로 인정하지 않는다고 발표
했다. 폴리스는 '서울에도 핵폭탄이 매설돼 있다'는 짤막한 성명으로 대
응했다.

남북한과 폴리스가 대치한 상황에 불안을 느낀 국민들의 해외 탈출이
가속화됐고 한반도는 점점 더 텅텅 비어 갔다. 시간이 흐를수록 식량사정
이 악화되고 치안체계가 무너진 틈을 타 범죄가 기승을 부렸다. 국민들

입장에서는 탈출하다 죽으나 굶어 죽으나 매한가지였다. 인도적인 물자 지원도 여의치 않았다. 혹시라도 불똥이 튈까 우려한 각국은 한반도 문제를 강 건너 불구경하듯 지켜만 봤다. 중국과 일본은 난민이 넘어오지 못하게 국경지역을 철통같이 봉쇄했다. '나라를 수호하자' 는 시민들의 외침도 굶어 울부짖는 아이들의 울음소리에 묻혀 점점 잦아들었다.

루나가 눈을 뜨고 처음 본 것은 박건의 얼굴이었다. 꿈인가 해서 눈을 부비고 봐도 여전히 박건이 거기 있었다. 박건은 웃고 있었다.

"여기가 어디야?"

"폴리스."

"폴리스?"

"나진선봉지역에 세운 도시국가."

강우혁과 함께 평양 시내를 탈출하던 생각이 떠올랐다. 이이를 붙잡고 언덕을 굴렀다. 헬리콥터가 착륙하며 맹렬하게 눈보라를 날렸다.

"평양에서 발생한 전쟁은 어떻게 됐어?"

"쿠데타는 실패했지만 여기 나진선봉지역에 국가를 세웠어."

"국가 안에 국가를 세워? 어떻게 그럴 수 있지?"

"사실이야."

몸을 움직여 보았다. 왼쪽 갈비뼈와 오른쪽 가슴에서 통증이 느껴졌지만 움직일 수 있었다. 침대에 루나를 앉힌 박건이 식사 준비를 지시했다.

"식사부터 해. 설명해 줄게."

식사를 마친 루나는 박건을 따라 중앙통제소로 갔다. 뒤쪽에 앉아 있던 남자가 루나를 보자 헬멧을 벗고 자리에서 일어났다.

"이 에미나이를 왜 여기까지 데려왔어?"

이이였다.

"괜찮아. 앞으로 같이 살지도 몰라."

"뭐라고?"

황당하다는 표정으로 박건을 바라보던 이이가 시선을 돌려 루나를 노려봤다.

"인사해. 내 동생이고 나와 함께 폴리스를 세웠어. 사나워 보여도 마음은 착해."

박건이 소개하자 이이가 코웃음을 쳤다. 루나 역시 인사말을 건네지 않았다. 루나는 통제소 내부를 둘러보았다. 모니터와 컴퓨터 장비로 가득 찬 방이었다. 박건이 녹화된 화면을 보여 주며 루나가 깨어나기 전에 있었던 일을 이야기해 주었다. 화면을 봐도 믿기지 않았다. 공상과학영화를 보는 듯했다.

"놀랍군."

"뭐가?"

"이런 일이 사실이라는 게."

루나는 혼란스러웠다.

"지구상의 생명체 중 인간만이 유일하게 상상을 현실로 옮길 수 있는 동물이야. 달에 우주선을 보냈다 돌아오게 할 수도 있고 히틀러처럼 수백만 명의 사람을 죽여 거기서 나온 기름과 머리털로 비누와 신발을 만들기도 하지. 하물며 과거 역사에 존재했던 도시국가 하나쯤 다시 세우는 것은 어렵지 않아."

"그래서?"

"그래서라니. 뭐가?"

"상상하면, 원하면 다 해도 된다는 말이야? 나는…… 강간을 당해 봐서 아는데 그런 짓을 상상하고 실행하는 쪽에서는 즐거운 일일지 몰라도 당하는 쪽에서는 차라리 죽고 싶을 만큼 괴로운 일이거든. 할 수 있더라도 옳지 않은 일을 해서는 안 돼."

웃음소리가 들리더니 이이가 대화에 끼어들었다.

"에미나이가 격술만 잘하는 줄 알았더니 말솜씨도 제법이군. 어차피 우리가 차지하지 않아도 이 땅은 누군가가 차지하게 돼 있었어. 중국이 괜히 동북공정을 내세우는지 알아. 그게 다 북조선이 붕괴되면 이 땅에 들어오려는 포석이야. 일본, 러시아, 미국도 마찬가지야. 자국의 이익을 위해서라면 조선을 집어삼킬 때처럼 어떤 핑계를 대서라도 이 땅에 들어올 거야. 옳은 게 뭔지 알아? 약육강식, 강한 자가 약한 자를 잡아먹고 사는 게 자연을 지배하는 법칙이야. 인간세상이라고 다를 것 같아? 강한 국가가 약한 국가를 잡아먹고 번성하다 쇠퇴해 사라진 게 지금까지의 역사야. 그러니 살아남고 싶으면 강해져야 하고 강하면 옳은 거야."

"지금까지 그랬다고 앞으로도 그러리라는 법은 없어."

"왜 그러리라는 법이 없어. 형과 내가 지금 그러고 있잖아."

루나가 반론을 제기하자 이이가 얼굴을 붉히며 언성을 높였다.

"그래서 너희가 벌인 전쟁 때문에 사람들이 죽어도 상관없다는 거야? 전쟁 때 누가 제일 고통 받는지 알아? 너희가 보호하겠다고 입만 열면 떠들어 온 어린애, 노인, 여자, 약하고 가난하고 병든 사람들이 제일 먼저 고통 받다 죽어가고 있어. 지금도 너희가 벌인 일 때문에 거리에서 아이들이 굶어 죽어가고 있다는 사실을 알기나 해?"

"전쟁이 아니더라도 인간은 죽어. 안 죽는 인간이 어디 있어? 길고 짧을 뿐 인간은 어차피 다 죽는 거야."

"그럼 네가 먼저 죽으면 되겠네."

"이 에미나이가 오냐 오냐 하니까 정말 무서운 것을 모르는군."

이이가 총을 빼 루나의 얼굴을 겨누었다.

"이이, 총 집어넣어."

박건이 루나를 막으며 나섰다.

"네가 형과 어떤 관계인지 모르겠지만 나는 그런 거 상관 안 해. 폴리스의 대의에 어긋나면 너 또한 죽여 버리겠어."

"히틀러도 기독교를 수호한다는 대의를 앞세워 유대인들을 죽였지. 너도 똑같은 종자지?"

총성이 울리며 루나 옆을 스쳐간 총알이 벽에 박혔다. 박건의 주먹에 맞아 쓰러졌다 일어선 이이가 분을 참지 못하고 외쳤다.

"네가 한번 구해 줬기 때문에 참는 거야. 다음에도 또 이따위로 굴면 정말 죽여 버릴 거야. 지금은 전시야. 전시라고."

박건에게 끌려 통제소를 나온 루나는 박건의 관사로 갔다. 붉은 벽돌을 담쟁이덩굴이 뒤덮은 이층집이었다. 흰색 자작나무가 울타리처럼 집 주위를 둘러싸고 있어 이국적인 느낌을 주었다.

"자극하지 말고 사이좋게 지내."

박건이 따뜻한 물에 홍차를 타 건네며 말했다.

"왜 나를 죽이지 않고 살려 둔 거야?"

박건이 건네는 홍차를 외면하며 루나가 물었다.

"왜 그런 질문을 하지?"

"내가…… 네 동생을 죽였잖아."

"앞으로 그 말은 꺼내지 마. 이이가 알면 바로 너를 쏠 거야."

"죽음은 두렵지 않아."

창밖 나무 위에 쌓여 있던 눈이 우수수 떨어졌다. 회오리바람이 불어 원을 그리며 떨어진 눈을 다시 하늘로 끌고 올라갔다. 북쪽 지방이라 그런지 바람 끝이 매서웠다. 어색한 침묵 끝에 박건이 말했다.

"나도 우연히 알게 된 사실인데 복제인간에게는 공통점이 있어. 지능지수가 높은 대신 사람의 표정을 느끼지 못해. 모르지는 않아. 오히려 누구보다 표정을 잘 읽지. 표정에 나타나는 사실만 읽기 때문에 거짓말은 복제인간에게는 통하지 않아. 그런데 느끼는 것과 아는 것 사이에는 커다란 간극이 있어. 그건 아기를 낳아 본 사람과 머리로만 출산을 이해하는 사람의 차이 같은 거야."

루나는 창밖 멀리 산등성이를 따라 일렬행대로 날아가는 낙엽의 행렬을 바라봤다. 무엇이 저 행렬을 이끌고 있는 걸까? 지금 우리는 어디로 가고 있는 걸까? 지금까지 루나는 박건이 복제인간이라는 사실을 마음속으로 부인해 왔다. 하지만 박건은 스스로 자신이 복제인간이라고 말하고 있었다.

"그 차이가 사소한 것 같지만 당사자에게는 아주 크게 작용해. 예를 들면 복제인간에게는 사물과 사람이 다르지 않아. 복제인간은 바위를 부수듯 아무런 감정 없이 사람의 얼굴을 으깰 수 있어. 이이에게 생명과 고통에 대해 말해도 소용없어. 이이는 이해하지만 느끼지 못해. 자기 몸에 난 상처에서 올라오는 아픔까지도 찬찬히 들여다보고 분석하는 게 복제인간이야. 이런 차이가 왜 발생하는지 모르지만 어쨌든 복제인간은 원칙을 세우면 원칙대로만 움직여. 정보가 바뀌어야 원칙을 수정하지 감정이나 느낌 때문에 원칙을 바꾸지는 않아. 내가 아버지를 죽인 이유는 아버지가 원칙에 어긋나는 일을 해서야. 근친상간을 저질러서는 안 되는 게 우리가 알고 있는 원칙이었거든."

이해하지 못할 말은 아니었다. 양아버지, 양어머니가 돌아가시고 혼자 남았을 때 루나도 원칙대로만 움직였다. 하루 세 끼를 원칙대로 목구멍 속으로 쑤셔 넣고 하루 열 시간 원칙대로 운동을 하고 기계적으로 여섯 시간 동안 잠을 잤다. 죽고 싶을 정도로 분노가 치솟을 때마다 기억을 떠올리지 않는다는 원칙을 지켜 살아남을 수 있었다. 복제인간이 근친상간을 고민했다는 이야기가 루나에게는 슬프게 들렸지만 박건은 담담하게 이야기를 이어 나갔다.

"아버지가 죽고 나니 세상에 복제인간 네 명만 덩그러니 남은 거야. 처음에 우리는 무엇을 어떻게 해야 할지 몰랐어. 우리는 늘 아버지가 계획한 대로만 움직였거든. 그러다 금고 속에서 '도시국가 개발 계획서'를 발견했어. 계획서를 검토한 우리는 아버지의 유지를 따르기로 결정했지. 한반도에 네 개의 도시국가를 만들어 나눠 갖기로 했어. 실행은 어렵지 않았어. 돈과 무력을 적당히 활용하면 세상은 우리 뜻대로 움직였어."

"복제인간들이 더 많은 걸로 알고 있는데?"

김용현이 보여준 사진 속에는 10여 명의 아이들이 있었다.

"많은 것을 알고 있군…… 나머지는 이이가 다 죽었어. 그들과 우리는 혈통이 달라. 우리는 어머니까지 한국계야."

"혈통이 다르다고 죽여?"

"내가 아버지를 죽인 사실을 알고 반발했거든. 다른 이유도 있었어. 다른 복제인간들은 우리와 생각이 달랐어. 그들은 아버지처럼 도시국가 연합을 통해 세계를 지배하려고 했어."

"그럼, 너희는?"

"우리는 새로운 국가를 만들어 원하는 사람들에게 주려는 것 뿐이야."

"사람들이 새로운 국가를 원하는지, 원하지 않는지 어떻게 알아?"

루나의 질문을 들은 박건이 피식 웃었다.

"인터넷으로 전자투표를 해보면 쉽게 알 수 있어. 도시국가개발 사이트 전체는 일종의 옥션처럼 구성돼 있어. 현재 국가체제에 불만을 품은 사람이 새로운 국가 형태를 만들어 사이트에 올리고 일정 기간 국가체제, 법 제도 등을 토론한 다음 호응하는 사람들을 국민으로 모집해. 일정 인원 이상이 모집되면 현재 국가를 여러 개로 분할해 각자 원하는 국가로 사람들을 이주시키지. 하나를 쪼개 여러 개를 만들기 때문에 선택 범위가 넓어져서 국민 전체적으로 만족도가 늘게 돼 있어. 국가를 만드는 과정에서 발생하는 비용은 세금을 받거나 일부 지역에 우리 소유 공장을 세워 충당해. 애프터서비스로 국가 방위를 대신 해주고 이전 국가보다 적은 세금을 내면 되니 이 또한 불만의 소지가 적어. 대략 이런 계획인데 일차적으로 한반도를 대상으로 파일럿 테스트를 해서 발견되는 문제점을 보완해 나갈 거야."

"만약, 현재 국가체제에서 살기를 원하는 사람이 있으면?"

"현재 국가를 일부 남겨서 그런 사람들을 모여 살게 할 거야. 만들어 가는 과정에서 일부 진통이 있을 수는 있지만 이건 결과적으로 더 많은 사람들이 만족할 수 있는 합리적인 제도야."

루나는 말문이 막혔다. 딱히 반박할 말이 떠오르지 않았다.

"지금 한반도에 살고 있는 사람 중에 자신의 국가체제에 만족하며 사는 사람이 얼마나 될까? 왜 이 땅에 태어났다는 이유만으로 그런 불만족을 감수하면서 살아야 하지? 이 땅이 싫으면 그 사람이 떠나면 된다고 주장하는 자들이 있지만 사실은 그렇지 않아. 이 땅에 태어났기 때문에 그에게는 이 땅에 살 권리가 있어. 문제는 땅이 아니라 국민을 만족시키지도 못하면서 다른 선택도 못하게 하는 정치체제야. 그런 불합리를 교정하는 것이 도시국가 건설의 진정한 목적이야."

"새로운 국가에서 살더라도 또 불만을 품는 사람이 나오지 않을까?"

"그런 사람은 다른 도시국가로 이주하면 돼. 지금은 이민이 쉽게 허용되지 않지만 국가가 많아지면 선택의 폭이 넓어지고 이민도 원활해져. 최종 목표는 마을 단위의 국가를 만들어 노자의 소국과민을 실현하는 거야. 백만 개 정도의 국가를 만들면 과거의 국가 개념은 사라지게 될 거야. 이주의 자유는 있지만 계속 옮기는 게 쉽지만은 않아. 개인도 경제적 기반을 닦아야 하고 그런 일에는 시간이 걸리니까. 어쨌든 중요한 것은 개인의 선택이고 우리가 그것을 지원하는 역할을 하려는 거야."

"만약 힘이 센 나라가 옆 나라를 빼앗으려 전쟁을 일으키면?"

"지금 네가 말한 내용이 현 국가체제를 유지하려는 지배층에서 가장 많이 내세우는 논리야. 결론적으로 말해서 그렇게 할 수 없어. 아직까지는 테러네트워크와 민간군사기업(PMC)을 이용해 방어체계를 운용하고 있지만 곧 우리는 지구상에서 가장 강력한 무기를 갖게 되고 그렇게 되면 우리를 거스르고 그런 짓을 할 수 있는 나라 또한 없어지게 돼."

"그 무기가 뭔데?"

루나가 무기에 대해 묻자 박건이 입을 다물었다.

"그건 말할 수 없어…… 우리 정체가 일찍 밝혀지지 않았으면 그 무기를 완성한 후 세상에 모습을 나타냈을 거야."

박건은 루나를 구하려 자신의 정체를 드러내는 위험을 감수했다. 도시국가에 대한 이야기가 끝나자 둘 사이에는 침묵만 남았다. 물끄러미 바라보고 있던 박건이 조심스럽게 두 손을 뻗어 루나의 얼굴을 감쌌다.

"아까 왜 너를 죽이지 않느냐고 물었지. 나는 네 얼굴을 보고 처음으로 느낀다는 것이 무엇인지 알게 됐어. 슬픔과 기쁨, 고통이 무엇인지도 알게 됐고. 두 동생이 죽어서 슬프지만 그 슬픔도 네가 아니었으면 몰랐을 거야. 네가 죽으면 나는 슬픔도 느끼지 못할 것 같아. 나는 그게 두려워. 너는 나의 잃어버린 반쪽 같은 거야. 그래서 너를 살리기 위해 계획과 다른 행동을 했어."

박건의 고백을 듣는 루나의 눈에 눈물이 맺혔다.

"내가 어떻게 했으면 좋겠어?"

"네 마음대로 해. 여기서 살려면 여기서 살고 남한으로 돌아가고 싶으면 돌아가. 그냥 어디서든 살아만 있으면 돼."

루나가 마주 손을 뻗어 박건의 눈썹과 입술을 가만히 쓰다듬었다. 서로의 손이 서로를 끌어당기면서 얼굴과 얼굴이 입술과 입술이 맞닿았다. 박건은 감각기관을 통해 들어오는 루나의 입술 주름 정보를, 세포 하나하나를 뇌세포에 새겼다. 세포와 세포가 부딪혔다 떨어지면서 소리가 흘러 나왔다.

"나한테 시간을 줘."

잠이 오지 않았다. 떨어지지 않은 갈매나무 낙엽을 스치고 내린 눈이 천천히 쌓이는 모습을 보며 루나는 뜬눈으로 밤을 새웠다.

다음 날 아침 이이가 제2차 한국전쟁 발발 예언으로 공황상태에 빠져 있는 한국에 또다시 포보스 예언을 퍼뜨렸다. 부산과 인천에서 핵폭탄이 터질 테니 대피하라는 예언을 들은 사람들이 아이들과 짐을 싣고 집 밖으로 빠져나왔다. 인구 3, 4백만이 살고 있는 도시에서 사람들이 한꺼번에 쏟아져 나오자 거리는 순식간에 생지옥으로 변했다. 차들과 사람이 뒤엉켜 부딪혀 죽고 깔려 죽고 싸우다 죽었다. 천신만고 끝에 시내를 빠져나온 사람들도 갈 곳을 몰라 방황하다 길에서 굶어 죽거나 얼어 죽었다. 정부에서는 인근 학교나 관공서 시설에 임시 수용소를 설치해 난민을 수용하려 했지만 역부족이었다.

"무슨 짓이야? 누가 예언을 내보내라고 했어?"

소식을 들은 박건이 이이에게 달려가 다그쳤다.

"형은 여기서 그 에미나이랑 살아. 나는 내 병력을 이끌고 부산으로 가서 거기다 도시국가를 세울 거야. 그게 원래 우리 계획이잖아."

"상황이 바뀌었어. 계획이 누출됐기 때문에 적이 대비하고 있어."

"대비해도 적은 우리를 이길 수 없어. TNDM(tactical numerical deterministic model)으로 전쟁 시뮬레이션을 해봤어. 남한의 재래식 무기는 우리의 최신 무기를 당해 내지 못해. 거기다 남한 지역에 매설해 놓은 핵폭탄도 있잖아. 승리는 이미 결정돼 있어. 후방지원이나 계획대로 해줘."

뇌파로 전쟁 시뮬레이션 화면을 넘겨 가며 이이가 반박했다.

"왜 굳이 지금 가려는 거야? 폴리스도 안정이 되지 않았는데."

"왜냐고? 형이 그 에미나이를 좋아하잖아. 나는 그 에미나이가 싫어. 그러니 지금 그냥 가게 놔둬. 여기 있으면 내가 그 에미나이를 어떻게 할지도 몰라. 이게 내가 형에게 주는 마지막 선물이야."

박건이 아무리 설득해도 이이는 병력을 분산시켜 출동준비를 했다. 최신 무기로 무장했다 해도 부산을 점령하기 위해서는 대규모 전쟁이 불가피하다. 싸움에는 이기겠지만 많은 사람이 죽을 테고 이쪽도 타격을 받게 된다.

루나도 인터넷을 통해 포보스 예언을 봤다. 종합상황실에서 나오던 박건이 달려오는 루나를 잡아 돌려세웠다.

"지금 이이를 만나면 안 돼."

"왜?"

"홍감이 누구 때문에 죽었는지 알게 된 것 같아."

"예언을 되돌릴 수는 없어?"

"조금만 기다려. 부산이 점령되면 다시 안정을 찾을 거야."

"그게 가능해?"

"가능해."

관사까지 루나를 데려다 놓고 되돌아서는 박건을 루나가 뒤에서 끌어안았다.

"나를 위해 포기할 수 없니? 우리 다 그만두고 조용한 데 가서 단둘이 살자. 그렇게 살면 되잖아. 왜? 무엇 때문에 이래야 해?"

박건이 루나가 깍지 낀 손가락을 하나하나 풀고 돌아섰다.

"왜 여자들은 사랑한다면서 상대를 구속하려 하지?"

홍감도 그랬다. 사랑하니 조용한 데로 가서 단둘이 살자고 했다.

"사랑하면 같이 있고 싶으니까. 네 아이를 낳아 같이 살고 싶으니까."

아기를 낳자는 말을 들은 박건이 흠칫 놀랐다.

"아이?"

"그래, 너와 내가 사랑해서 낳을 우리 아이."

평범한 루나의 이야기가 충격적으로 들렸는지 박건이 유리알처럼 투명
한 눈을 감고 얼굴을 찌푸리며 생각에 잠겼다.

"왜 아이를 낳으려 하지? 어차피 그 아이는 지금보다 더 고통스러운 삶
을 살게 될 텐데."

"그럼, 너는 왜 도시국가를 만들려고 하는 거야?"

"지금 국가체제보다는 나으니까. 도시국가가 세워진다고 인간의 고통이
모두 사라지지는 않아. 환경은 갈수록 나빠지고 자원도 고갈돼 갈 거야."

"아무리 고통스럽더라도 만들고 지켜야 할 게 있어."

"그게 뭔데?"

"가족."

"가족?"

"너도 형제들을 지키려 노력했고 형제들이 죽어서 슬프다고 말했잖아."

"그건, 그게 내가 맡은 역할이었기 때문에 그런 거야."

박건은 복제인간이라 그런지 일반 사람과 정서를 이해하는 게 달랐다.
말귀를 못 알아듣는 아이를 설득하는 것처럼 답답했지만 루나는 박건을
이해시키려 애썼다.

"가족이나 국가는 네가 생각하는 그런 게 아냐. 나도 너처럼 친엄마 얼굴을 못 보고 자랐지만 엄마는 늘 내 곁에 있었어. 미국에 살면서도 한시도 내가 한국인이란 사실을 잊은 적이 없어. 가족이나 국가란 그런 거야. 고구려, 백제, 신라가 사라졌다고 그 나라들이 아주 사라진 것은 아냐. 고구려, 백제, 신라는 지금도 우리 핏속에 역사 속에 살아 있어. 그런 게 가족이고 국가야. 불합리하다고 없앨 수 있는 게 아냐."

"복제인간에게는 가족이나 네가 말하는 것 같은 국가 개념은 없어."

"네가 부인한다고, 네가 모른다고 없어지는 것도 아냐…… 좋아, 국가는 그렇다 치고 너는 나를 사랑한다고 했잖아. 그러니 지금부터 나와 함께 가족을 만들자. 아기부터 낳자."

혼란스러운지 박건이 눈을 감고 머리를 흔들었다. 루나는 안타까운 심정으로 박건의 대답을 기다렸다.

"아무리 생각해도 네 말은 불합리해. 가족을, 국가를 지킨다는 명분을 내세워 수많은 사람들이 다른 사람들을 핍박하고 있어. 부자들은 자기 아이에게 더 많은 유산을 물려주려고 가난한 사람들의 것을 빼앗고, 강한 국가는 자기 후손에게 더 많은 유산을 물려주려고 약한 국가의 자원과 유물을 강탈하고 있어. 경쟁에서 도태된 사람들이 돼지우리 같은 빈민촌에 살고 있고 수억 인구가 마실 물, 먹을 게 없어서 굶어 죽어가고 있어. 그 중에는 가난을 대물림하지 않겠다며 태어난 아기를 죽이고 자기 성기를 잘라 자살한 남자도 있어. 가족을 만들고 싶다면 인간을 불행하게 만드는 그런 제도부터 바꿔야 해. 너를 사랑한다고 해서 왜 꼭 아이를 낳고 가족을 만들어야 하는 건지…… 그 이유를 모르겠어."

루나가 반박하려는데 박건의 허리춤에서 비상벨이 울렸다. 종합통제실로 달려가며 박건이 외쳤다.

"이이와 마주치기 전에 빨리 이곳을 떠나."

박건을 뒤따라가려는 루나를 낯선 남자가 막아섰다. 처음 보는 얼굴이었다.

"강우혁 대좌가 보내서 왔습니다."

말을 마친 남자가 뒤돌아서 걸어갔다. 루나는 멀찍이 떨어져서 남자가 사라진 산속으로 올라갔다. 나무에 가려 사방이 보이지 않는 산중턱에서 남자가 멈췄다.

"강우혁 대좌가 살아 있어요?"

"네, 건강하십니다. 장 동지가 살아 있다는 소식을 듣고 무척 기뻐하셨습니다. 일이 급하게 돌아가고 있습니다. 이 지역을 장악한 반동들이 부산도 공격하려고 하고 있습니다. 남북한 전역에 핵폭탄을 매설해 놓아서 전쟁이 터지면 후방을 방어하기가 힘듭니다. 인민들을 구하기 위해 핵폭탄 매설 지역을 알아내야 합니다. 강우혁 대좌가 그 일을 장 동지께 부탁드렸습니다."

전언을 마친 남자가 루나의 표정을 살폈다.

"할게요. 방법을 알려주세요."

"핵폭탄 매설 지역을 감춰 놓은 파일은 중앙통제실에 있습니다. 전자신분증명서가 없으면 중앙통제실에 접근할 수 없습니다. 장 동지께서는 접근이 가능하니 중앙통제실 보안장치를 무력화시켜 주십시오. 공격시간은 오늘 밤 12시입니다."

보안장치를 해제하는 방법을 설명한 남자가 권총을 루나에게 건넸다.

"플라스틱으로 만든 총이라 금속탐지기에 걸리지 않습니다. 기회가 되면 이 총으로 수괴들을 사살하십시오. 적군의 화력이 뛰어나지만 수괴는 둘뿐이기 때문에 둘만 제거하면 지휘체계가 무너질 것입니다."

말을 마친 남자가 빠르게 눈 덮인 나무 사이로 사라졌다. 산을 내려온 루나는 박건의 관사로 돌아왔다. 생각을 정리할 필요가 있었다.

"어디 갔다 와?"

박건이 돌아와 있었다.

"답답해서 산책 좀 하고 왔어. 그런데 부산과 인천에서 핵폭탄이 터진다는 소문이 정말 사실이야?"

"핵폭탄은 터지지 않을 거야."

"그러면 도대체 왜 그런 끔찍한 소문을 퍼뜨린 거야?"

루나가 추궁해도 침울한 표정을 지을 뿐 박건은 대답하지 않았다.

"남북한 전역에 핵폭탄을 매설해 놓은 것은 사실이야?"

계속 다그치자 박건이 마지못해 고개를 끄덕였다.

"내놔."

루나가 박건에게 손을 내밀었다.

"무엇을?"

"핵폭탄 은닉장소를 표시한 파일."

"그럴 수 없어."

자리에서 일어나며 박건이 말했다.

"내일 남한으로 떠나. 출발 준비해 놓을게."

"파일을 넘기기 전에는 못 가. 내놔."

박건이 뒤돌아서 문을 밀고 나갔다. 계단까지 따라갔지만 박건은 뒤도 돌아보지 않고 바쁘게 걸어 내려갔다. 사라지는 박건을 보면서도 루나는 끝내 주머니에 있는 총을 꺼내지 못했다.

박건이 떠난 후 루나는 평상시처럼 행동했다. 저녁을 먹고 일찍 잠자리에 드는 양 침대에 누워 불을 껐다. 밤 11시 40분에 방을 빠져나와 중앙통제실로 갔다. 정문에 서니 문이 자동으로 열리며 두 명의 보초가 앉아서 루나를 맞았다.

"어떻게 오셨습니까?"

소문이라도 들었는지 그들은 박건의 애인을 경계하지 않았다. 루나는 망설임 없이 플라스틱 총으로 둘을 제거했다. 보안장치를 해제하고 문을 열자 기다리고 있던 특공대가 뛰어 들어왔다. 복면을 쓰고 기관총으로 중무장한 네 명의 남자였다. 침투하자마자 특공대는 신속하게 움직였다. 통제실에 있던 일곱 명의 남녀가 비명소리도 없이 죽었다. 특공대 한 명이 가지고 온 장비로 통제실 컴퓨터에 접속해 파일을 검색했다. 루나와 나머지는 주위를 경계했다.

"목표 파일을 찾았습니다."

"전송해."

그 순간 통제실 문이 자동으로 닫히며 천장에서 하얀 가스가 뿜어져 나왔다. 통제실은 곧 가스로 가득 차 한치 앞도 보이지 않았다.

"전송했어?"

지휘관이 숨을 참으며 파일을 전송하고 있는 남자에게 물었다.

"전송 못했어. 전송되지 않아."

스피커에서 이이의 목소리가 들렸다. 가스를 마신 특공대원 두 명이 쓰러졌다. 몸에 두른 폭탄의 안전핀을 제거한 지휘관이 대형컴퓨터로 달려갔다. 폭발음을 들으며 루나도 의식을 잃었다. 연기가 가라앉기도 전에

스프링클러에서 쏟아지는 물을 맞으며 이이가 중앙통제실로 들어왔다.

"에미나이, 언젠가 네가 이런 수작을 벌일 줄 알았다."

이이가 권총을 꺼내 기절해 있는 루나의 머리를 겨누었다.

"안 돼! 이이."

뒤따라 달려온 박건이 권총을 든 이이의 손을 붙잡았다.

"이 손 놔, 전시에 반역죄는 즉결 처분이 원칙이야. 형도 원칙을 따라야 한다는 걸 잘 알고 있잖아."

이이가 총을 거두지 않자 이이의 손을 잡은 채 박건이 무릎을 꿇었다.

"부산지역 점령을 허가하고 후방지원을 약속하겠다. 그러니 이 여자를 죽이지 마라."

"도대체, 왜? 무엇 때문에? 형이 이렇게 변한 거야?"

이이가 박건을 떠밀며 악을 썼다. 아무리 사랑 때문이라고 말해도 이이는 이해하지 못한다. 아버지 이동하는 원칙에 충실한 게 사랑이라고 어려서부터 자식들을 세뇌시켰다.

"꼴 보기 싫으니까 빨리 일어나. 살려 두는 대신 조건이 있어. 더 이상 형을 믿고 따를 수 없어. 그러니 형의 모든 지휘권을 박탈하겠어. 그래도 좋아?"

"네 말대로 하겠다."

이이가 총을 거두고 물러나자 병사들이 기절해 있는 루나를 박건의 관사로 옮겼다. 의사의 진단 결과 다행히 생명에는 지장이 없었다. 옆을 지키고 앉아 간호하는 박건의 눈에 루나가 차고 있는 진주목걸이가 보였다. 언젠가 박건이 선물한 목걸이였다. 박건은 오랜만에 어릴 때처럼 머릿속 사전을 검색해 보았다. '진주−대합·전복 따위의 조가비나 살 속에 생기는 딱딱한 덩어리로 조개의 체내에 침입한 모래알 따위의 이물(異物)이 조가비를 만드는 외투막(外套膜)을 자극하여 분비된 진주질이 모래알을 에워싸서 생긴다.' 어쩌면 상처를 통해 진주를 만드는 조개처럼 국가도 오랜 기간 동안 수많은 사람의 상처를 통해 만들어진 진주 같은 것일지도 모른다는 생각을 하다 뒤통수에 충격을 받고 침대에 쓰러졌다. 새벽녘 관사를 습격한 이이의 친위대가 박건을 쓰러뜨리고 루나를 고문실로 옮겼다.

다시 태어날 세상 38

차가운 물 기운에 루나는 눈을 떴다. 눈앞에 헬멧을 쓰고 능글맞게 웃고 있는 이이의 모습이 보였다.

"사단장님 보조컴퓨터를 가동시켰지만 C1이 완전하게 작동하지 않고 있습니다. 제공권을 빼앗겼습니다."

"레이저포로 전자폭탄을 발사해."

이이가 루나의 얼굴에서 눈을 떼지 않고 지시했다.

"도대체 형은 이 얼굴에서 무엇을 보았다는 거야. 다른 에미나이들과 똑같이 생겼구만."

"적 전차 14대가 국경선을 돌파했습니다."

"K2, K3을 보내서 막아. 그리고 잠시만 귀찮게 하지 마. 이 에미나이 에게 물어볼 게 있으니까. 네가 나가서 지휘해."

이이가 뒤에 서서 다급하게 보고하는 군관 복장의 남자에게 지시했다.

342

"알겠습니다."

부동자세로 경례를 한 군관이 뛰어나갔다.

"에미나이 너 때문에 얼마나 손실이 큰 줄 알아. 방어체계가 무너진 틈을 타 북한군이 떼거지처럼 몰려오고 있어. 남한 놈들도 바다로 몰려와 미사일을 쏘고 난리도 아냐."

묶여 있는 루나의 귀에도 연이어 터지는 포성소리가 들렸다.

"전시에 간첩질은 사형이야."

이이가 강제로 루나의 입을 벌려 권총을 물렸다.

"한 가지 확인할 게 있어서 아직 안 죽였어. 홍감 누나를 죽인 게 누군지 분명히 알고 싶어서야. 너지? 네가 죽였지?"

이이가 총신으로 입안을 휘저었다. 이빨에 금속이 부딪히는 소리가 나며 입천장에 통증이 느껴졌다. 총을 빼자 침과 함께 피가 섞여 흘러나왔다.

"죽여라."

"간첩질을 하고 곱게 죽을 수는 없지."

이이가 주먹과 발길질로 루나의 전신을 구타하며 화풀이를 했다.

"말해. 죽여줄게. 누구야? 누가 누나를 죽인 거야?"

"나다. 내가 죽였다."

권총을 빼 루나를 쏘려던 이이가 다시 총을 집어넣었다.

"시간이 없지만 사실을 정확히 확인해야겠어. 그게 사실이라면 형도 그냥 놔둘 수 없거든."

이이가 고문도구를 뒤져 주사기를 꺼냈다. 바늘 끝에서 방울져 떨어지는 주사액을 보자 공포가 엄습했다.

"이러지 말고 그냥 죽여라. 내가 홍감을 죽인 게 맞다. 그러니……."

목덜미에 따끔한 통증이 느껴지자마자 머릿속이 불길로 타올랐다. 뜨거운 열기에 온몸의 물기가 다 증발해 사라지는 것 같더니 뼈와 살을 태우고 부술 듯 무서운 통증이 몰려왔다. 이이가 몸을 묶은 사슬을 풀어서 루나는 바닥으로 굴러 떨어졌다. 몸이 풀렸어도 저항은커녕 손가락 하나 까딱할 힘도 없었다.

"말해. 누가 누나를 죽였어?"

"내가 죽였어……."

"왜 죽였어?"

머릿속에서 연속적으로 크고 작은 폭탄이 폭발했다. 고통에 사로잡힌 루나는 복날 매 맞으며 죽어 가는 개처럼 몸을 떨었다. 숨쉬기도 힘들었다. 초점을 잃은 눈 속에서 세상이 온통 핏빛으로 물들어 갔다. '자원 고갈과 환경오염으로 고통 받을 텐데 왜 아이를 낳아야 하지?' 환청처럼 박건의 목소리가 들렸다.

"왜냐면…… 그래도 사랑은 계속되니까."

헐떡거리며 루나가 대답했다.

"도대체 무슨 소리를 하는 거야? 에미나이, 정신 차려!"

이이가 주먹으로 루나의 얼굴을 때렸다. 몸에 아픔이 느껴지자 머릿속 고통이 조금 가시는 듯했다. 루나는 이이가 계속 때려 주기를 바랐다. 계속 때려 몸뿐만 아니라 몸이 있어 느끼는 고통까지 함께 소멸시켜 주기를 바랐다. '그래도, 판잣집에서 살더라도, 네 아기를 낳아 함께 기르면 행복할 텐데…….' 루나는 환상 속에서 박건과 이야기했다.

"이 에미나이가 정신을 못 차리는군. 마지막으로 묻겠다. 형이 죽인 것은 아니지?"

이이가 총구로 루나의 오른쪽 눈을 터뜨릴 듯 찌르며 물었다.

아버지 김용현을 찾은 날 루나는 꿈을 꾸었다. 한복을 곱게 차려입고 신랑과 아이들을 안고 아버지를 찾아가 세배를 드리는 꿈이었다. 신랑이 누구였는지 아이가 하나였는지 둘이었는지 이제는 모든 게 흐릿했다.

"아무리 세상이 더러워도 아이는 낳아야 해…… 아이들만 있으면 세상은 다시 태어날 수 있어……."

루나는 사라지려는 아이를 품에 안듯 이이의 발을 끌어안았다.

"이 에미나이가……."

소스라쳐 놀라며 발을 들어 루나를 뿌리치던 이이가 총을 겨누었다.

"풀어 줘."

총성과 함께 박건이 뛰어 들어왔다. 박건의 명령을 듣고도 이이는 루나를 겨눈 총을 거두지 않았다.

"왜 나까지 죽이려고? 이제 분명히 알겠어. 이 에미나이 때문에 형이 누나랑 곤이를 죽인 거지? 원칙을 위배했으니 너는 이제 형도 지도자도 아냐. 죽여 버릴 거야."

말이 끝나기도 전에 뒤돌아선 이이가 박건을 향해 총을 쐈다. 총에 맞은 박건이 뒤로 밀려나면서 마주 총을 발사했다. 루나는 이이의 등을 적시며 붉게 물들어 가는 피를 지켜봤다. 피는 빠르게 번져 순식간에 등 전체로 퍼졌다. 억지로 쓰러진 몸을 일으켜 루나를 향해 총을 겨누는 이이가 다시 쓰러지며 루나의 허벅지 사이에 얼굴을 묻었다. 무릎걸음으로 기어 온 박건이 해독제를 주사하고 루나의 발을 묶어 놓은 끈을 풀었다.

"일어나. 탈출해야 해."

밖은 아비규환이었다. 하늘을 까맣게 뒤덮으며 몰려온 비행기가 여기 저기 가리지 않고 폭탄을 퍼부었고 지상에서는 레이저포를 쏘며 맞대응 했다. 빛줄기에 감싸인 폭격기들이 살충제를 맞은 파리들처럼 뚝뚝 떨어 져 터졌다. 산등성이를 넘어오는 북한군 전차를 괴물같이 생긴 로봇들이 막고 있었다. 바다 쪽에서도 미사일이 날아와 터졌다. 중앙통제실은 철골 구조물을 드러낸 채 거의 파괴돼 있었다. 해독이 완전하게 풀리지 않았는 지 정신은 돌아오는데 루나는 몸을 가눌 수 없었다. 총알이 박힌 배에서 피를 흘리며 루나를 끌고 가던 박건이 쓰러졌다.

"움직이지 마. 출혈이 심해서 안 돼."

비틀거리며 일어난 박건이 마지막 힘을 모아 루나를 어깨에 멨다. 배에 힘을 주자 압력을 견디지 못한 창자가 삐죽 불거져 나왔다.

"내려놓으라니까! 어디로 가려고 이러는 거야?"

루나의 말은 아랑곳하지 않고 박건이 헉헉거리며 관사로 들어가 지하 실로 향하는 비상문을 열었다. 서로를 부여안고 구르다시피 계단을 내려 가니 둥근 원뿔형 물체가 보였다.

"탈출로켓이야. 여기 타."

"너도 타."

"일인용이야."

간신히 로켓의 문을 연 박건이 강제로 루나를 태웠다.

"싫어. 혼자 가지 않을 거야."

루나가 버티자 박건이 칼을 꺼냈다.

"혼자 가지 않아. 이것을 가지고 가."

박건이 새끼손가락을 잘라 내밀었다.

"왜 이래? 도대체, 왜 손가락을 잘라 주는 거야?"

박건이 목에 차고 있던 목걸이를 끌러 손가락과 함께 루나의 손안에 놓고 강제로 손을 오므렸다.

"이건 핵폭탄 매설 장소를 표시한 파일이야. 문이 닫히면 오른쪽에 있는 붉은 버튼을 눌러. 시간이 없어, 빨리 타."

로켓의 문을 잠근 박건이 말릴 사이도 없이 총을 꺼내 관자놀이에 대고 방아쇠를 당겼다. 머리 한쪽이 사라진 박건의 몸이 흔들거리다 힘없이 쓰러졌다. 박건의 새끼손가락과 목걸이를 들고 창문을 두들기며 울던 루나는 머리 위에서 폭발음이 들려오자 이를 악물고 붉은 버튼을 눌렀다. 한동안 로켓은 하늘을 뚫을 듯 맹렬한 기세로 솟구쳐 올랐다. 기압이 변하면서 가슴에 꿰맨 상처가 터져 피가 솟구쳤다. 지구가 둥근 윤곽을 드러낼 때쯤 로켓은 방향을 바꿔 지구를 향해 맹렬한 속도로 떨어졌다. 하늘에서 내려다보는 지구는 이념도 국경선도 없었다.

미래에 우리는 어떻게 살까?

10년 후 한반도는 어떻게 변해 있을까?

미래를 알고 싶어 하는 것은 인간이라는 종의 고유한 특성이다. 동쪽이나 서쪽, 예나 지금이나 인간이 살아온 모든 곳에서는 신화와 종교가 발견된다. 인간의 삶을 지배하는 섭리와 삶을 넘어 죽음 이후의 세계까지 알고 싶어 하기 때문이다. 그래서 시대가 혼란할수록 신흥종교단체와 점집이 창궐하고 수많은 예언자, 선동가가 등장한다. 이들이 말하는 예언은 대부분 전쟁, 질병, 기아 등 공포와 종말을 배경으로 삼고 있다.

며칠 전 겨우 열여섯 살이 된 아들과 식사하다 충격적인 말을 들었다.

"아빠, 저는 시대를 잘못 골라 태어난 것 같아요?"

"왜?"

"제가 어른이 되면 자원이 고갈되고 환경도 오염돼 살기가 힘들대요."

"그렇지 않다. 너는 풍요로운 시대에 태어났다. 할아버지는 일제시대 때 태어나 한국전쟁을 겪고 매일 끼니 걱정을 하며 사셨고 나는 네 나이 때 외출복이 교복 한 벌뿐이었다. 등록금을 꿔서 간신히 대학에 들어가니 독재 정권 시절이라 데모만 하더라."

미래는 지금보다 더 나아질 거라고 달랬지만 아이의 걱정이 기우만은 아니다. '유엔미래보고서'를 읽어보면 기후변화, 인구증가에 따른 물과 식량 부족, 화석 자원과 에너지 고갈, 인류를 위협하는 새로운 질병, 빈부 격차와 테러 등을 주요 키워드로 삼고 있다. 다른 미래학 책을 읽어봐도 사정은 마찬가지다. 대부분의 책이 앞 다퉈 비관적인 전망을 쏟아내고 있다. 책을 읽다 보면 마실 물, 먹을 것, 기름마저 떨어진 조각배를 타고 망망대해를 표류하는 기분이 든다. 그래도 아직 희망은 남아있다. 우리가 미래를 연구하는 이유는 미래를 '예측'하기 위해서가 아니라 예상되는 문제점을 발굴해 '대비'하기 위해서다. 지금부터라도 대비를 잘 하면 자라나는 아이들에게 더 나은 세상을 물려줄 수 있다. 밀려오는 전 지구적 재앙 앞에서 우리는 무엇을 준비해야 할까? 그 질문이 이 책을 쓴 계기가 됐다.

그리스로마신화에는 영웅 페르세우스가 메두사를 물리치는 장면이 나온다. 메두사는 무섭게 부풀어 오른 얼굴과 튀어나온 눈, 크게 벌어진 입, 길게 늘어뜨린 혓바닥, 멧돼지 어금니처럼 뾰족한 이빨에 손은 청동이고 목은 용의 비늘로 덮여 있고 머리카락 한 올 한 올까지 꿈틀거리는 뱀의 형상을 하고 있다. 너무나 끔찍한 형상이라 직접 얼굴을 보는 사람은 돌로 변한다. 신화 속에서 페르세우스는 지혜를 발휘해 청동방패에 비친 메두사를 보며 머리를 잘라낸다. 10년 후 미래를 암울하게 묘사한 이 소설이 페르세우스가 메두사를 물리칠 때 사용한 청동방패 역할을 하기 바란다. 미래 전략 수립 방법론인 '**시나리오 플래닝**'은 복잡다단한 미래를 체계적으로 연구하고 대비하기 위해 핵심 이슈와 핵심 변화 동인을 추출할 것을 제안하고 있다. 소설 역시 그러한 방법론을 따랐다. 저자가 앞으로 한반도에 영향을 미칠 주요 변수를 무엇으로 삼았는지 책을 읽으며 생각해보는 시간이 되었으면 한다.

글을 쓰는 동안 1991년 택시기사였던 조재형씨가 작사한 '서울에서 평양까지' 노래를 자주 들었다. '소련도 가고 달나라도 가고 못 가는 곳 없는데 광주보다 더 가까운 평양은 왜 못가?' 라는 질문이 계속 귓가를 맴돌았다. 분단된 지 65년, 노랫말이 지어진 지도 20년이 지났지만 아직까지 통일은 요원하고 벌써부터 통일비용 걱정으로 동포를 괴물로 여기는 괴물들이 출현하고 있다. 한마디 덧붙이면 통일비용은 해결해야 할 '**문제**'고 통일은 우리가 이뤄내야 할 '**목표**'다.

2010년 겨울
한 호택 쓰다

350

The
Revelation

KI신서 2974

2019 한반도 묵시록

1판 1쇄 인쇄 2010년 11월 22일
1판 1쇄 발행 2010년 12월 03일

지은이 한호택
펴낸이 김영곤 **펴낸곳** (주)북이십일 21세기북스
출판콘텐츠사업부문장 정성진 **출판개발본부장** 김성수
기획 · 편집 강선영 **본문디자인** 박현정 **해외기획** 김준수 조민정
마케팅영업본부장 최창규 **마케팅 · 영업** 김보미 김용환 이경희 허정민 우세웅 김현유
출판등록 2000년 5월 6일 제10-1965호
주소 (우 413-756) 경기도 파주시 교하읍 문발리 파주출판단지 518-3
대표전화 031-955-2100 **팩스** 031-955-2151 **이메일** book21@book21.co.kr
홈페이지 www.book21.com **트위터** @21cbook **블로그** blog.naver.com/book_21

ⓒ 한호택, 2010

ISBN 978-89-509-2728-8 03810
값은 뒤표지에 있습니다.